Schiller als Philosoph

Eine Anthologie

Ausgewählt und
mit einem Essay versehen
von Rüdiger Safranski

Fischer Taschenbuch Verlag

Veröffentlicht im Fischer Taschenbuch Verlag,
einem Unternehmen der S. Fischer Verlag GmbH,
Frankfurt am Main, September 2009

Lizensausgabe mit freundlicher Genehmigung des
wjs verlags, Wolf Jobst Siedler jr., Berlin

Satz: Dörlemann Satz, Lemförde
Druck und Bindung: CPI – Clausen & Bosse, Leck
Printed in Germany
ISBN 978-3-596-90181-4

Unsere Adressen im Internet:
www.fischerverlage.de
www.fischer-klassik.de

Inhalt

SCHILLER ALS PHILOSOPH

Nach den schlimmen Krankheitsanfällen in der ersten Hälfte des Jahres 1791 wurde es Schiller, der als Arzt die Schicksale seines Körpers beobachtete, zur Gewißheit, daß er nur noch wenige Jahre leben würde und daß sein langsames Sterben nun also begonnen habe; daß er also haushälterisch mit der Zeit, die ihm noch blieb, umgehen mußte. Von nun an will er sich auf das Wesentliche konzentrieren, was bedeutet: er will, nach seinem Ausflug in die Geschichtsschreibung, zur Dichtung zurückkehren, zu seinem eigentlichen Metier.

Nach dem Zusammenbruch vom Mai 1791 gilt für Schillers letzte vierzehn Jahre die Regel, die er am 7. Dezember 1797 so formuliert: *Gewöhnlich muss ich ... einen Tag der glücklichen Stimmung mit fünf oder sechs Tagen des Drucks und des Leidens büßen.*

Wenn man mit Schmerzen leben muß, kommt alles darauf an, sich an sie zu gewöhnen. Er verändert seinen Lebensrhythmus und Lebensstil. Er geht seltener in Gesellschaft; nimmt weniger Kaffee und Schnupftabak, Aufputschmittel, die er zu Zeiten maßlos gebraucht hatte. Wenn ihn die Schmerzen nachts nicht schlafen lassen, arbeitet er, um sich abzulenken, und schläft dann in den Tag hinein. Lautes Sprechen verursacht Atemnot, er bricht die Lehrveranstaltungen ab und beantragt eine Beurlaubung, die ihm mit Weiterzahlung des Gehalts gewährt wird. Alle Welt weiß auch, wie krank er ist, und staunt über seine Schaffenskraft. Auch Goethe hat ihn bei seinen Begegnungen in den frühen neunziger Jahren als Grenzgänger des Todes erlebt. »Als ich ihn kennen lernte«, sagte er später zu Eckermann, »glaubte ich, er lebte keine vier Wochen mehr.«

Es waren diese ersten Krankheitsjahre, in denen Schillers kombattantes Verhältnis zum eigenen Körper sich entwickelte.

Freiheit wurde für ihn nun der Inbegriff jener Kräfte, mit denen man den Attacken des Körpers widerstehen und sich Spielräume erobern konnte. Von nun an galt: der Körper ist dein Attentäter! Darum erklärte er, daß sein *physischer Zustand, der durch die Natur bestimmt werden kann, gar nicht zu seinem Selbst rechnet, sondern als etwas Auswärtiges und Fremdes* zu betrachten sei. Mit dieser Sichtweise konnte sich sein großer Antipode und späterer Freund Goethe nicht anfreunden. Er nannte sie Schillers »Evangelium der Freiheit« und meinte, er seinerseits »wollte die Rechte der Natur nicht verkürzt wissen«. Das wiederum erschien Schiller abwegig. Ihm war die Natur mächtig genug, sie braucht keinen Beistand; beistehen sollte man den bedrohten Rechten des Geistes und die Macht der Freiheit sichern.

Früher war Schiller sorglos mit seinem Körper umgegangen, jetzt aber achtet er auf seine Signale mit der Sorgfalt eines Soldaten, der im feindlichen Gelände operiert. Noch will er ihm nicht unterliegen, er will ihm soviel wie möglich abgewinnen. In jenem berühmten Brief an Goethe vom 31. August 1794, worin er die Summe seiner Existenz zieht, schreibt er: *Eine große und allgemeine Geistesrevolution werde ich schwerlich Zeit haben in mir zu vollenden, aber ich werde tun, was ich kann, und wenn endlich das Gebäude zusammenfällt, so habe ich doch vielleicht das Erhaltungswerte aus dem Brande geflüchtet.*

Das *Erhaltungswerte?* Für Schiller war es vor allem die Kunst, die Schönheit. Doch er wußte: *Auch das Schöne muß sterben! Das Menschen und Götter bezwinget, / Nicht die eherne Brust rührt es des stygischen Zeus ...* (Nänie)

In der Nähe des Todes also entschließt sich Schiller, seine verbleibende Zeit der Schönheit zu widmen, dem poetischen Werk, dieser kurzen Ewigkeit, diesem beschränkten Heiligen. Er wollte von nun an jenem Gott nahe bleiben, der in der Kunst lebt. Aus der Zone des Sterbens setzt er auf das befristete Fortleben im Wort, die Religion des Ästhetischen: *Auch ein Klaglied zu seyn im Munde des Geliebten ist herrlich, / Denn das Gemeine geht klanglos zum Orkus hinab* (Nänie). Nein, klanglos wollte er nicht davongehen.

Er entscheidet sich für die Kunst, aber zuvor will er noch mit einem gründlichen Studium Kants beginnen. Wie hängen diese beiden Entscheidungen, für die Kunst und für Kant, zusammen?

Selbstverständlich liest Schiller Kant auch deshalb, weil man zumal in Jena, wo Reinhold die kantische Kirche begründet hatte, Kants große »Kritiken« einfach gelesen haben mußte, um die »Revolution der Denkungsart« (Mendelssohn), die er ausgelöst hatte, nachvollziehen zu können. Doch sein spezielles Interesse, das ihn im Februar 1791 zwischen den beiden schlimmen Krankheitsanfällen mit der Lektüre der »Kritik der Urteilskraft« beginnen läßt, ist in seiner Entscheidung für die Kunst begründet. Er will vor sich selbst und vor dem Publikum philosophisch erklären können, warum die Kunst verdientermaßen zur Hauptsache werden kann und darf. Er überprüft seinen Willen zur Kunst in einem philosophischen Examen rigorosum.

Er weiß, daß Kant den Zusammenhang der geistigen und praktischen Lebenstätigkeiten neu geordnet und die Spielräume des Weltverständnisses neu definiert hat. Er sucht bei ihm Antwort auf die Fragen: Was tue ich eigentlich, wenn ich dichte, und was ist es, das ich als schön, anmutig und erhaben empfinde? Und warum können mich diese Empfindungen veranlassen, die noch verbleibende Lebensenergie für ihre Hervorbringung zu verwenden?

Schiller braucht Kant nicht, um sich für die Kunst zu entscheiden, aber er braucht ihn, um seinen künstlerischen Enthusiasmus besser begreifen zu können.

Im Interesse der Kunst will Schiller die Philosophie Kants durchqueren. Als er im Februar 1791 damit beginnt, schreibt er an Körner: *Du erräthst wohl nicht, was ich jetzt lese und studire? Nichts schlechteres als Kant. Seine Kritik der Urtheilskraft, die ich mir selbst angeschafft habe, reißt mich hin durch ihren lichtvollen geistreichen Inhalt und hat mir das größte Verlangen beigebracht, mich nach und nach in seine Philosophie hineinzu-*

arbeiten (3. 3. 1791). Schiller dachte, er würde bald damit fertig sein. Doch das Studium zuerst der »Kritik der Urteilskraft« und dann der »Kritik der reinen Vernunft«, die er zunächst ehrfurchtgebietend wie ein Bergmassiv vor sich hat aufragen sehen, entwickelt eine Eigendynamik und beansprucht fast seine ganze Arbeitszeit. Ein Jahr später, am 1. Januar 1792, schreibt er an Körner: *Mein Entschluß ist unwiderruflich gefaßt, sie (die Kantische Philosophie) nicht eher zu verlassen, bis ich sie ergründet habe, wenn mich dieses auch drei Jahre kosten könnte. Übrigens habe ich mir schon sehr vieles daraus genommen und in mein Eigentum verwandelt.*

Schiller nähert sich Kant mit dem klaren Bewußtsein, daß dieser für die Philosophie das ist, was die Französische Revolution für die Politik: die große Zäsur am Ende des 18. Jahrhunderts.

Kant hatte bekanntlich seine Untersuchung im Stile der alten Metaphysik begonnen, indem er nach den Aprioritäten des Denkens fahndete, d.h. nach Gewißheiten, die dem Denken *vor* aller Erfahrung (Physis) gegeben sind und daher, herkömmlicherweise, eine Meta-physik begründen können. Kant findet solche Gewißheiten vor aller Erfahrung, A-priori-Gewißheiten, aber, so zeigt er, sie gelten nur *für* die Erfahrung – sie können keine spekulative Metaphysik mehr begründen. Das war der Paukenschlag, das »a priori« ward vom Himmel heruntergeholt, und die Kathedralen der Metaphysik mußten einstürzen.

Das kam Schiller bekannt vor. Er verstand sich auf solche Einbrüche und Himmelsstürze, hatte er doch einst von seiner schwärmerisch-metaphysischen Liebesphilosophie gesagt: *Ein kühner Angriff des Materialismus stürzt meine Schöpfung ein.*

Hier ist ein kurzer Rückblick auf Schillers Jugendphilosophie, die er Ende der siebziger und Anfang der achtziger Jahre als Mediziner und Verfasser der »Räuber« entwickelt hatte, nötig.

Schiller hatte damals mit dem Körpermaterialismus seiner Zeit gekämpft. In der Höhle der materialistischen und deterministischen Löwen hatte er die Freiheit mit seiner enthusiastischen Liebesphilosophie retten wollen.

Das einzig erhalten gebliebene erste Kapitel seiner medizinischen Dissertation »Philosophie der Physiologie« beschäftigt sich mit der Frage: wie entstehen aus körperlichen Reizen die Phänomene der Bewußtseinswirklichkeit? Angestrebt wird eine Analyse der Vorgänge bei der Umwandlung des Physiologischen ins Psychische. Doch die spezielle Untersuchung, die an die zeitgenössische Neurophysiologie anknüpft, wird vorbereitet durch eine großen Theorie-Inszenierung. Schiller schlägt eine Bühne auf für Gedanken, die in solcher Umgebung unvermeidlich ans Erhabene rühren: er entwickelt in kühnen Strichen und mit enthusiastischem Schwung eine ganze Philosophie der Liebe als kosmisches Prinzip. Wozu?

Wie Dichter am Anfang ihres Werkes bisweilen die Muse anrufen, so beschwört Schiller, ehe er die *Labyrinthe* der physiologischen Körperwelt betritt, eine Liebesphilosophie, die ihn leiten soll, auf daß er nicht, von allen guten Geistern verlassen, in einem Körpermaterialismus endet wie Franz Moor, für den menschliches Leben nichts als *Matsch* ist. Schiller bietet seine Liebesphilosophie auf, um einem drohenden Nihilismus zu begegnen, der von Seiten eines robusten Körpermaterialismus droht. Außerordentlich stark hat Schiller diese Bedrohung durch den materialistischen Medizinerzynismus empfunden. Die Liebesphilosophie trägt dezisionistische, sogar autosuggestive Züge, sie ist auch gegen die eigenen desillusionierenden Anfechtungen gerichtet. Die Geschichte dieser Anfechtungen hat deutliche Spuren im theoretischen und dichterischen Werk hinterlassen. An dieser Liebesphilosophie als Abwehrzauber gegen den nihilistischen Materialismus hält Schiller auch nach seiner Zeit als Mediziner noch eine Weile lang fest. Vom Glück der Freundschaft mit Körner beschwingt dichtet er noch Mitte der achtziger Jahre, vor seiner Kant-Lektüre: *Seid umschlungen, Millionen, diesen Kuß der ganzen Welt.* Erst mit dem Studium Kants Anfang der neunziger Jahre verblaßt diese Liebesphilosophie allmählich. Von da an gibt es elegische Rückblicke auf eine Zeit, da das Küssen ontologisch noch geholfen hat. Die Liebe verliert ihr kosmisches Mandat und erscheint, sofern sie noch philosophisch geadelt wird, als lebensdienliche Fiktion des Enthusiasmus. Mit anderen Worten: Schiller gelangt von einer Ontologie der Liebe schließlich zu einer Als-ob-Philosophie der Liebe.

Im Handgemenge mit dem bedrohlichen Materialismus hatte die Liebesphilosophie, die er sich aus Anregungen von Herder und Shaftesbury zurechtgelegt hatte, drei präzise Funktionen in der fachwissenschaftlichen Argumentation zu erfüllen.

Die Liebe führt erstens in die *Maschine* der Körperwelt das beseelende Prinzip ein.

Die Liebe ist zweitens dasjenige Prinzip, wodurch gewährleistet wird, daß es zwischen Materie und Geist einen gleitenden Übergang gibt. Da es hier keinen *Riß* geben darf, muß etwas gefunden werden, das ein kontinuierliches Übergehen des einen ins andere möglich erscheinen läßt. Die Liebe ist das Prinzip dieses Übergangs.

Und drittens ist die Liebe ein Wahrheitsprinzip. Sie überwindet den Dualismus zwischen erkennender und erkannter Wirklichkeit. Die Liebe gewährleistet, daß es auch wirklich die Wirklichkeit ist, die erkannt wird. *Liebe also, der schönste, edelste Trieb in der menschlichen Seele, die große Kette der empfindenden Natur, ist nichts anders als die Verwechslung meiner Selbst mit dem Wesen des Nebenmenschen* – aber auch mit dem Wesen der ganzen Natur, muß man hier ergänzen. Wir mögen uns im einzelnen und vorläufig irren, das ändert aber nichts daran, daß wir im Prinzip weltoffen genug sind, um ihrer Wahrheit entsprechen zu können. Der Erkennende geht ins Erkannte über. So ist Erkenntnis letztlich ein Liebesakt, und sofern wir lieben, sind wir wahrheitsfähig.

Aber in dem Augenblick, da Schiller die kosmische Liebesszene verläßt und mit der konkreten physiologischen Untersuchung des Zusammenhangs zwischen den geistigen und den materiellen Vorgängen beginnt, zeigt sich sofort, daß die Liebesphilosophie nur eine Stimmung der Einheit von Geist und Natur verbreitet, ohne damit bereits ein wirkliches Verstehen des Übergangs vom Materiellen ins Geistige zu ermöglichen. Plötzlich erscheinen die Sätze der Liebesphilosophie als Redensarten, die den *Riß zwischen Materie und Geist* heilen sollen und doch nicht heilen können. Er bemerkt, daß der Abgrund zwischen Geist und Materie aufklafft, ein Abgrund, den die bisherigen Theorien nur dadurch überbrückten, daß sie eine der beiden Pole, entweder Geist oder Materie, zum Verschwinden bringen. Die Materialisten reden von der denkenden Materie und sind damit den Geist los; und die Animisten reden von dem sich materialisierenden Geist und sind damit die Materie los.

Schiller ist reflektiert genug, um sich über die Motive seiner Versöhnungsphilosophie der Liebe Rechenschaft ablegen zu können. Er bemerkt, daß er sie entwickelt hatte, um nicht der kalten *Maschine* einer sinnverlassenen Natur ausgeliefert zu bleiben; er wußte, wie störanfällig diese enthusiastische Gegenwelt ist und wieviel autosuggestive Kraft er benötigte, um sie am Leben zu halten, und er wußte auch, daß Abstürze jederzeit möglich sind. In den »Philosophischen Briefen« läßt er Julius über die enthusiastische Liebesphilosophie sagen: *Ein kühner Angriff des Materialismus stürzt meine Schöpfung ein.* Schiller kannte also nur zu gut den Absturz aus der gefühlsstarken Spekulation in die körpernahe materialistisch gerichtete Empirie.

Kants Angriff auf die Spekulation aber, die er jetzt kennen lernte, war nicht materialistisch, sondern transzendental gerichtet. Nicht das Physiologische und Körperliche, wie beim jungen Mediziner Schiller, entzaubert hier die Metaphysik, sondern die Reflexion auf die Strukturen des Erkenntnisaktes. Diese Entzauberung ist aber zugleich verbunden mit einer Ermächtigung des Subjektes, und dies ist ein Gedanke, der bei Schiller gezündet hat. Er bezeichnet, in einem Brief an Körner vom 18. Februar 1793, als eines der größten Worte, die je *ein Sterblicher gesprochen*, den Grundsatz Kants: »Die Natur steht unter dem Verstandesgesetz.« Angewendet auf das Materialismus-Problem bedeutet das: der Materialismus, der die Schöpfung des Geistes einzustürzen droht, ist selbst eine Konstruktion des Geistes, bei welcher der Geist nicht bemerkt, daß er sie selbst konstruiert hat. Der Materialismus ist also, transzendental gesehen, ein Dogmatismus der selbstvergessenen Vernunft. Bei Kant besorgt sich Schiller das gute theoretische Gewissen beim Versuch, die schöpferische Kraft und Freiheit ins Zentrum des Menschen zu rücken. Alles liegt im Subjekt – unsere himmlischen Ansichten ebenso wie unser Materialismus. Überhaupt ist Erkennen, von Kant her gesehen, weniger ein Rezipieren als ein Produzieren. Raum, Zeit, Kausalität – diese vermeintlichen Objektivitäten, gehören alle noch auf die Seite des Subjektes.

Diese Kantsche Erkenntnistheorie mußte bei Schiller auf fruchtbaren Boden fallen. Denn für ihn kam alles darauf an, die Eigenmacht des Subjektes gegen die Bedrohung durch geistferne und geistfremde Mächte zu bewahren. Und bei Kant lernte er nun, von der Eigenmacht des Subjektes noch höher zu denken. Kant half ihm, dieses Subjekt zur nihilismusresistenten Festung auszubauen, einer Festung allerdings, die beweglich und auch hinreichend durchlässig blieb für starke Eindrücke aus der Welt der Erscheinungen. Das mußte für einen Ästheten auch so sein. Natürlich konnte ihn auch weiterhin die Vision eines geistlosen Materialismus überwältigen, aber er konnte sich dann sagen, daß dieser Materialismus nicht etwa als Einbruch des Realen zu gelten habe, sondern eben nur eine Konstruktion des Geistes ist. Auch der womöglich zerstörerische Materialismus ist nicht die Wirklichkeit sans phrase, sondern eine Interpretation der Wirklichkeit. So fühlte sich Schiller von Kant auf die sichere Seite gebracht. Die schöpferische Macht des Subjektes wirkt auch noch dort, wo das Subjekt sich entmachtet fühlt. Es gibt keine »Wahrheit« des Materialismus, die den Geist entmachten könnte, denn auch diese »Wahrheit« hat der Geist gefunden oder erfunden. Später wird Schiller in den Briefen zur »Ästhetischen Erziehung des Menschen« schreiben: *die Wahrheit ist nichts, was so wie die Wirklichkeit oder das sinnliche Dasein der Dinge von außen empfangen werden kann; sie ist etwas, das die Denkkraft selbsttätig und in ihrer Freiheit hervorbringt.* Dieser Gedanke ist in der bereits zitierten berühmten Briefpassage vom 18. 2. 1793 (an Körner) gemeint, wo es über Kant heißt: *Es ist gewiß von keinem sterblichen Menschen kein größeres Wort noch gesprochen worden, als dieses Kantische, was zugleich der Inhalt seiner ganzen Philosophie ist: Bestimme Dich aus Dir selbst; sowie das in der theoretischen Philosophie: Die Natur steht unter dem Verstandesgesetze.*

Der zuletzt genannte Satz bezeichnet den Grundsatz der transzendentalen Erkenntnistheorie, die von nun an auch für Schiller maßgeblich wird. Der erste Satz – *Bestimme Dich aus Dir selbst* – bezieht sich auf den zugrunde liegenden schöpferischen Aspekt des menschlichen Wesens. Schiller rechnet es Kant hoch an, daß er sich nicht mit der Rolle des Erkenntnistheoretikers begnügte, sondern daß er im eminenten Sinne ein Philosoph der schöpferischen Freiheit war.

Tatsächlich hat Kant mehr getan, als nur den geregelten Geschäftsgang der Verstandes zu analysieren und vielleicht auch zu beaufsichtigen. Und dieses »Mehr« hat bei den Zeitgenossen, und eben auch bei Schiller, entfesselnd gewirkt.

Diese ganze von Kant rokokohaft konstruierte Spieluhr unseres Wahrnehmungs- und Erkenntnisvermögens mit den vier verschiedenen Urteilsarten, an denen dann die Greifarme der jeweils drei Kategorien befestigt sind, am Qualitätsurteil beispielsweise die Kategorien »Realität, Negation, Limitation« und so fort (Kant wollte sogar noch feinere Räderwerke installieren, jedenfalls hat er damit gedroht, als er erklärte, daß er nach Belieben »den Stammbaum des reinen Verstandes völlig ausmalen« könne) – dieser ganze Apparat ist alles andere als ein »Baum«; damit er arbeiten und den Erfahrungsstoff zermahlen und neu zusammensetzen kann, bedarf es der lebendigen Energie. Die Bestimmung dieser Energie ist ein Herzstück der Kantschen Philosophie. Er nennt sie – und das muß heute jeden überraschen, der in Kant nur den Maschinisten des Verstandes sieht –

die »produktive Einbildungskraft«. »Daß die Einbildungskraft«, schreibt er, »ein notwendiges Ingrediens der Wahrnehmung sei, daran hat wohl noch kein Psychologe gedacht.«

Die Thronerhebung der Einbildungskraft ist also nicht das Werk des Sturm und Drang und später der Romantik allein. Kant selbst hatte sie besorgt, und bedenkt man sein öffentliches Ansehen, so war er wohl der wirkungsvollste Königsmacher. Für Schiller jedenfalls ist die Rangerhöhung der Einbildungskraft durch Kant das schönste Geschenk, das die Philosophie der Poesie machen konnte.

Wenn Schiller Kants Diktum »Bestimme Dich aus Dir selbst« als dessen bedeutendsten Gedanken wertet, zeigt er damit, daß er tatsächlich ins Zentrum der Kantschen Philosophie vorgedrungen ist. Dieses Zentrum ist das Mysterium der menschlichen Freiheit. Kant hatte sich ihm genähert auf eine Art, die ebenso wie seine Erkenntnistheorie eine epochale Wirkung ausübte. Es ist ein windungsreicher Weg. Er führt über das ominöse »Ding an sich«. Kant hatte mit großer Gelassenheit das erkenntnistheoretische »Ding an sich« außer uns auf sich beruhen lassen. Aber mit einer beispiellos kühnen und doch auch konsequenten Wendung verlegt Kant dieses »Ding an sich« auch in uns selbst.

Nicht nur die äußere Welt ist ein »Ding an sich«, auch man selbst ist für sich selbst, so lehrt Kant, ein »Ding an sich«. So verwandelt sich die ehemals erhabene Transzendenz in den blinden Fleck unserer Existenz, in das Dunkel des gelebten Augenblicks. Das hat eine dramatische Konsequenz. Denn wenn wir uns selbst begreifen, entdecken wir, wie auch sonst in der äußeren Realität, nur Kausalitäten. Von außen gesehen finden wir keine Freiheit in uns, sondern nur Kausalitäten und Determinationen. Von innen aber erleben wir die Freiheit. Wir erfahren uns als unbestimmt genug, um unser Handeln selbst zu bestimmen. Hinterher und von außen (und die eigene Person kann man »von außen« nur »hinterher« sich vorstellen) werden wir dann die Freiheit wieder wegerklären müssen. Es ist wie auf einer Drehbühne: von innen Freiheit, von außen Notwendigkeit. Im Augenblick des Handelns zerreißt das Universum des notwendigen Seins. Kant erläutert das an einem trivialen Beispiel: »Wenn ich jetzt ... völlig frei, und ohne den notwendig bestimmenden Einfluß der Naturursachen von einem Stuhle aufstehe, so fängt in dieser Begebenheit, samt deren natürlichen Folgen ins Unendliche, eine neue Reihe schlechthin an.« Hinterher, wenn ich dann aufgestanden sein werde, läßt sich alles erklären; es zeigt sich Notwendigkeit, wo im Erlebnis Freiheit war. Notwendigkeit wird immer erst sichtbar, wenn das Ereignis der Freiheit vorbei ist. Im Augenblick des Handelns erfahre ich keinen Zwang, der mich vollkommen einschließen würde, weil Handeln und Optionen haben ein und dasselbe sind. Bewußtes Handeln bewegt sich stets in einer Offenheit, es stellt mich vor die Wahl und überantwortet mich der Freiheit, die ich bisweilen auch gerne los wäre.

Beim Versuch, sich zu begreifen, stößt man also auf das inwendige »Ding an sich«. Es ist der lebendige und geheimnisvolle Moment der Freiheit.

Hier liegt, wie Schiller ganz richtig bemerkt hat, das Gravitationszentrum der Kantschen Philosophie. Kant selbst hat es in einem Brief eingeräumt, als er bekannte, daß gerade das Problem der Freiheit: »Der Mensch ist frei und dagegen: es gibt keine Freiheit, alles ist naturgesetzliche Notwendigkeit« ihn aus dem »dogmatischen Schlummer« geweckt und zur Kritik der Vernunft veranlaßt habe.

Schiller hatte seine systematische Kant-Lektüre mit der »Kritik der Urteilskraft« begonnen. Er hatte also mit Kants letztem Werk in der Reihe der »Kritiken« begonnen, weil er vor allem wissen wollte, was Kant über die Kunst und das Schöne zu sagen habe. Er war dabei, wie es nicht anders sein konnte, tief in das ganze Universum der Kantschen »Kritiken« hineingezogen worden. Und doch blieb er hartnäckig auf der Spur des Ästhetischen. Was konnte er speziell aus der »Kritik der Urteilskraft« für sein ästhetisches Interesse gewinnen?

Was wollte Kant selbst mit seiner Untersuchung der Urteilskraft gewinnen? Kant hatte die Einbildungskraft im Zusammenhang der Erkenntnisleistungen gewürdigt. Wenn aber die Einbildungskraft, so Kant, sich löst vom Erkenntnisdienst und ihr freies Spiel beginnt, dann stellt sich das Gefühl von Schönheit ein. Was ist Schönheit? Kants Antwort: es ist dasjenige, was uns das freie Spiel der Einbildungskraft erlaubt. Warum und inwiefern ist dieses »Spiel« frei? Es ist frei, weil es nicht von einem Begehren getrieben ist, weil es »interesselos« ist, wie Kant sagt; es ist frei, weil es nicht unter moralischen Imperativen steht, und schließlich ist es auch deshalb frei, weil es nicht auf Erkenntnisgewinn aus ist; die Einbildungskraft wird zu einem Spiel veranlaßt, bei dem sie die eigenen losgelassenen Kräfte genießt. Soweit Kant.

Für Schiller geht Kant nicht weit genug. Er sieht Kant beim Kunstgenuß, beim Rezipienten also, stehenbleiben; zum schönen Gegenstand selbst, zum Kunstwerk, dringt er noch nicht vor. Für Schiller entwickelt Kant noch keinen Begriff des objektiv Schönen.

Nach wenigen Wochen der Kant-Lektüre schreibt Schiller triumphirend an Körner, er habe nun philosophisch den Weg vom subjektiv zum objektiv Schönen gefunden und er werde darüber ein »Gespräch« publizieren, »Kallias, oder über die Schönheit«, soll es heißen (21. Dezember 1792). Dieses geplante »Gespräch« wird er nicht verfassen, doch zwischen dem 25. Januar 1793 und dem 28. Februar 1793 schreibt er eine Reihe von Briefen an Körner, in denen er jene Gedanken entwickelt und in eine Ordnung bringt, die er ursprünglich für die »Kallias«-Gespräche vorgesehen hatte.

Schiller fragt, was einen Gegenstand qualifiziert für die Erfahrung von Schönheit. Wie muß dieser Gegenstand beschaffen sein, damit er schön wirkt? Die Antwort, auf die Schiller hinarbeitet und dann entfaltet, lautet: Schönheit ist *Freiheit in der Erscheinung.*

Freiheit gibt es nur im Menschen; nicht in der Natur. Aber

es gibt in der Natur etwas *Freiheitähnliches,* das, wenn es uns anspricht, als Schönheit empfunden wird. *Die große Idee der Selbstbestimmung strahlt uns aus gewissen Erscheinungen der Natur zurück, und diese nennen wir Schönheit.*

Da gibt es das Naturschöne; Schiller wählt als Beispiel das rassige Pferd, das sich nach seiner Natur bewegt, ungezwungen und frei; andererseits der Kutschergaul, dem sich Last, Arbeit und Zwang in den Körper eingeschrieben haben. Das ist der Unterschied zweier Naturwesen, schreibt Schiller, *worunter das eine ganz Form ist, und eine vollkommene Herrschaft der lebendigen Kraft über die Masse zeigt, das andere aber von seiner Masse unterjocht worden ist.* Was seine Natur entfalten kann, ungekrümmt, unbedrückt, unverzerrt, was sich aus sich selbst zu sich selbst entwickelt im Schwung seiner lebendigen Form – das ist die *Freiheitähnlichkeit* und darum die Schönheit in der Natur. Es ist eine Art Selbstbestimmung, wenn der Keim sich zur Blüte entfaltet; diese Entfaltung der inneren Natur, die sich zur Gestalt bringt, ist zwar noch keine hinreichende, aber eine notwendige Bedingung der Schönheit, die niemals mit dem Gezwungenen, Gehemmten, Gedrückten verbunden sein kann. *Freiheitähnlichkeit* entdecken wir in der Natur, vor allem aber bei den künstlichen, vom Menschen hervorgebrachten Formen. *Schön ist ein Gefäß,* schreibt Schiller, *wenn es, ohne seinem Begriff zu widersprechen, einem freien Spiel der Natur gleich sieht. Die Handhabe an einem Gefäß ist bloß des Gebrauchs wegen, also durch einen Begriff da; soll aber das Gefäß schön sein, so muß diese Handhabe so ungezwungen und freiwillig daraus hervorspringen, daß man ihre Bestimmung vergißt. Ginge sie aber in einem rechten Winkel ab, verengte sich der weite Bauch plötzlich zu einem engen Hals u. dgl., so würde diese abrupte Veränderung der Richtung allen Schein von Freiwilligkeit zerstören, und die Autonomie der Erscheinung würde verschwinden.*

Das Spiel der Form und der Masse bestimmt die Schönheit der Natur. Wenn sich die Form ungehindert ausprägen kann und die Masse nicht stört, empfinden wir Schönheit; wenn aber die

Masse zu schwer und darum ungestalt ist und die Form sich darin verliert, wenn die Ausdrucksgebärde und Bewegung gehemmt, verzerrt und nur verkümmert sich zeigen kann, reagieren wir mit Widerwillen oder sogar Abscheu. Die schwere Materie darf nicht den Eindruck erwecken, als werde sie *gezwungen*, sie muß von sich aus, *freiwillig*, sich dem Formwillen fügen, jedenfalls sollte es so erscheinen.

Solche *Freiwilligkeit* ist selbstverständlich nur analog auf die nichtmenschliche Natur anzuwenden, aber sie gibt den Gesichtspunkt für die Beurteilung der Schönheit, und sie ist maßgeblich für das schöne Zusammenspiel von Mensch und Dingen. Schiller wählt zur Veranschaulichung das Beispiel der Kleidung. *Wann sagt man wohl, daß eine Person schon gekleidet sei? Wenn weder das Kleid durch den Körper, noch der Körper durch das Kleid an seiner Freiheit etwas leidet.* Ist die Kleidung zu eng, dann drängt sich der Körper auf Kosten des Kleides vor; ist sie umgekehrt zu weit, drängt sich die Kleidung auf Kosten des Körpers vor und degradiert den Menschen zum bloßen Träger eines Textils.

Schiller ist kühn genug, an diesem eher beiläufigen Beispiel sein Modell einer ästhetischen Vergesellschaftung zu demonstrieren: *In dieser ästhetischen Welt, die eine ganze andere ist als die vollkommenste Platonische Republik, fordert auch der Rock, den ich auf dem Leibe trage, Respekt von mir für seine Freiheit, und er verlangt von mir, gleich einem verschämten Bedienten, daß ich niemanden merken lasse, daß er mir dient. Dafür aber verspricht er mir auch reciproce, seine Freiheit so bescheiden zu gebrauchen, daß die meinige nichts dabei leidet, und wenn beide Wort halten, so wird die ganze Welt sagen, daß ich schön angezogen bin.*

Der Grundgedanke ist: Schönheit spielt mit den Materialien – den Dingen, Stoffen, Ideen, Sprache – so, daß deren jeweiliger Eigensinn und Eigenwert zum Ausdruck kommt und sie insofern »frei« bleiben und doch sich einem Ganzen einfügen. In der *ästhetischen* Welt, schreibt Schiller, hat jedes Element *gleiche*

Rechte und darf um des Ganzen willen nicht gezwungen werden, sondern es muß zu allem *schlechterdings konsentieren.* Die ästhetische Welt ist der spannungsvolle Konsens aller Elemente, aus denen sie sich aufbaut. *Freiheit in der Erscheinung* bedeutet, die kombinierten Elemente so in Szene zu setzen, daß ihre Freiheit oder *Freiheitähnlichkeit* zum Vorschein kommen kann. Das ästhetische Unternehmen ist der grandiose Versuch, den Geist der Freiheit ansteckend zu machen und über die ganze erscheinende Welt bis hinunter zur unbelebten Natur auszubreiten. Das ästhetische Weltverhältnis etabliert auch ein Parlament der Dinge.

Diese Überlegungen haben Konsequenzen für das künstlerische Schaffen im engeren Sinne: der Künstler darf seine Ideen dem Stoff nicht aufherrschen – daraus entsteht *Manier.* der Künstler nimmt sich zu wichtig, drängt sich vor, hascht nach Originalität, will sich auf dem Markt der Eitelkeit behaupten. *Stil* hat der Künstler erst, wenn seine Absichten sich mit dem Eigensinn des Stoffes verbinden und dadurch etwas Unverwechselbares entsteht: es läßt sich nicht auf den Künstler reduzieren und nicht auf den Stoff, es ist etwas Drittes, das sich aus dieser Verbindung ergibt. Der Künstler muß so arbeiten, daß seine Ideen erscheinen, als kämen sie aus dem Stoff selbst hervor. Der Dramatiker etwa muß den Eigensinn seiner Figuren respektieren und darf sie nicht nach seiner Absicht modeln. Das Geschehen auf der Bühne darf nicht konstruiert sein, sondern muß Eigendynamik entwickeln. Gewiß, es ist der Künstler, der darstellt, aber zur Schönheit gehört, daß es so scheint, als ob es das Darzustellende selbst ist, das zur Darstellung drängt. Es verhält sich damit so, wie es Michelangelo einmal andeutete, als er erklärte, die Skulptur verberge sich im Stein, man brauche nur die überflüssigen Massen wegzuschlagen, damit sie zum Vorschein komme. Der Künstler ist nur ein Geburtshelfer der Dinge, die zur Erscheinung drängen. Schiller bezieht diesen Gedanken sogar auf die Philosophie: *Gut ist eine Lehrart, wo man vom Bekannten zum Unbekannten fortschreitet; schön ist sie, wenn sie sokratisch ist, d. h. wenn sie dieselbe Wahrheit aus dem Kopf und Herzen des Zuhörers herausfragt. Bei der ersten werden dem Verstand seine Überzeugungen in forma abgefordert, bei der zweiten werden sie ihm abgelockt.*

Die ästhetische Welt ist der Inbegriff aller Bedeutungen, die dem Sein nicht aufgezwungen und abgefordert, sondern eben *abgelockt* werden, und darum kann die ästhetische Welt auch so verlockend sein. Die Welt hebt an zu singen, man muß nur das Zauberwort treffen ...

In der ästhetischen Welt feiert die Freiheit also ihr Fest. Alles kommt heraus, kommt zu sich, zeigt sich so, wie es von sich aus ist, tritt ein in ein Spiel, worin jeder Mitspieler zu seinem besten Möglichkeiten ermuntert wird. Das muß nicht harmonisch sein, es kann auch tragisch enden. Und doch ist es ein Zusammenstimmen des Lebendigen in seinen starken Momenten. So ist eben das Leben – gestaltenreich, gefährlich und schön. Das ist der Schillersche Idealismus: wenn die Dinge und Menschen zu sich selbst kommen und in der vollendeten Gestalt ihrer Möglichkeit und Lebendigkeit ihr Spiel des Lebens aufführen. Wenn der Geist sich zeigt in allem, was lebt, bis hinunter zur stummen und versteinerten Natur. Auch dort findet sich Schönheit, wenn man sie nur zu finden weiß; und man findet sie überall, wenn man sie in der Kraft der eigenen Lebensgestaltung erfahren hat.

Aus diesem Begriff der Schönheit zieht Schiller schließlich sogar sein politisches Ideal hervor. Schönheit läßt sogar die Dinge gewissermaßen demokratisch erscheinen, denn für das schöne Arrangement gilt, daß in ihm *jedes Naturwesen ein freier Bürger* ist, *der mit dem Edelsten gleiche Rechte hat, und nicht einmal um des Ganzen willen darf gezwungen werden, sondern zu allem schlechterdings konsentieren muß,* schreibt Schiller in einem Augenblick, da ihn die Französische Revolution mehr, als ihm lieb ist, beschäftigt.

Als Schiller in den »Kallias«-Briefen die Schönheit definierte als *Freiheit in der Erscheinung,* war das Ethos des künstlerischen Schaffens, das Schiller im Begriff der *Veredelung* faßt, noch nicht eigens zum Thema erhoben. Das geschieht erst in der großen Abhandlung »Über Anmut und Würde«, die im Frühjahr 1793, nach den »Kallias«-Briefen, entsteht.

Schiller wußte, daß er mit seiner Definition *Schönheit ist Freiheit in der Erscheinung* zwar ein objektives Kriterium für die Empfindung der Schönheit gewonnen hatte und damit über Kant hinaus gekommen war; und auch, daß er den Schönheitsbegriff über den menschlichen und politischen Bereich hinaus auf das ganze Naturreich, also den Bereich des *Freiheitähnlichen,* ausgedehnt hatte. Damit war aber noch nicht die spezifische *Veredelung,* die ausschließlich das Werk des Menschen ist, zureichend erfaßt. Nun gilt es, diese Veredelung begreiflich zu machen. Sie ist möglich in der Gestalt der *Anmut* und der *Würde,*

Anmut ist die Schönheit der Gestalt unter dem Einfluß der Freiheit. Schönheit der Gestalt ist dasjenige, was von Natur aus ist, die Gestalt des Körpers zum Beispiel; deshalb nennt Schiller sie auch die *architektonische Schönheit,* womit nichts anderes bezeichnet ist als der Bau. die Gestalt usw. Aber dazu gehört auch die Sinnlichkeit, die Natur in uns also, die nicht ein Produkt unserer Absicht, Willkür und Vernunft ist. Anmut ist mehr als diese »natürliche« Schönheit; sie ist aber auch nicht bloßer Ausdruck von Vernunft und Freiheit. Sie ist nicht das Produkt der Herrschaft über die Natur, sondern – und das ist der entscheidende Gedanke des ganzen Aufsatzes – sie ist Kooperation zwischen Natur und Freiheit. Der menschliche Geist veranlaßt die Natur, auch die eigene, mitzuspielen bei den Absichten des Geistes; und indem die Natur sich vergeistigt, wird umgekehrt der Geist natürlich. Vielleicht, daß sich auf diese Weise der in der Moral spürbare Dualismus zwischen Körper und Geist, Natur und Freiheit überwinden läßt. Hier ist der zweite Schauplatz, wo Schiller die Auseinandersetzung mit Kant sucht.

Bei Kant war dieser Dualismus in moralischen Fragen schroff hervorgetreten. Für ihn ist die freie moralische Handlung der Natur abgezwungen. Der kategorische Imperativ drückt, ihm zufolge, nicht aus, was wir von Natur aus »wollen«, sondern was wir womöglich gegen unser »Wollen« sollen. Die sittliche Vernunft bewegt sich in der Natur wie im Feindesland. Sie zwingt. Dieser moralische *Einfluß der Freiheit* auf die Natur kann, eben weil er zwingend ist, nicht *anmutig* sein. Die so verstandene sittliche Freiheit wäre demzufolge für die Schönheit verloren.

Schillers Vorhaben ist ehrgeizig: so wie er Kants Begriff der Schönheit objektivieren wollte, so will er jetzt Kants Begriff der Sittlichkeit aus der dualistischen Erstarrung lösen und im Bild der *Anmut* ein ganzheitliches Bild vom Menschen gewinnen. *Anmut* ist ihm das Kennzeichen der Versöhnung von Begehren und Freiheit, Natur und (sittlicher) Vernunft. Wenn diese Versöhnung gelingt – und für Schiller kann sie gelingen –, wird der Mensch zur *schönen* Seele, die er so definiert: *Eine schöne Seele nennt man es, wenn sich das sittliche Gefühl aller Empfindungen des Menschen endlich bis zu dem Grad versichert hat, daß es dem Affekt die Leitung des Willens ohne Scheu überlassen darf und nie Gefahr läuft, mit den Entscheidungen desselben in Widerspruch zu stehen … Mit einer Leichtigkeit, als wenn bloß der Instinkt aus ihr handelte, übt sie der Menschheit peinlichste Pflichten aus, und das heldenmütigste Opfer, das sie dem Naturtriebe abgewinnt, fällt, wie eine freiwillige Wirkung eben dieses Triebes, in die Augen.*

In Respektbekundungen wohl verpackt, trägt Schiller seine Kritik an Kant vor: *In der Kantischen Moralphilosophie ist die Idee der Pflicht mit einer Härte vorgetragen, die alle Grazien davon zurückschreckt, und einen schwachen Verstand leicht versuchen könnte, auf dem Wege einer finstern und mönchischen Asketik die moralische Vollkommenheit zu suchen.*

Schiller nimmt an Kants Konzeption eine grundlegende Veränderung vor: Bei Kant ist das »Sollen« der Inbegriff der Freiheit. Es ist nicht die Empirie, sondern der Zwang seines Systems, das ihn zu dieser Gleichsetzung von »Sollen« und »Freiheit« und zur Entgegensetzung dieser beiden Momente zum »Wollen« bringt. Eine verschlungene Argumentation, aber ein zuletzt doch wieder einfacher Gedanke führt ihn dahin: »Wille« – das ist die Natur in uns. Was die Natur in uns will, das ist eben Naturnotwendigkeit und keine Freiheit. Frei sind wir dann, wenn wir die Kraft beweisen, die Ketten, die uns als Naturwesen binden, zu zerreißen. Freiheit ist der Triumph über unsere Triebnatur. Wir handeln unbedingt, wenn wir uns nicht mehr durch die Natur bedingen, also zum Ding machen lassen. Als Naturwesen gehören wir dem Reich der Erscheinungen an, aber als freies Wesen, das die Stimme des Sollens hört, gehen wir über das Reich der Notwendigkeit hinaus; wir sind kein Ding mehr, sondern das von innen erfahrene »Ding an sich«. Es ist unsere Sittlichkeit, die uns, nach Kant, ins verschwiegene Herz der Welt führt. An diesem Punkt tritt das moralisierte »Ding an sich« bei Kant das Erbe der alten Metaphysik an. »Ding an sich«, »Freiheit«, »Sittengesetz«, »Gewissen«, »Sollen« – das alles wird zusammengezogen zur »praktischen Vernunft«, die den leeren Himmel draußen durch einen Himmel der Sittlichkeit im Kopf kompensiert. Es ist, als hätte die entthronte alte Metaphysik, aus den weiten Räumen des Kosmos vertrieben, alle verbleibende Kraft zusammengerafft und wäre dem säkularisierten Subjekt ins Gewissen gefahren. Die praktische Vernunft, die aus dem Mysterium des »Dings an sich« kommt, hat Kant zufolge die Kraft, Handlungen zu bewirken, die allein deshalb geschehen, weil sie vernünftig sind und darum gesollt werden. Diese Kraft soll auf keine unterstützenden Impulse der Neigung oder Angst angewiesen sein. Sie muß sogar solche Impulse zurückweisen: »Es gibt«, schreibt Kant, »manche so teilnehmend gestimmte Seelen, daß sie ... ein inneres Vergnügen daran finden, Freude um sich zu verbreiten ... Aber ich behaupte, daß in solchem Falle dergleichen Handlung ... so liebenswürdig sie auch ist, dennoch keinen wahren sittlichen Wert haben«.

Das war dem Kantianer Schiller zuviel. Er sah darin eine Sittlichkeit ohne Anmut, ein garstiges Zerrbild der Freiheit. In seiner Schrift »Anmut und Würde« ist er mit subtilen Argumenten dagegen vorgegangen. Einige Jahre später, in den »Xenien«, fühlt er sich frei genug, um ziemlich derb darüber zu spotten: *Gerne dien ich den Freunden, doch tu ich es leider mit Neigung, / Und so wurmt es mir oft, daß ich nicht tugendhaft bin. / Da ist kein anderer Rat, du mußt suchen sie zu verachten, / Und mit Abscheu alsdann tun, wie die Pflicht dir gebeut.*

Schiller will es anders: das Sollen soll nicht herrschen über das Wollen, sondern das Wollen soll durch Kunst so kultiviert werden, daß es das Sollen in seinen Willen aufnimmt. Gewiß, es sind auch Fälle denkbar, wo ich partout das Sollen nicht wollen kann, Situationen, in denen ich mich zu etwas zwingen muß – für Schiller sind das jene Grenzfälle, in denen sich zwar nicht Schönheit und Anmut, dafür aber *Würde* zeigt.

Den Unterschied zwischen Anmut und Würde hat Schiller, wie schon in den »Kallias«-Briefen, in ein politisches Bild gefaßt: *Bei der Würde also führt sich der Geist in dem Körper als Herrscher auf, denn hier hat er seine Selbstständigkeit gegen den gebieterischen Trieb zu behaupten, der ohne ihn zu Handlungen schreitet, und sich seinem Joch gerne entziehen möchte. Bei der Anmut hingegen regiert er mit Liberalität, weil er es hier ist, der die Natur in Handlung setzt, und keinen Widerstand zu besiegen findet.*

In der *schönen Seele* geht es also zu wie in einem liberalen Staatswesen. Es wird nicht die allgemeine Verfeindung vorausgesetzt, nicht die Wolfsnatur, sondern man vertraut den Menschen, daß sie in ihren eigensinnigen und vielleicht sogar eigensüchtigen Strebungen zuletzt doch ein zusammenstimmendes Ganzes ergeben. Das Politische ist in diesem Aufsatz vorerst noch eine Metapher. Wenig später aber wird Schiller diese Gedanken der ästhetischen *Liberalität* zu einer politischen Kulturtheorie des Übergangs vom Reich der Notwendigkeit in das Reich der Freiheit fortentwickeln.

Mit diesem Aufsatz »Über Anmut und Würde« wurde Schiller fast über Nacht zum maßgeblichen Kunstphilosophen in Deutschland. Selbst Kant, der sich doch von der Kritik getroffen fühlen mußte, hat das neidlos anerkannt. In der zweiten Auflage der »Religion innerhalb der Grenzen der bloßen Vernunft« (1794) nennt er Schillers Schrift eine »mit Meisterhand verfaßte Abhandlung« und sieht sich veranlaßt, sein Konzept der Sittlichkeit in einigen Punkten zu mildern. Wenn Schiller sich auch geschmeichelt fühlte durch Kants Kompliment und mehr noch dadurch, daß Kant die Korrekturen an seiner Moralphilosophie vornahm (die er allerdings als bloße Verdeutlichungen ausgab), so war er selbst doch im Zweifel, ob er noch auf den Spuren Kants oder bereits gegen ihn argumentierte. An Friedrich Heinrich Jacobi, der ihn darüber befragt hatte, schrieb er am 29. Juni 1795: *Da wo ich bloß niederreiße und gegen andre Lehrmeinungen offensiv verfahre, bin ich streng kantisch; nur da wo ich aufbaue, befinde ich mich in Opposition gegen Kant. Indessen schreibt er mir, daß er mit meiner Theorie ganz zufrieden sei: ich weiß also doch nicht recht, wo ich gegen ihn stehe.*

Schillers Schrift »Über Anmut und Würde« war die erste in der Reihe der großen ästhetisch-philosophischen Abhandlungen, welche die Generation der Schelling, Hölderlin, Hegel, Schlegel, Novalis und Schleiermacher prägte. Diese Abhandlungen waren für die jungen Genies, die noch in den Kulissen auf ihre Stunde warteten, eine Schule des ästhetischen Denkens.

Sein wahres Meisterstück im Anschluß an Kant und über ihn hinaus wird Schiller dann mit seinen »Briefen zur ästhetischen Erziehung des Menschen« liefern.

Erst im fünfzehnten Brief findet sich jener Satz, auf den in dieser Abhandlung alles zuläuft und aus dem alles abgeleitet wird, was für Schiller am Kunstschönen von Belang ist. Es handelt sich um eine kulturanthropologische These mit weitreichenden Konsequenzen für das Verständnis der Kultur im allgemeinen und der Moderne im besonderen; eine These auch, mit der Schiller seinen Anspruch, durch ästhetische Erziehung die Krankheit der Kultur kurieren zu können, recht eigentlich begründet. Diese berühmte These lautet: *um es endlich einmal herauszusagen, der Mensch spielt nur, wo er in voller Bedeutung des Wortes Mensch ist, und er ist nur da ganz Mensch, wo er spielt.*

Wenn das so ist, kann die Kurzformel für den Krankheitsbefund im Umkehrschluß nur lauten: die Moderne begünstigt nicht mehr den »spielenden« Menschen, und darum droht sie unmenschlich zu werden.

Es ist also noch nicht das Entscheidende über die Moderne gesagt, wenn man auf die Folgen der Arbeitsteilung, auf die Fragmentierung des Menschen und die Vorherrschaft der bloß »theoretischen« Kultur hinweist. Vielmehr ist die Moderne auch und vor allem eine Kultur, die unter dem Diktat der Nützlichkeit steht. Die Moderne ist ernst, sie spielt nicht, erklärt Schiller, sie hat keinen Sinn für die schöne Zwecklosigkeit. Er beschreibt sie als geschlossenes System der Zweckrationalität und der instrumentellen Vernunft, als eine Gesellschaftsmaschine, fast schon als jenes »stählerne Gehäuse«, als welche sie Max Weber ein Jahrhundert später bezeichnen wird: *Der Nutzen,* schreibt Schiller, *ist das große Idol der Zeit, dem alle Kräfte fronen und alle Talente huldigen sollen. Auf dieser groben Waage hat das geistige Verdienst der Kunst kein Gewicht, und, aller Aufmunterung beraubt, verschwindet sie von dem lärmenden Markt des Jahrhunderts.*

Schiller bestimmt den Begriff des Spiels als Freiheit vom Zwang und als Gegensatz zum bloß nützlichen Handeln, genauer: zu einem Handeln, das seinen Zweck nicht in sich selbst, sondern außer sich hat.

Was tun wir eigentlich, wenn wir spielen? Bei der Beantwortung dieser Frage gerät Schiller tief in die Kulturanthropologie, und das muß auch so sein, weil sich dort nämlich zeigen läßt – und Schiller ist einer der ersten, der darauf hingewiesen hat –, daß der Weg von der Natur zur Kultur über das »Spiel«, und das heißt: über Rituale, Tabus, Symbolisierungen, führt. Es wird dem Ernst der Triebe – Sexualität, Aggression – und den Ängsten vor Tod und Krankheit und Verfall etwas von ihrer zwingenden, freiheitsberaubenden Gewalt genommen. Man könnte hier auf das Beispiel der Sexualität hinweisen. Sie ist ernst, zwingend, der von seiner Sexualität getriebene Mensch ist nicht frei.

Er ist Opfer seines Begehrens. In der Sexualität gehören wir restlos dem Tierreich an, nichts unterscheidet uns vom Schimpansen. Erst im Spiel der Erotik wird die Sexualität menschlich. Erotik hat »Spiel«, wie man von einem Rad sagen kann, daß es »Spiel« haben muß, andernfalls es sich nicht in der Achse drehen kann. Erotik hält Abstand zum Begehren, sie spielt mit ihm. Kultur ist überhaupt Inszenierung von Abständen, von Aufschub. Kultur hält das, was an uns Natur ist, an der langen Leine der Verfügbarkeit. Erotik inszeniert das Spiel der Abstände. Man spielt auch mit dem Begehren des anderen, und wenn es gelingt, spielen die Partner wechselseitig miteinander. Deshalb sind Verhüllungen, Listen, Schmuck und Ironien im Spiel, wodurch sich jene wunderbaren Verdoppelungen ergeben: man genießt das Genießen, fühlt das Gefühl, liebt das Verliebtsein, man ist zugleich Akteur und Zuschauer. Solches Spiel erlaubt erst die raffinierte Steigerung, während das Begehren in der Befriedigung erlischt und somit unheilvoll auf den toten Punkt zustrebt: post coitum animal triste est. Erotik ist bedeutungsreich, Sexualität tautologisch. Am Beispiel der Erotik läßt sich studieren, wie Freiheit ins Spiel kommt, wenn es gelingt, mit den Zwängen der Natur zu spielen. Das Spiel eröffnet Freiheitsräume. Wir sind so frei, daß wir auch mit den Ernstfällen spielen können. Kultur ist der große Versuch, bedrohliche oder auch nur, wie im Falle der Sexualität, zudringliche Ernst-Fälle ins Spiel zu verwandeln.

Es steht also allerhand auf dem Spiel, wenn die Kultur ihre Spielfähigkeit verliert, wenn die Gewalt des schlimmen Ernstes – »unsublimiert« (Freud) – zurückkehrt. Bedenken wir noch das Beispiel der Aggression. Welches immer ihre Wurzeln sind, es gibt sie. Unentschieden kann bleiben, ob sie Gründe hat oder sich Gründe im Sinne von Anlässen sucht, ob sie also primär oder sekundär ist. Kultur jedenfalls muß mit ihr rechnen und mit ihr arbeiten: Aggression wird tatsächlich zur Arbeit verwandt, wird im Krieg kanalisiert und gemildert in der Konkurrenz. Bei solchen Umformungen sind immer Elemente des Spiels mit im Spiel. Im günstigen Falle wird Aggression fast ganz ins Spiel abgelenkt. Was ist der Parlamentarismus anderes als ein Spiel mit den Gegensätzen: anstelle wirklicher Schlachten gibt es Redeschlachten. Vor Gericht wird der schlimme Ernst im Ritual gemildert. Der Strafprozeß ist dem Theater verwandt. In England tragen seine Akteure noch heute Perücken. Wo man hinblickt: spielerische Erleichterungen und Distanzierungen des Ernstes. Gefährliche Nationalismen werden im sportlichen Wettkampf entschärft. Wenn die sportliche Nationalehre befriedigt ist, sinkt die Bereitschaft, fürs »Vaterland« zu sterben. Ehre und Stolz, Ressentiment und Vorurteil können sich auf vergleichsweise ungefährlichem Gelände austoben. Auch das ermöglicht die Spielkultur, und auch hier gilt: Wo Ernst war, soll Spiel werden.

Wenn man die ernsten Zwänge der Natur, die Triebe also, und die Zwänge der lebensdienlichen und lebenserhaltenden Nützlichkeit unter dem Begriff des Realitätsprinzips zusammenfaßt, dann bedeutet »Spiel« befristete Entmachtung des Realitätsprinzips, eine Lockerungsübung für Herz, Sinn und Verstand, welche im Treiben der Triebe und in der Walkmühle der nützlichen Arbeit eingeschränkt und gefesselt sind.

Gegen die Gewalt der Triebe bedeutet solche spielerische Lockerung: Zivilisierung, Sublimierung.

Gegen den Zwang der lebenserhaltenden Nützlichkeit bedeutet Lockerung: Sinn für das Überflüssige, Hingabe ans Zwecklose oder Selbstzweckhafte, Verspieltheit statt Zielstrebigkeit.

Einen ebenfalls zwingenden Aspekt der Realität, der gegenüber das Spiel auch Freiheit wahren kann, haben wir noch nicht in den Blick genommen. Er ist aber für Schiller sehr bedeutsam. Es handelt sich um die Moral. Auch sie kann, wenn sie im Kantischen Sinne streng aufgefaßt wird, Zwang ausüben, und deshalb soll auch hier, nach Schiller, das Spiel Erleichterung und Lockerung schaffen. Selbstverständlich hat auch das Spiel seine Regeln, die jedoch mit Moral nur insofern etwas zu tun haben, als es zur Moral des Spiels gehört, kein Spielverderber sein zu wollen.

Die spielerische Neutralisierung der Moral ist für Schiller besonders bedeutsam beim Spiel der schönen Künste. Denn zu seiner Zeit nahm man die Kunst gerne an die Kandare der Moral: sie sollte der Sittlichkeit dienen. Sie galt als gut, insofern sie Gutes bewirkt; aber für Schiller ist diese Indienstnahme eine Unterwerfung der Kunst unter den Nutzen und eine Einschränkung ihrer Freiheit. Doch vergessen wir nicht: Schiller hatte in seiner früheren ästhetischen Theorie – »Die Schaubühne als eine moralische Anstalt betrachtet« – ebenfalls im Sinne des sozialen Nützlichkeitsdenkens argumentiert, und auch noch die »Ästhetischen Briefe« beginnen mit der politischen und zugleich moralischen Frage, welchen Beitrag die Kunst leisten kann, um die Menschen im sittlichen Sinne freiheitsfähig zu machen; also immer noch bleibt die Frage nach dem sittlichen Nutzen leitend. Die Pointe seiner Argumentation liegt aber jetzt in dem Gedanken, daß man in der Kunst das sittliche Ziel nur trifft, wenn man nicht darauf zielt. Das Spiel der Kunst duldet keine moralische Vorzensur; Kunst auferlegt dem freien Spiel der Einbildungskraft keine anderen als ästhetische Schranken. Die ästhetische Welt besitzt ihre eigene Ordnung, die sie sich nicht von Moral, Politik und Religion vorgeben läßt. Diese eigene Ordnung wird dann »künstlerische Autonomie« genannt. Es war Karl Philipp Moritz, der einige Jahre zuvor mit seinem Aufsatz »Über die bildende Nachahmung des Schönen« den Gegensatz der Kunst zu allen Formen der Nützlichkeit zum erstenmal programmatisch und rigoros betont und damit ihre selbstzweckhafte Würde verteidigt hatte. Das Kunstschöne, erklärt Moritz, ist deshalb keinem fremden Zweck untertan, weil es ein »für sich bestehendes Ganzes« ist; es bildet ein eigenes Reich, worin alle Elemente zweckmäßig aufeinander bezogen sind; es ist mit Zwecken »gesättigt« und muß nicht auf einen außer ihm liegenden Zweck, dem es zu dienen hätte, bezogen werden. Nur die schlechte Kunst schielt nach Wirkung und verlagert damit ihren Schwerpunkt nach draußen, die gute Kunst hat ihn in sich selbst und wirkt deshalb wie ein Magnet. Solche Kunst ist stolz: die Gleichgültigen sind ihr gleichgültig. So kann die Kunst das Erbe des alten Gottes antreten, denn was ist Gott anderes als der Inbegriff aller Zwecke und keinem fremden Zweck untertan. Moritz hatte mit seiner Schrift bei den Kunstfreunden in Weimar, wo er zeitweilig Goethes Gast war, großes Aufsehen erregt. Seine Theorie wurde als Befreiungsschlag empfunden, sie half aus der Verlegenheit, wenn robuste Realisten die Künstler fragten: wozu überhaupt Kunst? Mit Moritz konnte man jetzt antworten: die Frage ist falsch gestellt. Die Kunst hat kein »Wozu«, und das genau unterscheidet sie von den bloß dienstbaren Geistern und Tätigkeiten. Große Kunst will nichts als sich selbst, sie lädt uns ein, bei ihr zu verweilen, sie ist der erfüllte Augenblick.

Auch Schiller war beeindruckt und nahm diese glanzvolle Verteidigung des künstlerischen Selbstzwecks in die eigene Gedankenreihe auf und machte daraus die »Autonomie« der Kunst. Die autonome Kunst, so Schiller, ist gerade als moralisch entlastete zutiefst moralisch: denn sie ermöglicht jene geistige Beweglichkeit und Sensibilität, die dann auch der freien Sittlichkeit zugute kommen soll. *Es ist die Schönheit ..., durch welche man zu der Freiheit wandert.* Das freie Spiel des Geistes heilt, so Schillers Idee, die Wunden, welche die fragmentierende Arbeitsteilung, die Fühllosigkeit der bloß *theoretischen Kultur* (heute würden wir sagen: Wissensgesellschaft) und die dumpfe Welt der entfesselten *tierischen Bedürfnisse* dem Menschen in der Moderne zufügen. Das künstlerische Spiel erlaubt es ihm, die zersplitterten Kräfte zu sammeln und etwas Ganzes, eine Totalität im Kleinen zu werden, wenn auch nur im befristeten Augenblick und im begrenzten Bereich des Kunstschönen. Im Genuß des Schönen erlebt er den Vorgeschmack einer Fülle, die im praktischen Leben und in der geschichtlichen Welt noch aussteht. Er gibt sich nicht zufrieden, sein Erwartungshorizont ist weit, er kapituliert nicht vor dem sogenannten Realitätsprinzip.

Die Kunst und das Spiel. Sie gehören zusammen, aber das Spiel umfaßt weit mehr als die Kunst. Aber wenn Schiller das Spiel als Therapie der Kultur vorschlägt, denkt er fast ausschließlich an die schönen Künste. Sein Befund, daß die Moderne den spielenden Menschen nicht ermuntert und begünstigt, mag auf das Schicksal der Künste in der bürgerlichen Gesellschaft zutreffen; bedenkt man aber, daß im Zeitalter der elektronischen Massenmedien die Dimension des Spiels sich ungeheuer ausgeweitet hat, muß man zu dem Schluß kommen, daß sich Schillers Utopie der spielenden Gesellschaft auf überraschend banale Weise verwirklicht hat. Seitdem das Fernsehen zum Leitmedium geworden ist, verbringt man wachsende Anteile des Lebens in der Welt des Scheins, auch wenn es meist nicht mehr der schöne Schein ist, der da lockt. In den »ernsten« Lebensbereichen der Politik und Ökonomie sind inzwischen auch Spielertypen gefragt, und Inszenierungen machen sich überall geltend. Die ursprünglich ästhetische Haltung des »als ob« dehnt ihren legitimen Geltungsbereich, wo sie zur Spielregel gehörte, aus. Das Realitätsprinzip verliert seine strenge Miene. Die Medienkultur bewirkt Lockerungen bis hin zur Bereitschaft, sich gehen zu lassen. Immer mehr Angelegenheiten des Lebens werden ins Belieben des Einzelnen gestellt. Traditionelle Verbindlichkeiten lösen sich auf, werden Geschmackssache, und der schlechte Geschmack bekommt ein gutes Gewissen. Die Spielfelder erstrekken sich inzwischen fast über den ganzen Raum des gesellschaftlichen Betriebs.

Das hat Schiller nicht geahnt, und er hätte es sich als Erfüllung seiner Utopie auch nicht gewünscht. Er dachte bei dem Satz *der Mensch* ist *nur da ganz Mensch, wo er spielt* vor allem an das edle Spiel der Kunst; beim Versuch, diesen Satz zu begründen, entdeckte er den *Spieltrieb* als anthropologische Konstante und als Heilmittel.

Als Arzt der Kultur hat er der Gesellschaft eine Spieltherapie verordnet. Daß die Lust am Spiel aber selbst zu jener Krankheit werden könnte, als deren Therapie sie aufgeboten wird, hat er sich nicht träumen lassen.

I. PHILOSOPHIE DER PHYSIOLOGIE

Philosophie der Physiologie

(...)

§ 7. Die Richtung

Unter den Organen, welche das Objekt verändern, ist das Auge das weiteste, schönste, edelste. Ich sehe die Körper, wenn ich das Zittern des Lichtes auf ihren Flächen gewahr werde. Und da nun meine Nervengeister nicht auf den Flächen dieser Körper existieren können, so mußten die Unterkräfte des Auges das Licht auf jenen ebenso zittern machen, als es auf den Flächen der Körper gezittert hat. Dies ist es, was man das Objekt malen heißt. Dies geschieht durch die Feuchtigkeiten des Augs. Die Kräfte, die diese Feuchtigkeiten bestimmen und erhalten, werden Hülfskräfte genannt. Es sind die Membranen. Die Schutzkräfte sind die Augenlider, die Augbrauen, die Härchen, die Tränen, die Augensalbe, der Stern usw. Durch das Auge erfahr ich ursprünglich die Erleuchtung und Schattierung, die Farbe, die Gestalt der Körper. Durch die Vergleichung mit andern Vorstellungen der andern Sinne ihre Größe und Entfernung.

Ich höre einen Schall, wenn ich das Zittern der Luft empfinde. Da aber die Schwingungen der Luft immer mehr ermatten, je weiter sie sich von den zitternden Saiten entfernen, daß wir also kaum das nächste empfinden würden, so mußten Unterkräfte des Ohrs die Schwingungen erhöhen und erhöht an meine Nervengeister bringen. Dazu die Knochen, die Knorpel, die gespannten Häute, die konischen Kanäle des Ohrs usw. Die Schutzkräfte des Ohrs sind wieder die Knochen, die Ohrhärchen, die Ohrensalbe, der Dunst. Dieser Dunst, in der Erstarrung des Todes verdickt und wegen der Lähmung der zurückführenden Gefäße nicht mehr eingesogen, wird in Form einer Feuchtigkeit in den Kammern des Ohrs erblickt und hatte den Cotunni zu der irrigen Hypothese verführt, daß die Luft nicht unmittelbar auf den Nervengeist wirke, sondern mittelbar durch die Feuchtigkeit des Ohrs. Wer wird glauben, daß der Schall, das größte Produkt der Elastizität, durch das Wasser, das am wenigsten elastisch ist, der Seele bezeichnet werde? – Durch das Ohr erfahre ich ursprünglich den Schall, mit seinen Höhen und Tiefen, durch die Vergleichung mit andern sinnlichen Vorstellungen die Elastizität, Härte, Entfernung der Körper.

Der Geschmack unterrichtet mich von den feinsten Flächen der Körper; dies läßt sich besonders aus der Ähnlichkeit seines Baus mit dem Bau des Fühlorgans schließen. Die Vorstellungen sind von schmackhaft und unschmackhaft, scharf, süß, sauer, bitter usw. Dieser Sinn aber gehört unter ein ganz anders Kapitel, daß ich ihn hier nicht zu zergliedern bedarf. Dort wird man auch einsehen, warum er unter die erste Klasse der Sinne gerechnet worden ist.

Der Geruch gibt nur Vorstellungen von den feinsten Atmosphären gewisser Körper. Diese Atmosphären der Körper kommen zwar unverändert vor die Nervengeister des Riechorgans, aber es waren dannoch mechanische Kräfte vonnöten, die sie denselben entgegenführen. Dies sind die Kräfte des Odems. Die Knochen, die Knorpel, die Membranen der Nase und der Schleim sind die Schutzkräfte. Die Vorstellungen, die wir durch den Geruch erhalten, haben noch keine Namen und werden durch die Namen der des Geschmacks bezeichnet. Auch dieser Sinn hat eine nähere Beziehung auf mich, von welcher anderwärts.

Das Gefühl stellt mir die gröbern Flächen der Körper vor. Es ist das Organ des Gefühls das einfachste von allen, dessen Bau keine andere Bestimmung hat, als die Geister gehörig gegen die Objekte zu bestimmen und vor dem zerstörenden Einfluß äußerer Kräfte zu beschützen. Es gibt mehrere Arten des Gefühls: Entweder ist es allgemeines, stumpferes Gefühl. Die ganze Fläche der Haut ist sein Organ. Oder ist es schärferes, besonders Gefühl. Die Fingerspitzen sind sein Organ. Von dem Gefühl der Empfindung und seinen besondern Organen ist hier gar nicht die Rede. Dies ist Gefühl des tierischen, jenes ist Gefühl des geistigen Lebens. Die Vorstellungen, die ich durch dieses erhalte, sind von Kälte und Wärme, Feinheit und Rauhigkeit, Härte und Weiche.

Das materielle Denken

§ 8. Das Denkorgan. Materielle Phantasie. Theorien

Vermittelst dieser fünf Organe hat die ganze materielle Natur freien, offenen Zugang zu der geistigen Kraft. Die äußeren Veränderungen werden durch sie zu innern. Durch sie wirft die äußere Welt ihr Bild in der Seele zurück. Und dies ist nun der erste Grundpfeiler des geistigen Lebens; Vorstellung. Vorstellung ist nichts anders als eine Veränderung der Seele, die der Weltveränderung gleich ist, und wobei die Seele ihr eigenes Ich von der Veränderung unterscheidet. Ich bin also in dem Augenblick ganz dasselbe, was ich mir vorstelle, und nur die Persönlichkeit trennt mein Ich von demselben und lehrt mich, daß es eine äußere Veränderung ist. Vorstellung aber ist noch nicht Überschauung, Forschung der Kräfte, der Absichten; sie ist nur der Grund, worauf dieses Geschäft ruht, der Stoff, worin der Verstand wirket und schafft. Das zweite, das Hauptgeschäft wäre also die Tätigkeit des Verstandes in diesem dargebotenen sinnlichen Stoff, nämlich das Denken.

Da aber Vorstellung nichts als ein einziger Aktus einer einfachen Kraft ist, auf Veranlassung einer Veränderung des Nervengeists bei der Sensation (siehe Garves Abhandlung von den Neigungen in den Akten der Berliner Akademie, pag. 110, 111) – da die letztere nichts anders als die Folge einer Veränderung in den sinnlichen Organen; diese das Resultat einer Veränderung in der materiellen Welt, diese aber vorübergehend und flüchtig ist, so würde die Vorstellung eines Gegenstands ebenso schnell verschwinden, als ihre Ursache nimmer ist, und wenn ich mit diesem beschäftigt wäre, würde jener dahinsein. So wäre mir dennoch der Verstand, der nur durch Gegeneinanderhaltung wirket, ebenso unnütz, als er es ohne Mittelkraft, ohne Organ, ohne Welt nur immer würde gewesen sein.

Darum mußten neue Mittelkräfte vorhanden sein, jene sinnlichen Veränderungen des Nervengeists bei der Sensation zu fesseln und bleibend zu machen, wenn auch ihre Ursachen, die Veränderungen in den sinnlichen Organen, lange schon aufgehört haben zu wirken. Ich komme also auf ein neues Organ, das weder Sinn noch Seele ist, man nennt es gemeiniglich das allgemeine Sensorium: ich nenne es besser das Denkorgan, oder das Instrument des Verstandes. In diesem Organ muß die große Welt, insofern sie nämlich schon den Weg der sinnlichen gegangen ist, im kleinen bezeichnet ruhen und dem Verstande gegenwärtig sein. Ist es nun nicht zu vermuten, daß selbst die Veränderung des Nervengeists bei der Sensation an der Seele vorübergehe und erst diese gleichartige Veränderung im Denkorgan auf sie wirke? daß also die Seele, wenn Rahmen sie einschließen, in diesem Organ wohne?

Fragt sich nun, was sind die materiellen Ideen des Denkorgans oder der Phantasie, und wie werden sie von den materiellen Ideen der Sensation erzeugt? Es sind darüber mancherlei Theorien erdacht worden, die ich itzo genauer prüfen werde.

I. *Sind sie Eindrücke in dem Kanal des Nervengeistes, den Nerven, von des Nervengeists Andrang verursachte?* Dies wäre also eine Veränderung im gröbern Teil des Nerven im Bau. Für was also ein so feines, unmaterielles Wesen wie der Nervengeist, wenn doch die plumpe materielle Masse auf sie wirken soll? Aber ein Eindruck? Wer wird die erstaunliche Mannigfaltigkeit der Ideen, wer ihre unmeßbaren Abstechungen von Lebhaftigkeit zu Mattigkeit aus der Form oder der Tiefe des Eindrucks erklären? Wer begreift es, wie ein Eindruck, ein leidender, toter, ruhender Eindruck, etwas Verneinendes auf die Seele wirket? Ich muß mir ja schlechterdings alle Einwirkungen als Bewegung vorstellen, und hier nehme ich gerade das Gegenteil an. Ferner: wie kommt es, daß nicht der Strom der Geister, der unaufhörlich an den Wänden der Nerven hinauf und hinab eilt, diese Eindrücke nicht bald ausgelöscht hat. Entweder müssen sie so fein und hingegen der Nervengeist so erstaunlich grob sein, daß er sie nicht auslöschen kann oder muß umgekehrt der Nervengeist so außerordentlich fein, sie aber so grob gegen ihn sein, daß er sie darum nicht auslöschen kann. Im ersten Fall ist die Theorie vom Nervengeist umgestoßen; seine Geschwindigkeit, seine Wirksamkeit, seine geistige Natur ist nicht mehr. Selbst Haller wird das nicht zugeben. Im andern Fall – Aber das Monstrum mag ich nicht aushecken. Noch mehr. Da auch die Nervenkanäle von ihren Bestandteilen verlieren und neue Teile an der verlornen Stelle treten, so frage ich also: sind diese Teile des Verlustes größer als der Umfang des Eindrucks, oder sind sie unendlich kleiner? Ist das erste, so würde jeder Pulsschlag mehrere Ideen losreißen, Ideen wegschwemmen der Harn, Ideen wegdünsten der Schweiß. Ist das zweite, so muß der Eindruck wieder erstaunlich grob angenommen werden, weil die Teile des Verlustes und des Ersatzes nicht mehr Elemente sind. Wird man sagen, die Narben erhalten sich ja auch, trotz Verlust und Ersatz, bis ins späteste Alter. Sollten nicht auch die Eindrücke? Ohne Anstand; wer sich den Eindruck als Narben vorstellen kann: aber wehe dir dann, schöner Organismus des Denkens, wehe deiner Natur, einfacher Geist! Diese Meinung wird in der Folge noch mehr verlieren, wenn von der Assoziation die Rede sein wird. Sie ist indes ein Geschenk des Himmels für Leute, die sich lieber am Handgreiflichen halten, als die Sache selbst nach gesunden Begriffen wägen: dann diesen Vorzug muß ich dieser Theorie einmal lassen, daß sie sich mit Händen greifen läßt.

Vernünftiger schon denken die, so die materielle Idee der Phantasie II. *in Bewegungen des Nervengeistes setzen, harmonisch mit jenen ursprünglichen in den sinnlichen Geistern.* So bleibt doch der gesunde Begriff von Nervengeist und Seele unangetastet und wird gerade da gewonnen, wo die erste verloren. Nämlich die Erfahrung lehrt, daß die Phantasie rascher und lebendiger ist, wenn das Blut mit Fluges Eile durch seine Adern eilt, daß unter heftigen Fieberwallungen Ideen oft bis zur Furie lebhaft werden, da im Gegenteil beim trägen Puls der Phlegmatischen die Folge der Ideen äußerst matt und langsam ist. Bestünden nun die materiellen Ideen in Eindrücken, so müssen sie um so matter sein, je schneller die Säfte wallen, weil sie dann ausgelöscht würden; ist aber die materielle Idee Bewegung, so ist alles bewiesen. Zugleich kann ich mir doch einen tätigen Einfluß dabei denken: bei dem toten Eindruck konnt ich es nicht. Ich kann mir bei der Bewegung des Nervengeists eine Einwirkung auf ein materielles Wesen denken: bei dem Eindruck in den Kanal konnt ich es ohne Schamröte nicht. Aber auch diese Theorie reicht nicht hin, alle Einwürfe wegzuräumen, alle Erscheinungen des materiellen Denkens zu erschöpfen. Auch sie wird uns im Artikel von der Assoziation im Stiche lassen, wo wir ihrer doch am meisten bedörfen.

Oder sind vielleicht die materiellen Ideen der Phantasie III. *Schwingungen saitenartig gespannter Fibern, deren Summe und Zusammenhang das Denkorgan ausmacht?* Wer wird glauben, daß die mehrere oder mindere Spannung dieser Fibern mit jener unbeschreiblichen Mannigfaltigkeit der sinnlichen und abstrakten Ideen mit ihren mannigfaltigen Graden in Vergleichung komme. Die erstaunliche Mannigfaltigkeit der elastischen Körper gibt uns doch nur wenige wesentlich verschiedene Töne; die erstaunliche Mannigfaltigkeit von Körpern, die das Licht zittern machen, gibt uns doch nur sieben verschiedene Farben. Und doch sollen diese Denkfibern alle Töne, alle Farben, alle andere unendlich mannigfaltige sinnliche und geistige Vorstellungen bezeichnen können. Auch hat die Zergliederungskunst und die Analogie und nichts im ganzen Bau des Menschen nur einen Wink zu dieser Theorie gegeben. Der Zergliederer hat das Denkorgan unter allen Teilen des Körpers am wenigsten elastisch, am weichsten gefunden. Sie ist lediglich nichts als nackte Theorie und wird im Artikel von den Assoziationen vollends ihr Haupt sinken lassen.

Aus der ohngefähren Kombination der drei Theorien, so ohngefähr, wie sich die Elemente des Epikurus ergriffen haben mochten, ist des Herrn Bonnets Hypothese entstanden. Mit unverzeihlichem Leichtsinn hüpft der französische Gaukler über die schwersten Punkte dahin, legt Dinge zum Grund, die er niemals beweisen kann, zieht Folgen daraus, die kein Mensch, ausgenommen ein Franzose, wagen kann. Seine Theorie mag seinem Vaterland gefallen, der schwerfällige Teutsche entrüstet sich, wenn er den Goldstaub weggeblasen und unten nichts als Luft sieht.

§ 9. Assoziation. Anwendung der Theorien

Sind aber die materiellen Ideen der Phantasie immer in demjenigen Zustand der Lebhaftigkeit, daß sie der Seele Vorstellungen machen können, oder sind sie es nicht. Das erste kann nicht sein, sonst müßten wir ja schlafend und wachend ununterbrochen denken, so könnten wir nicht mit Ordnung denken. Ist das zweite, so müßten zukommende Ursachen sein, die die gleichsam Schlummernde erwecken und vor die Seele bringen.

Und das sind nun neue sinnliche oder durch diese andere belebte Phantasie-Ideen, welche kraft einer Verwandtschaft von Zeit oder Ort oder Wirkung einen Bezug auf die Schlummernde haben und durch die innere Mechanik des Denkorgans an dieselbe geordnet werden. Es soll z. E. die materielle Idee einer Quelle im Denkorgan schlummern. Jetzt lassen wir durch den Weg der Sinne den Namen Quelle in das Denkorgan gelangen, so wird diese Veränderung in demselben auf Veranlassung des Namens Quelle durch die Mechanik desselben an die schlummernde materielle Idee der Quelle geordnet werden. Diese wird itzo erweckt, wirkt auf die Seele und gibt ihr die Vorstellung einer Quelle: aber freilich schwächer, als die ursprünglich sinnliche gewesen. Aber die neuauflebende materielle Idee der Quelle wird itzo die nächst an sie grenzende, meinetwegen eines Menschen, der damals am Baume stund, oder eines Schalles, der damals gehört ward, ebenso erwecken, als sie selbst von der sinnlichen erweckt ward, und die Seele wird eine Vorstellung von jenem Menschen oder jenem Schalle bekommen. Diese auflebende Idee wird ihre Nachbarin erwecken, diese wieder, die Seele wird wiederum Vorstellungen bekommen usf., so unaufhörlich nach allen Seiten fort, bis wiederum eine neue sinnliche Idee anderer Art dieses Kettensystem unterbricht und ein neues beginnet. Und das ist nun die Reihe der Vorstellungen, gegründet auf die Assoziation; diese aber ist auf die Verwandtschaft nach Zeit und Ort oder Wirkung gebaut. Itzt wollen wir obige Theorien darauf anwenden und untersuchen, welche von allen uns am meisten befriedigt.

Zuerst also von den Saitenschwingungen. Ich will einen analogischen Beweis von den Tönen und Farben entlehnen, der ihnen außerordentlich günstig scheint. Wenn ich in ein dunkles Zimmer allerlei Farben bringe und durch einen schwachen Ritz auf eine derselben, als z.E. die rote ist, Licht einlasse, so werden alle rote Farben im Zimmer sichtbar werden, die andere alle unsichtbar bleiben. Wenn ich zwei Klaviere nebeneinanderstelle und auf einem derselben eine Saite rühre und einen Ton angebe, so wird auf dem andern Klavier die nämliche Saite und keine andere ohne mein Zutun zittern und eben den Ton, freilich matter, angeben.

Wir könnten also sagen: die Stelle des ersten Klaviers vertritt die Welt, so wie sie sich in den sinnlichen Organen befindet, die Stelle der Luft der Nervengeist. Die Stelle des zweiten Klaviers das Denkorgan. Soviel Saiten sind in der sinnlichen Welt, als Objekte. Soviel Fibern im Denkorgan, als Saiten in der sinnlichen Welt. Und beede, die Welt und das Denkorgan, und die Saiten in jener und die Fibern in dieser sich ebenso genau entsprechend, als die beeden Klaviere, als ihre Saiten sich entsprochen haben.

Es sollen also gewisse Saiten in den sinnlichen Organen zittern. Dieses Zittern pflanzt der Nervengeist bis in das Denkorgan fort. Die Seele empfindet es; das ist die sinnliche Idee. Itzt, welche Fibern werden zittern? Keine andere als die, welche den

Weltfibern gleich sind in allem. Welche Idee wird die Seele bekommen? Keine andere als die nämliche, sowie die Saite des zweiten Klaviers nur den Ton des ersten angegeben hat. Die rote Farbe wird mich nur an die rote erinnern. So wie die rote Farbe im dunkeln Zimmer nur die rote wieder sichtbar macht. Ist das nun Assoziation? Das ist nichts als ein Echo der nämlichen Idee, das zu nichts nütze ist.

Gesetzt aber, es fände wirklich eine Assoziation bei dieser Mechanik statt; was folgt weiter? Man muß annehmen, daß alle Gegenstände entsprechende Fibern schon vorher im Denkorgan haben, ehe sie sinnlich empfunden werden. Gesetzt also, ich sehe das Meer. Das Meer erinnert mich an ein Schiff. Das Schiff an den amerikanischen Krieg. Die Fibern dieser verschiedenen Ideen müssen also sich irgendwo gleich sein, daß die eine die andere in Bewegung setzt. Gesetzt aber, ich hätte noch kein Schiff gesehen, ich hätte noch von keinem amerikanischen Kriege gehört. So müßte ich mich also, wenn die Meerfiber in Bewegung kommt, an ein Schiff, an den amerikanischen Krieg erinnern, ehe ich sie sinnlich empfunden habe. Was Bonnet zur Beantwortung dieses Einwurfs vorbringt, findet hier gar nicht statt.

Von monströsem Folgen dieser Theorie will ich nichts mehr sagen, dann jeder wird nun wohl von ihrem Ungrund überzeugt worden sein. Ich habe nicht nötig gefunden, sie anders als mit ihren eigenen Waffen anzugreifen, und meine Absicht ist erreicht.

Ich nehme also meine Zuflucht zu der zweiten. Diese führt mich in eben den Labyrinth. Ich muß notwendig annehmen, dass jede Idee, auch die einfachste, ihren eigenen Geistern, ihren eigenen Kanälen entspreche. Diese Kanäle haben einen bestimmten Platz, den sie so wenig verändern, als die Blutadern den ihrigen. Zudem so muß ich nach der schärfsten Beobachtung des Herrn von Hallers zugleich annehmen, daß kein Kanal mit dem andern anastomosiere, sondern jeder einzeln von der äußersten Spitze im sinnlichen Organ bis an das Ende der sondernden Ader fortlaufe. Nun aber sind die Assoziationen äußerst willkürlich, unendlich zufällig und mancherlei, und doch haben die Kanäle nur einen bestimmten Platz, und doch anastomosieren die Geister nicht.

Eben diese Schwürigkeit und noch mehr finden sich bei der Theorie von den Eindrücken. Hier ist noch das Unbegreifliche, wie ein Eindruck in Bewegung kommt, daß er der Seele eine Vorstellung macht. Ein Eindruck in Bewegung? Ich kann dies nicht weiter auseinandersetzen, wenn ich meinem Leser nicht das Denken absprechen will. Freilich ist es wahr, daß mancher vermeiden wird, darüber zu denken, um die Blöße seiner Meinung nicht sehen zu dürfen und den Anker seines Verstands in diesem sternlosen Meer nicht vollends zu verlieren. – Aber wie Haller so auf der Oberfläche schweben konnte, das begreif ich nicht. Haller ist zu groß, als daß er durch diesen Irrtum verlöre. Quandoque bonus dormitat Hallerus.

Da ich nun die materielle Assoziation nicht aus der Mechanik des Denkorgans erklären kann, weil diese bestimmt und ewig, jene aber unendlich mannigfaltig und veränderlich ist, soll ich die Seele zum ordnenden Prinzipio machen, soll ich annehmen, daß sie bei jeder sinnlichen Idee das ganze Heer der schlummernden im Denkorgan durchlaufe, um die ähnliche zu finden? So müßte sie sich also alle vorstellen, so müßte sie alle mit der sinnlichen vergleichen, sie müßte das ganze Werk des Denkens vollenden, um eine einzige Vorstellung zu bekommen. Nein, die Assoziation muß schlechterdings in den materiellen Ideen ihren Grund haben, wenn wir sie schon nicht nach unseren mechanischen Gesetzen erklären können. Aber es verrät einen kranken Verstand, nur ein Bestreben zu äußern, diesen Mechanismus zu finden. Ihm aber wirklich weiter nachzuhängen, wäre der nächste Weg, ihn vollends zu verlieren. In der Tat, ich habe den Kitzel nicht, und find es meiner Absicht gemäßer, Theorien umzustoßen, als neuere und bessere zu schaffen oder schaffen zu wollen. Tät ich das, so wär nicht erst ein Abdera nötig, um mir mit Nießwurz aufzuwarten.

Die materielle Assoziation ist der Grund, auf welchem das Denken ruht. Der Leitfaden des schaffenden Verstands. Durch sie allein kann er Ideen zusammensetzen und sondern, vergleichen, schließen und den Willen entweder zum Wollen oder zum Verwerfen leiten. Diese Behauptung dürfte vielleicht der Freiheit gefährlich scheinen. Dann wann die Folge der materiellen Ideen durch den Mechanismus des Denkorgans, der Verstand aber durch die materiellen Ideen, der Wille durch den Verstand bestimmt wird, so folgte, daß zuletzt der Wille mechanisch bestimmt würde. Aber man höre weiter.

Die Seele hat einen tätigen Einfluß auf das Denkorgan. Sie kann die materiellen Ideen stärker machen und nach Willkür darauf haften, und somit macht sie auch die geistigen Ideen stärker. Dies ist das Werk der Aufmerksamkeit. Sie hat also Macht auf die Stärke der Beweggründe; ja sie selbst ist es, die sich Beweggründe macht. Und itzt wäre es ziemlich entschieden, was Freiheit ist. Nur die Verwechslung des ersten und zweiten Willens hat den Streit darüber verursacht. Der erste Wille, der meine Aufmerksamkeit bestimmt, ist der freie, der letzte, der die Handlung bestimmt, ist ein Sklav des Verstands; die Freiheit liegt also nicht darin, daß ich das wähle, was mein Verstand für das Beste erkannt hat (dann dies ist ein ewiges Gesetz), sondern daß ich das wähle, was meinen Verstand zum Besten bestimmen kann. Alle Moralität des Menschen hat ihren Grund in der Aufmerksamkeit, d.h. im tätigen Einfluß der Seele auf die materiellen Ideen im Denkorgan.

Wird nun eine materielle Idee kraft dieses tätigen Einflusses öfters in starke Lebhaftigkeit gesetzt, so wird sie endlich eine gewisse Stärke auch nachher noch beibehalten und gleichsam deuteropathisch vor allen hervorstechen. Sie wird die Seele treffender rühren. Sie wird in allen Assoziationen dem Verstand heftiger sich aufdringen, ihn mächtiger bestimmen, sie wird die Tyrannin des zweiten Willens werden, da der erste Wille gar nicht ausgeübt war. So kann es Leute geben, die zuletzt mechanisch Gutes oder Böses tun. Anfangs hatten sie es frei, moralisch getan, da nämlich ihre Aufmerksamkeit noch unbestimmt war. Itzo aber ist die Idee auch ohne Aufmerksamkeit die lebhafteste, sie fesselt die Seele an sich, sie herrscht über den Verstand und Willen. Hierin liegt der Grund aller Leidenschaften und herrschenden Ideen, und zugleich der Fingerzeig, beide zu entnerven.

Wenn die Seele ihre Aufmerksamkeit auf mehrere Ideen heftet und solche in andere Assoziationen bringt, so sagt man: sie erdichtet. Wenn sie ihre Aufmerksamkeit auf einzelnen Bestimmungen mehrerer Ideen ruhen läßt und solche aus ihren Assoziationen herausdenkt, so sagt man: sie sondert ab. Jene durch Erdichtung in neue Assoziationen hineingedachte, diese durch Absonderung aus ihren Assoziationen herausgedachte Ideen fesselt sie besonders im Denkorgan wieder, ja selbst das Bewußtsein ihrer selbst bei diesen Wirkungen scheint sie in materiellen Formen zu fesseln, weil sie dies Bewußtsein zugleich wieder mit den alten Ideen zurückbringt. In diesem Fall sagen wir: sie erinnert sich wieder. Wenn die Seele kraft ihrer Aufmerksamkeit eine materielle Idee stärker erschüttert, so wird diese die nächstangrenzende auch stärker erschüttern. Die Assoziation wird also rascher, lebhafter werden. Dies tun wir, wenn wir uns auf etwas besinnen oder unsere Phantasie spielen lassen. Die Aufmerksamkeit also ist es, durch die wir phantasieren, durch die wir uns besinnen, durch die wir sondern und dichten, durch die wir wollen. Es ist der tätige Einfluß der Seele auf das Denkorgan, der dies alles vollbringt.

Und also ist das Denkorgan das wahre Tribunal des Verstands, ebenso diesem unterworfen, als dieser ihm unterworfen ist. Ganz ist er dann abhängig bis auf die Aufmerksamkeit. Darum kann die Verwirrung der Geister in der Krankheit, wenn sie bis in dieses Organ hinein fortgepflanzt wird (und wie leicht wird sie das), den Weisesten zum lächerlichsten Toren, den Denker zum Einfaltspinsel, den Sanftmütigsten zu einer Furie umkehren. Ganz ist es abhängig von dem Verstand, bis auf den Einfluß der Sensation. Darum kann ein richtiger Verstand das richtigste Gedächtnis hervorbringen. Darum kann ein immer tätiger Verstand es durch Überspannung zerstören. Beides beweisen die Beispiele großer Denker, der Garves, der Mendelssohns, der Swifts, die das Instrument ihres Verstandes verstimmt haben, daß es keinen rechten Laut mehr von sich gibt. Und weil es dann so genau mit der Denkkraft zusammenhangt, so hab ich es das Denkorgan genannt, und nicht, als ob ich das Denken als eine Folge des Mechanismus betrachtete.

§ 11. Empfindungen des geistigen Lebens

Meine Seele ist nicht allein ein denkendes, sie ist auch ein empfindendes Wesen. Dies allein macht sie glücklich. Jenes allein macht sie des letztern fähig. Wir werden sehen, wie genau der Menschenschöpfer Denken an Empfinden gebunden hat. Empfindung ist derjenige Zustand meiner Seele, wo sie sich einer Verbesserung oder Verschlimmerung bewußt ist. Darin also von der Vorstellung unterschieden, dass sie hier nur den Zustand ihres äußern Wesens, dort aber ihren eigenen empfindet.

Ich sehe den Sonnenhimmel, den Sternenhimmel, ich sehe einen verwirrten Haufen Steine, ich höre eine Quelle murmeln, ein Saitenspiel erschallen. Ich höre das Gekrächz eines Raben. In allen diesen Verwandlungen meines Zustands ist etwas Allgemeines, die Vorstellung eines äußern Gegenstands. Aber wie sehr verschieden ist nicht auf der andern Seite mein Zustand bei jeder dieser Vorstellungen. Den Sonnenhimmel sehe ich gern. Den Sternenhimmel sehe ich noch gerner. Von dem Steinhaufen kehre ich mein Auge weg. So höre ich auch der Quelle Gemurmel gern, noch gerner das tönende Saitenspiel. So wünsche ich mein Ohr vor dem Gekrächz des Raben zu verstopfen. Was mich ergötzt, nenn ich melodisch und schön, häßlich und unmelodisch, was mich verdrießt.

Aber kraft des ersten Gesetzes, das an der Spitze dieser Darstellung des Menschen steht, darf mich nichts ergötzen, als was mich vollkommner macht; nichts verdrießen, als was mich unvollkommner macht. Machte mich nun das Melodische, das Schöne vollkommener als das Unmelodische, das Häßliche? Oder mit andern Worten, ist es mein eigener Zustand, der verbessert oder verschlimmert wird.

Versuch über den Zusammenhang der tierischen Natur des Menschen mit seiner geistigen*

(...)

Tierische Empfindungen begleiten die geistigen

§ 12. Gesetz

Der Verstand des Menschen ist äußerst beschränkt, und darum müssen es auch notwendig alle Empfindungen sein, die aus seiner Tätigkeit resultieren. Diesen also einen größeren Schwung zu geben und den Willen mit gedoppelter Kraft zum Vollkommenen hinzuziehen und vom Übel zurückzureißen, wurden beide Naturen, geistige und tierische, also eng ineinander verschlungen, daß ihre Modifikationen sich wechselsweise mitteilen und verstärken. Daraus erwächst nun ein Fundamentalgesetz der gemischten Naturen, das, in seine letzte Grundteile aufgelöst, ungefähr also lautet: *Die Tätigkeiten des Körpers entsprechen den Tätigkeiten des Geistes; d.h. jede Überspannung von Geistestätigkeit hat jederzeit eine Überspannung gewisser körperlicher Aktionen zur Folge, so wie das Gleichgewicht der erstern oder die harmonische Tätigkeit der Geisteskräfte mit der vollkommensten Übereinstimmung der letztern vergesellschaftet ist.* Ferner: *Trägheit der Seele macht die körperlichen Bewegungen träg, Nichttätigkeit der Seele hebt sie gar auf.* Da nun Vollkommenheit jederzeit mit Lust, Unvollkommenheit mit Unlust verbunden ist, so kann man dieses Gesetz auch also aus-

* Dieser Versuch, bisher in die sämmtlichen Werke Schillers nicht aufgenommen, seit 1838 aber von seinen Söhnen hiefür bestimmt, erschien schon im Jahre 1780 im Druck, und zwar als: »Eine Abhandlung, welche in höchster Gegenwart Seiner herzoglichen Durchlaucht, während den öffentlichen akademischen Prüfungen verteidigen wird Johann Christoph Friedrich Schiller, Kandidat der Medicin in der herzoglichen Militärakademie. Stuttgard gedruckt bei Christoph Friedrich Cotta, Hof- und Canzlei-Buchdrucker.« [Anmerkung in »Schillers Sämmtliche Werke«, Stuttgart 1879]

drücken: *Geistige Lust hat jederzeit eine tierische Lust, geistige Unlust jederzeit eine tierische Unlust zur Begleiterin.*

§ 13. Geistiges Vergnügen befördert das Wohl der Maschine

Also eine Empfindung, die das ganze Seelenwesen einnimmt, erschüttert in eben dem Grade den ganzen Bau des organischen Körpers. Herz, Adern und Blut, Muskelfasern und Nerven, von jenen mächtigen wichtigen, die dem Herzen den lebendigen Schwung der Bewegung geben, bis hinaus zu jenen unbedeutenden geringen, die die Härchen der Haut spannen, nehmen daran teil. Alles gerät in heftigere Bewegung. War die Empfindung angenehm, so werden alle jene Teile einen höhern Grad harmonischer Tätigkeit haben, das Herz wird frei, lebhaft und gleichförmig schlagen, das Blut wird ungehemmt, mild, oder feurig rasch, je nachdem der Affekt von der sanften oder heftigen Art ist, durch die weichen Kanäle fließen, Koktion, Sekretion und Exkretion wird frei und ungehindert vonstatten gehen, die reizbaren Fasern werden im milden Dampfbad geschmeidig spielen, so Reizbarkeit als Empfindlichkeit wird durchaus erhöht sein. Darum ist der Zustand der größten augenblicklichen Seelenlust augenblicklich auch der Zustand des größten körperlichen Wohls.

So viel dieser Partialtätigkeiten sind (und ist nicht jeder Puls das Resultat von vielleicht tausenden), so viel dunkle Sensationen werden sich zumal vor die Seele drängen, wovon jede Vollkommenheit anzeigt. Aus der Verworrenheit dieser aller bildet sich nun die Totalempfindung der tierischen Harmonien, d.h. die höchstzusammengesetzte Empfindung von tierischer Lust, die sich an die ursprüngliche intellektuelle oder moralische gleichsam anreiht und solche durch diesen Zutritt unendlich vergrößert. So ist demnach jeder angenehme Affekt die Quelle unzähliger körperlicher Lüste.

Dieses bestätigen am augenscheinlichsten die Beispiele der

Kranken, die die Freude kuriert hat. Man bringe einen, den das fürchterliche Heimweh bis zum Skelett verdorren gemacht hat, in sein Vaterland zurück, er wird sich in blühender Gesundheit verjüngen. Man trete in die Gefangenhäuser, wo Unglückliche seit zehn und zwanzig Jahren im faulen Dampf ihres Unrats wie begraben liegen und kaum noch Kraft finden, von der Stelle zu gehen, und verkündige ihnen auf einmal Erlösung. Das einzige Wort wird jugendliche Kraft durch ihre Glieder gießen, die erstorbenen Augen werden Leben und Feuer funkeln. Die Seefahrer, die der Brot- und Wassermangel auf der ungewissen See siech und elend niedergeworfen hat, werden durch das einzige Wort: *Land!* das der Steuermann vom Verdeck erspäht, halb gesund, und gewiß würde der sehr irren, der hier den frischen Lebensmitteln alle Wirkung zuschreiben wollte. Der Anblick einer geliebten Person, nach der er lange geschmachtet hat, hält die fliehende Seele des Agonizanten noch auf, er wird kräftiger und augenblicklich besser. Wahr ist es, daß die Freude das Nervensystem in lebhaftere Wirksamkeit setzen kann als alle Herzstärkungen, die man aus Apotheken holen muß, und selbst inveterierte Stockungen in den labyrinthischen Gängen der Eingeweide, die weder die Rubia durchdringt, noch selbst der Merkur durchreißt, durch sie zerteilt worden sind. Wer begreift nun nicht, daß diejenige Verfassung der Seele, die aus jeder Begebenheit Vergnügen zu schöpfen und jeden Schmerz in die Vollkommenheit des Universums aufzulösen weiß, auch den Verrichtungen der Maschine am zuträglichsten sein muß? Und diese Verfassung ist die Tugend.

§ 14. Geistiger Schmerz untergräbt das Wohl der Maschine

Auf eben diese Weise erfolget das Gegenteil beim unangenehmen Affekt, die Ideen, die sich beim Zornigen oder Erschrockenen so intensiv stark herausheben, könnte man mit eben dem Recht, als Plato die Leidenschaften Fieber der Seele nannte, als

Konvulsionen des Denkorgans betrachten. Diese Konvulsionen pflanzen sich schnell durch den ganzen Umriß des Nervengebäudes fort, bringen die Kräfte des Lebens in jene Mißstimmung, die seinen Flor zernichtet und alle Aktionen der Maschine aus dem Gleichgewicht bringt. Das Herz schlägt ungleich und ungestüm; das Blut wird in die Lungen gepreßt, wenn in den Extremitäten kaum so viel übrig bleibt, den verlornen Puls zu erhalten. Alle Prozesse der tierischen Chemie durchkreuzen einander. Die Scheidungen überstürzen sich, die gutartigen Säfte verirren und wirken feindlich in fremden Gebieten, wenn zu gleicher Zeit die bösartigen, die im Unrat dahingeschwemmt werden sollten, in den Kern der Maschine zurückfallen. Mit einem Wort: der Zustand des größten Seelenschmerzes ist zugleich der Zustand der größten körperlichen Krankheit.

Die Seele wird durch tausend dunkle Sensationen vom drohenden Ruin ihrer Werkzeuge unterrichtet und von einer ganzen Schmerzempfindung übergossen, die sich an die ursprüngliche geistige anheftet und solcher einen desto schärfern Stachel gibt.

§ 15. Beispiele

Tiefe chronische Seelenschmerzen, besonders wenn sie von einer starken Anstrengung des Denkens begleitet sind, worunter ich vorzüglich denjenigen schleichenden Zorn, den man *Indignation* heißt, rechne, nagen gleichsam an den Grundfesten des Körpers und trocknen die Säfte des Lebens aus. Diese Leute sehen abgezehrt und bleich, und der innere Gram verrät sich aus den hohlen, tiefliegenden Augen. »Ich muß Leute um mich haben, die fett sind«, sagt Cäsar, »Leute mit runden Backen, und die des Nachts schlafen. Der Cassius dort hat ein hageres, hungriges Gesicht; er denkt zu viel; dergleichen Leute sind gefährlich.« Furcht, Unruh, Gewissensangst, Verzweiflung wirken nicht viel weniger als die hitzigsten Fieber. Dem in Angst gejagten Richard fehlt die Munterkeit, die er sonst hat, und er wähnt sie mit einem Glas Wein wiederzugewinnen. Es ist nicht Seelenleiden allein, das ihm seine Munterkeit verscheucht, es ist eine ihm aus dem Kern der Maschine aufgedrungene Empfindung von Unbehaglichkeit, es ist eben diejenige Empfindung, welche die bösartigen Fieber verkündigt. Der von Freveln schwer gedrückte Moor, der sonst spitzfindig genug war, die Empfindungen der Menschlichkeit durch Skelettisierung der Begriffe in nichts aufzulösen, springt eben itzt bleich, atemlos, den kalten Schweiß auf seiner Stirne, aus einem schrecklichen Traum auf. Alle die Bilder zukünftiger Strafgerichte, die er vielleicht in den Jahren der Kindheit eingesaugt und als Mann obsopiert hatte, haben den umnebelten Verstand unter dem Traum überrumpelt. Die *Sensationen* sind allzu verworren, als daß der langsamere Gang der Vernunft sie einholen und noch einmal zerfasern könnte. Noch kämpfet sie mit der Phantasie, der Geist mit den Schrecken des Mechanismus.*

MOOR. Nein, ich zittere nicht. Wars doch ledig ein Traum. Die Toten stehen noch nicht auf – Wer sagt, daß ich zittere und bleich bin? Es ist mir ja so leicht, so wohl.

BED. Ihr seid todesbleich, Eure Stimme ist bang und lallend.

MOOR. Ich habe das Fieber. Ich will morgen zur Ader lassen. Sage du nur, wenn der Priester kommt, ich habe das Fieber.

BED. O, Ihr seid ernstlich krank.

MOOR. Ja freilich, freilich, das ists alles – und Krankheit zerstöret das Gehirn und brütet tolle, wunderliche Träume – Träume bedeuten nichts – Pfui, pfui der weiblichen Feigheit! – Träume kommen aus dem Bauch, und Träume bedeuten nichts – Ich hatte soeben einen lustigen Traum – *(Er sinkt ohnmächtig nieder.)*

Hier bringt das plötzlich auffahrende Integralbild des Traums das ganze System der dunkeln Ideen in Bewegung und rüttelt gleichsam den ganzen Grund des Denkorgans auf. Aus der

* Life of Moor. Tragedy by Krake. Act. V. Sc. 1.

Summe aller entspringt eine ganze äußerst zusammengesetzte Schmerzempfindung, die die Seele in ihren Tiefen erschüttert und den ganzen Bau der Nerven per consensum lähmt.

Die Schauer, die denjenigen ergreifen, der auf eine lasterhafte Tat ausgeht oder eben eine ausgeführt hat, sind nichts anders als eben der Horror, der den Febrizitanten schüttelt und welcher auch auf eingenommene widerwärtige Arzneien empfunden wird. Die nächtliche Jaktationen derer, die von Gewissensbissen gequält werden, und die immer mit einem febrilischen Aderschlag begleitet sind, sind wahrhaftige Fieber, die der Konsens der Maschine mit der Seele veranlaßt, und wenn Lady Macbeth im Schlaf geht, so ist sie eine phrenitische Delirantin. Ja schon der nachgemachte Affekt macht den Schauspieler augenblicklich krank, und wenn Garrick seinen Lear oder Othello gespielt hatte, so brachte er einige Stunden in gichterischen Zukkungen auf dem Bette zu. Auch die Illusion des Zuschauers, die Sympathie mit künstlichen Leidenschaften hat Schauer, Gichter und Ohnmachten gewirkt.

Ist also nicht derjenige, der mit der bösen Laune geplagt ist und aus allen Situationen des Lebens Gift und Galle zieht; ist nicht der Lasterhafte, der in einem steten chronischen Zorn, dem Haß, lebt, der Neidische, den jede Vollkommenheit seines Mitmenschen martert, sind nicht alle diese die größten Feinde ihrer Gesundheit? Sollte das Laster noch nicht genug Abschrekkendes haben, wenn es mit der Glückseligkeit auch die Gesundheit zernichtet?

§ 16. Ausnahmen

Aber auch der angenehme Affekt hat getötet, auch der unangenehme hat Wunderkuren getan? – Beides lehrt die Erfahrung, sollte das die Grenzen des aufgestellten Gesetzes verrücken?

Die Freude tötet, wenn sie zur Ekstasi hinaufsteigt, die Natur erträgt den Schwung nicht, in den in einem Moment das ganze

Nervengebäude gerät; die Bewegung des Gehirns ist nicht Harmonie mehr, sie ist Konvulsion; ein höchster augenblicklicher Vigor, der aber auch gleich in den Ruin der Maschine übergeht, weil er über die Grenzlinie der Gesundheit gewichen ist (denn schon in die Idee der Gesundheit ist die Idee einer gewissen Temperatur der natürlichen Bewegungen wesentlich eingeflochten), auch die Freude der endlichen Wesen hat ihre Schranken, so wie der Schmerz, diese darf sie nicht überschreiten, oder sie muß untergehn.

Was den zweiten Fall betrifft, so hat man viele Beispiele, daß ein mäßiger Grad des Zorns, der Gewalt hat, frei auszubrausen, die langwierigsten Verstopfungen durchrissen, daß der Schrekken, z.E. über eine Feuersbrunst, alte Gliederschmerzen und unheilbare Lähmungen plötzlich gehoben hat. – Aber auch die Dysenterie hat Verstopfungen der Pfortader geschmolzen, auch die Krätze hat Melancholien und Tobsuchten geheilt – ist die Krätze darum weniger Krankheit, oder die Ruhr darum Gesundheit?

§ 17. Trägheit der Seele macht die Bewegungen der Maschine träger

Da die Wirksamkeit des Geistes während den Geschäften des Tags nach dem Zeugnis des Herrn von Haller den abendlichen Puls zu beschleunigen vermag, wird ihre Trägheit ihn nicht schwächen, wird ihre Nichttätigkeit ihn vielleicht nicht gar aufheben müssen? denn obschon die Bewegung des Bluts nicht so sehr von der Seele abhängig zu sein scheint, so läßt sich doch nicht ohne allen Grund schließen, daß das Herz, welches doch immerhin den größten Teil seiner Kraft vom Gehirn entlehnt, notwendig, *wenn die Seele die Bewegung des Gehirns nicht mehr unterhält,* einen großen Kraftverlust erleiden müssen? – Das Phlegma führt einen trägen langsamen Puls, das Blut ist wässericht und schleimicht, der Kreislauf durch den Unterleib leidet

Not. Die Stupiden, die uns Muzell* beschrieben hat, atmeten langsam und schwer, hatten weder Trieb zum Essen und Trinken, noch zu den natürlichen Exkretionen, der Aderschlag war selten, alle Verrichtungen des Körpers waren schläfrig und matt. Die Erstarrung der Seele unter dem Schrecken, dem Erstaunen usw. wird zuweilen von einer allgemeinen Aufhebung aller physischen Tätigkeit begleitet. War die Seele die Ursache dieses Zustands, oder war es der Körper, der die Seele in diese Erstarrung versetzte? Aber diese Materie führt uns auf Spitzfindigkeiten und muß ja auch gerade hier nicht entwickelt werden.

§ 18. Zweites Gesetz

Nun ist das, was von Übertragung der geistigen Empfindungen auf tierische gesagt worden, auch vom umgekehrten Fall, von Übertragung der tierischen auf die geistigen gültig. Krankheiten des Körpers, mehrenteils die natürlichen Folgen der Unmäßigkeit, strafen an sich schon durch sinnlichen Schmerz, aber auch hier mußte die Seele in ihrem Grundwesen angegriffen werden, daß der gedoppelte Schmerz ihr die Einschränkung der Begierden desto dringender einschärfe. Ebenso mußte zu dem sinnlichen Wohlgefühl der körperlichen Gesundheit auch die feinere Empfindung einer geistigen Realverbesserung treten, daß der Mensch um so mehr gespornet werde, seinen Körper im guten Zustande zu erhalten. So ist es also ein zweites Gesetz der gemischten Naturen, daß *mit der freien Tätigkeit der Organe auch ein freier Fluß der Empfindungen und Ideen, daß mit der Zerrüttung derselbigen auch eine Zerrüttung des Denkens und Empfindens sollte verbunden sein.* Also kürzer: *daß die allgemeine Empfindung tierischer Harmonie die Quelle geistiger Lust und die tierische Unlust die Quelle geistiger Unlust sein sollte.*

* Muzells medizinische und chirurgische Wahrnehmungen.

Man kann in diesen verschiedenen Rücksichten Seele und Körper nicht gar unrecht zweien gleichgestimmten Saiteninstrumenten vergleichen, die nebeneinandergestellt sind. Wenn man eine Saite auf dem einen rühret und einen gewissen Ton angibt, so wird auf dem andern eben diese Saite freiwillig anschlagen und eben diesen Ton, nur etwas schwächer, angeben. So weckt, vergleichungsweise zu reden, die fröhliche Saite des Körpers die fröhliche in der Seele, so der traurige Ton des ersten den traurigen in der zweiten. Dies ist die wunderbare und merkwürdige Sympathie, die die heterogenen Prinzipien des Menschen gleichsam zu *einem* Wesen macht, der Mensch ist nicht Seele und Körper, der Mensch ist die innigste Vermischung dieser beiden Substanzen.

§ 19. Die Stimmungen des Geists folgen den Stimmungen des Körpers

Daher die *Schwere,* die *Gedankenlosigkeit,* das *mürrische Wesen,* auf Überladungen des Magens, auf Exzesse in allen sinnlichen Lüsten; daher die wundertätigen Wirkungen des Weins bei denen, die ihn mit Mäßigkeit trinken. »Wenn ihr Wein getrunken habt«, sagt Bruder Martin, »so seid ihr alles doppelt, noch einmal so leicht denkend, noch einmal so leicht unternehmend, noch einmal so schnell ausführend.« Daher die gute Laune, die Behaglichkeit bei heiterem und gesundem Wetter, die zwar einesteils auch in der Assoziation der Begriffe, mehrenteils aber in dem dadurch erleichterten Gang der natürlichen Aktionen ihren Grund hat. Diese Leute pflegen sich gemeiniglich des Ausdrucks zu bedienen: »Ich spüre, daß mir wohl ist«, und zu dieser Zeit sind sie auch zu allen Arbeiten des Geists mehr aufgelegt und haben ein offener Herz für die Empfindungen der Menschlichkeit und die Ausübung moralischer Pflichten. Eben dieses gilt von dem Nationalcharakter der Völker. Die Bewohner düsterer Gegenden trauern mit der sie umgebenden Natur;

der Mensch verwildert in wilden stürmischen Zonen, lacht in freundlichen Lüften und fühlt Sympathie in gereinigten Atmosphären. Nur unter dem feinen griechischen Himmel gab es einen Homer, einen Plato und Phidias; dort nur standen Musen und Grazien auf, wenn das neblichte Lappland kaum *Menschen*, ewig niemals ein Genie gebiert. Als unser Teutschland noch waldigt, rauh und sumpficht war, war der Teutsche ein Jäger, roh wie das Wild, dessen Fell er um seine Schultern schlug. Sobald die Arbeitsamkeit die Gestalt seines Vaterlands umänderte, fing die Epoche seiner Sittlichkeit an. Ich will nicht behaupten, daß das Klima die einzige Quelle des Charakters sei, aber gewiß muß, um ein Volk aufzuklären, eine Hauptrücksicht dahin genommen werden, seinen Himmel zu verfeinern.

Zerrüttungen im Körper können auch das ganze System der moralischen Empfindungen in Unordnung bringen und den schlimmsten Leidenschaften den Weg bahnen. Ein durch Wollüste ruinierter Mensch wird leichter zu Extremis gebracht werden können als der, der seinen Körper gesund erhält. Dies eben ist ein abscheulicher Kunstgriff derer, die die Jugend verderben, und jener Banditenwerber muß den Menschen genau gekannt haben, wenn er sagt: »Man muß Leib und Seele verderben.« Catilina war ein Wollüstling, eh er ein Mordbrenner wurde, und Doria hatte sich gewaltig geirret, wenn er den wollüstigen Fiesco nicht fürchten zu dörfen glaubte. Überhaupt beobachtet man, daß die Bösartigkeit der Seele gar oft in kranken Körpern wohnt.

In den Krankheiten ist diese Sympathie noch auffallender. Alle Krankheiten von Bedeutung, diejenigen vorzüglich, die man die bösartige nennt und die aus der Ökonomie des Unterleibs hervorgehen, kündigen sich mehr oder weniger mit einer sonderbaren Revolution im Charakter an. Damals, wenn sie im stillen noch in den verborgenen Winkeln der Maschine schleichen und die Lebenskraft der Nerven untergraben, fängt die Seele an, den Fall ihres Gefährten in dunkeln Ahndungen vorauszuempfinden. Das ist mit ein großes Ingrediens zu demjenigen Zustand, den uns ein großer Arzt unter dem Namen der

Vorschauer (horrores) mit Meisterzügen geschildert hat. Daher die Morosität dieser Leute, davon niemand die Ursache weiß anzugeben, die Änderung ihrer Neigungen, der Ekel an allem, was ihnen sonst das Liebste war. Der Sanftmütige wird zänkisch, der Lacher mürrisch, und der sich vorher im Geräusch der geschäftigen Welt verlor, flieht den Anblick der Menschen und entweicht in düstere melancholische Stille. Unter dieser heimtückischen Ruhe rüstet sich die Krankheit zum tödlichen Ausbruch. Der allgemeine Tumult der Maschine, wenn die Krankheit mit offener Wut hervorbricht, gibt uns den redendsten Beweis von der erstaunlichen Abhängigkeit der Seele vom Körper an die Hand. Die aus tausend Schmerzgefühlen zusammengeronnene Empfindung des allgemeinen Umsturzes der Organe richtet im System ihrer geistigen Empfindungen eine fürchterliche Zerrüttung an. Die schröcklichsten Ideen leben wieder auf. Der Bösewicht, den nichts gerührt hat, unterliegt der Übermacht tierischer Schrecken. Der sterbende Winchester heult in wütender Verzweiflung. Die Seele scheint mit Fleiß nach allem zu haschen, was sie in noch tiefere Verfinsterung stürzt, und vor allen Trostgründen mit rasendem Widerwillen zurückzuschaudern. Der Ton der unangenehmen Empfindung ist herrschend, und wie dieser tiefe Schmerz der Seele aus den Zerrüttungen der Maschine entsprungen ist, so hilft er rückwärts diese Zerrüttungen heftiger und allgemeiner machen.

§ 20. Einschränkung des Vorigen

Aber man hat tägliche Beispiele von Kranken, die sich voll Mut über die Leiden des Körpers erheben, von Sterbenden, die mitten in den Bedrängnissen der kämpfenden Maschine fragen: *wo ist dein Stachel, Tod?* Sollte die Weisheit, dürfte man einwenden, nicht vermögend sein, wider die blinden Schrecken des Organismus zu waffnen? Sollte, was noch mehr ist als Weisheit, sollte die *Religion* ihre Freunde so wenig gegen die Anfechtungen des

Staubes beschützen können? Oder, welches ebensoviel heißt, kommt es nicht auch auf den vorhergehenden Zustand der Seele an, wie sie die Alterationen der Lebensbewegungen aufnimmt?

Dieses nun ist eine unleugbare Wahrheit. Philosophie und noch weit mehr ein mutiger und durch die Religion erhobener Sinn sind fähig, den Einfluß der tierischen Sensationen, die das Gemüt des Kranken bestürmen, durchaus zu schwächen und die Seele gleichsam ans aller Kohärenz mit der Materie zu reißen. Der Gedanke an die Gottheit, die, wie durchs Universum, so auch im Tode webet, die Harmonie des vergangenen Lebens und die Vorgefühle einer ewig glücklichen Zukunft breiten ein volles Licht über alle ihre Begriffe, wenn die Seele des Toren und Ungläubigen von allen jenen dunkeln Fühlungen des Mechanismus umnachtet wird. Wenn auch unwillkürliche Schmerzen dem Christen und Weisen sich aufdrängen (denn ist er weniger Mensch?), so wird er selbst das Gefühl seiner zerfallenden Maschine in Wollust auflösen. –

The Soul, secur'd in her existence, smiles
At the drawn dagger, and defies its point,
The stars shall fade away, the sun himself
Grow dim with age, and nature sink in years,
But thou shalt flourish in immortal youth,
Unhurt amidst the war of Elements,
The wreck of Matter, and the crush of Worlds.

Eben diese ungewöhnliche Heiterkeit der tödlich Kranken hat mehrmalen auch eine physische Ursach zum Grunde und ist äußerst wichtig für den praktischen Arzt. Man findet sie oft in Gesellschaft der tödlichsten Zeichen des Hippokrates, und ohne sie aus irgendeiner vorgängigen Krisis begreifen zu können; diese Heiterkeit ist bösartig. Die Nerven, welche während der Höhe des Fiebers auf das schärfste waren angefochten worden, haben jetzt ihre Empfindlichkeit verloren, die entzündeten Teile, weiß man wohl, hören auf zu schmerzen, sobald sie brandig werden, aber es wäre ein unglücklicher Gedanke, sich Glück zu wünschen, daß die Entzündungsperiode nunmehro überstanden sei. Der Reiz weicht von den toten Nerven zurück, und eine tödliche Indolenz lügt baldige Genesung. Die Seele befindet sich in der Illusion einer angenehmen Empfindung, weil sie einer lang anhaltenden schmerzhaften los ist. Sie ist schmerzenfrei, nicht weil der Ton ihrer Werkzeuge wiederhergestellt worden ist, sondern weil sie den Mißton nicht mehr empfindet. Die Sympathie hört auf, sobald der Zusammenhang wegfällt.

§ 21. Weitere Aussichten in den Zusammenhang

Wenn ich nun erst tiefer hineingehn – wenn ich vom Wahnsinn selbst, vom Schlummer, vom Stupor, von der fallenden Sucht und der Katalepsis usf. sprechen dürfte, wo der freie und vernünftige Geist dem Despotismus des Unterleibs unterworfen wird, wenn ich mich überhaupt in das große Feld der Hysterie und Hypochondrie ausbreiten dürfte, wenn es mir erlaubt wäre, von Temperamenten, Idiosynkrasien und Konsensus zu reden, welches für Ärzte und Philosophen ein Abgrund ist, – mit einem Wort: wenn ich die Wahrheit des Bisherigen von dem Krankenbett aus beweisen wollte, welches immerhin eine Hauptschule des Psychologen ist, so würde mein Stoff sich ins Unendliche dehnen. Genug, deucht es mich, ist es nunmehr bewiesen, daß die tierische Natur mit der geistigen sich durchaus vermischet, und daß diese Vermischung Vollkommenheit ist.

Körperliche Phänomene verraten die Bewegungen des Geists

§ 22. Physiognomik der Empfindungen

Eben diese innige Korrespondenz der beiden Naturen stützt auch die ganze Lehre der Physiognomik. Durch eben diesen Nervenzusammenhang, welcher, wie wir hören, bei der Mitteilung der Empfindungen zum Grunde liegt, werden die geheimsten Rührungen der Seele auf der Außenseite des Körpers geoffenbart, und die Leidenschaft dringt selbst durch den Schleier des Heuchlers. Jeder Affekt hat seine spezifiken Äußerungen und, sozusagen, seinen eigentümlichen Dialekt, an dem man ihn kennt. Und zwar ist dies ein bewundernswürdiges Gesetz der Weisheit, daß jeder edle und wohlwollende den Körper *verschönert,* den der niederträchtige und gehässige in *viehische* Formen zerreißt. Je mehr sich der Geist vom Ebenbild der Gottheit entfernet, desto näher scheint auch die äußere Bildung dem Viehe zu kommen, und immer demjenigen am nächsten, das diesen Haupthang mit ihm gemein hat. So ladet das sanfte Außenbild des Menschenfreunds den Hülfsbedürftigen ein, wenn der trotzige Blick des Zornigen jeden zurückscheucht. Dies ist der unentbehrlichste Leitfaden im gesellschaftlichen Leben. Es ist merkwürdig, wieviel Ähnlichkeit die körperlichen Erscheinungen mit den Affekten haben, Heldenmut und Unerschrockenheit strömen Leben und Kraft durch Adern und Muskeln, Funken sprühen aus den Augen, die Brust steigt, alle Glieder rüsten sich gleichsam zum Streit, der Mensch hat das Ansehen des Rosses. Schrecken und Furcht erlöschen das Feuer der Augen, die Glieder sinken kraftlos und schwer, das Mark scheint in den Knochen erfroren zu sein, das Blut fällt dem Herzen zur Last, allgemeine Ohnmacht lähmt die Instrumente des Lebens. Ein großer, kühner erhabener Gedanke zwingt uns, auf die Zehen zu stehen, das Haupt emporzurichten, Nase und Mund weit aufzusperren. Das Gefühl der Unendlichkeit, die Aussicht in einen weiten offenen Horizont, das Meer und dergleichen dehnt unsere Arme aus, wir wollen ins Unendliche ausfließen. Mit Bergen wollen wir gen Himmel wachsen, auf Stürmen und Wellen dahinbrausen; gähe Abgründe stürzen uns schwindelnd hinunter; der Haß äußert sich im Körper gleichsam durch eine zurückstoßende Kraft, wenn im Gegenteil selbst unser Körper durch jeden Händedruck, jede Umarmung in den Körper des Freundes übergehen will, gleichwie die Seelen harmonisch sich mischen; der Stolz richtet den Körper auf, so wie die Seele steigt; Kleinmut senket das Haupt, die Glieder hangen; knechtische Furcht spricht aus dem kriechenden Gang; die Idee des Schmerzens verzerret unser Gesicht, wenn wollüstige Vorstellungen eine Grazie über den ganzen Körper verbreiten; so hat ferner der Zorn die stärksten Bande zerrissen und die Not beinahe die Unmöglichkeit überwunden. Durch was für eine Mechanik, möcht ich nun fragen, geschieht es, daß gerade diese Bewegungen auf diese Empfindungen erfolgen, gerade diese Organe bei diesen Affekten interessiert werden? Ist dies nicht ebensoviel, als wollt ich wissen, warum gerade eine solche Verletzung der Bandhaut die untere Kinnlade erstarren mache?

Wird der Affekt, der diese Bewegungen der Maschine sympathetisch erweckte, öfters erneuert, wird diese Empfindungsart der Seele habituell, so werden es auch diese Bewegungen dem Körper. Wird der zur Fertigkeit gewordene Affekt *dauernder Charakter*, so werden auch diese konsensuellen Züge der Maschine tiefer eingegraben, sie bleiben, wenn ich das Wort von dem Pathologen entlehnen darf, *deuteropathisch* zurück und werden endlich organisch. So formiert sich endlich die feste perennierende Physiognomie des Menschen, daß es beinahe leichter ist, die Seele nachher noch umzuändern als die Bildung. In diesem Verstande also kann man sagen, die Seele bildet den Körper, ohne ein Stahlianer zu sein, und die ersten Jugendjahre bestimmen vielleicht die Gesichtszüge des Menschen durch sein ganzes Leben, so wie sie überhaupt die Grundlage seines moralischen Charakters sind. Eine untätige und schwache Seele, die niemal in Leidenschaften überwallt, hat gar keine Physiognomie, wenn nicht eben der Mangel derselben die Physiognomie der Simpel ist. Die Grundzüge, die die Natur ihnen anerschuf und die Nutrition vollendete, dauren unangetastet fort. Das Gesicht ist glatt, denn keine Seele hat darauf gespielt. Die Augbraunen behalten einen vollkommenen Bogen, denn kein wilder Affekt hat sie zerrissen. Die ganze Bildung behält eine Ründe, denn das Fett hat Ruhe in seinen Zellen; das Gesicht ist regelmäßig, vielleicht auch sogar schön, aber ich bedaure die Seele.

Eine Physiognomik organischer Teile, z.E. der Figur und Größe der Nase, der Augen, des Mundes, der Ohren usw., der Farbe der Haare, der Höhe des Halses usf. ist vielleicht nicht unmöglich, dürfte aber wohl so bald nicht erscheinen, wenn auch Lavater noch durch zehen Quartbände schwärmen sollte. Wer die launichten Spiele der Natur, die Bildungen, mit denen sie stiefmütterlich bestraft und mütterlich beschenkt hat, unter Klassen bringen wollte, würde mehr wagen als Linné, und dürfte sich sehr in acht nehmen, daß er über der ungeheuren kurzweiligen Mannigfaltigkeit der ihm vorkommenden Originale nicht selbst eines werde.

Noch eine Art von Sympathie verdient bemerkt zu werden, indem sie in der Physiologie von großer Erheblichkeit ist; ich meine die Sympathie gewisser Empfindungen mit den Organen, aus denen sie kamen. Ein gewisser Krampf des Magens erregte in uns die Empfindung von Ekel; die Reproduktion dieser Empfindung bringt rückwärts diesen Krampf hervor. Wie geschieht das?

Auch der Nachlaß der tierischen Natur ist eine Quelle von Vollkommenheit

§ 23. Scheint sie zu hindern

Noch kann man sagen, wenn auch der tierische Teil des Menschen ihm alle die großen Vorteile gewährt, von denen bisher gesprochen worden, so bleibe er doch immer noch in einer andern Rücksicht verwerflich. Nämlich die Seele ist also sklavisch an die Tätigkeit ihrer Werkzeuge gefesselt, daß die periodische Abspannung dieser letztern ihr eine tatenlose Pause vorschreibt und sie gleichsam periodisch vernichtet. Ich meine den Schlaf, der, wie man nicht leugnen kann, uns wenigstens den dritten Teil unsers Daseins raubt. Ferner ist unsere Denkkraft von den Gesetzen der Maschine äußerst abhängig, daß der Nachlaß dieser letztern dem Gang der Gedanken plötzliches Halt auferlegt, wenn wir eben auf dem geraden offenen Pfade zur Wahrheit begriffen sind. Der Verstand darf kaum ein wenig auf einer Idee gehaftet haben, so versagt ihm die träge Materie; die Saiten des Denkorganes erschlaffen, wenn sie kaum ein wenig angestrengt worden; der Körper verläßt uns, wo wir sein am meisten bedürfen. Welch erstaunliche Schritte, dörfte man einwenden, würde der Mensch in Bearbeitung seiner Fähigkeiten machen, wenn er in einem Zustand ununterbrochener Intensität fortdenken könnte? Wie würde er jede Idee in ihre letzten Elemente zerfasern, wie würde er jede Erscheinung bis zu ihren verhohlensten Quellen verfolgen, wenn er sie unaufhörlich vor seiner Seele festhalten könnte? – Aber es ist nun einmal nicht so, warum ist es nicht so?

§ 24. Notwendigkeit des Nachlasses

Folgendes wird uns auf die Spur der Wahrheit leiten.

1. Die angenehme Empfindung war notwendig, den Menschen zur Vollkommenheit zu führen, und er ist ja nur darum vollkommen, daß er angenehm empfinde.

2. Die Natur eines endlichen Wesens macht die unangenehme Empfindung unvermeidlich. Das Übel exuliert nicht aus der besten Welt, und die Weltweisen wollen ja darin Vollkommenheit finden.

3. Die Natur eines *gemischten* Wesens bringt sie notwendig mit sich, weil sie größtenteils darauf ruhet.

Also: Schmerz und Lust sind notwendig.

Schwerer scheint es, aber es ist dennoch nicht weniger wahr.

4. Jeder Schmerz wächst seiner Natur nach, so wie jede Lust, ins Unendliche.

5. Jeder Schmerz und jede Lust eines gemischten Wesens zielt auf seine Auflösung.

Nämlich das will soviel sagen: Es ist ein bekanntes Gesetz der Ideenverbindung, daß eine jede Empfindung, welcher Art sie auch immer sei, alsogleich eine andere ihrer Art ergreife und sich durch diesen Zuwachs vergrößere. Je größer und vielfältiger sie wird, desto mehr gleichartige weckt sie nach allen Direktionen des Denkorgans auf, bis sie nach und nach allgemein herrschend wird und die ganze Fläche der Seele einnimmt. So wächst demnach jede Empfindung durch sich selbst; jeder gegenwärtige Zustand des Empfindungsvermögens enthält den Grund eines nachfolgenden ähnlichen heftigern. Dies ist an sich klar. Nun ist, wie wir wissen, jede geistige Empfindung mit einer ähnlichen tierischen vergesellschaftet, d.i. mit andern Worten: jede ist mit mehr oder wenigem Nervenbewegungen verknüpft, die sich nach dem Grad ihrer Stärke und Ausbreitung richten. Also: so wie die geistigen Empfindungen wachsen, müssen auch die Bewegungen im Nervensystem zunehmen. Dies ist nicht minder deutlich. Aber nun lehrt uns die Pathologie, daß kein Nerve jemals allein leide, und sagen: hie ist Übermaß von Kraft, ebensoviel heiße als: dort ist Mangel der Kraft. Also wächst zugleich noch jede Nervenbewegung durch sich selbst. Ferner ist oben gesagt worden, daß die Bewegungen des Nervensystems auf die Seele zurückwirken und die geistigen Empfindungen verstärken; die verstärkte Empfindungen des Geists vermehren und verstärken wiederum die Bewegungen der Nerven. Also ist hier ein Zirkel, und die Empfindung muß stets wachsen, und die Nervenbewegungen müssen in jedem Moment allgemeiner und heftiger werden. Nun wissen wir, daß die Bewegungen der Maschine, welche die Empfindung des Schmerzens verursachen, dem harmonischen Ton zuwiderlaufen, durch den sie erhalten wird, das heißt, daß sie Krankheit sind. Aber Krankheit kann nicht ins Unendliche wachsen, also endigen sie sich mit der totalen Destruktion der Maschine. In Absicht auf den Schmerz ist es also erwiesen, daß er auf den Tod des Subjekts abzielt.

Aber die Bewegungen der Nerven unter dem Zustand des angenehmen Affekts sind ja so harmonisch, der Fortdauer der Maschine so günstig; der Zustand der größten Seelenlust ist ja der Zustand des größten körperlichen Wohls; – sollte nicht vielmehr umgekehrt der angenehme Affekt den Flor des Körpers ins Unendliche verlängern? – dieser Schluß ist sehr übereilt. In einem gewissen Grade der Moderation sind diese Nervenbewegungen heilsam und wirklich Gesundheit. Wachsen sie über diesen Grad hinaus, so können sie wohl höchste Aktivität, höchste augenblickliche Vollkommenheit sein, aber dann sind sie Exzeß der Gesundheit, dann sind sie nicht mehr Gesundheit. Nur diejenige gute Beschaffenheit der natürlichen Aktionen heißen wir Gesundheit, in denen der Grund zukünftiger ähnlicher liegt, d.h. die die Vollkommenheit der darauf folgenden Aktionen befestigen; also gehört die Bestimmung des *Fortdaurenden* wesentlich mit in den Begriff der Gesundheit. So hat z.E. der Körper des entkräftetsten Wollüstlings im Momente der Ausschweifung seine höchste Harmonie erreicht, aber sie ist nur augenblicklich, und ein desto tieferer Nachlaß lehrt zur Genüge, daß Überspannung nicht Gesundheit war. So kann man denn mit Recht behaupten, daß der übertriebene Vigor der physischen Aktionen den Tod so sehr beschleunigt als die höchste Disharmonie oder die heftigste Krankheit. Und also reißen uns beide, Schmerz und Vergnügen, einem unvermeidlichen Tod entgegen, wenn nicht etwas vorhanden ist, das ihr Wachstum beschränket.

§ 26. Vortrefflichkeit dieses Nachlasses

Und eben dieses leistet nun der Nachlaß der tierischen Natur. Eben diese Einschränkung unserer zerbrechlichen Maschine, die unsern Gegnern einen so starken Einwurf wider ihre Vollkommenheit schien geliehen zu haben, mußte es auch sein, die alle die üblen Folgen verbesserte, die der Mechanismus anderwärts unvermeidlich macht. Eben dieses Hinsinken, dieses Erschlaffen der Organe, worüber die Denker so klagen, verhindert, daß uns unsere eigene Kraft nicht in kurzer Zeit aufreibt, und läßt es nicht zu, daß unsere Affekten in immer steigenden Graden zu unserm Verderben fortwachsen. Sie zeichnet jedem Affekt die Perioden seines Wachstums, seiner Höhe und seiner Defervescenz, wenn er nicht gar in einer totalen Relaxation des Körpers erstirbt, die den empörten Geistern Zeit läßt, wiederum ihren harmonischen Ton zu nehmen, und den Organen, sich wiederum zu erholen. Daher die höchsten Grade des Entzükkens, des Schreckens und des Zorns eben dieselben sind, nämlich Ermattung, Schwäche oder Ohnmacht. –

»Itzo mußt er entweder ohnmächtig niedersinken« – –

Noch mehr gewährt der Schlaf, der, wie unser Shakespeare sagt, »den verworrenen Knäuel der Sorgen auseinanderlöst, das Bad der wunden Arbeit, die Geburt von jedes Tages Leben, der zweite Gang der großen Natur ist«. Unter dem Schlaf ordnen sich die Lebensgeister wiederum in jenes heilsame Gleichgewicht, das die Fortdauer unsers Daseins so sehr verlangt; alle jene krampfichte Ideen und Empfindungen, alle jene überspannte Tätigkeiten, die uns den Tag durch gepeinigt haben, werden itzo in der allgemeinen Erschlaffung des Sensoriums aufgelöst, die Harmonie der Seelenwirkungen wird wiederum hergestellt, und ruhiger grüßt der neuerwachte Mensch den kommenden Morgen.

Auch in Hinsicht auf die Einrichtung des Ganzen können wir den Wert und die Wichtigkeit dieses Nachlasses nicht genug bewundern. Eben diese Einrichtung brachte es notwendig mit sich, daß manche, die nicht minder glücklich sein sollten, der allgemeinen Ordnung aufgeopfert wurden und das Los der Unterdrückung davontrugen. Ebenso mußten wiederum viele, die wir vielleicht mit Unrecht zu beneiden pflegen, ihre Geistes- und Leibeskraft in rastloser Anstrengung foltern, damit die Ruhe des Ganzen erhalten werde. So ferner die Kranken, so das unvernünftige Vieh. Der Schlaf versiegelt gleichsam das Auge des Kummers, nimmt dem Fürsten und Staatsmann die schwere Bürde der Regierung ab, gießt Lebenskraft in die Adern des Kranken und Ruhe in seine zerrissene Seele; auch der Taglöhner hört die Stimme des Drängers nicht mehr, und das mißhandelte Vieh entflieht den Tyranneien der Menschen. Alle Sorgen und Lasten der Geschöpfe begräbt der Schlaf, setzt alles ins Gleichgewicht, rüstet jeden mit neugebornen Kräften aus, die Freuden und Leiden des folgenden Tages zu ertragen.

§ 27. Trennung des Zusammenhangs

Endlich dann, auf den Zeitpunkt, wo der Geist den Zweck seines Daseins in diesem Kreise erfüllt hat, hat zugleich eine inwendige unbegreifliche Mechanik auch seinen Körper unfähig gemacht, weiter sein Werkzeug zu sein. Alle Anordnungen zur Aufrechthaltung des körperlichen Flors scheinen nur bis auf diese Epoche zu reichen; die Weisheit, kommt es mir vor, hat bei Gründung unserer physischen Natur eine solche Sparsamkeit beobachtet, daß, ungeachtet der steten Kompensationen, doch die Konsumtion immer das Übergewicht behalte, daß *die Freiheit den Mechanismus mißbrauche und der Tod aus dem Leben, wie aus seinem Keime, sich entwickle.* Die Materie zerfällt in ihre letzten Elemente wieder, die nun in anderen Formen und Verhältnissen durch die Reiche der Natur wandern, andern Absichten zu dienen. Die Seele fähret fort, in andern Kreisen ihre Denkkraft zu üben und das Universum von andern Seiten zu beschauen. Man kann freilich sagen, daß sie diese Sphäre im geringsten noch nicht erschöpft hat, daß sie solche vollkommener hätte verlassen können; aber weiß man denn, daß diese Sphäre für sie verloren ist? Wir legen jetzt manches Buch weg, das wir nicht verstehn, aber vielleicht verstehn wir es in einigen Jahren besser.

II. PHILOSOPHIE DER LIEBE UND DER SKEPSIS

Der Spaziergang unter den Linden

Wollmar und Edwin waren Freunde und wohnten in einer friedlichen Einsiedelei beisammen, in welche sie sich aus dem Geräusch der geschäftigen Welt zurückgezogen hatten, hier in aller philosophischen Muße die merkwürdigen Schicksale ihres Lebens zu entwickeln. Edwin, der glückliche, umfaßte die Welt mit frohherziger Wärme, die der trübere Wollmar in die Trauerfarbe seines Mißgeschicks kleidete. Eine Allee von Linden war der Lieblingsplatz ihrer Betrachtungen. Einst an einem lieblichen Maientag spazierten sie wieder; ich erinnere mich folgenden Gespräches:

Edwin. Der Tag ist so schön – die ganze Natur hat sich aufgeheitert, und Sie so nachdenkend, Wollmar?

Wollmar. Lassen Sie mich. Sie wissen, es ist meine Art, daß ich ihr ihre Launen verderbe.

Edwin. Aber ist es denn möglich, den Becher der Freude so anzuekeln?

Wollmar. Wenn man eine Spinne darin findet – warum nicht? Sehen Sie, Ihnen malt sich itzt die Natur wie ein rotwangigtes Mädchen an seinem Brauttag. Mir erscheint sie als eine abgelegte Matrone, rote Schminke auf ihren grüngelben Wangen, geerbte Demanten in ihrem Haar. Wie sie sich in diesem Sonntagsaufputz belächelt! Aber es sind abgetragene Kleider und schon hunderttausendmal gewandt. Eben diesen grünen wallenden Schlepp trug sie schon vor Deukalion, ebenso parfümiert und ebenso bunt verbrämt. Jahrtausende lang verzehrt sie nur mit dem Abtrag von der Tafel des Todes, kocht sich Schminke aus den Gebeinen ihrer eigenen Kinder und stutzt die Verwesung zu blendenden Flittern. Es ist ein unflätiges Ungeheuer, das von seinem eigenen Kot, viele tausendmal aufgewärmt, sich mästet, seine

Lumpen in neue Stoffe zusammenflickt, und groß tut, und sie zu Markte trägt, und wieder zusammenreißt in garstige Lumpen. Junger Mensch, weißt du wohl auch, in welcher Gesellschaft du vielleicht itzo spazierest? Dachtest du je, daß dieses unendliche Rund das Grabmal deiner Ahnen ist, daß dir die Winde, die dir die Wohlgerüche der Linden herunterbringen, vielleicht die zerstobene Kraft des Arminius in die Nase blasen, daß du in der erfrischenden Quelle vielleicht die zermalmten Gebeine unsrer großen Heinriche kostest? Pfui! Pfui! die Erderschütterer Roms, die die majestätische Welt in drei Teile rissen, wie Knaben einen Blumenstrauß unter sich teilen und an die Hüte stecken, müssen vielleicht in den Gurgeln ihrer verschnittenen Enkel einer wimmernden Opern-Arie fronen. – Der Atome, der in Platos Gehirne dem Gedanken der Gottheit bebte, der im Herzen des Titus der Erbarmung zitterte, zuckt vielleicht itzo der viehischen Brunst in den Adern der Sardanapale oder wird in dem Aas eines gehenkten Gaudiebs von den Raben zerstreut. Schändlich! Schändlich! Wir haben aus der geheiligten Asche unserer Väter unsre Harlekinsmasken zusammengestoppelt, wir haben unsere Schellenkappen mit der Weisheit der Vorwelt gefuttert. Sie scheinen das lustig zu finden, Edwin?

Edwin. Vergeben Sie. Ihre Betrachtungen eröffnen mir komische Szenen. Wie? wenn unsre Körper nach eben diesen Gesetzen wanderten, wie man von unsern Geistern behauptet? Wenn sie nach dem Tod der Maschine eben das Amt fortsetzen müßten, das sie unter den Befehlen der Seele verwalteten; gleichwie die Geister der Abgeschiedenen die Beschäftigungen ihres vorigen Lebens wiederholen, quae cura fuit vivis, eadem sequitur tellure repostos.

Wollmar. So mag die Asche des Lykurgus noch bis itzt und ewig im Ozean liegen!

Edwin. Hören Sie dort die zärtliche Philomele schlagen? Wie? wenn sie die Urne von Tibulls Asche wäre, der zärtlich wie sie sang? Steigt vielleicht der erhabene Pindar in jenem Adler zum blauen Schirmdach des Horizonts, flattert vielleicht in jenem buhlenden Zephir ein Atome Anakreons? Wer kann es wissen, ob nicht die Körper der Süßlinge in zarten Puderflöckchen in die Locken ihrer Gebieterinnen fliegen; ob nicht die Überbleibsel der Wucherer im hundertjährigen Rost an die verscharrten Münzen gefesselt hegen? Ob nicht die Leiber der Polygraphen verdammt sind, zu Lettern geschmolzen oder zu Papier gewalkt zu werden, ewig nun unter dem Druck der Presse zu ächzen und den Unsinn ihrer Kollegen verewigen zu helfen? Wer kann mir beweisen, daß der schmerzliche Blasenstein unseres Nachbars nicht der Rest eines ungeschickten Arztes ist, der nunmehr zur Strafe die ehmals mißhandelten Gänge des Harns ein ungebetener Pförtner hütet, so lang in diesen schimpflichen Kerker gesprochen, bis die geweihte Hand eines Wundarztes den verwünschten Prinzen erlöst? Sehen Sie, Wollmar! Aus eben dem Kelche, woraus Sie die bittere Galle schöpfen, schöpft meine Laune lustige Scherze.

Wollmar. Edwin! Edwin! Wie Sie den Ernst wieder mit lächelndem Witz übertünchen! – Man sage es doch unsern Fürsten, die mit einer zuckenden Wimper zu vernichten meinen. – Man sage es unsern Schönen, die mit einer farbigten Landschaft im Gesicht unsre Weisheit zur Närrin machen wollen. – Man sage es den süßen Herrchen, die eine Handvoll blonde Haare zu ihrem Gott machen. – Mögen sie zusehen, wie die Schaufel des Totengräbers den Schädel Yoriks so unsanft streichelt. Was dünkt sich ein Weib mit ihrer Schönheit, wenn der große Cäsar eine anbrüchige Mauer flickt, den Wind abzuhalten?

Edwin. Aber wo hinaus denn mit dem allem?

Wollmar. Armselige Katastrophe einer armseligem Farce! – Sehen Sie, Edwin! Das Schicksal der Seele ist in die Materie geschrieben. Machen Sie nunmehr den glücklichen Schluß.

Edwin. Gemach, Wollmar. Sie kommen ins Schwärmen. Sie wissen, wie gern Sie da die Vorsicht mißhandeln.

Wollmar. Lassen Sie mich fortfahren. Die gute Sache scheut die Besichtigung nicht.

Edwin. Wollmar besichtige, wenn er glücklicher ist.

Wollmar. O pfui! da bohren Sie gerade in die gefährlichste Wunde. Die Weisheit wäre also eine waschhafte Mäklerin, die in jedem Hause schmarotzen geht, und geschmeidig in jede Laune plaudert, bei dem Unglücklichen die Gnade selbst verleumdet, bei dem Glücklichen auch das Übel verzuckert. Ein verdorbener Magen verschwätzt diesen Planeten zur Hölle, ein Glas Wein kann seine Teufel vergöttern. Wenn unsre Launen die Modelle unsrer Philosophien sind – sagen Sie mir doch, Edwin, in welcher wird die *Wahrheit* gegossen? Ich fürchte, Edwin, Sie werden weise sein, wenn Sie erst finster werden.

Edwin. Das möcht ich nicht, um weise zu werden!

Wollmar. Sie haben das Wort: *glücklich* genannt. Wie wird man das, Edwin? Arbeit ist die Bedingung des Lebens, das Ziel Weisheit, und Glückseligkeit, sagen Sie, ist der Preis. Tausend und abermal tausend Segel fliegen ausgespannt, die glückliche Insel zu suchen im gestadlosen Meere und dieses goldene Vlies zu erobern. Sage mir doch, du Weiser, wieviel sind ihrer, die es finden? Ich sehe hier eine Flotte im ewigen Ring des Bedürfnisses herumgewirbelt, ewig von diesem Ufer stoßend, um ewig wieder daran zu landen, ewig landend, um wieder davon zu stoßen. Sie tummelt sich in den Vorhöfen ihrer Bestimmung, kreuzt furchtsam längs dem Ufer, Proviant zu holen und das Takelwerk zu flicken, und steuert ewig nie auf die Höhe des Meeres. Es sind diejenigen, die heute sich abmüden, auf daß sie sich morgen wieder abmüden können. Ich ziehe sie ab, und die Summe ist um die Hälfte geschmolzen. Wieder andere reißt der Strudel der Sinnlichkeit in ein ruhmloses Grab. – Es sind diejenigen, die die ganze Kraft ihres Daseins verschwenden, den Schweiß der vorigen zu genießen. Man rechne sie weg, und ein armes Vierteil bleibt noch zurück. Bang und schüchtern segelt es ohne Kompaß im Geleit der betrüglichen Sterne auf dem furchtbaren Ozean fort, schon flimmt wie weißes Gewölk am Rande des Horizonts die glückliche Küste, Land ruft der Steuermann, und siehe! ein elendes Brettchen zerbirstet, das lecke Schiff versinkt hart am Gestade. Apparent rari nantes in gurgite vasto. Ohnmächtig kämpft sich der geschickteste Schwimmer zum Lande, ein Fremdling in der ätherischen Zone irrt er einsam umher, und sucht tränenden Augs seine nordische Heimat. So ziehe ich von der großen Summe eurer freigebigen Systeme eine Million nach der andern ab. – Die Kinder freuen sich auf den Harnisch der Männer, und diese weinen, daß sie nimmermehr Kinder sind. Der Strom unsers Wissens schlängelt sich rückwärts zu seiner Mündung, der Abend ist dämmerig wie der Morgen, in der nämlichen Nacht umarmen sich Aurora und Hesperus, und der Weise, der die Mauern der Sterblichkeit durchbrechen wollte, sinkt abwärts, und wird wieder zum tändelnden Knaben. Nun, Edwin! rechtfertigen Sie den Töpfer gegen den Topf, antworten Sie, Edwin!

Edwin. Der Töpfer ist schon gerechtfertigt, wenn der Topf mit ihm rechten kann.

Wollmar. Antworten Sie.

Edwin. Ich sage, wenn sie auch die Insel verfehlt, so ist doch die Fahrt nicht verloren.

Wollmar. Etwa das Aug an den malerischen Landschaften zu weiden, die zur Rechten und Linken vorbeifliegen? Edwin? und darum in Stürmen herumgeworfen zu werden, darum an spitzigen Klippen vorbeizuzittern, darum in der wogenden Wüste einem dreifachen Tode um den Rachen zu schwanken? – Reden Sie nichts mehr, mein Gram ist beredter als Ihre Zufriedenheit.

Edwin. Und soll ich darum das Veilchen unter die Füße treten, weil ich die Rose nicht erlangen kann? Oder soll ich diesen Maitag verlieren, weil ein Gewitter ihn verfinstern kann? Ich schöpfe Heiterkeit unter der wolkenlosen Bläue, die mir hernach seine stürmische Langeweile verkürzt. Soll ich die Blume nicht brechen, weil sie morgen nicht mehr riechen wird? Ich werfe sie weg, wenn sie welk ist, und pflücke ihre junge Schwester, die schon reizend aus der Knospe bricht. – –

Wollmar. Umsonst! Vergebens. Wohin nur ein Samenkorn des Vergnügens fiel, sprossen schon tausend Keime des Jammers. Wo nur eine Träne der Freude liegt, liegen tausend Tränen der

Verzweiflung begraben. Hier an der Stelle, wo der Mensch jauchzte, krümmten sich tausend sterbende Insekten. In eben dem Augenblick, wo unser Entzücken zum Himmel wirbelt, heulen tausend Flüche der Verdammnis empor. Es ist ein betrügliches Lotto, die wenigen armseligen Treffer verschwinden unter den zahllosen Nieten. Jeder Tropfe Zeit ist eine Sterbeminute der Freuden, jeder wehende Staub der Leichenstein einer begrabenen Wonne. Auf jeden Punkt im ewigen Universum hat der Tod sein monarchisches Siegel gedrückt. Auf jedem Atomen les ich die trostlose Aufschrift: *Vergangen!*

Edwin. Und warum nicht: *Gewesen?* Mag jeder Laut der Sterbegesang einer Seligkeit sein – Er ist auch die Hymne der allgegenwärtigen Liebe. – Wollmar, an dieser Linde küßte mich meine Juliette zum erstenmal.

Wollmar (heftig davongehend). Junger Mensch! Unter dieser Linde hab ich meine Laura verloren.

Der Jüngling und der Greis

Versuch eines Nichtstudierten

Selim. Wie der Strom in der Ferne braust, während der Sturm sich sammelt! Ein begeisterndes Getöse, eine Tatenahndung, Almar, die Seele schwillt mir.

Almar. Jüngling, warum weilt dein Auge nicht lieber an jener noch heiteren Strecke des Himmels, dein Ohr nicht am sanften Gemurmel dieser Quelle?

Selim. Oft war Ruhe meine Sehnsucht, ich nannte mich töricht, nach Phantomen zu jagen, die gleich den Hydra-Köpfen bei ihrem Untergang wiederum gefährlicher hervorschießen. Aber o Almar! was sind wir für zweideutige Geschöpfe! Ruhe ist nicht die Bestimmung unserer Natur, unaufhaltsam lispelt und ruft eine geheime Stimme nach unbekannten dunklen Szenen. Unter grauen Haaren würd ich mich feige schelten, hätt ich, gleitend ins unbekannte Land, nur die Hälfte meines Wegs zurückgelegt, indessen vorwärts und um und um Regionen blüheten, die ich öde gelassen.

Almar. Ich bedaure dich, mein Lieber! dein Kopf ist noch von Romanen erhitzt, deine Ideen von Bestimmung und Tätigkeit sind Irrwische. Sieh! die Natur läßt überall Rosengebüsche wachsen und lehrt die Unschuld ihren frohen Gesang; werden glänzende Trophäen oder das Triumphgetön der Trompete unser Leben besser verherrlichen als jenes? Deine eitle Wünsche, glaub es einem Greisen, sind nicht in dir entsprossen, und ein Traum wird dich verzehren.

Selim. Eine Moral, die ich oft gehört habe, die aber allein für dich passet, in deiner sich neigenden Natur entspringt, verzeihe mir dieses Wort, mein Vater! Bist du glücklich, Almar, wünschest du nichts mehr?

Almar. Ich bin glücklicher, weil ich genügsamer worden bin.

Selim. Armer! dies ist dein Glück, daß du nicht siehst, was du am Tausche verlorst. Du bückst dich nicht mehr nach der Blume, weil deine Nerven starr worden sind. Du wähnst dich glücklich, weil du es nicht mehr in einem hohen Grade sein kannst. Laß mich warm davon reden, ich zittre vor dem Augenblick, wo ich ohne Wunsch und Hoffnung entschlummern und erwachen müßte. Unaufhaltsames Streben ist das Element der Seele. Beim Worte Genügsamkeit zersplittern die Stufen in der unendlichen Leiter der Wesen. Dieser Durst, diese Unruhe, mein Schmerz über meine Schwachheit entschleiert meine Hoheit. Ich weine, nur ein Mensch zu sein, ich jauchze, ein Gott sein zu können.

Almar. Und du bist nur ein Sklav. Sieh die Fläche des Flusses, er ist jedem Säuseln preisgegeben, und der Wind jagt ihn über die Ufer.

Selim. Aber ohne Säuseln und ohne Sturm würden seine Wasser verderben. Es gibt Minuten, wo mein Geist stillen Gewässern gleichet; kein wohltätiger Wind vermag das drückende Gleichgewicht auseinanderzuschaukeln; der Puls der Natur macht eine Pause, gekrümmt über mich selbst, winde ich mich rastlos wie einer, der im Grab erwacht; ein Insekt erbittert mich, ich suche dann mit Gewalt mein Leben wieder; ich vegetiere in einem hohen Grade, ich schwelge.

Almar. Du sprichst so viel von Wünschen und Streben, wo bleibt dann dein Genuß? Nach deinen Paradoxen wird dessen Fülle wohl ein Unglück sein.

Selim. Allerdings, wenn sie anhaltend wäre. Wenn dus überlegst, ist nur die Ahndung, die Hoffnung des Genusses die Würze des Vergnügens; der Genuß selbst ist sein Tod. Im Arme des schönsten Mädchens bin ich am meisten zu bedauren, wenn ich am nächsten der höchsten Wonne bin. Dieses scheint mir das schönste Vorrecht des Menschen zu sein, und ein wesentlicher Unterschied vom Tiere. Ich wünsche und ahnde den Genuß, und bin glücklich. Dem Tiere behagt es bloß, wann es genießt.

Almar. Itzt ertappe ich dich auf einem Widerspruch. Du jagst einem Ziele nach, das du zu erreichen fürchtest.

Selim. Ich fürchte es nicht, aber die Seele hört auf zu glühen, die Schwingen der Imagination sinken am Ziele; der Zauber verschwindet; der Tumult von Assoziationen macht der dringenden lauten Wirklichkeit Platz; die Seele ist dann am meisten leidend, und am wenigsten glücklich. Ich fürcht es nicht, Almar, weil neue erhabnere Ziele mir wieder entgegenwinken, meine Laufbahn ist die Ewigkeit. Durch die Hoheit und Zahl meiner Wünsche werde ich mich in der Geister Gewühl stehlen, die nach der Gottheit hinzücken.

Almar. Halt ein, Schwärmer, nun hab ich dich, wo ich wünschte; du sagtest, der Zauber verschwinde am Ziele deines Wunsches, du hast also ein leeres Phantom verfolgt.

Selim. Aber der Weg war nicht verloren, und laß es auch Phantomen sein, wenn nur mein Schöpfer mir eine glühende Seele nach ihnen gab. Wehe dem Frechen, der mit frevelnder Hand den Schleier wegzieht von diesem magischen Tumult. Er kommt dem Alter in diesem traurigen Vorrecht zuvor. Elysium sinkt ihm zu einen Küchengarten herab.

Almar. Lebe wohl, Träumer! Das nächste Mal werd ich reden, und du wirst mir antworten, wann du unterdessen auf deinem Fluge in keinen Sumpf stürzest. Ich gehe in meinen Garten, um mich am wiederkehrenden milden Sonnenschein zu weiden.

Selim. Ich weine, Elysium zu ahnden und nicht zu finden. Du lächelst noch aus Lust, aber für Lust weinest du nicht mehr.

Philosophische Briefe

Vorerinnerung

Die Vernunft hat ihre Epochen, ihre Schicksale wie das Herz, aber ihre Geschichte wird weit seltner behandelt. Man scheint sich damit zu begnügen, die Leidenschaften in ihren Extremen, Verirrungen und Folgen zu entwickeln, ohne Rücksicht zu nehmen, wie genau sie mit dem Gedankensysteme des Individuums zusammenhängen. Die allgemeine Wurzel der moralischen Verschlimmerung ist eine einseitige und schwankende Philosophie, um so gefährlicher, weil sie die umnebelte Vernunft durch einen Schein von Rechtmäßigkeit, Wahrheit und Überzeugung blendet und eben deswegen von dem eingebornen sittlichen Gefühle weniger in Schranken gehalten wird. Ein erleuchteter Verstand hingegen veredelt auch die Gesinnungen – der Kopf muß das Herz bilden.

In einer Epoche, wie die jetzige, wo Erleichterung und Ausbreitung der Lektüre den denkenden Teil des Publikums so erstaunlich vergrößert, wo die glückliche Resignation der Unwissenheit einer *halben* Aufklärung Platz zu machen anfängt und nur wenige mehr *da stehenbleiben* wollen, wo der *Zufall der Geburt sie hingeworfen,* scheint es nicht so ganz unwichtig zu sein, auf gewisse Perioden der erwachenden und fortschreitenden Vernunft aufmerksam zu machen, gewisse Wahrheiten und Irrtümer zu berichtigen, welche sich an die Moralität anschließen und eine Quelle von Glückseligkeit und Elend sein können, und wenigstens die verborgenen Klippen zu zeigen, an denen die stolze Vernunft schon gescheitert hat. Wir gelangen nur selten anders als durch Extreme zur Wahrheit – wir müssen den Irrtum – und oft den Unsinn – zuvor erschöpfen, ehe wir uns zu dem schönen Ziele der ruhigen Weisheit hinaufarbeiten.

Einige Freunde, von gleicher Wärme für die Wahrheit und die sittliche Schönheit beseelt, welche sich auf ganz verschiedenen Wegen in *derselben* Überzeugung vereinigt haben und nun mit ruhigerem Blick die zurückgelegte Bahn überschauen, haben sich zu dem Entwurfe verbunden, einige Revolutionen und Epochen des Denkens, einige Ausschweifungen der grübelnden Vernunft in dem Gemälde zweier Jünglinge von ungleichen Charakteren zu entwickeln und in Form eines Briefwechsels der Welt vorzulegen. Folgende Briefe sind der Anfang dieses Versuchs.

Meinungen, welche in diesen Briefen vorgetragen werden, können also auch nur beziehungsweise wahr oder falsch sein, gerade so, wie sich die Welt in dieser Seele und keiner andern spiegelt. Die Fortsetzung des Briefwechsels wird es ausweisen, wie diese einseitigen, oft überspannten, oft widersprechenden Behauptungen endlich in eine allgemeine, geläuterte und festgegründete Wahrheit sich auflösen.

Skeptizismus und Freidenkerei sind die Fieberparoxysmen des menschlichen Geistes und müssen durch eben die unnatürliche Erschütterung, die sie in gut organisierten Seelen verursachen, zuletzt die Gesundheit befestigen helfen. Je blendender, je verführender der Irrtum, desto mehr Triumph für die Wahrheit, je quälender der Zweifel, desto größer die Aufforderung zu Überzeugung und fester Gewißheit. Aber diese Zweifel, diese Irrtümer vorzutragen, war notwendig; die Kenntnis der Krankheit mußte der Heilung vorangehen. Die Wahrheit verliert nichts, wenn ein heftiger Jüngling sie verfehlt, ebensowenig als die Tugend und die Religion, wenn ein Lasterhafter sie verleugnet.

Dies mußte vorausgesagt werden, um den Gesichtspunkt anzugeben, aus welchem wir den folgenden Briefwechsel gelesen und beurteilt wünschen.

Julius an Raphael

Im Oktober.

Du bist fort, Raphael – und die schöne Natur geht unter, die Blätter fallen gelb von den Bäumen, ein trüber Herbstnebel liegt wie ein Bahrtuch über dem ausgestorbenen Gefilde. Einsam durchirre ich die melancholische Gegend, rufe laut Deinen Namen aus und zürne, daß mein Raphael mir nicht antwortet. Ich hatte Deine letzten Umarmungen überstanden. Das traurige Rauschen des Wagens, der Dich von hinnen führte, war endlich in meinem Ohre verstummt. Ich Glücklicher hatte schon einen wohltätigen Hügel von Erde über den Freuden der Vergangenheit aufgehäuft, und jetzt stehest Du gleich Deinem abgeschiedenen Geiste von neuem in diesen Gegenden auf und meldest Dich mir auf jedem Lieblingsplatz unserer Spaziergänge wieder. Diesen Felsen habe ich an *Deiner* Seite erstiegen, an Deiner Seite diese unermeßliche Perspektive durchwandert. Im schwarzen Heiligtum dieser Buchen ersannen wir zuerst das kühne Ideal unserer Freundschaft. Hier wars, wo wir den Stammbaum der Geister zum erstenmal auseinanderrollten und Julius einen so nahen Verwandten in Raphael fand. Hier ist keine Quelle, kein Gebüsche, kein Hügel, wo nicht irgendeine Erinnerung entflohener Seligkeit auf meine Ruhe zielte. Alles, alles hat sich gegen meine Genesung verschworen. Wohin ich nur trete, wiederhole ich den bangen Auftritt unsrer Trennung. –

Was hast Du aus mir gemacht, Raphael? Was ist seit kurzem aus mir geworden! Gefährlicher großer Mensch! daß ich Dich niemals gekannt hätte oder niemals verloren! Eile zurück, auf den Flügeln der Liebe komm wieder, oder Deine zarte Pflanzung ist dahin. Konntest Du mit Deiner sanften Seele es wagen, Dein angefangenes Werk zu verlassen, noch so ferne von seiner Vollendung? Die Grundpfeiler Deiner stolzen Weisheit wanken in meinem Gehirne und Herzen, alle die prächtigen Paläste, die Du bautest, stürzen ein, und der erdrückte Wurm wälzt sich wimmernd unter den Ruinen.

Selige paradiesische Zeit, da ich noch mit verbundenen Augen durch das Leben taumelte, wie ein Trunkener – da all mein Fürwitz und alle meine Wünsche an den Grenzen meines väterlichen Horizonts wieder umkehrten – da mich ein heiterer Sonnenuntergang nichts Höheres ahnden ließ als einen schönen morgenden Tag – da mich nur eine politische Zeitung an die Welt, nur die Leichenglocke an die Ewigkeit, nur Gespenstermärchen an eine Rechenschaft nach dem Tode erinnerten, da ich noch vor einem Teufel bebte und desto herzlicher an der Gottheit hing. Ich *empfand* und war glücklich. Raphael hat mich *denken* gelehrt, und ich bin auf dem Wege, meine Erschaffung zu beweinen.

Erschaffung? – Nein, das ist ja nur ein Klang ohne Sinn, den meine Vernunft nicht gestatten darf. Es gab eine Zeit, wo ich von nichts wußte, wo von mir niemand wußte, also sagt man, ich war nicht. Jene Zeit ist nicht mehr, also sagt man, daß ich erschaffen sei. Aber auch von den Millionen, die vor Jahrhunderten da waren, weiß man nun nichts mehr, und doch sagt man, sie sind. Worauf gründen wir das Recht, den Anfang zu bejahen und das Ende zu verneinen? Das Aufhören denkender Wesen, behauptet man, widerspricht der unendlichen Güte. Entstand denn diese unendliche Güte erst mit der Schöpfung der Welt? – Wenn es eine Periode gegeben hat, wo noch keine Geister waren, so war die unendliche Güte ja eine ganze vorhergehende Ewigkeit unwirksam? Wenn das Gebäude der Welt eine Vollkommenheit des Schöpfers ist, so fehlte ihm ja eine Vollkommenheit vor Erschaffung der Welt? Aber eine solche Voraussetzung widerspricht der Idee des vollendeten Gottes, also war keine Schöpfung – Wo bin ich hingeraten, mein Raphael? – Schrecklicher Irrgang meiner Schlüsse! Ich gebe den Schöpfer auf, sobald ich an einen Gott glaube. Wozu brauche ich einen Gott, wenn ich ohne den Schöpfer ausreiche?

Du hast mir den Glauben gestohlen, der mir Frieden gab. Du hast mich verachten gelehrt, wo ich anbetete. Tausend Dinge waren mir so ehrwürdig, ehe Deine traurige Weisheit sie mir entkleidete. Ich sah eine Volksmenge nach der Kirche strömen, ich hörte ihre begeisterte Andacht zu einem brüderlichen Gebet sich vereinigen – zweimal stand ich vor dem Bette des Todes, sahe zweimal – mächtiges Wunderwerk der Religion! – die Hoffnung des Himmels über die Schröcknisse der Vernichtung siegen und den frischen Lichtstrahl der Freude im gebrochenen Auge des Sterbenden sich entzünden. Göttlich, ja göttlich muß die Lehre sein, rief ich aus, die die Besten unter den Menschen bekennen, die so mächtig siegt und so wunderbar tröstet. Deine kalte Weisheit löschte meine Begeisterung. Ebenso viele, sagtest Du mir, drängten sich einst um die Irmensäule und zu Jupiters Tempel, ebenso viele haben ebenso freudig ihrem Brahma zu Ehren den Holzstoß bestiegen. Was Du am Heidentum so abscheulich findest, soll das die Göttlichkeit Deiner Lehre beweisen?

Glaube niemand als Deiner eignen Vernunft, sagtest Du weiter. Es gibt nichts Heiliges als die Wahrheit. Was die Vernunft erkennt, ist die Wahrheit. Ich habe dir gehorcht, habe alle Meinungen aufgeopfert, habe gleich jenem verzweifelten Eroberer alle meine Schiffe in Brand gesteckt, da ich an dieser Insel landete, und alle Hoffnung zur Rückkehr vernichtet. Ich kann mich nie mehr mit einer Meinung versöhnen, die ich einmal belachte. Meine Vernunft ist mir jetzt alles, meine einzige Gewährleistung für Gottheit, Tugend, Unsterblichkeit. Wehe mir von nun an, wenn ich diesem einzigen Bürgen auf einem Widerspruche begegne! wenn meine Achtung vor ihren Schlüssen sinkt! wenn ein zerrissener Faden in meinem Gehirn ihren Gang verrückt! – Meine Glückseligkeit ist von jetzt an dem harmonischen Takt meines Sensoriums anvertraut. Wehe mir, wenn die Saiten dieses Instruments in den bedenklichen Perioden meines Lebens falsch angeben – wenn meine Überzeugungen mit meinem Aderschlag wanken!

Deine Lehre hat meinem Stolze geschmeichelt. Ich war ein Gefangener. Du hast mich herausgeführt an den Tag; das goldne Licht und die unermeßliche Freie haben meine Augen entzückt. Vorhin genügte mir an dem bescheidenen Ruhme, ein guter Sohn meines Hauses, ein Freund meiner Freunde, ein nützliches Glied der Gesellschaft zu heißen, Du hast mich in einen Bürger des Universums verwandelt. Meine Wünsche hatten noch keinen Eingriff in die Rechte der Großen getan. Ich duldete diese Glücklichen, weil Bettler *mich* duldeten. Ich errötete nicht, einen Teil des Menschengeschlechts zu beneiden, weil noch ein größerer übrig war, den ich beklagen mußte. Jetzt erfuhr ich zum erstenmal, daß meine Ansprüche auf Genuß so vollwichtig wären als die meiner übrigen Brüder. Jetzt sah ich ein, daß eine Schichte über dieser Atmosphäre ich gerade so viel und so wenig gelte als die Beherrscher der Erde. Raphael schnitt alle Bande der Übereinkunft und der Meinung entzwei. Ich fühlte mich ganz frei – denn die Vernunft, sagte mir Raphael, ist die einzige Monarchie in der Geisterwelt, ich trug meinen Kaiserthron in meinem Gehirne. Alle Dinge im Himmel und auf Erden haben keinen Wert, keine Schätzung, als soviel meine Vernunft ihnen zugesteht. Die ganze Schöpfung ist mein, denn ich besitze eine unwidersprechliche Vollmacht, sie ganz zu genießen. Alle Geister – eine Stufe tiefer unter dem vollkommensten Geist – sind meine Mitbrüder, weil wir alle *einer* Regel gehorchen, *einem* Oberherrn huldigen.

Wie erhaben und prächtig klingt diese Verkündigung! Welcher Vorrat für meinen Durst nach Erkenntnis! aber – unglückseliger Widerspruch der Natur! – dieser freie emporstrebende Geist ist in das starre unwandelbare Uhrwerk eines sterblichen Körpers geflochten, mit seinen kleinen Bedürfnissen vermengt, an seine kleinen Schicksale angejocht – dieser Gott ist in eine Welt von Würmern verwiesen. Der ungeheure Raum der Natur ist seiner Tätigkeit aufgetan, aber er darf nur nicht zwei Ideen zugleich denken. Seine Augen tragen ihn bis zu dem Sonnenziele der Gottheit, aber er selbst muß erst träge und mühsam durch die Elemente der Zeit ihm entgegenkriechen. Einen Genuß zu erschöpfen, muß er jeden andern verlorengeben; *zwei* unumschränkte Begierden sind seinem kleinen Herzen zu groß. Jede neu erworbene Freude kostet ihn die Summe aller vorigen. Der jetzige Augenblick ist das Grabmal aller vergangenen. Eine Schäferstunde der Liebe ist ein aussetzender Aderschlag in der Freundschaft.

Wohin ich nur sehe, Raphael, wie beschränkt ist der Mensch! Wie groß der Abstand zwischen seinen Ansprüchen und ihrer Erfüllung! – O beneide ihm doch den wohltätigen Schlaf. Wecke ihn nicht. Er war so glücklich, bis er anfing zu fragen, wohin er gehen müsse, und woher er gekommen sei. Die Vernunft ist eine Fackel in einem Kerker. Der Gefangene wußte nichts von dem Lichte, aber ein Traum der Freiheit schien über ihm wie ein Blitz in der Nacht, der sie finstrer zurückläßt. Unsre Philosophie ist die unglückselige Neugier des Ödipus, der nicht nachließ zu forschen, bis das entsetzliche Orakel sich auflöste:

Möchtest Du nimmer erfahren, wer Du bist!

Ersetzt mir Deine Weisheit, was sie mir genommen hat? Wenn Du keinen Schlüssel zum Himmel hattest, warum mußtest Du mich der Erde entführen? Wenn Du voraus wußtest, daß der Weg zu der Weisheit durch den schrecklichen Abgrund der Zweifel führt, warum wagtest Du die ruhige Unschuld Deines Julius auf diesen bedenklichen Wurf?

– Wenn an das Gute,
Das ich zu tun vermeine, allzu nah
Was gar zu Schlimmes grenzt, so tu ich lieber
Das Gute nicht –

Du hast eine Hütte niedergerissen, die bewohnt war, und einen prächtigen toten Palast auf die Stelle gegründet.

Raphael, ich fordre meine Seele von Dir. Ich bin nicht glücklich. Mein Mut ist dahin. Ich verzweifle an meinen eigenen Kräften. Schreibe mir bald! Nur Deine heilende Hand kann Balsam in meine brennende Wunde gießen.

Raphael an Julius

Ein Glück wie das unsrige, Julius, ohne Unterbrechung, wäre zuviel für ein menschliches Los. Mich verfolgte schon oft dieser Gedanke im vollen Genuß unserer Freundschaft. Was damals meine Seligkeit verbitterte, war heilsame Vorbereitung, mir meinen jetzigen Zustand zu erleichtern. Abgehärtet in der strengen Schule der Resignation, bin ich noch empfänglicher für den Trost, in unserer Trennung ein leichtes Opfer zu sehen, um die Freuden der künftigen Vereinigung dem Schicksal abzuverdienen. Du wußtest bis jetzt noch nicht, was *Entbehrung* sei. Du leidest zum ersten Male –

Und doch ists vielleicht Wohltat für Dich, daß ich gerade jetzt von Deiner Seite gerissen bin. Du hast eine Krankheit zu überstehen, von der Du nur allein durch Dich selbst vollkommen genesen kannst, um vor jedem Rückfall sicher zu sein. Je verlaßner Du Dich fühlst, desto mehr wirst Du alle Heilkräfte in dir selbst aufbieten; je weniger augenblickliche Linderung Du von täuschenden Palliativen empfängst, desto sicherer wird es dir gelingen, das Übel aus dem Grunde zu heben.

Daß ich aus Deinem süßen Traume Dich erweckt habe, reut mich noch nicht, wenngleich Dein jetziger Zustand peinlich ist. Ich habe nichts getan, als eine Krisis beschleunigt, die solchen Seelen, wie die Deinige, früher oder später unausbleiblich bevorsteht und bei der alles darauf ankömmt, in welcher Periode des Lebens sie ausgehalten wird. Es gibt Lagen, in denen es schrecklich ist, an Wahrheit und Tugend zu verzweifeln. Wehe dem, der im Sturme der Leidenschaft noch mit den Spitzfindigkeiten einer klügelnden Vernunft zu kämpfen hat. Was dies heiße, habe ich in seinem ganzen Umfang empfunden, und Dich vor einem solchen Schicksale zu bewahren, blieb mir nichts übrig, als diese unvermeidliche Seuche durch *Einimpfung* unschädlich zu machen.

Und welchen günstigeren Zeitpunkt konnte ich dazu wählen, mein Julius? In voller Jugendkraft standst Du vor mir, Körper und Geist in der herrlichsten Blüte, durch keine Sorge gedrückt, durch keine Leidenschaft gefesselt, *frei* und *stark,* den großen Kampf zu bestehen, wovon die erhabene Ruhe der *Überzeugung* der Preis ist. Wahrheit und Irrtum waren noch nicht in Dein Interesse verwebt. Deine Genüsse und Deine Tugenden waren unabhängig von beiden. Du bedurftest keine Schreckbilder, Dich von niedrigen Ausschweifungen zurückzureißen. Gefühl für edlere Freuden hatte sie dir verekelt. Du warst *gut* aus *Instinkt,* aus unentweihter sittlicher Grazie. Ich hatte nichts zu fürchten für Deine Moralität, wenn ein Gebäude einstürzte, auf welchem sie nicht gegründet war. Und noch schröcken mich Deine Besorgnisse nicht. Was dir auch immer eine melancholische Laune eingeben mag, ich kenne Dich besser, Julius!

Undankbarer! Du schmähst die Vernunft, Du vergissest, was sie Dir schon für Freuden geschenkt hat. Hättest Du auch für Dein ganzes Leben den Gefahren der Zweifelsucht entgehen können, so war es Pflicht für mich, dir Genüsse nicht vorzuenthalten, deren Du fähig und würdig warest. Die Stufe, worauf Du standest, war Deiner nicht wert. Der Weg, auf dem Du emporklimmtest, bot dir Ersatz für alles, was ich dir raubte. Ich weiß noch, mit welcher Entzückung Du den Augenblick segnetest, da die Binde von Deinen Augen fiel. Jene Wärme, mit der Du die Wahrheit auffaßtest, hat Deine alles verschlingende Phantasie vielleicht an Abgründe geführt, wovor Du erschrocken zurückschauderst.

Ich muß dem Gang Deiner Forschungen nachspüren, um die Quellen Deiner Klagen zu entdecken. Du hast sonst die Resultate Deines Nachdenkens aufgeschrieben. Schicke mir diese Papiere, und dann will ich dir antworten. – – –

Julius an Raphael

Diesen Morgen durchstöre ich meine Papiere. Ich finde einen verlorenen Aufsatz wieder, entworfen in jenen glücklichen Stunden meiner stolzen Begeisterung. Raphael, wie ganz anders finde ich jetzo das alles! Es ist das hölzerne Gerüste der Schaubühne, wenn die Beleuchtung dahin ist. Mein Herz suchte sich eine Philosophie, und die Phantasie unterschob ihre Träume. Die wärmste war mir die wahre.

Ich forsche nach den Gesetzen der Geister – schwinge mich bis zu dem Unendlichen, aber ich vergesse zu erweisen, daß sie wirklich vorhanden sind. Ein kühner Angriff des Materialismus stürzt meine Schöpfung ein.

Du wirst dies Fragment durchlesen, mein Raphael. Möchte es dir gelingen, den erstorbenen Funken meines Enthusiasmus wieder aufzuflammen, mich wieder auszusöhnen mit meinem Genius – aber mein Stolz ist so tief gesunken, daß auch Raphaels Beifall ihn kaum mehr emporraffen wird.

Theosophie des Julius

Die Welt und das denkende Wesen

Das Universum ist ein Gedanke Gottes. Nachdem dieses idealische Geistesbild in die Wirklichkeit hinübertrat und die geborne Welt den Riß ihres Schöpfers erfüllte – erlaube mir diese menschliche Vorstellung – so ist der Beruf aller denkenden Wesen, in diesem vorhandenen Ganzen die erste Zeichnung wiederzufinden, die Regel in der Maschine, die Einheit in der Zusammensetzung, das Gesetz in dem Phänomen aufzusuchen und das Gebäude rückwärts auf seinen Grundriß zu übertragen. Also gibt es für mich nur eine einzige Erscheinung in der Natur, das denkende Wesen. Die große Zusammensetzung, die wir Welt nennen, bleibt mir jetzo nur merkwürdig, weil sie vorhanden ist, mir die mannigfaltigen Äußerungen jenes Wesens symbolisch zu bezeichnen. Alles in mir und außer mir ist nur Hieroglyphe einer Kraft, die mir ähnlich ist. Die Gesetze der Natur sind die Chiffern, welche das denkende Wesen zusammenfügt, sich dem denkenden Wesen verständlich zu machen – das Alphabet, vermittelst dessen alle Geister mit dem vollkommensten Geist und mit sich selbst unterhandeln. Harmonie, Wahrheit, Ordnung, Schönheit, Vortrefflichkeit geben mir Freude, weil sie mich in den tätigen Zustand ihres Erfinders, ihres Besitzers versetzen, weil sie mir die Gegenwart eines vernünftig empfindenden Wesens verraten und meine Verwandtschaft mit diesem Wesen mich ahnden lassen. Eine neue Erfahrung in diesem Reiche der Wahrheit, die Gravitation, der entdeckte Umlauf des Blutes, das Natursystem des Linnäus, heißen mir ursprünglich eben das, was eine Antike, in Herkulanum hervorgegraben beides nur Widerschein eines Geistes, neue Bekanntschaft mit einem mir ähnlichen Wesen. Ich bespreche mich mit dem Unendlichen durch das Instrument der Natur, durch die Weltgeschichte – ich lese die Seele des Künstlers in seinem Apollo. Willst Du Dich überzeugen, mein Raphael, so forsche rückwärts. Jeder Zustand der menschlichen Seele hat irgendeine Parabel in der physischen Schöpfung, wodurch er bezeichnet wird, und nicht allein Künstler und Dichter, auch selbst die abstraktesten Denker haben aus diesem reichen Magazine geschöpft. Lebhafte Tätigkeit nennen wir Feuer, die Zeit ist ein Strom, der reißend von hinnen rollt; die Ewigkeit ist ein Zirkel; ein Geheimnis hüllt sich in Mitternacht, und die Wahrheit wohnt in der Sonne. Ja, ich fange an zu glauben, daß sogar das künftige Schicksal des menschlichen Geistes im dunkeln Orakel der körperlichen Schöpfung vorherverkündigt liegt. Jeder kommende Frühling, der die Sprößlinge der Pflanzen aus dem Schoße der Erde treibt, gibt mir Erläuterung über das bange Rätsel des Todes und widerlegt meine ängstliche

Besorgnis eines ewigen Schlafs. Die Schwalbe, die wir im Winter erstarret finden und im Lenze wieder aufleben sehen, die tote Raupe, die sich als Schmetterling neu verjüngt in die Luft erhebt, reichen uns ein treffendes Sinnbild unsrer Unsterblichkeit.

Wie merkwürdig wird mir nun alles! – Jetzt, Raphael, ist alles bevölkert um mich herum. Es gibt für mich keine Einöde in der ganzen Natur mehr. Wo ich einen Körper entdecke, da ahnde ich einen Geist – Wo ich Bewegung merke, da rate ich auf einen Gedanken.

»Wo kein Toter begraben liegt, wo kein Auferstehen sein wird«, redet ja noch die Allmacht durch ihre Werke zu mir, und so verstehe ich die Lehre von einer Allgegenwart Gottes.

Idee

Alle Geister werden angezogen von Vollkommenheit. Alle – es gibt hier Verirrungen, aber keine einzige Ausnahme – alle streben nach dem Zustand der höchsten freien Äußerung ihrer Kräfte, alle besitzen den gemeinschaftlichen Trieb, ihre Tätigkeit auszudehnen, alles an sich zu ziehen, in sich zu versammeln, sich eigen zu machen, was sie als gut, als vortrefflich, als reizend erkennen. Anschauung des Schönen, des Wahren, des Vortrefflichen ist augenblickliche Besitznehmung dieser Eigenschaften. Welchen Zustand wir wahrnehmen, in diesen treten wir selbst. In dem Augenblicke, wo wir sie uns denken, sind wir Eigentümer einer Tugend, Urheber einer Handlung, Erfinder einer Wahrheit, Inhaber einer Glückseligkeit. Wir selber werden das empfundene Objekt. Verwirre mich hier durch kein zweideutiges Lächeln, mein Raphael – diese Voraussetzung ist der Grund, worauf ich alles folgende gründe, und einig müssen wir sein, ehe ich Mut habe, meinen Bau zu vollenden.

Etwas Ähnliches sagt einem jeden schon das innre Gefühl. Wenn wir z.B. eine Handlung der Großmut, der Tapferkeit, der Klugheit bewundern, regt sich da nicht ein geheimes Bewußtsein in unserm Herzen, daß wir fähig wären, ein Gleiches zu tun? Verrät nicht schon die hohe Röte, die bei Anhörung einer solchen Geschichte unsre Wangen färbt, daß *unsre* Bescheidenheit vor der Bewunderung zittert? daß *wir* über dem Lobe verlegen sind, welches uns diese Veredlung unsers Wesens erwerben muß? Ja unser Körper selbst stimmt sich in diesem Augenblick in die Gebärden des handelnden Menschen und zeigt offenbar, daß unsre Seele in diesen Zustand übergegangen sei. Wenn Du zugegen warst, Raphael, wo eine große Begebenheit vor einer zahlreichen Versammlung erzählt wurde, sahest Du es da dem Erzähler nicht an, wie er selbst auf den Weihrauch wartete, er selbst den Beifall aufzehrte, der seinem Helden geopfert wurde – und, wenn Du der Erzähler warst, überraschtest Du Dein Herz niemals auf dieser glücklichen Täuschung? Du hast Beispiele, Raphael, wie lebhaft ich sogar mit meinem Herzensfreund um die Vorlesung einer schönen Anekdote, eines vortrefflichen Gedichtes mich zanken kann, und mein Herz hat mirs leise gestanden, daß es dir dann nur den Lorbeer mißgönnte, der von dem Schöpfer auf den Vorleser übergeht. Schnelles und inniges Kunstgefühl für die Tugend gilt darum allgemein für ein großes Talent zu der Tugend, wie man im Gegenteil kein Bedenken trägt, das Herz eines Mannes zu bezweifeln, dessen Kopf die moralische Schönheit schwer und langsam faßt.

Wende mir nicht ein, daß bei lebendiger Erkenntnis einer Vollkommenheit nicht selten das entgegenstehende Gebrechen sich finde, daß selbst den Bösewicht oft eine hohe Begeisterung für das Vortreffliche anwandele, selbst den Schwachen zuweilen ein Enthusiasmus hoher herkulischer Größe durchflamme. Ich weiß z.B., daß unser bewunderter Haller, der das geschätzte Nichts der eiteln Ehre so männlich entlarvte, dessen philosophischer Größe ich so viel Bewunderung zollte, daß ebendieser das noch eitlere Nichts eines Rittersternes, der seine Größe beleidigte, nicht zu verachten imstande war. Ich bin überzeugt, daß in dem glücklichen Momente des Ideales der Künstler, der Philosoph und der Dichter die großen und guten Menschen wirklich sind, deren Bild sie entwerfen – aber diese Veredlung des Geistes ist bei vielen nur ein unnatürlicher Zustand, durch eine lebhaftere Wallung des Bluts, einen rascheren Schwung der Phantasie gewaltsam hervorgebracht, der aber auch eben deswegen so flüchtig wie jede andre Bezauberung dahinschwindet und das Herz der despotischen Willkür niedriger Leidenschaften desto ermatteter überliefert. Desto ermatteter, sage ich – denn eine allgemeine Erfahrung lehrt, daß der rückfällige Verbrecher immer der wütendere ist, daß die Renegaten der Tugend sich von dem lästigen Zwange der Reue in den Armen des Lasters nur desto süßer erholen.

Ich wollte erweisen, mein Raphael, daß es unser eigener Zustand ist, wenn wir einen fremden empfinden, daß die Vollkommenheit auf den Augenblick unser wird, worin wir uns eine Vorstellung von ihr erwecken, daß unser Wohlgefallen an Wahrheit, Schönheit und Tugend sich endlich in das Bewußtsein eigner Veredlung, eigner Bereicherung auflöset, und ich glaube, ich habe es erwiesen.

Wir haben Begriffe von der Weisheit des höchsten Wesens, von seiner Güte, von seiner Gerechtigkeit – aber keinen von seiner Allmacht. Seine Allmacht zu bezeichnen, helfen wir uns mit der stückweisen Vorstellung dreier Succzessionen: Nichts, sein Wille und Etwas. Es ist wüste und finster – Gott ruft: Licht – und es wird Licht. Hätten wir eine Real-Idee seiner wirkenden Allmacht, so wären wir Schöpfer, wie Er.

Jede Vollkommenheit also, die ich wahrnehme, wird mein eigen, sie gibt mir Freude, weil sie mein eigen ist, ich begehre sie, weil ich mich selbst liebe. Vollkommenheit in der Natur ist keine Eigenschaft der Materie, sondern der Geister. Alle Geister sind glücklich durch ihre Vollkommenheit. Ich begehre das Glück aller Geister, weil ich mich selbst liebe. Die Glückseligkeit, die ich mir vorstelle, wird meine Glückseligkeit, also liegt mir daran, diese Vorstellungen zu erwecken, zu vervielfältigen, zu erhöhen – also liegt mir daran, Glückseligkeit um mich her zu verbreiten. Welche Schönheit, welche Vortrefflichkeit, welchen Genuß ich außer mir hervorbringe, bringe ich mir hervor, welchen ich vernachlässige, zerstöre, zerstöre ich mir, vernachlässige ich mir – Ich begehre fremde Glückseligkeit, weil ich meine eigne begehre. Begierde nach fremder Glückseligkeit nennen wir Wohlwollen, *Liebe.*

Liebe

Jetzt, bester Raphael, laß mich herumschauen. Die Höhe ist erstiegen, der Nebel ist gefallen, wie in einer blühenden Landschaft stehe ich mitten im Unermeßlichen. Ein reineres Sonnenlicht hat alle meine Begriffe geläutert.

Liebe also – das schönste Phänomen in der beseelten Schöpfung, der allmächtige Magnet in der Geisterwelt, die Quelle der Andacht und der erhabensten Tugend – Liebe ist nur der Widerschein dieser einzigen Urkraft, eine Anziehung des Vortrefflichen, gegründet auf einen augenblicklichen Tausch der Persönlichkeit, eine Verwechslung der Wesen.

Wenn ich hasse, so nehme ich mir etwas, wenn ich liebe, so werde ich um das reicher, was ich liebe. Verzeihung ist das Wiederfinden eines veräußerten Eigentums – Menschenhaß ein verlängerter Selbstmord; Egoismus die höchste Armut eines erschaffenen Wesens.

Als Raphael sich meiner letzten Umarmung entwand, da zerriß meine Seele, und ich weine um den Verlust meiner schöneren Hälfte. An jenem seligen Abend – Du kennest ihn – da unsre Seelen sich zum erstenmal feurig berührten, wurden alle Deine großen Empfindungen mein, machte ich nur mein ewiges Eigentumsrecht auf Deine Vortrefflichkeit geltend – stolzer darauf, Dich zu lieben, als von dir geliebt zu sein, denn das erste hatte mich zu Raphael gemacht.

»Wars nicht dies allmächtige Getriebe,
das zum ewgen Jubelbund der Liebe
unsre Herzen aneinanderzwang?
Raphael, an Deinem Arm – o Wonne!

wag auch ich zur großen Geistersonne
   freudig den Vollendungsgang.

Glücklich! Glücklich! Dich hab ich gefunden,
hab aus Millionen Dich umwunden,
   und aus Millionen *mein* bist du.
Laß das wilde Chaos wiederkehren,
durcheinander die Atomen stören,
   ewig fliehn sich unsre Herzen zu.

Muß ich nicht aus Deinen Flammenaugen
meiner Wollust Widerstrahlen saugen?
   Nur in dir bestaun ich mich.
Schöner malt sich mir die schöne Erde,
heller spiegelt in des Freunds Gebärde,
   reizender der Himmel sich.

Schwermut wirft die bange Tränenlasten,
süßer von des Leidens Sturm zu rasten,
   in der Liebe Busen ab.
Sucht nicht selbst das folternde Entzücken,
Raphael, in Deinen Seelenblicken
   ungeduldig ein wollüstges Grab?

Stünd im All der Schöpfung ich alleine,
Seelen träumt ich in die Felsensteine
   und umarmend küßt ich sie.
Meine Klagen stöhnt ich in die Lüfte,
freute mich, antworteten die Klüfte,
   Tor genug, der süßen Sympathie.« –

Liebe findet nicht statt unter gleichtönenden Seelen, aber unter harmonischen. Mit Wohlgefallen erkenne ich meine Empfindungen wieder in dem Spiegel der Deinigen, aber mit feuriger Sehnsucht verschlinge ich die höheren, die mir mangeln. *Eine*

Regel leitet Freundschaft und Liebe. Die sanfte Desdemona liebt ihren Othello wegen der Gefahren, die er bestanden; der männliche Othello liebt sie um der Träne willen, die sie ihm weinte.

Es gibt Augenblicke im Leben, wo wir aufgelegt sind, jede Blume und jedes entlegene Gestirn, jeden Wurm und jeden geahndeten höheren Geist an den Busen zu drücken – ein Umarmen der ganzen Natur gleich unsrer Geliebten. Du verstehst mich, mein Raphael. Der Mensch, der es so weit gebracht hat, alle Schönheit, Größe, Vortrefflichkeit im Kleinen und Großen der Natur aufzulesen und zu dieser Mannigfaltigkeit die große Einheit zu finden, ist der Gottheit schon sehr viel näher gerückt. Die ganze Schöpfung zerfließt in seine Persönlichkeit. Wenn jeder Mensch alle Menschen liebte, so besäße jeder einzelne die Welt.

Die Philosophie unsrer Zeiten – ich fürchte es – widerspricht dieser Lehre. Viele unsrer denkenden Köpfe haben es sich angelegen sein lassen, diesen himmlischen Trieb aus der menschlichen Seele hinwegzuspotten, das Gepräge der Gottheit zu verwischen und diese Energie, diesen edeln Enthusiasmus im kalten tötenden Hauch einer kleinmütigen Indifferenz aufzulösen. Im Knechtsgefühle ihrer eignen Entwürdigung haben sie sich mit dem gefährlichen Feinde des Wohlwollens, dem Eigennutz, abgefunden, ein Phänomen zu erklären, das ihrem begrenzten Herzen zu göttlich war. Aus einem dürftigen Egoismus haben sie ihre trostlose Lehre gesponnen und ihre eigene Beschränkung zum Maßstab des Schöpfers gemacht – Entartete Sklaven, die unter dem Klang ihrer Ketten die Freiheit verschreien. Swift, der den Tadel der Torheit bis zur Infamie der Menschheit getrieben und an den Schandpfahl, den er dem ganzen Geschlechte baute, zuerst seinen eigenen Namen schrieb, Swift selbst konnte der menschlichen Natur keine so tödliche Wunde schlagen als diese gefährlichen Denker, die mit allem Aufwande des Scharfsinnes und des Genies den Eigennutz ausschmücken und zu einem Systeme veredeln.

Warum soll es die ganze Gattung entgelten, wenn einige Glieder an ihrem Werte verzagen?

Ich bekenne es freimütig, ich glaube an die Wirklichkeit einer uneigennützigen Liebe. Ich bin verloren, wenn sie nicht ist, ich gebe die Gottheit auf, die Unsterblichkeit und die Tugend. Ich habe keinen Beweis für diese Hoffnungen mehr übrig, wenn ich aufhöre, an die Liebe zu glauben. Ein Geist, der sich allein liebt, ist ein schwimmender Atom im unermeßlichen *leeren* Raume.

Aufopferung

Aber die Liebe hat Wirkungen hervorgebracht, die ihrer Natur zu widersprechen scheinen.

Es ist denkbar, daß ich meine eigne Glückseligkeit durch ein Opfer vermehre, das ich fremder Glückseligkeit bringe aber auch noch dann, wenn dieses Opfer mein Leben ist? Und die Geschichte hat Beispiele solcher Opfer – und ich fühle es lebhaft, daß es mich nichts kosten sollte, für Raphaels Rettung zu sterben. Wie ist es möglich, daß wir den Tod für ein Mittel halten, die Summe unsrer Genüsse zu vermehren? Wie kann das Aufhören meines Daseins sich mit Bereicherung meines Wesens vertragen?

Die Voraussetzung von einer Unsterblichkeit hebt diesen Widerspruch – aber sie entstellt auch auf immer die hohe Grazie dieser Erscheinung. Rücksicht auf eine belohnende Zukunft schließt die Liebe aus. Es muß eine Tugend geben, die auch ohne den Glauben an Unsterblichkeit auslangt, die auch auf Gefahr der Vernichtung das nämliche Opfer wirkt.

Zwar ist es schon Veredlung einer menschlichen Seele, den gegenwärtigen Vorteil dem ewigen aufzuopfern – es ist die edelste Stufe des Egoismus – aber Egoismus und Liebe scheiden die Menschheit in zwei höchst unähnliche Geschlechter, deren Grenzen *nie* ineinanderfließen. Egoismus errichtet seinen Mittelpunkt in sich selber; Liebe pflanzt ihn außerhalb ihrer in die Achse des ewigen Ganzen. Liebe zielt nach Einheit, Egoismus ist Einsamkeit. Liebe ist die mitherrschende Bürgerin eines blühenden Freistaats, Egoismus ein Despot in einer verwüsteten

Schöpfung. Egoismus sät für die Dankbarkeit, Liebe für den Undank. Liebe verschenkt, Egoismus leiht – Einerlei vor dem Thron der richtenden Wahrheit, ob auf den Genuß des nächstfolgenden Augenblicks, oder die Aussicht einer Märtyrerkrone – einerlei, ob die Zinsen in diesem Leben oder im andern fallen!

Denke Dir eine Wahrheit, mein Raphael, die dem ganzen Menschengeschlecht auf entfernte Jahrhunderte wohltut – setze hinzu, diese Wahrheit verdammt ihren Bekenner zum Tode, diese Wahrheit kann nur erwiesen werden, nur geglaubt werden, wenn er stirbt. Denke Dir dann den Mann mit dem hellen umfassenden Sonnenblicke des Genies, mit dem Flammenrad der Begeisterung, mit der ganzen erhabenen Anlage zu der Liebe. Laß in seiner Seele das vollständige Ideal jener großen Wirkung emporsteigen – laß in dunkler Ahndung vorübergehen an ihm alle Glücklichen, die er schaffen soll – laß die Gegenwart und die Zukunft zugleich in seinem Geist sich zusammendrängen – und nun beantworte Dir, bedarf dieser Mensch der Anweisung auf ein anderes Leben?

Die Summe aller dieser Empfindungen wird sich verwirren mit seiner Persönlichkeit, wird mit seinem *Ich* in eins zusammenfließen. Das Menschengeschlecht, das er jetzt sich denket, ist er selbst. Es ist *ein* Körper, in welchem *sein* Leben, vergessen und entbehrlich, wie ein Blutstropfen schwimmt wie – schnell wird er ihn für seine Gesundheit versprützen!

Gott

Alle Vollkommenheiten im Universum sind vereinigt in Gott. Gott und Natur sind zwo Größen, die sich vollkommen gleich sind.

Die ganze Summe von harmonischer Tätigkeit, die in der göttlichen Substanz *beisammen* existiert, ist in der Natur, dem Abbilde dieser Substanz, zu unzähligen Graden und Maßen und Stufen *vereinzelt.* Die Natur (erlaube mir diesen bildlichen Ausdruck), die Natur ist ein unendlich geteilter Gott.

Wie sich im prismatischen Glase ein weißer Lichtstreif in sieben dunklere Strahlen spaltet, hat sich das göttliche *Ich* in zahllose empfindende Substanzen gebrochen. Wie sieben dunklere Strahlen in *einen* hellen Lichtstreif wieder zusammenschmelzen, würde aus der Vereinigung aller dieser Substanzen ein göttliches Wesen hervorgehen. Die vorhandene Form des Naturgebäudes ist das optische Glas, und alle Tätigkeiten der Geister nur ein unendliches Farbenspiel jenes einfachen göttlichen Strahles. Gefiel es der Allmacht dereinst, dieses Prisma zu zerschlagen, so stürzte der Damm zwischen ihr und der Welt ein, alle Geister würden in *einem* Unendlichen untergehen, alle Akkorde in *einer* Harmonie ineinanderfließen, alle Bäche in *einem* Ozean aufhören.

Die Anziehung der Elemente brachte die körperliche Form der Natur zustande. Die Anziehung der Geister, ins Unendliche vervielfältigt und fortgesetzt, müßte endlich zu Aufhebung jener Trennung führen, oder (darf ich es aussprechen, Raphael?) Gott hervorbringen. Eine solche Anziehung ist die Liebe.

Also Liebe, mein Raphael, ist die Leiter, worauf wir emporklimmen zur Gottähnlichkeit. Ohne Anspruch, uns selbst unbewußt, zielen wir dahin.

»Tote Gruppen sind wir, wenn wir hassen,
Götter, wenn wir liebend uns umfassen,
lechzen nach dem süßen Fesselzwang.
Aufwärts durch die tausendfachen Stufen
zahlenloser Geister, die nicht schufen,
waltet göttlich dieser Drang.

Arm in Arme, höher stets und höher
vom Barbaren bis zum griechschen Seher,
der sich an den letzten Seraph reiht,
Wallen wir einmütgen Ringeltanzes,
bis sich dort im Meer des ewgen Glanzes
sterbend untertauchen Maß und Zeit.

Freundlos war der große Weltenmeister,
fühlte Mangel, darum schuf er Geister,
   selge Spiegel *seiner* Seligkeit.
Fand das höchste Wesen schon kein Gleiches,
aus dem Kelch des ganzen Wesenreiches
   schäumt ihm die Unendlichkeit.«

Liebe, mein Raphael, ist das wuchernde Arkan, den entadelten *König* des Goldes aus dem unscheinbaren Kalke wiederherzustellen, das Ewige aus dem Vergänglichen, und aus dem zerstörenden Brande der Zeit das große Orakel der Dauer zu retten.

Was ist die Summe von allem Bisherigen?

Laßt uns Vortrefflichkeit *einsehen,* so wird sie unser. Laßt uns vertraut werden mit der hohen idealischen Einheit, so werden wir uns mit Bruderliebe anschließen aneinander. Laßt uns Schönheit und Freude pflanzen, so ernten wir Schönheit und Freude. Laßt uns helle denken, so werden wir feurig lieben. Seid vollkommen, wie euer Vater im Himmel vollkommen ist, sagt der Stifter unsers Glaubens. Die schwache Menschheit erblaßte bei diesem Gebote, darum erklärte er sich deutlicher: liebet euch untereinander.

»Weisheit mit dem Sonnenblick,
große Göttin, tritt zurück,
   weiche vor der Liebe.

Wer die steile Sternenbahn
ging dir heldenkühn voran
   zu der Gottheit Sitze?
Wer zerriß das Heiligtum,
zeigte dir Elysium
   durch des Grabes Ritze?

Lockte *sie* uns nicht hinein,
möchten wir unsterblich sein?

Suchten auch die Geister
ohne sie den Meister?
Liebe, Liebe leitet nur
zu dem Vater der Natur,
Liebe nur die Geister.«

Hier, mein Raphael, hast Du das Glaubensbekenntnis meiner Vernunft, einen flüchtigen Umriß meiner unternommenen Schöpfung. So wie Du hier findest, ging der Samen auf, den Du selber in meine Seele streutest. Spotte nun oder freue Dich oder erröte über Deinen Schüler. Wie Du willst – aber diese Philosophie hat mein Herz geadelt und die Perspektive meines Lebens verschönert. Möglich, mein Bester, daß das ganze Gerüste meiner Schlüsse ein bestandloses Traumbild gewesen – Die Welt, wie ich sie hier malte, ist vielleicht nirgends als im Gehirne Deines Julius wirklich – vielleicht, daß nach Ablauf der tausend tausend Jahre jenes Richters, wo der versprochne weisere Mann auf dem Stuhle sitzt, ich bei Erblickung des wahren Originales meine schülerhafte Zeichnung schamrot in Stücken reiße – Alles dies mag eintreffen, ich erwarte es; dann aber, wenn die Wirklichkeit meinem Traume auch nicht einmal ähnelt, wird mich die Wirklichkeit um so entzückender, um so majestätischer überraschen. Sollten *meine* Ideen wohl schöner sein als die Ideen des ewigen Schöpfers? Wie? Sollte der es wohl dulden, daß sein erhabenes Kunstwerk hinter den Erwartungen eines sterblichen Kenners zurückbliebe? – Das eben ist die Feuerprobe seiner großen Vollendung und der süßeste Triumph für den höchsten Geist, daß auch Fehlschlüsse und Täuschung seiner Anerkennung nicht schaden, daß alle Schlangenkrümmungen der ausschweifenden Vernunft in die gerade Richtung der ewigen Wahrheit zuletzt einschlagen, zuletzt alle abtrünnige Arme ihres Stromes nach der nämlichen Mündung laufen. Raphael – welche Idee erweckt mir der Künstler, der, in tausend Kopien anders entstellt, in allen tausenden dennoch sich ähnlich bleibt, dem selbst die verwüstende Hand eines Stümpers die Anbetung nicht entziehen kann!

Übrigens könnte meine Darstellung durchaus verfehlt, durchaus unecht sein – noch mehr, ich bin überzeugt, daß sie es notwendig sein muß, und dennoch ist es möglich, daß alle Resultate daraus eintreffen. Unser ganzes Wissen läuft endlich, wie alle Weltweisen übereinkommen, auf eine konventionelle Täuschung hinaus, mit welcher jedoch die strengste Wahrheit bestehen kann. Unsre reinsten Begriffe sind keineswegs *Bilder* der Dinge, sondern bloß ihre notwendig bestimmte und koexistierende *Zeichen.* Weder Gott, noch die menschliche Seele, noch die Welt sind das wirklich, was wir davon halten. Unsre Gedanken von diesen Dingen sind nur die endemischen Formen, worin sie uns der Planet überliefert, den wir bewohnen – unser Gehirne *gehört* diesem Planeten, folglich auch die Idiome unsrer Begriffe, die darinne aufbewahrt liegen. Aber die Kraft der Seele ist eigentümlich, notwendig und immer sich selbst gleich: das Willkürliche der Materialien, woran sie sich äußert, ändert nichts an den ewigen Gesetzen, wornach sie sich äußert, solang dieses Willkürliche mit sich selbst nicht im Widerspruch steht, solang das Zeichen dem Bezeichneten durchaus getreu bleibt. So, wie die Denkkraft die Verhältnisse der Idiome entwickelt, müssen diese Verhältnisse in den Sachen auch wirklich vorhanden sein. Wahrheit also ist keine Eigenschaft der Idiome, sondern der Schlüsse; nicht die Ähnlichkeit des Zeichens mit dem Bezeichneten, des Begriffs mit dem Gegenstand, sondern die Übereinstimmung dieses Begriffs mit den Gesetzen der Denkkraft. Ebenso bedient sich die Größenlehre der Chiffern, die nirgends als auf dem Papiere vorhanden sind, und findet damit, was vorhanden ist in der wirklichen Welt. Was für eine Ähnlichkeit haben z. B. die Buchstaben A und B, die Zeichen : und =, + und – mit dem Faktum, das gewonnen werden soll? – Und doch steigt der vor Jahrhunderten verkündigte Komet am entlegenen Himmel auf, doch tritt der erwartete Planet vor die Scheibe der Sonne! Auf die Unfehlbarkeit seines Kalküls geht der Weltentdecker Columbus die bedenkliche Wette mit einem unbefahrenen Meere ein, die fehlende zwote Hälfte zu der bekannten Hemisphäre, die große

Insel Atlantis zu suchen, welche die Lücke auf seiner geographischen Karte ausfüllen sollte. Er fand sie, diese Insel seines Papiers, und seine Rechnung war richtig. Wäre sie es etwa minder gewesen, wenn ein feindseliger Sturm seine Schiffe zerschmettert oder rückwärts nach ihrer Heimat getrieben hätte? – Einen ähnlichen Kalkül macht die menschliche Vernunft, wenn sie das Unsinnliche mit Hülfe des Sinnlichen ausmißt und die Mathematik ihrer Schlüsse auf die verborgene Physik des *Übermenschlichen* anwendet. Aber noch fehlt die letzte Probe zu ihren Rechnungen, denn kein Reisender kam aus jenem Lande zurück, seine Entdeckung zu erzählen.

Ihre eigne Schranken hat die menschliche Natur, seine eigne jedes Individuum. Über jene wollen wir uns wechselsweise trösten; diese wird Raphael dem Knabenalter seines Julius vergeben. Ich bin arm an Begriffen, ein Fremdling in manchen Kenntnissen, die man bei Untersuchungen dieser Art als unentbehrlich voraussetzt. Ich habe keine philosophische Schule gehört und wenig gedruckte Schriften gelesen. Es mag sein, daß ich dort und da meine Phantasien strengern Vernunftschlüssen unterschiebe, daß ich Wallungen meines Blutes, Ahndungen und Bedürfnisse meines Herzens für nüchterne Weisheit verkaufe; auch das, mein Guter, soll mich dennoch den verlorenen Augenblick nicht bereuen lassen. Es ist wirklicher Gewinn für die allgemeine Vollkommenheit, es war die Vorhersehung des weisesten Geistes, daß die verirrende Vernunft auch selbst das chaotische Land der Träume bevölkern und den kahlen Boden des Widerspruchs urbar machen sollte. Nicht *der* mechanische Künstler nur, der den rohen Demant zum Brillanten schleift – auch der andre ist schätzbar, der gemeinere Steine bis zur scheinbaren Würde des Demants veredelt. Der Fleiß in den Formen kann zuweilen die massive Wahrheit des Stoffes vergessen lassen. Ist nicht jede Übung der Denkkraft, jede feine Schärfe des Geistes eine kleine Stufe zu seiner Vollkommenheit, und jede Vollkommenheit mußte Dasein erlangen in der vollständigen Welt. Die Wirklichkeit schränkt sich nicht auf das absolut Notwendige ein: sie umfaßt auch das bedingungsweise Notwendige; jede Geburt des Gehirnes, jedes Gewebe des Witzes hat ein unwidersprechliches Bürgerrecht in diesem größeren Sinne der Schöpfung. Im unendlichen Risse der Natur durfte keine Tätigkeit ausbleiben, zur allgemeinen Glückseligkeit kein Grad des Genusses fehlen. Derjenige große Haushalter seiner Welt, der ungenützt keinen Splitter fallen, keine Lücke unbevölkert läßt, wo noch irgendein Lebensgenuß Raum hat, der mit dem Gifte, das den Menschen anfeindet, Nattern und Spinnen sättigt, der in das tote Gebiet der Verwesung noch Pflanzungen sendet, die kleine Blüte von Wollust, die im Wahnwitze sprossen kann, noch wirtschaftlich ausspendet, der Laster und Torheit zur Vortrefflichkeit noch endlich verarbeitet und die große Idee des weltbeherrschenden Roms aus der Lüsternheit des Tarquinius Sextus zu spinnen wußte – dieser erfinderische Geist sollte nicht auch den *Irrtum* zu seinen großen Zwecken verbrauchen und diese weitläuftige Weltstrecke in der Seele des Menschen verwildert und freudeleer liegen lassen? Jede Fertigkeit der Vernunft, auch im Irrtum, vermehrt ihre Fertigkeit zur Empfängnis der Wahrheit.

Laß, teurer Freund meiner Seele, laß mich immerhin zu dem weitläuftigen Spinngewebe der menschlichen Weisheit auch das meinige tragen. Anders malt sich das Sonnenbild in den Tautropfen des Morgens, anders im majestätischen Spiegel des erdumgürtenden Ozeans! Schande aber dem trüben wolkigten Sumpfe, der es niemals empfängt und niemals zurückgibt! Millionen Gewächse trinken von den vier Elementen der Natur. *Eine* Vorratskammer steht offen für alle; aber sie mischen ihren Saft millionenfach anders, geben ihn millionenfach anders wieder; die schöne Mannigfaltigkeit verkündigt einen reichen Herrn dieses Hauses. Vier Elemente sind es, woraus alle Geister schöpfen, ihr *Ich,* die *Natur, Gott* und die *Zukunft.* Alle mischen sie millionenfach anders, geben sie millionenfach anders wieder, aber *eine* Wahrheit ist es, die, gleich einer festen Achse, gemeinschaftlich durch alle Religionen und alle Systeme geht – »Nähert euch dem Gott, den ihr meinet!«

Das philosophische Gespräch aus dem Roman »Der Geisterseher«

»Wenn alles vor mir und hinter mir versinkt – die Vergangenheit im traurigen Einerlei wie ein Reich der Versteinerung hinter mir liegt – wenn die Zukunft mir nichts bietet – wenn ich meines Daseins ganzen Kreis im schmalen Raume der *Gegenwart* beschlossen sehe – wer verargt es mir, daß ich dies magre Geschenk der Zeit, feurig und unersättlich wie einen Freund, den ich zum letzten Male sehe, in meine Arme schließe? Wenn ich mit diesem flüchtigen Gute zu wuchern eile, wie der achtzigjährige Greis mit seiner Tiare? – Oh, ich hab ihn schätzen lernen, den Augenblick! Der Augenblick ist unsere Mutter, und wie eine Mutter laßt uns ihn lieben!«

›Gnädigster Herr, sonst glaubten Sie an ein bleibenderes Gut –‹

»Oh, machen Sie, daß mir das Wolkenbild halte, und ich will meine glühenden Arme darum schlagen. Was für Freude kann es mir geben, Erscheinungen zu beglücken, die morgen dahin sein werden wie ich? – Ist nicht alles Flucht um mich herum? Alles stößt sich und drängt seinen Nachbar weg, aus dem Quell des Daseins einen Tropfen eilends zu trinken und lechzend davonzugehen. Jetzt in dem Augenblick, wo ich meiner Kraft mich freue, ist schon ein werdendes Leben an meine Verwesung angewiesen. Zeigen Sie mir ein Wesen, das dauert, so will ich tugendhaft sein.«

›Was hat denn die wohltätigen Empfindungen verdrängt, die einst der Genuß und die Richtschnur Ihres Lebens waren? Saaten für die Zukunft zu pflanzen, einer hohen, ewigen Ordnung zu dienen –‹

»Dienen! Dienen gewiß, so gewiß als der unbedeutendste Mauerstein der Symmetrie des Palastes, die auf ihm ruhet! Aber auch als ein mitbefragtes, mitgenießendes Wesen? Lieblicher, gutherziger Wahn des Menschen! deine Kräfte willst du ihr widmen? Kannst du sie ihr denn verweigern? Was du bist und was du besitzest, bist du ja nur, besitzest du nur für sie. Hast du gegeben, was du geben kannst, und was du allein ihr geben konntest, so bist du auch nicht mehr, deine Gebrechlichkeit spricht dir das Urteil, und sie ist es auch, die es vollziehet. Aber wer ist denn diese Natur, diese Ordnung, wider welche ich klage? Immerhin! Möchte sie, wie der Griechen Saturn, ihre eigenen Kinder verzehren, *wäre* sie selbst nur, überlebte sie auch nur die vergangne Sekunde! – Ein unermeßlicher Baum steht sie da im unermeßlichen Raume. Die Weisheit und die Tugend ganzer Generationen rinnen wie Säfte in seinen Röhren, Jahrtausende und die Nationen, die darin Geräusch machten, fallen wie welke Blüten, wie verdorrte Blätter von seinen Zweigen, die er mit innrer, unvergänglicher Zeugungskraft aus dem Stamme treibt. Kannst du von ihr verlangen, was sie selbst nicht besitzet? Du eine Furche, die der Wind in die Meeresfläche bläst, deines Daseins Spur darin zu sichern verlangen?«

›Diese trostlose Behauptung widerlegt schon die Weltgeschichte. Die Namen Lykurg, Sokrates, Aristides haben ihre Werke überdauert.‹

»Und der nützliche Mann, der den Pflug zusammensetzte – wie hieß der? Trauen sie einer Belohnerin, die nicht *gerecht* ist? Sie leben in der Geschichte, wie Mumien in Balsam, um mit ihrer Geschichte etwas später zu vergehen.«

›Und dieser Trieb zur ewigen Fortdauer? Kann oder darf ihre Notwendigkeit *verschwenden?* Durfte in der Kraft *etwas* sein, dem nichts in der Wirkung entspräche?‹

»O in dieser Wirkung eben liegt alles. Verschwenden? Steigt nicht auch der Wasserstrahl in der Kaskade mit einer Kraft in die Höhe, die ihn durch einen unendlichen Raum schleudern könnte? Aber schon im ersten Moment seines Aufsprunges zieht die Schwerkraft an ihm, drücken tausend Luftsäulen auf ihn, die ihn, früher oder später, in einem höhern oder niedrigem Bogen zur mütterlichen Erde zurücktreiben? Um so *spät* zu fallen, mußte er mit dieser üppigen Kraft aufsteigen – gerade eine elastische Kraft, wie der Trieb zur Unsterblichkeit, gehörte dazu, wenn sich die Menschenerscheinung gegen die herandrückende Notwendigkeit Raum machen sollte. Ich gebe mich überwunden, liebster Freund, wenn Sie mir dartun, daß dieser Trieb zur Unsterblichkeit im Menschen nicht ebenso vollkommen mit dem zeitlichen Zweck seines Daseins aufgehe, als seine sinnlichsten Triebe. Freilich verführt uns unser Stolz, Kräfte, die wir nur *für*, nur *durch* die Notwendigkeit haben, gegen sie selbst anzuwenden, aber hätten wir wohl diesen Stolz, wenn sie nicht auch von *ihm* Vorteile zöge? Wäre sie ein vernünftiges Wesen, sie müßte sich unsrer Philosophien ohngefähr ebenso freuen, wie sich ein weiser Feldherr an dem Mutwillen seiner kriegerischen Jugend ergötzet, der ihm Helden im Gefechte verspricht.«

›Der Gedanke diente nur der Bewegung? Das Ganze wäre tot und die Teile lebten? Der Zweck wäre so *gemein* und die Mittel so *edel*?‹

»*Zweck* überhaupt hätten wir nie sagen sollen. Um in Ihre Vorstellungsart einzutreten, entlehne ich diesen Begriff von der moralischen Welt, weil wir hier gewohnt sind, die Folgen einer Handlung ihren Zweck zu nennen. In der Seele selbst geht zwar der Zweck dem Mittel voran; wenn ihre innern Wirkungen aber in äußre übergehen, so kehrt sich diese Ordnung um, und das Mittel verhält sich zu dem Zwecke wie die Ursache zu ihrer Wirkung. In diesem letzten Sinne durfte ich mich uneigentlich dieses Ausdrucks bedienen, der aber auf unsere jetzige Untersuchung keinen störenden Einfluß haben darf. Setzen Sie statt Mittel und Zweck Ursache und Wirkung – wo bleibt der Unterschied von *gemein* und *edel*? Was kann an der Ursache edel sein, als daß sie ihre Wirkung erfüllet? Edel und gemein bezeichnen nur das Verhältnis, in welchem ein Gegenstand gegen ein *gewisses Prinzipium in unserer Seele* stehet – es ist also ein Begriff, der nur innerhalb unsrer Seele, nicht außerhalb derselben anzuwenden ist. Sehen Sie aber, wie Sie schon als erwiesen annehmen, was wir erst durch unsre Schlüsse herausbringen sollen? Warum anders nennen Sie den *Gedanken* im Gegensatz von der *Bewegung* edel, als weil Sie das denkende Wesen schon als den Mittelpunkt voraussetzen, dem Sie die Folgenreihe der Dinge unterordnen? Treten Sie in *meine* Gedankenreihe, so wird diese Rangordnung verschwinden, der Gedanke ist Wirkung und Ursache der Bewegung und ein Glied der Notwendigkeit, wie der Pulsschlag, der ihn begleitet.«

›Nimmermehr werden Sie diesen paradoxen, unnatürlichen Satz durchsetzen. Beinahe überall können wir mit unserm Verstande den Zweck der physischen Natur bis in den Menschen verfolgen. Wo sehen wir sie auch nur einmal diese Ordnung umkehren und den Zweck des Menschen der physischen Welt unterwerfen? Und wie wollen Sie diese *auswärtige* Bestimmung mit dem Glückseligkeitstriebe vereinigen, der alle seine Bestrebungen *einwärts* gegen ihn selbst richtet?‹

»Lassen Sie uns doch versuchen. Um mich kürzer zu fassen, muß ich mich wieder Ihrer Sprache bedienen. Setzen wir also, daß moralische Erscheinungen nötig waren, wie Licht und Schall nötig waren, so mußten Wesen vorhanden sein, die diesem besondern Geschäfte zugebildet waren, so wie Äther und Luft gerade so und nicht anders beschaffen sein mußten, um derjenigen Anzahl von Schwingungen fähig zu sein, die uns die Vorstellung von Farbe und Wohlklang geben. Es mußten also Wesen existieren, die sich selbst in Bewegung setzen, weil die moralische Erscheinung auf der Freiheit beruhet; was also bei Luft und Äther, bei dem Mineral und der Pflanze die ursprüngliche Form leistet, mußte hier von einem *innern* Prinzipium erhalten werden, gegen welches sich die Beweggründe oder die bewegenden Kräfte dieses Wesens ohngefähr ebenso verhielten, als die bewegenden Kräfte der Pflanze gegen den beständigen Typus ihres Baues. Wie sie das bloß organische Wesen durch eine unveränderliche Mechanik lenkt, so mußte sie das denkendempfindende Wesen durch Schmerz und Vergnügen bewegen.«

›Ganz richtig.‹

»Wir sehen sie also in der moralischen Welt ihre bisherige Ordnung verlassen, ja sogar mit sich selbst in einen anscheinenden Streit geraten. In jedem moralischen Wesen legt sie ein neues Zentrum an, einen Staat im Staate, gleichsam als hätte sie ihren allgemeinen Zweck ganz aus den Augen verloren. Gegen dieses Zentrum müssen sich alle Tätigkeiten dieses Wesens mit einem Zwange neigen, wie sie ihn in der physischen Welt durch die Schwerkraft ausübt. Dieses Wesen ist auf die Art in sich selbst gegründet, ein wahres und wirkliches Ganze, durch diesen Fall zu seinem Zentrum dazu gebildet, ebenso wie der Planet der Erde durch die Schwerkraft zur Kugel ward, und als Kugel fortdauret. Bis hieher scheint sie sich selbst ganz vergessen zu haben.

Aber wir haben gehört, daß dieses Wesen nur vorhanden ist, um die moralischen Erscheinungen hervorzubringen, deren sie bedurfte; die Freiheit dieses Wesens oder sein Vermögen, sich selbst zu bewegen, mußte also dem Zweck unterworfen werden, zu welchem sie es bestimmte. Wollte sie also über die Wirkungen Meister bleiben, die es leistete, so mußte sie sich des Prinzipiums bemächtigen, wonach sich das moralische Wesen beweget. Was konnte sie daher anders tun, als *ihren* Zweck mit diesem Wesen an das Prinzipium anschließen, wodurch es regiert wird, oder mit andern Worten, seine zweckmäßige Tätigkeit zur notwendigen Bedingung seiner Glückseligkeit machen?«

›Das begreif ich.‹

»Erfüllt also das moralische Wesen die Bedingungen seiner Glückseligkeit, so tritt es ebendadurch wieder in den Plan der Natur ein, dem es durch diesen abgesonderten Plan entzogen zu sein schien, ebenso wie der Erdkörper durch den Fall seiner Teile zu ihrem Zentrum fähig gemacht wird, die Ekliptik zu beschreiben. Durch Schmerz und Vergnügen erfährt also das moralische Wesen jedesmal nur die Verhältnisse seines gegenwärtigen Zustandes zu dem Zustande seiner höchsten Vollkommenheit, welcher einerlei ist mit dem Zwecke der Natur. Diesen Weiser hat und bedarf das organische Wesen nicht, weil es sich durch sich selbst dem Zustand seiner Vollkommenheit weder nähern noch von ihm entfernen kann. Jenes also hat vor diesem den Genuß seiner Vollkommenheit, d.i. Glückseligkeit, voraus, mit dieser aber auch die Warnung, wenn es davon abweicht, oder das Leiden. Hätte eine elastische Kugel das Bewußtsein ihres Zustandes, so würde der Fingerdruck, der ihr eine flache Form aufdringt, sie schmerzen, so würde sie mit einem Gefühle von Wollust zu ihrer schönsten Ründung zurückkehren.«

›Ihre elastische Kraft dient ihr statt jenes Gefühles.‹

»Aber ebensowenig Ähnlichkeit die schnelle Bewegung, die wir Feuer nennen, mit der Empfindung des Brennens oder die kubische Form eines Salzes mit seinem bittern Geschmacke hat, ebensowenig Ähnlichkeit hat das Gefühl, das wir Glückseligkeit nennen, mit dem Zustand unsrer innern Vollkommenheit, den es begleitet, oder mit dem Zweck der Natur, dem es dienet. Beide, möchte man sagen, seien durch eine ebenso willkürliche Koexistenz miteinander verbunden, wie der Lorbeerkranz mit einem Siege, wie ein Brandmal mit einer ehrlosen Handlung.«

›So scheint es.‹

»Der Mensch also brauchte kein *Mitwisser* des Zwecks zu sein, den die Natur durch ihn ausführt. Mochte er immerhin von keinem andern Prinzipium wissen, als dem, wodurch *er* in seiner kleinen Welt sich regiert, mochte er sogar im lieblichen, selbstgefälligen Wahn die Verhältnisse dieser seiner kleinen Welt der großen Natur als Gesetze unterlegen – dadurch, daß er seiner Struktur dienet, sind ihre Zwecke mit ihm gesichert.«

›Und kann etwas vortrefflicher sein, als daß alle Teile des großen Ganzen nur dadurch den Zweck der Natur befördern, daß sie ihrem eignen getreu bleiben, daß sie nicht zu der Harmonie beitragen *wollen* dürfen, sondern daß sie es *müssen.* Diese Vorstellung ist so schön, so hinreißend, daß man schon dadurch allein bewogen wird –‹

»sie einem Geiste zu gönnen, wollen Sie sagen? weil der selbstsüchtige Mensch seinem Geschlechte gern alles Gute und Schöne zutragen möchte, weil er den Schöpfer so gern in seiner Familie haben möchte. Geben Sie dem Kristalle das Vermögen der Vorstellung, sein höchster Weltplan wird Kristallisation, seine Gottheit die schönste Form von Kristall sein. Und mußte dies nicht so sein? Hielt nicht jede einzelne Wasserkugel so getreu und fest an ihrem Mittelpunkte, so würde sich nie ein Weltmeer bewegt haben.«

›Aber wissen Sie auch, gnädigster Prinz, daß Sie bisher nur gegen sich selbst bewiesen haben? Wenn es wahr ist, wie Sie sagen, daß der Mensch nicht aus seinem Mittelpunkte weichen kann, woher Ihre eigene Anmaßung, den Gang der Natur zu bestimmen? Wie können Sie es dann unternehmen, die Regel festsetzen zu wollen, nach der sie handelt?‹

»Nichts weniger. Ich bestimmte nichts, ich nehme ja nur hinweg, was die Menschen mit *ihr* verwechselt haben, was sie aus ihrer eignen Brust genommen und durch prahlerische Titel aufgeschmückt haben. Was mir vorherging und was mir folgen wird, sehe ich als zwei schwarze undurchdringliche Decken an, die an beiden Grenzen des menschlichen Lebens herunterhängen und welche noch kein Lebender aufgezogen hat. Schon viele hundert Generationen stehen mit der Fackel davor und raten und raten, was etwa dahinter sein möchte. Viele sehen ihren eigenen Schatten, die Gestalten ihrer Leidenschaft, vergrößert auf der Decke der Zukunft sich bewegen und fahren schaudernd vor ihrem eigenen Bilde zusammen. Dichter, Philosophen und Staatenstifter haben sie mit ihren Träumen bemalt, lachender oder finstrer, wie der Himmel über ihnen trüber oder heiterer war; und von weitem täuschte die Perspektive. Auch manche Gaukler nutzten diese allgemeine Neugier und setzten durch seltsame Vermummungen die gespannten Phantasien in Erstaunen. Eine tiefe Stille herrscht hinter dieser Decke; keiner, der einmal dahinter ist, antwortet hinter ihr hervor; alles was man hörte, war ein hohler Widerhall der Frage, als ob man in eine Gruft gerufen hätte. Hinter diese Decke müssen alle, und mit Schaudern fassen sie sie an, ungewiß, wer wohl dahinter stehe und sie in Empfang nehmen werde; quid sit id, quod tantum morituri vident. Freilich gab es auch Ungläubige darunter, die behaupteten, daß diese Decke die Menschen nur narre, und daß man nichts beobachtet hätte, weil auch nichts dahinter sei; aber um sie zu überweisen, schickte man sie eilig dahinter.«

›Ein rascher Schluß war es immer, wenn sie keinen bessern Grund hatten, als weil sie nichts sahen.‹

»Sehen Sie nun, lieber Freund, ich bescheide mich gern, nicht hinter diese Decke blicken zu wollen – und das Weiseste wird doch wohl sein, mich von aller Neugier zu entwöhnen. Aber indem ich diesen unüberschreitbaren Kreis um mich ziehe und mein ganzes Sein in die Schranken der Gegenwart einschließe, wird mir dieser kleine Fleck desto wichtiger, den ich schon über eiteln Eroberungsgedanken zu vernachlässigen in Gefahr war. Das, was Sie den Zweck meines Daseins nennen, geht mich jetzt nichts mehr an. Ich kann mich ihm nicht entziehen, ich kann ihm nichts nachhelfen, ich weiß aber und glaube fest, daß ich einen solchen Zweck erfüllen muß und erfülle. Aber das Mittel, das ihre Natur gewählt hat, um ihren Zweck mit mir zu erfüllen, ist mir desto heiliger – es ist alles, was mein ist, meine Moralität nämlich, meine Glückseligkeit. Alles übrige werde ich niemals erfahren. Ich bin einem Boten gleich, der einen versiegelten Brief an den Ort seiner Bestimmung trägt. Was er enthält, kann ihm einerlei sein – er hat nichts als seinen Botenlohn dabei zu verdienen.«

Ich konnte das Gespräch noch nicht abgebrochen sehen.

›Gnädigster Prinz‹, fing ich von neuem an, ›hab ich Sie auch recht verstanden? Der letzte Zweck des Menschen ist nicht *im* Menschen, sondern außer ihm? Er ist nur um seiner Folgen willen vorhanden.‹

»Lassen Sie uns diesen Ausdruck vermeiden, der uns irreführt. Sagen Sie, er ist da, weil die Ursachen seines Daseins da waren und weil seine Wirkungen existieren, oder, welches ebensoviel sagt, weil die Ursachen, die ihm vorhergingen, eine Wirkung haben mußten, und die Wirkungen, die er hervorbringt, eine Ursache haben müssen.«

›Wenn ich ihm also einen Wert beilegen will, so kann ich diesen nur nach der Menge und Wichtigkeit der Wirkungen abwägen, deren Ursache er ist?‹

»Nach der *Menge* seiner Wirkungen. Wichtig nennen wir eine Wirkung bloß, weil sie eine größre Menge von Wirkungen nach sich ziehet. Der Mensch hat keinen andern Wert als seine Wirkungen.«

›Derjenige Mensch also, in welchem der Grund mehrerer Wirkungen enthalten ist, wäre der vortrefflichere Mensch?‹

»Unwidersprechlich.«

›Wie? So ist zwischen dem Guten und Schlimmen kein Unterschied mehr! So ist die moralische Schönheit verloren!‹

»Das fürcht ich nicht. Wäre das, so wollte ich sogleich gegen Sie verloren geben. Das Gefühl des moralischen Unterschiedes ist mir eine weit wichtigere Instanz als meine Vernunft – und nur alsdann fing ich an, an die letztere zu glauben, da ich sie mit jenem unvertilgbaren Gefühle übereinstimmend fand. Ihre Moralität bedarf einer Stütze, die meinige ruht auf ihrer eigenen Achse.«

›Lehrt uns nicht die Erfahrung, daß oft die wichtigsten Rollen durch die mittelmäßigsten Spieler gespielt werden, daß die Natur die heilsamsten Revolutionen durch die schädlichsten Subjekte vollbringt? Ein Mahomed, ein Attila, ein Aurangzeb sind so wirksame Diener des Universums, als Gewitter, Erdbeben, Vulkane kostbare Werkzeuge der physischen Natur. Ein Despot auf dem Thron, der jede Stunde seiner Regierung mit Blut und Elend bezeichnet, wäre also ein weit würdigeres Glied ihrer Schöpfung, als der Feldbauer in seinen Ländern, weil er ein wirksameres ist – ja was das Traurigste ist, er wäre eben durch das vortrefflicher, was ihn zum Gegenstande unsers Abscheues macht, durch die größre Summe seiner Taten, die alle fluchwürdig sind – er hätte in eben dem Grade einen größern Anspruch auf den Namen eines vortrefflichen Menschen, als er unter die Menschheit herabsinkt. Laster und Tugend –‹

»Sehen Sie«, rief der Prinz mit Verdrusse, »wie Sie sich von der Oberfläche hintergehen lassen, und wie leicht Sie mir gewonnen geben! Wie können Sie behaupten, daß ein *verwüstendes* Leben ein *tätiges* Leben sei? Der Despot ist das unnützlichste Geschöpf in seinen Staaten, weil er durch Furcht und Sorge die tätigsten Kräfte bindet und die schöpferische Freude erstickt. Sein ganzes Dasein ist eine fürchterliche Negative; und wenn er gar an das edelste, heiligste Leben greift und die Freiheit des Denkens zerstöret – hunderttausend tätige Menschen ersetzen in einem Jahrhunderte nicht, was *ein* Hildebrand, *ein* Philipp von Spanien in wenigen Jahren verwüsteten. Wie können Sie diese Geschöpfe und Schöpfer der Verwesung durch Vergleichung mit jenen wohltätigen Werkzeugen des Lebens und der Fruchtbarkeit ehren!«

›Ich gestehe die Schwäche meines Einwurfs – aber setzen wir anstatt eines Philipps einen Peter den Großen auf den Thron, so können Sie doch nicht leugnen, daß dieser in seiner Monarchie wirksamer sei als der Privatmann bei dem nämlichen Maß von Kräften und aller Tätigkeit, deren er fähig ist. Das Glück ist es also doch, was nach Ihrem Systeme die Grade der Vortrefflichkeit bestimmt, weil es die Gelegenheiten zum Wirken verteilet!‹

»Der Thron wäre also nach Ihrer Meinung vorzugsweise eine solche Gelegenheit? Sagen Sie mir doch – wenn der König regieret, was tut der Philosoph in seinen Reichen?«

›Er denkt.‹

»Und was tut der König, wenn er regieret?«

›Er denkt.‹

»Und wenn der wachsame Philosoph schläft, was tut der wachsame König?«

›Er schläft.‹

»Nehmen Sie zwei brennende Kerzen, eine davon stehe in einer Bauernstube, die andre soll in einem prächtigen Saale einer fröhlichen Gesellschaft leuchten. Was werden sie beide?«

›Sie werden leuchten. Aber eben das spricht für mich – Beide Kerzen, nehmen wir an, brennen gleich lang und gleich helle, und verwechselte man ihre Bestimmung, so würde niemand einen Unterschied merken. Warum soll die eine darum vortrefflicher sein, weil der Zufall sie begünstigte, in einem glänzenden Saal Pracht und Schönheit zu zeigen, warum soll die andre schlechter sein, weil der Zufall sie dazu verdammte, in einer Bauernhütte Armut und Kummer sichtbar zu machen? Und doch folgte dies notwendig aus Ihrer Behauptung?‹

»Beide sind gleich vortrefflich, aber beide haben auch *gleichviel* geleistet?«

›Wie ist das möglich? Da die in dem weiten Saale soviel mehr Licht ausgegossen hat als die andre? Da sie soviel mehr Vergnügen verbreitet hat als die andre?‹

»Erwägen Sie nur, daß hier nur von der ersten Wirkung die Rede ist, nicht von der ganzen Kette. Nur die nächstfolgende Wirkung gehört der nächstvorhergegangenen Ursache; nur so viele Teile der Lichtmaterie, als sie unmittelbar berührte, setzte die brennende Kerze in Schwung. Und was sollte nun die eine vor der andern voraushaben? Können Sie aus einem jeden Zentralpunkt nicht gleich viel Strahlen ziehen? Ebensoviel aus Ihrem Augensterne als aus dem Mittelpunkt der Erde? Entwöhnen Sie sich doch, die großen Massen, die der Verstand nur als solche Ganze zusammenfaßt, in der wirklichen Welt auch als solche existierende Ganze vorauszusetzen. Der Feuerfunke, der in ein Pulvermagazin fällt, einen Turm in die Luft sprengt und hundert Häuser verschüttet, hat darum doch nur ein einziges Körnchen gezündet.«

›Sehr gut, aber –‹

»Wenden wir dieses auf moralische Handlungen an. Wir gehen spazieren, und zwei Bettler sollen uns begegnen. Ich gebe dem einen ein Stück Geld, Sie dem andern ein gleiches; der meinige betrinkt sich von dem Gelde und begeht in diesem Zustande eine Mordtat, der Ihrige kauft einem sterbenden Vater eine Stärkung und fristet ihm damit das Leben. Ich hätte also durch eben die Handlung, wodurch *Sie* Leben gaben, Leben geraubet? – Nichts weniger. Die Wirkung meiner Tat hörte mit ihrer Unmittelbarkeit, so wie die Ihrige, auf, *meine* Wirkung zu sein.«

›Wenn aber mein Verstand diese Folgenreihe übersiehet und nur diese Übersicht mich zu der Tat bestimmt – wenn ich dem Bettler dieses Geld gab, um einem sterbenden Vater das Leben damit zu fristen, so sind doch alle diese Folgen mein, wenn sie so eintreffen, wie ich sie mir dachte.‹

»Nichts weniger. Vergessen Sie nur nie, daß *eine* Ursache nur *eine* Wirkung haben kann. Die ganze Wirkung, die Sie hervorbrachten, war, das Geldstück aus Ihrer Hand in die Hand des Bettlers zu bringen. Dies ist von dieser ganzen langen Kette von Wirkungen die einzige, die auf Ihre Rechnung kommt. Die Arznei wirkte als Arznei u.s.f. – Sie scheinen verwundert. Sie glauben, daß ich Paradoxe behaupte, ein einziges Wort könnte uns vielleicht miteinander verständigen, aber wir wollen es lieber durch unsre Schlüsse finden.«

›Aus dem Bisherigen, sehe ich wohl, folgt, daß eine gute Tat an ihrer schlimmen Wirkung nicht schuld ist und eine schlimme Tat nicht an ihrer vortrefflichen. Aber zugleich folgt auch daraus, daß weder die gute an ihrer guten Wirkung, noch die schlimme an ihrer schlimmen schuld ist, und daß also beide in ihren Wirkungen ganz gleich sind. – Sie müßten denn die seltenen Fälle ausnehmen wollen, wo die unmittelbare Wirkung zugleich auch die abgezweckte ist.‹

»Eine solche unmittelbare gibt es gar nicht, denn zwischen jede Wirkung, die der Mensch außer sich hervorbringt, und deren innre Ursache oder den Willen wird sich eine Reihe gleichgültiger einschieben, wenn es auch nichts als Muskularbewegung wäre. Sagen Sie also dreist, daß beide in ihren Wirkungen durchaus moralisch einerlei, d.i. gleichgültig sind. Und wer wird dieses leugnen wollen? Der Dolchstich, der das Leben eines Heinrichs IV. und eines Domitians endigt, sind beide ganz die nämliche Handlung.«

›Recht, aber die Motive –‹

»Die Motive also bestimmen die moralische Handlung. Und woraus bestehen die Motive?«

›Aus Vorstellungen.‹

»Und was nennen Sie Vorstellungen?«

›Innre Handlungen oder Tätigkeiten des denkenden Wesens, die äußern Tätigkeiten korrespondieren.‹

»Eine moralische Handlung ist also eine Folge innrer Tätigkeiten, welche äußern Veränderungen korrespondieren?«

›Ganz richtig.‹

»Wenn ich also sage, die Begebenheit ABC ist eine moralische Handlung, so heißt dies soviel als, der Reihe äußrer Veränderungen, welche diese Begebenheit ABC ausmachen, ist eine Reihe innrer Veränderungen abc vorhergegangen?«

›So ist es.‹

»Die Handlungen abc waren also bereits beschlossen, als die Handlungen ABC anfingen.«

›Notwendig.‹

»Wenn also ABC auch nicht angefangen hätte, so wäre abc darum nicht weniger gewesen. War nun die Moralität in abc enthalten, so blieb sie auch, wenn wir ABC ganz vertilgen.«

›Ich verstehe Sie, gnädigster Herr – und so wäre dasjenige, was ich für das erste Glied in der Kette gehalten, das letzte darin gewesen. Als ich dem Bettler das Geld gab, war meine moralische Handlung schon ganz vorbei, schon ihr ganzer Wert oder Unwert entschieden.‹

»So mein ichs. Trafen die Folgen ein, wie Sie sie dachten, d.i. folgte ABC auf abc, so war es nichts weiter als eine *gelungene* gute Handlung. In diesem äußern Strome hat der Mensch nichts mehr zu sagen, ihm gehört nichts als seine eigene Seele. Sie sehen daraus aufs neue, daß der Monarch nichts dem Privatmanne voraus hat, denn auch er ist so wenig Herr jenes Stromes als dieser; auch bei ihm ist das ganze Gebiet seiner Wirksamkeit bloß innerhalb seiner eigenen Seele.«

›Aber dadurch wird nichts verändert, gnädigster Herr; denn auch die böse Handlung hat ihre Motive wie die gute, d.i. ihre innern Tätigkeiten, und nur um dieser Motive willen nennen wir sie ja böse. Setzen Sie also den Zweck und den Wert des Menschen in die Summe seiner Tätigkeiten, so sehe ich immer noch nicht, wie Sie die Moralität aus seinem Zwecke herausbringen, und meine vorigen Einwürfe kehren zurück.‹

»Lassen Sie uns hören. *Schlimm* oder *gut,* sind wir übereingekommen, seien Prädikate, die eine Handlung erst in der Seele erlange.«

›Das ist erwiesen.‹

»Lassen wir also zwischen die äußere Welt und das denkende Wesen eine Scheidewand fallen, so erscheint uns die nämliche Handlung außerhalb derselben gleichgültig, innerhalb derselben nennen wir sie schlimm oder gut.«

›Richtig.‹

»Moralität ist also eine Beziehung, die nur innerhalb der Seele, außer ihr nie gedacht werden kann, so wie z.B. die Ehre eine Beziehung ist, die dem Menschen nur innerhalb der bürgerlichen Gesellschaft zukommen kann.«

›Ganz recht.‹

»Sobald wir uns eine Handlung als in der Seele vorhanden denken, so erscheint sie uns als die Bürgerin einer ganz andern Welt, und nach ganz andern Gesetzen müssen wir sie richten. Sie gehört einem eigenen Ganzen zu, das seinen Mittelpunkt in sich selbst hat, aus welchem alles fließt, was es gibt, gegen welchen alles strömt, was es empfänget. Dieser Mittelpunkt oder dieses Prinzipium ist, wie wir vorhin übereingekommen sind, nicht anders als der inwohnende Trieb, alle seine Kräfte zum Wirken zu bringen, oder, was ebensoviel sagt, zur höchsten Kundmachung seiner Existenz zu gelangen. In diesen Zustand setzen wir die Vollkommenheit des moralischen Wesens, so wie wir eine Uhr vollkommen nennen, wenn alle Teile, woraus der Künstler sie zusammensetzte, der Wirkung entsprechen, um derentwillen er sie zusammensetzte, wie wir ein musikalisches Instrument vollkommen nennen, wenn alle Teile desselben an seiner höchsten Wirkung den höchsten Anteil nehmen, dessen sie fähig und um dessentwillen sie vereinigt sind. Das Verhältnis nun, in welchem die Tätigkeiten des moralischen Wesens zu diesem Prinzipium stehen, bezeichnen wir mit dem Namen der *Moralität;* und eine Handlung ist moralisch gut oder moralisch böse, je nachdem sie sich jenem nähert oder von ihm entfernet, es befördert oder hindert. Sind wir darüber einig?«

›Vollkommen.‹

»Da nun jenes Prinzipium kein andres ist als die vollständigste Tätigkeit aller Kräfte im Menschen, so ist eine gute Handlung, wobei mehr Kräfte tätig waren, eine schlimme, wobei weniger tätig waren?«

›Hier, gnädigster Herr, lassen Sie uns innehalten. Diesem nach käme eine kleine Wohltat, die ich reiche, in der moralischen Rangordnung sehr tief unter das jahrlange Komplott der Bartholomäusnacht zu stehen, oder die Verschwörung des Cueva gegen Venedig.‹

Der Prinz verlor hier die Geduld. »Wann werd ich Ihnen doch begreiflich machen können«, fing er an, »daß die Natur kein Ganzes kenne? Stellen Sie zusammen, was zusammengehört. War jenes Komplott *eine* Handlung, oder nicht vielmehr eine Kette von hunderttausenden? – und von hunderttausend *mangelhaften,* gegen welche Ihre kleine Wohltat noch immer im Vorteile stehet. Der Trieb der Menschenliebe schlief bei allen, der bei der Ihrigen tätig war. Aber wir kommen ab. Wo blieb ich?«

›Eine gute Handlung sei, wobei mehr Kräfte tätig waren, und umgekehrt.‹

»Und dadurch also, daß weniger Kräfte bei ihr tätig waren, wird eine schlimme Handlung schlimm, und so umgekehrt?«

›Ganz begreiflich.‹

»Bei einer schlimmen Handlung wird also nur *verneinet,* was bei einer guten *bejahet* wird?«

›So ists.‹

»Ich kann also nicht sagen, es gehörte ein böses Herz dazu, diese Tat zu begehen, so wenig als ich sagen kann, es gehörte ein Kind und nicht ein Mann dazu, diesen Stein aufzuheben?«

›Sehr wahr. Ich sollte vielmehr sagen, es mußte soviel gutes Herz fehlen, um diese Tat zu begehen.‹

»Laster ist also nur die Abwesenheit von Tugend, Torheit die Abwesenheit von Verstand, ein Begriff ohngefähr wie Schatten oder Stille?«

›Ganz richtig.‹

»Sowenig also, als man logisch-richtig sagen kann, es ist Leere, Stille, Finsternis vorhanden, sowenig gibt es ein Laster im Menschen und überhaupt also in der ganzen moralischen Welt?«

›Das ist einleuchtend.‹

»Wenn es also kein Laster im Menschen gibt, so ist alles, was in ihm tätig ist, Tugend, d.i., es ist gut, ebenso wie alles tönt, was nicht still ist, alles Licht hat, was nicht im Schatten steht?«

›Das folgt.‹

»Jede Handlung also, die der Mensch begeht, ist also dadurch, daß es eine Handlung ist, etwas Gutes?«

›Nach allem Vorhergegangenen.‹

»Und wenn wir eine schlimme Handlung von einem Menschen sehen, so ist diese Handlung gerade das einzige Gute, was wir in diesem Augenblick an ihm bemerken.«

›Das klingt sonderbar.‹

»Lassen Sie uns ein Gleichnis zu Hülfe nehmen. Warum nennen wir einen trüben, neblichten Wintertag einen traurigen Anblick? Ist es darum, weil wir eine Schneelandschaft an sich selbst widrig finden? Nichts weniger, könnte man sie in den Sommer verpflanzen, sie würde seine Schönheit erheben. Wir nennen ihn traurig, weil dieser Schnee und dieser Nebelduft nicht dasein könnten, wenn eine Sonne geschienen hätte, sie zu zerteilen, weil sie mit den ungleich größern Reizen des Sommers unvereinbar sind. Der Winter ist uns also ein Übel, nicht weil ihm alle Genüsse mangeln, sondern weil er größere ausschließt.«

›Vollkommen anschaulich.‹

»Ebenso mit moralischen Wesen. Wir verachten einen Menschen, der aus dem Treffen fliehet und dem Tode dadurch entgeht, nicht, weil uns der wirksame Trieb der Selbsterhaltung mißfiele, sondern weil er diesem Triebe weniger würde nachgegeben haben, wenn er die herrliche Eigenschaft des *Mutes* besessen hätte. Ich kann die Herzhaftigkeit, die List des Räubers bewundern, der mich bestiehlt, aber ihn selbst nenne ich lasterhaft, weil ihm die ungleich schönere Eigenschaft der *Gerechtigkeit* mangelt. So kann mich eine Unternehmung in Erstaunen setzen, die der Ausbruch einer jahrelang verhaltenen tätigen Rachsucht ist, aber ich nenne sie verabscheuungswürdig, weil sie mir einen Menschen zeigt, der ganze Jahre leben konnte, ohne seinen Mitmenschen zu lieben. Ich schreite mit Unwillen über ein Schlachtfeld hinweg, nicht weil so viele Leben hier verwesen – Pest und Erdbeben hätten noch mehr tun können, ohne mich gegen sich aufzubringen auch nicht weil ich die Kraft, die Kunst, den Heldenmut nicht vortrefflich fände, die diese Krieger zu Boden streckten – sondern weil mir dieser Anblick so viele tausend Menschen ins Gedächtnis bringt, denen die Menschlichkeit fehlte.«

›Vortrefflich.‹

»Dasselbe gilt von den *Graden* der Moralität. Eine sehr künstliche, sehr fein ersonnene, mit Beharrlichkeit verfolgte, mit Mut ausgeführte Bosheit hat etwas Glänzendes an sich, das schwache Seelen oft zur Nachahmung reizt, weil man so viele große und schöne Kräfte in ihrer ganzen Fülle dabei wirksam findet. Und doch nennen wir diese Handlung schlimmer als eine ähnliche bei einem geringeren Maß von Geist, und strafen sie strenger, weil sie uns jenen Mangel der Gerechtigkeit in ihrer größern Motivenreihe häufiger erkennen läßt. Wird sie vollends noch an einem Wohltäter verübet, so empört sie darum unser ganzes Gefühl, weil die Gelegenheiten, den Trieb der Liebe in Bewegung zu setzen, in diesem Falle häufiger waren, und wir also die Entdeckung, daß dieser Trieb unwirksam geblieben, häufiger dabei wiederholen.«

›Klar und einleuchtend.‹

»Auf unsre Frage zurückzukommen. Sie geben mir also zu, daß es nicht die Tätigkeiten der Kräfte sind, die das Laster zum Laster machen, sondern ihre Untätigkeit.«

›Vollkommen.‹

»Die Motive sind aber solche Tätigkeiten; es ist also unrichtig geredet, eine Handlung ihrer Motive wegen lasterhaft zu nennen. Nichts weniger! Ihre Motive sind das einzige *Gute*, das sie hat, sie ist nur böse um derjenigen willen, die ihr mangeln.«

›Unwidersprechlich.‹

»Aber wir hätten diesen Beweis noch kürzer führen können. Würde der Lasterhafte aus diesen Motiven handeln, wenn sie ihm nicht einen Genuß gewährten? *Genuß* allein ist es, was moralische Wesen in Bewegung setzt; und nur das Gute, wissen wir ja, kann Genuß gewähren.«

›Ich bin befriedigt. Aus dem Bisherigen folgt unwidersprechlich, daß z.B. ein Mensch von hellem Geist und wohlwollendem Herzen nur darum ein besserer Mensch ist als ein andrer von ebensoviel Geist und einem minder wohltätigen Herzen, weil er sich dem Maximum innrer Tätigkeit mehr nähert. Aber eine andre Bedenklichkeit steigt in mir auf. Geben Sie einem Menschen die Eigenschaften des Verstandes, des Muts, der Tapferkeit u.s.f. in einem vorzüglich hohen Grade, und lassen Sie ihm nur die einzige Eigenschaft, die wir gutes Herz nennen, mangeln – werden Sie ihn einem andern vorziehen, der jene Eigenschaften in einem niedrigem Grade, dies Letztere aber in seinem größten Umfang besitzet? Unstreitig ist jener ein weit tätigerer Mensch als dieser, und da nach Ihnen die Tätigkeit der Kräfte den moralischen Preis bestimmet, so würde also Ihr Urteil für ihn ausfallen, und mit dem gewöhnlichen Urteil der Menschen in einem Widerspruche sich befinden.‹

»Es würde ohnfehlbar sehr übereinstimmend damit sein. Ein Mensch, dessen Verstandeskräfte in einem hohen Grade tätig sind, wird ebenso gewiß auch ein vortreffliches Herz besitzen, als er das, was er an sich selbst liebet, an einem andern nicht hassen kann. Wenn die Erfahrung dagegen zu streiten scheint, so hat man entweder zu freigebig von seinem Verstande, oder von moralischer Güte zu eingeschränkt geurteilt.

Ein großer Geist mit einem empfindenden Herzen steht in der Ordnung der Wesen ebenso hoch über dem geistreichen Bösewicht, als der Dummkopf mit einem weichen, man sagt besser, *weichlichen* Herzen unter diesem stehet.«

›Aber ein Schwärmer und einer von der heftigen Art ist doch offenbar ein tätigeres Wesen als ein Alltagsmensch mit phlegmatischem Blut und beschränkten Sinnen?‹

»Bei einem noch so phlegmatischen, beschränkten Alltagsmenschen kommt doch jede Kraft zum Wirken, weil keine von der andern verdrängt wird. Er ist ein Mensch in gesundem Schlafe; der Schwärmer ist einem Phrenetischrasenden gleich, der sich in wütenden Konvulsionen wirft, wenn die Lebenskraft bereits in den äußersten Arterien aufhört. – Haben Sie noch eine Einwendung?«

›Ich bin *mit* Ihnen überzeugt, daß die Moralität des Menschen in dem Mehr oder Weniger seiner innern Tätigkeit enthalten ist.‹

»Erinnern Sie sich nun«, fuhr der Prinz fort, »daß wir diese ganze Untersuchung im geschlossenen Bezirk der menschlichen Seele angestellt haben, daß wir sie von der äußern Reihe der Dinge durch eine Scheidewand getrennt, und innerhalb dieses nie überschrittenen Kreises den ganzen Bau der Moralität aufgeführt haben. Wir haben zugleich gefunden, daß seine Glückseligkeit vollkommen mit seiner moralischen Vortrefflichkeit aufgehe, daß ihm also für die letztere ebensowenig etwas zu fordern bleibe, daß ihm auf eine erst zu erreichende Vollkommenheit ebensowenig ein Genuß voraus zugeteilt werden könne, als daß eine Rose, die heute blühet, erst im folgenden Jahre dadurch schön sei, als daß ein Mißgriff auf dem Klavier erst in das nächstkommende Spiel seinen Mißlaut einmischen kann. Es wäre ebenso denkbar, daß der Glanz der Sonne in den heutigen Mittag und ihre Wärme in den folgenden fiele, als daß die Vortrefflichkeit des Menschen in diese Welt und seine Glückseligkeit in die andre fallen könnte – Ist Ihnen dieses erwiesen?«

›Ich weiß nichts dagegen zu antworten.‹

»Das moralische Wesen ist also in sich selbst vollendet und beschlossen, wie das, welches wir zum Unterschied davon das organische nennen, beschlossen durch seine Moralität, wie dieses durch seinen Bau, und diese Moralität ist eine Beziehung, die von dem, was außer ihm vorgeht, durchaus unabhängig ist.«

›Dies ist erwiesen.‹

»Es umgebe mich also, was da wolle, der moralische Unterschied bleibt.«

›Ich ahnde, wo Sie hinauswollen, aber –‹

»Es sei also ein vernünftig geordnetes Ganze, eine unendliche Gerechtigkeit und Güte, eine Fortdauer der Persönlichkeit, ein ewiger Fortschritt – aus der moralischen Welt läßt sich dieses wenigstens nicht mit größerer Bündigkeit erweisen, als aus der physischen. Um vollkommen zu sein, um glücklich zu sein, bedarf das moralische Wesen keiner neuen Instanz mehr – und wenn es eine erwartet, so kann sich diese Erwartung wenigstens nicht mehr auf eine *Forderung* gründen. Was mit ihm werde, muß ihm für seine Vollkommenheit gleichviel sein, so wie es der Rose – um schön zu sein – gleichviel sein muß, ob sie in einer Wüste oder in fürstlichen Gärten, ob dem Busen eines lieblichen Mädchens oder dem verzehrenden Wurm entgegenblühet.«

›Paßt diese Vergleichung?‹

»Vollkommen; denn ich sage *hier* ausdrücklich, um *schön* zu sein, *dort,* um *glücklich* zu sein – nicht, um *vorhanden* zu sein! Dies letzte gehört für eine neue Untersuchung, und ich will das Gespräch nicht verlängern.«

›Ich kann Sie doch noch nicht ganz losgeben, gnädigster Prinz. Sie haben – und mir deucht unumstößlich – bewiesen, daß der Mensch nur moralisch sei, insofern er in sich selbst tätig sei – aber Sie behaupteten vorhin, daß er nur Moralität habe, um außer sich zu wirken.‹

»Sagen Sie, nur außer sich wirksam sei, weil er Moralität hat. Ihre *Damit* verwirren uns. Ich kann Ihre Zwecke nicht leiden.«

›Hier kommt es auf eins. Es hieße also, daß er nur insofern den Grund der meisten Wirkungen außer sich enthalte, insofern er den höchsten Grad seiner Moralität erreiche. Und diesen Beweis sind Sie mir noch schuldig.‹

»Können Sie ihn aus dem Bisherigen nicht selbst führen? Der Zustand der höchsten innern Wirksamkeit seiner Kräfte, ist es nicht derselbe, in welchem er auch die Ursache der meisten Wirkungen außer sich sein kann?«

›Sein *kann,* aber nicht sein *muß* – denn haben Sie nicht selbst zugestanden, daß eine unwirksam gebliebene gute Tat ihrem moralischen Wert nichts benehme?‹

»Nicht bloß zugestanden, sondern als höchst notwendig festgesetzt! – Wie schwer sind Sie doch von einer irrigen Vorstellung zurückzubringen, die sich einmal Ihrer bemächtigt hat. Dieser anscheinende Widerspruch, daß die äußern Folgen einer moralischen Tat für ihren Wert höchst gleichgültig seien, und daß der ganze Zweck seines Daseins dennoch nur in seinen Folgen nach außen liege, verwirrt Sie immer. Nehmen Sie an, ein großer Virtuose spiele vor einer zahlreichen, aber rohen Gesellschaft, ein Stümper komme dazwischen und entführe ihm seinen ganzen Hörsaal – welchen werden Sie für den *Nützlicheren* erklären?«

›Den Virtuosen, versteht sich, denn derselbe Künstler wird ein andermal feinere Ohren ergötzen.‹

»Und würde er dieses wohl, wenn er die Kunst nicht besäße, die damals verlorenging, und die er damals übte?«

›Schwerlich.‹

»Und wird sein Nebenbuhler jemals diejenige Wirkung hervorbringen, die *er* hervorbrachte?«

›Diejenige nicht, aber –‹

»Aber vielleicht eine größre bei seinem größern Haufen wollen Sie sagen? Können Sie im Ernste zweifelhaft sein, ob ein Künstler, der einen Kreis fühlender Menschen und geistreicher Kenner zu bezaubern gewußt hat, mehr getan habe als jener Stümper in seinem ganzen Leben? Daß *eine* Empfindung vielleicht, die er erweckte, in einer feinen Seele sich zu Taten erhöhte, die nachher für eine Million nützlich wurden? Daß sie sich vielleicht als das einzige noch fehlende Glied an eine wichtige Kette anschloß und einem herrlichen Vorhaben die Krone aufsetzte? – Auch jener Stümper, das räume ich ein, kann fröhliche Menschen machen – auch der Mensch, der seine moralische Krone verlor, wird noch wirken, ebenso wie eine Frucht, an welcher die Fäulnis nagt, noch ein Mahl für Vögel und Würmer sein kann, aber sie wird nie mehr gewürdigt, einen reizenden Mund zu berühren.«

›Lassen Sie aber jenen Künstler in einer Wüste spielen, dort leben und sterben. *Ich* darf sagen, seine Kunst belohnt ihn; auch wo kein Ohr seine Töne auffängt, ist er sein eigner Hörer und genießt in den Harmonien, die er hervorbringt, die noch herrlichere Harmonie seines Wesens. Dies dürfen *Sie* aber nicht sagen. *Ihr* Künstler muß Hörer haben, oder er ist umsonst dagewesen.‹

»Ich verstehe Sie – aber Ihr gegebener Fall kann nie stattfinden. Kein moralisches Wesen ist in einer Wüste, wo es lebet und webet, berührt es ein umgrenzendes All. Die Wirkung, die es leistet, wär es auch nur diese einzige, wissen wir, konnte nur *dieses* Wesen und kein anderes leisten, und es konnte diese Wirkung nur vermöge seiner ganzen Beschaffenheit leisten. Wenn unser Virtuose auch nur *einmal* zum Spielen gelangte, so gestehen Sie mir doch ein, daß er gerade *dieser* Künstler sein mußte, der er war, daß er, um dieses zu sein, gerade durch so viele Grade der Übung und Kunstfertigkeit gegangen sein mußte, als er wirklich durchwandert hatte, und daß also sein ganzes vorhergegangenes Künstlerleben an diesem Augenblick des Triumphes teilnimmt. War jener erste Brutus zwanzig Jahre unnützlich, weil er zwanzig Jahre den Blödsinnigen spielte? Seine *erste* Tat war die Gründung einer Republik, die noch jetzt als die größte Erscheinung in der Weltgeschichte dasteht. Und so wäre es denkbar, daß meine *Notwendigkeit* oder Ihre Vorsehung einen Menschen ein ganzes Menschenalter lang schweigend einer Tat zubereitet hätte, die sie ihm erst in seiner letzten Stunde abfordert.«

›So scheinbar dieses klingt – mein Herz kann sich nicht an die Idee gewöhnen, daß alle Kräfte, alle Bestrebungen des Menschen nur für seinen Einfluß in dieser Zeitlichkeit arbeiten sollen. Der große patriotische erfahrene Staatsmann, der heute vom Ruder gestürzt wird, trägt alle seine erworbenen Kenntnisse, seine geübten Kräfte, seine zeitigenden Plane in sein vergeßnes Privatleben hinein, worin er stirbt. Vielleicht hatte er nur noch den *letzten* Stein an die Pyramide zu setzen, die hinter ihm zusammenstürzt, die seine Nachfolger ganz von dem untersten Steine wieder anfangen müssen. Mußte er in funfzig Lebensjahren, mußte er während seiner anstrengenden Reichsverwaltung nur für die untätige Stille seines Privatlebens sammeln? Daß er durch diese Verwaltung seine Wirkung erfüllt habe, dürfen *Sie* mir nicht antworten. Wenn der Einfluß in diese Welt die ganze Bestimmung des Menschen erschöpft, so muß sein Dasein zugleich mit seiner Wirkung aufhören.‹

»Ich verweise Sie an das sprechende Beispiel der physischen Natur, von der Sie mir doch einräumen müssen, daß *sie* nur für die Zeitlichkeit arbeite. Wie viele Keime und Embryonen, die sie mit soviel Kunst und Sorgfalt zum künftigen Leben zusammensetzte, werden wieder in das Elementenreich aufgelöst, ohne je zur Entwicklung zu gedeihen. – Warum setzte sie sie zusammen? In jedem Menschenpaare schläft, wie in dem ersten, ein ganzes Menschengeschlecht, warum ließ sie aus soviel Millionen nur ein einziges *werden*? So gewiß sie auch diese verderbenden Keime verarbeitet, so gewiß werden auch moralische Wesen, bei denen sie einen höhern Zweck zu verlassen schien, früher oder später in denselbigen eintreten. Ergründen zu wollen, wie sie eine einzelne Wirkung durch die ganze Kette fortpflanzt, würde eine kindische Anmaßung verraten. Oft, sehen wir, läßt sie den Faden einer Tat, einer Begebenheit plötzlich fallen, den sie drei Jahrtausende nachher ebenso plötzlich wieder aufnimmt, versenkt in Kalabrien die Künste und Sitten des *achtzehnten* Jahrhunderts, um sie vielleicht im *dreißigsten* dem verwandelten Europa wieder zu zeigen, ernährt viele Menschenalter lang gesunde Nomadenhorden auf den tartarischen Steppen, um sie einst dem ermattenden Süden als frisches Blut zuzusenden, wie sie auf ihrem physischen Gange das Meer über Hollands und Seelands Küsten wirft, um vielleicht eine Insel im fernen Amerika zu entblößen! Aber auch im Einzelnen und im Kleinen fehlt es an solchen Winken nicht ganz. Wie oft tut die *Mäßigkeit* eines Vaters, der längst nicht mehr ist, an einem genievollen Sohne Wunder, wie oft ward ein ganzes Leben vielleicht nur gelebt, um eine Grabschrift zu verdienen, die in die Seele eines späten Nachkömmlings einen Feuerstrahl werfen soll! – Weil vor Jahrhunderten ein verscheuchter Vogel auf seinem Fluge einige Samenkörner da niederfallen ließ, blüht für ein landendes Volk auf einem wüsten Eiland eine Ernte – und ein moralischer Keim ging in einem so fruchtbaren Erdreich verloren!«

›O bester Prinz! Ihre Beredsamkeit begeistert mich zum Kampfe gegen Sie selber. Soviel Vortrefflichkeit können Sie Ihrer fühllosen Notwendigkeit gönnen, und wollen nicht lieber einen Gott damit glücklich machen! Sehen Sie in der ganzen Schöpfung umher. Wo irgend nur ein Genuß bereitet liegt, finden Sie ein genießendes Wesen – und dieser unendliche Genuß, dieses Mahl von Vollkommenheit, sollte durch die ganze Ewigkeit leer stehen!‹

»Sonderbar!« sagte der Prinz nach einer tiefen Stille. »Worauf *Sie* und andere *ihre* Hoffnungen gründen, eben das hat die meinigen umgestürzt – eben diese geahndete Vollkommenheit der Dinge. Wäre nicht alles so in sich beschlossen, säh ich auch nur einen einzigen verunstaltenden Splitter aus diesem schönen Kreise herausragen, so würde mir das die Unsterblichkeit beweisen. Aber alles, alles, was ich sehe und bemerke, fällt zu diesem *sichtbaren* Mittelpunkt zurück, und unsre edelste Geistigkeit ist eine so ganz unentbehrliche Maschine, dieses Rad der Vergänglichkeit zu treiben.«

›Ich begreife Sie nicht, gnädigster Prinz. Ihre eigne Philosophie spricht Ihnen das Urteil, wahrlich, Sie sind dem reichen Manne gleich, der bei allen seinen Schätzen darbet. Sie gestehen, daß der Mensch alles in sich schließe, um glücklich zu sein, daß er seine Glückseligkeit nur allein durch das erhalten könne, was er besitzet, und Sie selbst wollen die Quelle Ihres Unglücks außer sich suchen. Sind Ihre Schlüsse wahr, so ist es ja nicht möglich, daß Sie auch nur mit einem Wunsche über diesen Ring hinausstreben, in welchem Sie den Menschen gefangen halten.‹

»Das eben ist das Schlimme, daß wir nur moralisch vollkommen, nur glückselig sind, um brauchbar zu sein, daß wir unsern *Fleiß,* aber nicht unsre *Werke* genießen. Hunderttausend arbeitsame Hände trugen die Steine zu den Pyramiden zusammen –

aber nicht die Pyramide war ihr Lohn. Die Pyramide ergötzte das Auge der Könige, und die fleißigen Sklaven fand man mit dem Lebensunterhalt ab. Was ist man dem Arbeiter schuldig, wenn er nicht mehr arbeiten kann, oder nichts mehr für ihn zu arbeiten sein wird? Was dem Menschen, wenn er nicht mehr zu brauchen ist?«

›Man wird ihn immer brauchen.‹

»Auch immer als ein denkendes Wesen?«

III. PHILOSOPHIE DER KUNST UND DES SPIELS

Kallias oder Über die Schönheit
Briefe an Gottfried Körner

Freiheit in der Erscheinung ist eins mit der Schönheit

(...) Wir nennen ein Gebäude vollkommen, wenn sich alle Teile desselben nach dem Begriff und dem Zwecke des Ganzen richten und seine *Form* durch seine Idee rein bestimmt worden ist. Schön aber nennen wir es, wenn wir diese Idee nicht zu Hülfe nehmen müssen, um die Form einzusehen, wenn sie freiwillig und absichtslos aus sich selbst hervorzuspringen und alle Teile sich durch sich selbst zu beschränken scheinen. Ein Gebäude kann deswegen (beiläufig zu sagen) nie ein ganz freies Kunstwerk sein und nie ein Ideal der Schönheit erreichen, weil es schlechterdings unmöglich ist, an einem Gebäude, das Treppen, Türen, Kamine, Fenster und Öfen braucht, ohne Hülfe eines Begriffs auszureichen und also Heteronomie zu verbergen. Völlig rein kann also nur diejenige Kunstschönheit sein, deren Original in der Natur selbst sich findet.

Schön ist ein Gefäß, wenn es, ohne seinem Begriff zu widersprechen, einem freien Spiel der Natur gleichsieht. Die Handhabe an einem Gefäß ist bloß des Gebrauchs wegen, also durch einen Begriff, da; soll aber das Gefäß schön sein, so muß diese Handhabe so ungezwungen und freiwillig daraus hervorspringen, daß man ihre Bestimmung vergißt. Ginge sie aber in einem rechten Winkel ah, verengte sich der weite Bauch plötzlich zu einem engen Halse und dergleichen, so würde diese abrupte Veränderung der Richtung allen Schein von Freiwilligkeit zerstören und die Autonomie der Erscheinung würde verschwinden.

Wann sagt man wohl, daß eine Person schön gekleidet sei? Wenn weder das Kleid durch den Körper, noch der Körper durch das Kleid an seiner Freiheit etwas leidet; wenn dieses aussieht, als wenn es mit dem Körper nichts zu verkehren hätte und doch aufs vollkommenste seinen Zweck erfüllt. Die Schönheit oder vielmehr der Geschmack betrachtet alle Dinge als *Selbst-*

zwecke und duldet schlechterdings nicht, daß eins dem andern als Mittel dient oder das Joch trägt. In der ästhetischen Welt ist jedes Naturwesen ein freier Bürger, der mit dem Edelsten gleiche Rechte hat, und *nicht einmal um des Ganzen willen* darf *gezwungen* werden, sondern zu allem schlechterdings *konsentieren* muß. In dieser ästhetischen Welt, die eine ganz andere ist als die vollkommenste platonische Republik, fodert auch der Rock, den ich auf dem Leibe trage, Respekt von mir für seine Freiheit, und er verlangt von mir, gleich einem verschämten Bedienten, daß ich niemanden merken lasse, daß er mir *dient.* Dafür aber verspricht er mir auch reciproce, seine Freiheit so bescheiden zu gebrauchen, daß die meinige nichts dabei leidet; und wenn beide Wort halten, so wird die ganze Welt sagen, daß ich schön angezogen sei. *Spannt* hingegen der Rock, so verlieren wir beide, der Rock und ich, von unsrer Freiheit. Deswegen sind alle *ganz enge* und *ganz weite* Kleidungsarten gleich wenig schön, denn nicht zu rechnen, daß beide die Freiheit der Bewegungen einschränken, so zeigt bei der engen Kleidung der Körper seine Figur nur auf Kosten des Kleides, und bei der weiten Kleidung verbirgt der Rock die Figur des Körpers, indem er sich selbst mit der seinigen aufbläht und seinen Herrn zu seinem bloßen Träger herabsetzt.

Eine Birke, eine Fichte, eine Pappel ist schön, wenn sie schlank emporsteigt, eine Eiche, wenn sie sich krümmt; die Ursache ist, weil diese sich selbst überlassen die krumme, jene hingegen die gerade Richtung lieben. Zeigt sich also die Eiche schlank und die Birke verbogen, so sind sie beide nicht schön, weil ihre Richtungen fremden Einfluß, Heteronomie verraten. Wird hingegen die Pappel vom Winde gebogen, so finden wir dies wieder schön, weil sie durch ihre schwankende Bewegung ihre Freiheit äußert.

Welchen Baum wird sich der Maler am liebsten aufsuchen, um ihn in Landschaften zu benutzen? Denjenigen gewiß, der von der Freiheit Gebrauch macht, die ihm bei aller Technik seines Baues gelassen ist – der sich nicht nach seinem Nachbar sklavisch richtet, sondern sich, selbst mit einiger Kühnheit, etwas herausnimmt, aus seiner Ordnung tritt, sich eigensinnig dahin oder dorthin wendet, wenn er auch gleich hier eine Lücke lassen, dort etwas durch seine ungestüme Dazwischenkunft verwirren müßte. An demjenigen hingegen, der immer in einerlei Richtung verharrt, auch wenn ihm seine Gattung weit mehr Freiheit vergönnt, dessen Äste ängstlich in Reih und Glied bleiben, als wenn sie nach der Schnur gezogen wären, wird er mit Gleichgültigkeit vorübergehen.

An jeder großen Komposition ist es nötig, daß sich das Einzelne einschränke, um das Ganze zum Effekt kommen zu lassen. Ist diese Einschränkung des Einzelnen zugleich eine Wirkung seiner Freiheit, d.i. setzt es sich diese Grenze selbst, so ist die Komposition schön. Schönheit ist durch sich selbst gebändigte Kraft; Beschränkung aus Kraft.

Eine Landschaft ist schön komponiert, wenn alle einzelne Partien, aus denen sie besteht, so ineinanderspielen, daß jene sich selbst ihre Grenze setzt und das Ganze also das Resultat von der Freiheit des Einzelnen ist. Alles in einer Landschaft soll auf das Ganze bezogen sein, und alles Einzelne soll doch nur unter seiner eigenen Regel zu stehen, seinem eigenen Willen zu folgen scheinen. Es ist aber unmöglich, daß die Zusammenstimmung zu einem Ganzen kein Opfer von Seiten des Einzelnen koste, da die Kollision der Freiheit unvermeidlich ist. Der Berg wird also auf manches einen Schatten werfen wollen, was man beleuchtet haben will, Gebäude werden die Naturfreiheit einschränken, die Aussicht hemmen, die Zweige werden lästige Nachbarn sein, Menschen, Tiere, Wolken wollen sich bewegen, denn die Freiheit des Lebendigen äußert sich nur in Handlung. Der Fluß will in seiner Richtung kein Gesetz von dem Ufer annehmen, sondern seinem eigenen folgen; kurz: jedes Einzelne will seinen Willen haben. Wo bliebe aber nun die Harmonie des Ganzen, wenn jedes nur für sich selbst sorgt? Daraus eben geht sie hervor, daß jedes aus innerer Freiheit sich gerade die Einschränkung vorschreibt, die das andere braucht, um *seine* Freiheit zu äußern. Ein Baum im Vordergrund könnte eine schöne Partie im Hintergrund bedecken; ihn zu *nötigen,* daß er das nicht tut, würde seiner Freiheit zu nahe getreten sein und Stümperei verraten. Was tut also der verständige Künstler? Er läßt denjenigen Ast des Baumes, der den Hintergrund zu verhüllen droht, *aus eigener Schwere* sich heruntersenken und dadurch dem hintern Prospekte freiwillig Platz machen; und so vollbringt der Baum den Willen des Künstlers, indem er bloß seinem eigenen folgt.

Eine Versifikation ist schön, wenn jeder einzelne Vers sich selbst seine Länge und Kürze, seine Bewegung und seinen Ruhepunkt gibt, jeder Reim sich aus innerer Notwendigkeit darbietet und doch wie gerufen kommt – kurz, wenn kein Wort von dem andern, kein Vers von dem andern Notiz zu nehmen, bloß seiner selbst wegen dazustehen scheint und doch alles so ausfällt, als wenn es verabredet wäre.

Warum ist das Naive schön? Weil die Natur darin über Künstelei und Verstellung ihre Rechte behauptet. Wenn uns Virgil einen Blick in das Herz der Dido will werfen lassen und uns zeigen will, wie weit es mit ihrer Liebe gekommen ist, so hätte er dies als Erzähler recht gut in seinem eigenen Namen sagen können; aber dann würde diese Darstellung auch nicht schön gewesen sein. Wenn er uns aber die nämliche Entdeckung durch die Dido selbst machen laßt, ohne daß sie die Absicht hat, so aufrichtig gegen uns zu sein (siehe das Gespräch zwischen Anna und Dido im Anfang des vierten Buchs), so nennen wir dies wahrhaft schön; denn es ist die Natur selbst, welche das Geheimnis ausplaudert.

Gut ist eine Lehrart, wo man vom Bekannten zum Unbekannten fortschreitet; schön ist sie, wenn sie sokratisch ist, d.i., wenn sie dieselben Wahrheiten aus dem Kopf und Herzen des Zuhörers herausfragt. Bei der ersten werden dem Verstand seine Überzeugungen in forma *abgefodert,* bei der zweiten werden sie ihm *abgelockt.*

Warum wird die Schlangenlinie für die schönste gehalten? Ich habe an dieser einfachsten aller ästhetischen Aufgaben meine Theorie besonders geprüft, und ich halte diese Probe darum für entscheidend, weil bei dieser einfachen Aufgabe keine Täuschung durch Nebenursachen stattfinden kann.

Eine Schlangenlinie, kann der Baumgartenianer sagen, ist darum die schönste, weil sie sinnlich vollkommen ist. Es ist eine Linie, die ihre Richtung immer abändert (Mannigfaltigkeit) und immer wieder zu derselben Richtung zurückkehrt (Einheit). Wäre sie aber aus keinem bessern Grunde schön, so müßte es folgende Linie auch sein:

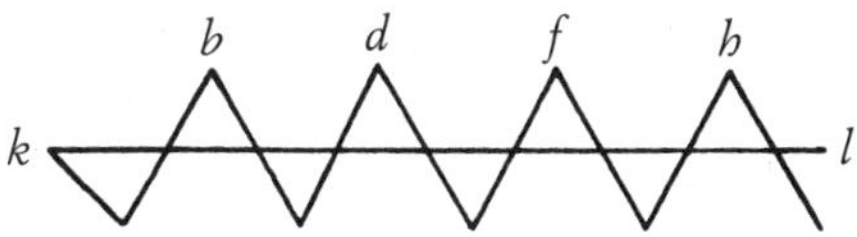

welche gewiß nicht schön ist. Auch hier ist Veränderung der Richtung; ein Mannigfaltiges, nämlich a, b, c, d, e, f, g, h, i; und Einheit der Richtung ist auch da, welche der Verstand hineindenkt und die durch die Linie k 1 vorgestellt ist. Diese Linie ist nicht schön, ob sie gleich sinnlich vollkommen ist.

Folgende Linie aber ist eine schöne Linie, oder könnte es doch sein, wenn meine Feder besser wäre.

Nun ist der ganze Unterschied zwischen dieser zweiten und jener bloß der, daß jene ihre Richtung ex abrupto, diese aber unmerklich verändert; der Unterschied ihrer Wirkungen auf das ästhetische Gefühl muß also in diesem einzig bemerkbaren Unterschied ihrer Eigenschaften gegründet sein. Was ist aber eine plötzlich veränderte Richtung anders als eine gewaltsam veränderte? Die Natur liebt keinen Sprung. Sehen wir sie einen tun, so zeigt es, daß ihr Gewalt geschehen ist. Freiwillig hingegen erscheint nur diejenige Bewegung, an der man keinen bestimmten

Punkt angeben kann, bei dem sie ihre Richtung abänderte. Und dies ist der Fall mit der Schlangenlinie, welche sich von der oben abgebildeten bloß durch ihre *Freiheit* unterscheidet.

Ich könnte noch Beispiele genug anhäufen, um zu zeigen, daß alles, was wir schön nennen, sich dieses Prädikat bloß durch die Freiheit in seiner Technik erwerbe. Aber an den angeführten Proben mag es vorjetzt genug sein. Weil also *Schönheit* an keiner Materie haftet, sondern bloß in der Behandlung besteht; alles aber, was (sich) den Sinnen vorstellt, technisch oder nicht technisch, frei oder nicht frei erscheinen kann, so folgt daraus, daß sich das Gebiet des Schönen sehr weit erstrecke, weil die Vernunft bei allem, was Sinnlichkeit und Verstand ihr unmittelbar vorstellen, nach der Freiheit fragen kann und muß. Darum ist das Reich des Geschmacks ein Reich der Freiheit – die schöne Sinnenwelt das glückliche Symbol, wie die moralische sein soll, und jedes schöne Naturwesen außer mir ein glücklicher Bürger, der mir zuruft: Sei frei wie ich.

Darum stört uns jede sich aufdringende Spur der despotischen Menschenhand in einer freien Naturgegend, darum jeder Tanzmeisterzwang im Gange und in den Stellungen, darum jede Künstelei in den Sitten und Manieren, darum alles Eckige im Umgang, darum jede Beleidigung der Naturfreiheit in Verfassungen, Gewohnheiten und Gesetzen.

Es ist auffallend, wie sich der gute Ton (Schönheit des Umgangs) aus meinem Begriff der Schönheit entwickeln läßt. Das erste Gesetz des guten Tones ist: *Schone fremde Freiheit.* Das zweite: *Zeige selbst Freiheit.* Die pünktliche Erfüllung beider ist ein unendlich schweres Problem, aber der gute Ton fodert sie unerläßlich, und sie macht allein den vollendeten Weltmann. Ich weiß für das Ideal des schönen Umgangs kein passenderes Bild als einen gut getanzten und aus vielen verwickelten Touren komponierten englischen Tanz. Ein Zuschauer aus der Galerie sieht unzählige Bewegungen, die sich aufs bunteste durchkreuzen und ihre Richtung lebhaft und mutwillig verändern und doch *niemals zusammenstoßen.* Alles ist so geordnet, daß der eine schon

Platz gemacht hat, wenn der andere kommt, alles fügt sich so geschickt und doch wieder so kunstlos ineinander, daß jeder nur seinem eigenen Kopf zu folgen scheint und doch nie dem andern in den Weg tritt. Es ist das treffendste Sinnbild der behaupteten eigenen Freiheit und der geschonten Freiheit des andern.

Alles, was man gewöhnlich *Härte* nennt, ist nichts anders als das Gegenteil des *Freien.* Diese Härte ist es, was oft der Verstandesgröße, oft selbst der moralischen ihren *ästhetischen* Wert benimmt. Der gute Ton verzeiht auch dem glänzendsten Verdienst diese *Brutalität* nicht, und liebenswürdig wird die Tugend selbst nur durch Schönheit. Schön ist aber ein Charakter, eine Handlung nicht, wenn sie die Sinnlichkeit des Menschen, dem sie zukommen, unter dem Zwang des Gesetzes zeigen oder der Sinnlichkeit des Zuschauers Zwang antun. In diesem Falle werden sie bloß *Achtung,* aber nicht *Gunst,* nicht Neigung einflößen; bloße Achtung demütigt den, der sie empfindet. Daher gefällt uns Cäsar weit mehr als Cato, Cimon mehr als Phocion, Thomas Jones weit mehr als Grandison. Daher rührt es, daß uns oft bloß *affektionierte* Handlungen mehr gefallen als rein moralische, weil sie Freiwilligkeit zeigen, weil sie durch die Natur (den Affekt), nicht durch die gebieterische Vernunft wider das Interesse der Natur vollbracht werden – daher mag es kommen, daß uns die milden Tugenden mehr als die heroischen, das Weibliche so oft mehr als das Männliche gefällt; denn der weibliche Charakter, auch der vollkommenste, kann nie anders als aus Neigung handeln.

Über Anmut und Würde

(...) So viel leuchtet ein, daß sich weder der Wille bei der absichtlichen, noch der Affekt bei der sympathetischen Bewegung gegen die von ihm abhängende Natur als eine *Gewalt* verhalten dürfe, wenn sie ihm mit Schönheit gehorchen soll. Schon das allgemeine Gefühl der Menschen macht die *Leichtigkeit* zum Hauptcharakter der Grazie, und was angestrengt wird, kann niemals Leichtigkeit zeigen. Ebenso leuchtet ein, daß auf der andern Seite die Natur sich gegen den Geist nicht als Gewalt verhalten dürfe, wenn ein schöner moralischer Ausdruck statthaben soll; denn wo die bloße Natur *herrscht,* da muß die Menschheit verschwinden.

Es lassen sich in allem dreierlei Verhältnisse denken, in welchen der Mensch zu sich selbst, d.i. sein sinnlicher Teil zu seinem vernünftigen, stehen kann. Unter diesen haben wir dasjenige auszusuchen, welches ihn in der Erscheinung am besten kleidet und dessen Darstellung Schönheit ist.

Der Mensch unterdrückt entweder die Forderungen seiner sinnlichen Natur, um sich den höhern Forderungen seiner vernünftigen gemäß zu verhalten; oder er kehrt es um und ordnet den vernünftigen Teil seines Wesens dem sinnlichen unter und folgt also bloß dem Stoße, womit ihn die Naturnotwendigkeit gleich den andern Erscheinungen forttreibt; oder die Triebe des letztern setzen sich mit den Gesetzen des erstern in Harmonie, und der Mensch ist einig mit sich selbst.

Wenn sich der Mensch seiner reinen Selbständigkeit bewußt wird, so stößt er alles von sich, was sinnlich ist, und nur durch diese Absonderung von dem Stoffe gelangt er zum Gefühl seiner rationalen Freiheit. Dazu aber wird, weil die Sinnlichkeit hartnäckig und kraftvoll widersteht, von seiner Seite eine merkliche Gewalt und große Anstrengung erfordert, ohne welche es ihm unmöglich wäre, die Begierde von sich zu halten und den nachdrücklich sprechenden Instinkt zum Schweigen zu bringen. Der so gestimmte Geist läßt die von ihm abhängende Natur, sowohl da, wo sie im Dienst seines Willens handelt, als da, wo sie seinem Willen vorgreifen will, erfahren, daß er ihr Herr ist. Unter seiner strengen Zucht wird also die Sinnlichkeit unterdrückt erscheinen, und der innere Widerstand wird sich von außen durch Zwang verraten. Eine solche Verfassung des Gemüts kann also der Schönheit nicht günstig sein, welche die Natur nicht anders als in ihrer Freiheit hervorbringt, und es wird daher auch nicht Grazie sein können, wodurch die mit dem Stoffe kämpfende moralische Freiheit sich kenntlich macht.

Wenn hingegen der Mensch, unterjocht vom Bedürfnis, den Naturtrieb ungebunden über sich herrschen läßt, so verschwindet mit seiner innern Selbständigkeit auch jede Spur derselben in seiner Gestalt. Nur die Tierheit redet aus dem schwimmenden, ersterbenden Auge, aus dem lüstern geöffneten Munde, aus der erstickten, bebenden Stimme, aus dem kurzen, geschwinden Atem, aus dem Zittern der Glieder, aus dem ganzen erschlaffenden Bau. Nachgelassen hat aller Widerstand der moralischen Kraft, und die Natur in ihm ist in volle Freiheit gesetzt. Aber eben dieser gänzliche Nachlaß der Selbsttätigkeit, der im Moment des sinnlichen Verlangens und noch mehr im Genuß zu erfolgen pflegt, setzt augenblicklich auch die rohe Materie in Freiheit, die durch das Gleichgewicht der tätigen und leidenden Kräfte bisher gebunden war. Die toten Naturkräfte fangen an, über die lebendigen der Organisation die Oberhand zu bekommen, die Form von der Masse, die Menschheit von gemeiner Natur unterdrückt zu werden. Das seelestrahlende Auge wird matt oder quillt auch *gläsern* und *stier* aus seiner Höhlung hervor, der feine Inkarnat der Wangen verdickt sich zu einer groben und gleichförmigen Tüncherfarbe, der Mund wird zur bloßen Öffnung, denn seine Form ist nicht mehr Folge der wirkenden, sondern der nachlassenden Kräfte, die Stimme und der seufzende Atem sind nichts als Hauche, wodurch die beschwerte Brust sich erleichtern will, und die nun bloß ein mechanisches Bedürfnis, keine Seele verraten. Mit einem Worte: bei *der* Freiheit, welche die Sinnlichkeit *sich selbst nimmt,* ist an keine Schönheit zu denken. Die Freiheit der Formen, die der sittliche Wille bloß *eingeschränkt* hatte, *überwältigt* der grobe Stoff, welcher stets so viel Feld gewinnt, als dem Willen entrissen wird.

Ein Mensch in diesem Zustand empört nicht bloß den *moralischen* Sinn, der den Ausdruck der Menschheit unnachlaßlich fordert; auch der *ästhetische* Sinn, der sich nicht mit dem bloßen Stoffe befriedigt, sondern in der Form ein freies Vergnügen sucht, wird sich mit Ekel von einem solchen Anblick abwenden, bei welchem nur die *Begierde* ihre Rechnung finden kann.

Das erste dieser Verhältnisse zwischen beiden Naturen im Menschen erinnert an eine *Monarchie,* wo die strenge Aufsicht des Herrschers jede freie Regung im Zaum hält; das zweite an eine wilde *Ochlokratie,* wo der Bürger durch Aufkündigung des Gehorsams gegen den rechtmäßigen Oberherrn so wenig frei, als die menschliche Bildung durch Unterdrückung der moralischen Selbsttätigkeit schön wird, vielmehr nur dem brutaleren Despotismus der untersten Klassen, wie hier die Form der Masse, anheimfällt. So wie die *Freiheit* zwischen dem gesetzlichen Druck und der Anarchie mitten inne liegt, so werden wir jetzt auch die *Schönheit* zwischen der *Würde,* als dem Ausdruck des herrschenden Geistes, und der *Wollust,* als dem Ausdruck des herrschenden Triebes, in der Mitte finden.

Wenn nämlich weder *die über die Sinnlichkeit herrschende Vernunft noch die über die Vernunft herrschende Sinnlichkeit* sich mit Schönheit des Ausdrucks vertragen, so wird (denn es gibt keinen vierten Fall), so wird derjenige Zustand des Gemüts, *wo Vernunft und Sinnlichkeit* – Pflicht und Neigung – *zusammenstimmen,* die Bedingung sein, unter der die Schönheit des Spiels erfolgt.

Um ein Objekt der Neigung werden zu können, muß der Gehorsam gegen die Vernunft einen Grund des Vergnügens abgeben, denn nur durch Lust und Schmerz wird der Trieb in Bewegung gesetzt. In der gewöhnlichen Erfahrung ist es zwar umgekehrt, und das Vergnügen ist der Grund, warum man vernünftig handelt. Daß die Moral selbst endlich aufgehört hat, diese Sprache zu reden, hat man dem unsterblichen Verfasser der Kritik zu verdanken, dem der Ruhm gebührt, die gesunde Vernunft aus der philosophierenden wiederhergestellt zu haben.

Aber so wie die Grundsätze dieses Weltweisen von ihm selbst und auch von andern pflegen vorgestellt zu werden, so ist die Neigung eine sehr zweideutige Gefährtin des Sittengefühls, und das Vergnügen eine bedenkliche Zugabe zu moralischen Bestimmungen. Wenn der Glückseligkeitstrieb auch keine blinde Herrschaft über den Menschen behauptet, so wird er doch bei dem sittlichen Wahlgeschäfte gerne *mitsprechen* wollen und so der Reinheit des Willens schaden, der immer nur dem *Gesetze* und nie dem *Triebe* folgen soll. Um also völlig sicher zu sein, daß die Neigung nicht mitbestimmte, sieht man sie lieber im Krieg als im Einverständnis mit dem Vernunftgesetze, weil es gar zu leicht sein kann, daß ihre Fürsprache allein ihm seine Macht über den Willen verschaffte. Denn da es beim Sittlichhandeln nicht auf die *Gesetzmäßigkeit* der Taten, sondern einzig nur auf die *Pflichtmäßigkeit* der Gesinnungen ankommt, so legt man mit Recht keinen Wert auf die Betrachtung, daß es für die erste gewöhnlich vorteilhafter sei, wenn sich die Neigung auf seiten der Pflicht befindet. So viel scheint also wohl gewiß zu sein, daß der Beifall der Sinnlichkeit, wenn er die Pflichtmäßigkeit des Willens auch nicht verdächtig macht, doch wenigstens nicht imstand ist, sie zu *verbürgen*. Der sinnliche Ausdruck dieses Beifalls in der Grazie wird also für die Sittlichkeit der Handlung, bei der er angetroffen wird, nie ein hinreichendes und gültiges Zeugnis ablegen, und aus dem schönen Vortrag einer Gesinnung oder Handlung wird man nie ihren moralischen Wert erfahren.

Bis hieher glaube ich mit den Rigoristen der Moral vollkommen einstimmig zu sein; aber ich hoffe dadurch noch nicht zum Latitudinarier zu werden, daß ich die Ansprüche der Sinnlichkeit, die im Felde der reinen Vernunft und bei der moralischen Gesetzgebung völlig zurückgewiesen sind, im Feld der Erscheinung und bei der wirklichen Ausübung der Sittenpflicht noch zu behaupten versuche.

So gewiß ich nämlich überzeugt bin – und eben darum, weil ich es bin –, daß der Anteil der Neigung an einer freien Handlung für die reine Pflichtmäßigkeit dieser Handlung nichts beweist, so glaube ich *eben daraus* folgern zu können, daß die sittliche Vollkommenheit des Menschen gerade nur aus diesem Anteil seiner Neigung an seinem moralischen Handeln erhellen kann. Der Mensch nämlich ist nicht dazu bestimmt, einzelne sittliche Handlungen zu verrichten, sondern ein sittliches Wesen zu sein. Nicht *Tugenden*, sondern *die Tugend* ist seine Vorschrift, und Tugend ist nichts anders, »als eine Neigung zu der Pflicht«. Wie sehr also auch Handlungen aus Neigung und Handlungen aus Pflicht in objektivem Sinne einander entgegenstehen, so ist dies doch in subjektivem Sinn nicht also, und der Mensch *darf* nicht nur, sondern *soll* Lust und Pflicht in Verbindung bringen; er soll seiner Vernunft mit Freuden gehorchen. Nicht um sie wie eine Last wegzuwerfen oder wie eine grobe Hülle von sich abzustreifen, nein, um sie aufs innigste mit seinem höhern Selbst zu vereinbaren, ist seiner reinen Geisternatur eine sinnliche beigesellt. Dadurch schon, daß sie ihn zum vernünftig sinnlichen Wesen, d.i. zum Menschen machte, kündigte ihm die Natur die Verpflichtung an, nicht zu trennen, was sie verbunden hat, auch in den reinsten Äußerungen seines göttlichen Teiles den sinnlichen nicht hinter sich zu lassen und den Triumph des einen nicht auf Unterdrückung des andern zu gründen. Erst alsdann, wenn sie *aus seiner gesamten Menschheit* als die vereinigte Wirkung beider Prinzipien hervorquillt, *wenn sie ihm zur Natur geworden ist,* ist seine sittliche Denkart geborgen, denn solange der sittliche Geist noch Gewalt anwendet, so muß der Naturtrieb ihm noch *Macht* entgegenzusetzen haben. Der bloß *niedergeworfene* Feind kann wieder aufstehen, aber der *versöhnte* ist wahrhaft überwunden.

In der Kantischen Moralphilosophie ist die Idee der *Pflicht* mit einer Härte vorgetragen, die alle Grazien davon zurückschreckt und einen schwachen Verstand leicht versuchen könnte, auf dem Wege einer finstern und mönchischen Asketik die moralische Vollkommenheit zu suchen. Wie sehr sich auch der große Weltweise gegen diese Mißdeutung zu verwahren suchte, die seinem heitern und freien Geist unter allen gerade die empörendste sein muß, so hat er, deucht mir, doch selbst durch die strenge und grelle Entgegensetzung beider auf den Willen des Menschen wirkenden Prinzipien einen starken (obgleich bei seiner Absicht vielleicht kaum zu vermeidenden) Anlaß dazu gegeben. Über die Sache selbst kann, nach den von ihm geführten Beweisen, unter denkenden Köpfen, *die überzeugt sein wollen,* kein Streit mehr sein, und ich wüßte kaum, wie man nicht lieber sein ganzes Menschsein aufgeben, als über diese Angelegenheit ein anderes Resultat von der Vernunft erhalten wollte. Aber so rein er bei *Untersuchung* der Wahrheit zu Werke ging, und so sehr sich *hier* alles aus bloß objektiven Gründen erklärt, so scheint ihn doch in *Darstellung* der gefundenen Wahrheit eine mehr subjektive Maxime geleitet zu haben, die, wie ich glaube, aus den Zeitumständen nicht schwer zu erklären ist.

So wie er nämlich die Moral seiner Zeit, im Systeme und in der Ausübung, vor sich fand, so mußte ihn auf der einen Seite ein grober Materialismus in den moralischen Prinzipien empören, den die unwürdige Gefälligkeit der Philosophen dem schlaffen Zeitcharakter zum Kopfkissen untergelegt hatte. Auf der andern Seite mußte ein nicht weniger bedenklicher *Perfektionsgrundsatz,* der, um eine abstrakte Idee von allgemeiner Weltvollkommenheit zu realisieren, über die Wahl der Mittel nicht sehr verlegen war, seine Aufmerksamkeit erregen. Er richtete also dahin, wo die Gefahr am meisten erklärt und die Reform am dringendsten war, die stärkste Kraft seiner Gründe und machte es sich zum Gesetze, die Sinnlichkeit sowohl da, wo sie mit frecher Stirne dem Sittengefühl Hohn spricht, als in der imposanten

Hülle moralisch löblicher Zwecke, worin besonders ein gewisser enthusiastischer Ordensgeist sie zu verstecken weiß, ohne Nachsicht zu verfolgen. Er hatte nicht die *Unwissenheit* zu belehren, sondern die *Verkehrtheit* zurechtzuweisen. Erschütterung forderte die Kur, nicht Einschmeichelung und Überredung; und je härter der Abstich war, den der Grundsatz der Wahrheit mit den herrschenden Maximen machte, desto mehr konnte er hoffen, Nachdenken darüber zu erregen. Er ward der Drako seiner Zeit, weil sie ihm eines Solons noch nicht wert und empfänglich schien. Aus dem Sanktuarium der reinen Vernunft brachte er das fremde und doch wieder so bekannte Moralgesetz, stellte es in seiner ganzen Heiligkeit auf vor dem entwürdigten Jahrhundert und fragte wenig darnach, ob es Augen gibt, die seinen Glanz nicht vertragen.

Womit aber hatten es die *Kinder des Hauses* verschuldet, daß er nur für die *Knechte* sorgte? Weil oft sehr unreine Neigungen den Namen der Tugend usurpieren, mußte darum auch der uneigennützige Affekt in der edelsten Brust verdächtig gemacht werden? Weil der moralische Weichling dem Gesetz der Vernunft gern eine *Laxität* geben möchte, die es zum Spielwerk seiner Konvenienz macht, mußte ihm darum eine *Rigidität* beigelegt werden, die die kraftvollere Äußerung moralischer Freiheit nur in eine rühmlichere Art von Knechtschaft verwandelt? Denn hat wohl der wahrhaft sittliche Mensch eine freiere Wahl zwischen Selbstachtung und Selbstverwerfung als der Sinnensklave zwischen Vergnügen und Schmerz? Ist dort etwa weniger Zwang für den reinen Willen als hier für den verdorbenen? Mußte schon durch die *imperative* Form des Moralgesetzes die Menschheit angeklagt und erniedrigt werden und das erhabenste Dokument ihrer Größe zugleich die Urkunde ihrer Gebrechlichkeit sein? War es wohl bei dieser imperativen Form zu vermeiden, daß eine Vorschrift, die sich der Mensch als Vernunftwesen selbst gibt, die deswegen allein für ihn bindend und dadurch allein mit seinem Freiheitsgefühle verträglich ist, nicht den Schein eines fremden und positiven Gesetzes annahm – einen Schein, der durch seinen *radikalen* Hang, demselben entgegenzuhandeln (wie man ihm schuld gibt), schwerlich vermindert werden dürfte.*

Es ist für moralische Wahrheiten gewiß nicht vorteilhaft, Empfindungen *gegen* sich zu haben, die der Mensch ohne Erröten sich gestehen darf. Wie sollen sich aber die Empfindungen der Schönheit und Freiheit mit dem austeren Geist eines Gesetzes vertragen, das ihn mehr durch *Furcht* als durch *Zuversicht* leitet, das ihn, den die Natur doch *vereinigte,* stets zu *vereinzeln* strebt, und nur dadurch, daß es ihm Mißtrauen gegen den einen Teil seines Wesens erweckt, sich der Herrschaft über den andern versichert? Die menschliche Natur ist ein verbundeneres Ganze in der Wirklichkeit, als es dem Philosophen, der nur durch Trennen was vermag, erlaubt ist, sie erscheinen zu lassen. Nimmermehr kann die Vernunft Affekte als ihrer unwert verwerfen, die das Herz mit Freudigkeit bekennt, und der Mensch da, wo er moralisch gesunken wäre, nicht wohl in seiner eigenen Achtung steigen. Wäre die sinnliche Natur im Sittlichen immer nur die unterdrückte und nie die *mitwirkende* Partei, wie könnte sie das ganze Feuer ihrer Gefühle zu einem Triumph hergeben, der über sie selbst gefeiert wird? Wie könnte sie eine so lebhafte Teilnehmerin an dem Selbstbewußtsein des reinen Geistes sein, wenn sie sich nicht endlich so innig an ihn anschließen könnte, daß selbst der analytische Verstand sie nicht ohne Gewalttätigkeit mehr von ihm trennen kann?

Der Wille hat ohnehin einen unmittelbarem Zusammenhang mit dem Vermögen der Empfindungen als dem der Erkenntnis, und es wäre in manchen Fällen schlimm, wenn er sich bei der reinen Vernunft erst orientieren müßte. Es erweckt mir kein gutes Vorurteil für einen Menschen, wenn er der Stimme des Triebes so wenig trauen darf, daß er gezwungen ist, ihn jedesmal erst

* Siehe das Glaubensbekenntnis des V. d. K. von der menschlichen Natur in seiner neuesten Schrift: Die Offenbarung in den Grenzen der Vernunft. Erster Abschnitt.

vor dem Grundsatze der Moral abzuhören; vielmehr achtet man ihn hoch, wenn er sich demselben ohne Gefahr, durch ihn mißgeleitet zu werden, mit einer gewissen Sicherheit vertraut. Denn das beweist, daß beide Prinzipien in ihm sich schon in derjenigen Übereinstimmung befinden, welche das Siegel der vollendeten Menschheit und dasjenige ist, was man unter einer *schönen Seele* verstehet.

Eine schöne Seele nennt man es, wenn sich das sittliche Gefühl aller Empfindungen des Menschen endlich bis zu dem Grad versichert hat, daß es dem Affekt die Leitung des Willens ohne Scheu überlassen darf und nie Gefahr läuft, mit den Entscheidungen desselben im Widerspruch zu stehen. Daher sind bei einer schönen Seele die einzelnen Handlungen eigentlich nicht sittlich, sondern der ganze Charakter ist es. Man kann ihr auch keine einzige darunter zum Verdienst anrechnen, weil eine Befriedigung des Triebes nie verdienstlich heißen kann. Die schöne Seele hat kein andres Verdienst, als daß sie ist. Mit einer Leichtigkeit, als wenn bloß der Instinkt aus ihr handelte, übt sie der Menschheit peinlichste Pflichten aus, und das heldenmutigste Opfer, das sie dem Naturtriebe abgewinnt, fällt wie eine freiwillige Wirkung eben dieses Triebes in die Augen. Daher weiß sie selbst auch niemals um die Schönheit ihres Handelns, und es fällt ihr nicht mehr ein, daß man anders handeln und empfinden könnte; dagegen ein schulgerechter Zögling der Sittenregel, so wie das Wort des Meisters ihn fordert, jeden Augenblick bereit sein wird, vom Verhältnis seiner Handlungen zum Gesetz die strengste Rechnung abzulegen. Das Leben des letztern wird einer Zeichnung gleichen, worin man die Regel durch harte Striche angedeutet sieht und an der allenfalls ein Lehrling die Prinzipien der Kunst lernen könnte. Aber in einem schönen Leben sind, wie in einem Tizianischen Gemälde, alle jene schneidenden Grenzlinien verschwunden, und doch tritt die ganze Gestalt nur desto wahrer, lebendiger, harmonischer hervor.

In einer schönen Seele ist es also, wo Sinnlichkeit und Vernunft, Pflicht und Neigung harmonieren, und Grazie ist ihr

Ausdruck in der Erscheinung. Nur im Dienst einer schönen Seele kann die Natur zugleich Freiheit besitzen und ihre Form bewahren, da sie erstere unter der Herrschaft eines strengen Gemüts, letztere unter der Anarchie der Sinnlichkeit einbüßt. Eine schöne Seele gießt auch über eine Bildung, der es an architektonischer Schönheit mangelt, eine unwiderstehliche Grazie aus, und oft sieht man sie selbst über Gebrechen der Natur triumphieren. Alle Bewegungen, die von ihr ausgehen, werden leicht, sanft und dennoch belebt sein. Heiter und frei wird das Auge strahlen, und Empfindung wird in demselben glänzen. Von der Sanftmut des Herzens wird der Mund eine Grazie erhalten, die keine Verstellung erkünsteln kann. Keine Spannung wird in den Mienen, kein Zwang in den willkürlichen Bewegungen zu bemerken sein, denn die Seele weiß von keinem. Musik wird die Stimme sein und mit dem reinen Strom ihrer Modulationen das Herz bewegen. Die architektonische Schönheit kann Wohlgefallen, kann Bewunderung, kann Erstaunen erregen; aber nur die Anmut wird hinreißen. Die Schönheit hat *Anbeter, Liebhaber* hat nur die Grazie; denn wir huldigen dem Schöpfer und lieben den Menschen.

Man wird, im ganzen genommen, die Anmut mehr bei dem *weiblichen* Geschlecht (die Schönheit vielleicht mehr bei dem männlichen) finden, wovon die Ursache nicht weit zu suchen ist. Zur Anmut muß sowohl der körperliche Bau als der Charakter beitragen; jener durch seine Biegsamkeit, Eindrücke anzunehmen und ins Spiel gesetzt zu werden, dieser durch die sittliche Harmonie der Gefühle. In beidem war die Natur dem Weibe günstiger als dem Manne.

Der zärtere weibliche Bau empfängt jeden Eindruck schneller und läßt ihn schneller wieder verschwinden. Feste Konstitutionen kommen nur durch einen Sturm in Bewegung, und wenn starke Muskeln angezogen werden, so können sie die Leichtigkeit nicht zeigen, die zur Grazie erfordert wird. Was in einem weiblichen Gesicht noch schöne Empfindsamkeit ist, würde in einem männlichen schon Leiden ausdrücken. Die zarte Fiber des

Weibes neigt sich wie dünnes Schilfrohr unter dem leisesten Hauch des Affekts. In leichten und lieblichen Wellen gleitet die Seele über das sprechende Angesicht, das sich bald wieder zu einem ruhigen Spiegel ebnet.

Auch der Beitrag, den die Seele zu der Grazie geben muß, kann bei dem Weibe leichter als bei dem Manne erfüllt werden. Selten wird sich der weibliche Charakter zu der höchsten Idee sittlicher Reinheit erheben und es selten weiter als zu *affektionierten* Handlungen bringen. Er wird der Sinnlichkeit oft mit heroischer Stärke, aber nur *durch* die Sinnlichkeit widerstehen. Weil nun die Sittlichkeit des Weibes gewöhnlich auf seiten der Neigung ist, so wird es sich in der Erscheinung ebenso ausnehmen, als wenn die Neigung auf seiten der Sittlichkeit wäre. Anmut wird also der Ausdruck der weiblichen Tugend sein, der sehr oft der männlichen fehlen dürfte.

Würde

So wie die Anmut der Ausdruck einer schönen Seele ist, so ist *Würde* der Ausdruck einer erhabenen Gesinnung.

Es ist dem Menschen zwar aufgegeben, eine innige Übereinstimmung zwischen seinen beiden Naturen zu stiften, immer ein harmonierendes Ganze zu sein und mit seiner vollstimmigen ganzen Menschheit zu handeln. Aber diese Charakterschönheit, die reifste Frucht seiner Humanität, ist bloß eine Idee, welcher gemäß zu werden er mit anhaltender Wachsamkeit streben, aber die er bei aller Anstrengung nie ganz erreichen kann.

Der Grund, warum er es nicht kann, ist die unveränderliche Einrichtung seiner Natur; es sind die physischen Bedingungen seines Daseins selbst, die ihn daran verhindern.

Um nämlich seine Existenz in der Sinnenwelt, die von Naturbedingungen abhängt, sicherzustellen, mußte der Mensch, da er als ein Wesen, das sich nach Willkür verändern kann, für seine Erhaltung selbst zu sorgen hat, zu Handlungen vermocht werden, wodurch jene physischen Bedingungen seines Daseins erfüllt und, wenn sie aufgehoben sind, wiederhergestellt werden können. Obgleich aber die Natur diese Sorge, die sie in ihren vegetabilischen Erzeugungen ganz allein über sich nimmt, ihm selbst übergeben mußte, so durfte doch die Befriedigung eines so dringenden Bedürfnisses, wo es sein und seines Geschlechts ganzes Dasein gilt, seiner Ungewissen Einsicht nicht anvertraut werden. Sie zog also diese Angelegenheit, die *dem Inhalte nach* in ihr Gebiet gehört, auch *der Form nach* in dasselbe, indem sie in die Bestimmungen der Willkür Notwendigkeit legte. So entstand der Naturtrieb, der nichts anders ist als eine Naturnotwendigkeit durch das Medium der Empfindung.

Der Naturtrieb bestürmt das Empfindungsvermögen durch die gedoppelte Macht von Schmerz und Vergnügen; durch Schmerz, wo er Befriedigung fordert, durch Vergnügen, wo er sie findet.

Da einer Naturnotwendigkeit nichts abzudingen ist, so muß auch der Mensch, seiner Freiheit ungeachtet, empfinden, was die Natur ihn empfinden lassen will, und je nachdem die Empfindung Schmerz oder Lust ist, so muß bei ihm ebenso unabänderlich Verabscheuung oder Begierde erfolgen. In diesem Punkte steht er dem Tiere vollkommen gleich, und der starkmütigste Stoiker fühlt den Hunger ebenso empfindlich und verabscheut ihn ebenso lebhaft als der Wurm zu seinen Füßen.

Jetzt aber fängt der große Unterschied an. Auf die Begierde und Verabscheuung erfolgt bei dem Tiere ebenso notwendig Handlung, als Begierde auf Empfindung und Empfindung auf den äußern Eindruck erfolgte. Es ist hier eine stetig fortlaufende Kette, wo jeder Ring notwendig in den andern greift. Bei dem Menschen ist noch eine Instanz mehr, nämlich der *Wille,* der als ein übersinnliches Vermögen weder dem Gesetz der Natur, noch dem der Vernunft so unterworfen ist, daß ihm nicht vollkommen freie Wahl bliebe, sich entweder nach diesem oder nach jenem zu richten. Das Tier *muß* streben, den Schmerz los zu sein; der Mensch kann sich entschließen, ihn zu behalten.

Der Wille des Menschen ist ein erhabener Begriff, auch dann, wenn man auf seinen moralischen Gebrauch nicht achtet. Schon der *bloße* Wille erhebt den Menschen über die Tierheit; der *moralische* erhebt ihn zur Gottheit. Er muß aber jene zuvor verlassen haben, eh er sich dieser nähern kann; daher ist es kein geringer Schritt zur moralischen Freiheit des Willens, durch Brechung der Naturnotwendigkeit in sich, auch in gleichgültigen Dingen, den *bloßen* Willen zu üben.

Die Gesetzgebung der Natur hat Bestand bis zum Willen, wo sie sich endigt und die vernünftige anfängt. Der Wille steht hier zwischen beiden Gerichtsbarkeiten, und es kommt ganz auf ihn selbst an, von welcher er das Gesetz empfangen will; aber er steht nicht in gleichem Verhältnis gegen beide. Als Naturkraft ist er gegen die eine wie gegen die andere frei; das heißt, er *muß* sich weder zu dieser noch zu jener schlagen. Er ist aber nicht frei als moralische Kraft, das heißt, er *soll* sich zu der vernünftigen schlagen. *Gebunden* ist er an keine, aber *verbunden* ist er dem Gesetz der Vernunft. Er gebraucht also seine Freiheit wirklich, wenn er gleich der Vernunft widersprechend handelt; aber er gebraucht sie *unwürdig,* weil er ungeachtet seiner Freiheit doch nur *innerhalb der Natur* stehenbleibt und zu der Operation des bloßen Triebes gar keine Realität hinzutut; denn aus *Begierde wollen* heißt nur umständlicher begehren.*

Die Gesetzgebung der Natur durch den Trieb kann mit der Gesetzgebung der Vernunft aus Prinzipien in Streit geraten, wenn der Trieb zu seiner Befriedigung eine Handlung fordert, die dem moralischen Grundsatz zuwiderläuft. In diesem Fall ist es unwandelbare Pflicht für den Willen, die Forderung der Natur dem Ausspruch der Vernunft nachzusetzen, da Naturgesetze nur bedingungsweise, Vernunftgesetze aber schlechterdings und unbedingt verbinden.

Aber die Natur behauptet mit Nachdruck ihre Rechte, und da sie niemals willkürlich fordert, so nimmt sie, unbefriedigt, auch keine Forderung zurück. Weil von der ersten Ursache an,

* Man lese über diese Materie die aller Aufmerksamkeit würdige Theorie des Willens im zweiten Teil der Reinholdischen Briefe.

wodurch sie in Bewegung gebracht wird, bis zu dem Willen, wo ihre Gesetzgebung aufhört, alles in ihr streng notwendig ist, so kann sie *rückwärts* nicht nachgeben, sondern muß *vorwärts* gegen den Willen drängen, bei dem die Befriedigung ihres Bedürfnisses steht. Zuweilen scheint es zwar, als ob sie sich ihren Weg verkürzte und, ohne zuvor ihr Gesuch vor den Willen zu bringen, unmittelbare Kausalität für die Handlung hätte, durch die ihrem Bedürfnisse abgeholfen wird. In einem solchen Falle, wo der Mensch dem Triebe nicht bloß freien Lauf *ließe*, sondern wo der Trieb diesen Lauf selbst *nähme*, würde der Mensch auch *nur* Tier sein; aber es ist sehr zu zweifeln, ob dieses jemals sein Fall sein kann, und wenn er es wirklich wäre, ob diese blinde Macht seines Triebes nicht ein Verbrechen seines Willens ist.

Das Begehrungsvermögen dringt also auf Befriedigung, und der Wille wird aufgefordert, ihm diese zu verschaffen. Aber der Wille soll seine Bestimmungsgründe von der Vernunft empfangen und nur nach demjenigen, was diese erlaubt oder vorschreibt, seine Entschließung fassen. Wendet sich nun der Wille wirklich an die Vernunft, ehe er das Verlangen des Triebes genehmigt, so handelt er sittlich; entscheidet er aber unmittelbar, so handelt er sinnlich.*

Sooft also die Natur eine Forderung macht und den Willen durch die blinde Gewalt des Affekts überraschen will, kommt es diesem zu, ihr so lange Stillstand zu gebieten, bis die Vernunft gesprochen hat. Ob der Ausspruch der Vernunft *für* oder *gegen* das Interesse der Sinnlichkeit ausfallen werde, das ist, was er jetzt noch nicht wissen kann; eben deswegen aber muß er dieses Verfahren in jedem Affekt ohne Unterschied beobachten und der Natur in jedem Falle, wo sie der *anfangende* Teil ist, die un-

* Man darf aber diese Anfrage des Willens bei der Vernunft nicht mit derjenigen verwechseln, wo sie über die *Mittel* zu Befriedigung einer Begierde erkennen soll. Hier ist nicht davon die Rede, wie die Befriedigung zu *erlangen*, sondern ob sie zu *gestatten* ist. Nur das letzte gehört ins Gebiet der Moralität, das erste gehört zur Klugheit.

mittelbare Kausalität versagen. Dadurch allein, daß er die Gewalt der Begierde bricht, die mit Vorschnelligkeit ihrer Befriedigung zueilt, und die Instanz des Willens lieber ganz vorbeigehen möchte, zeigt der Mensch seine Selbständigkeit und beweist sich als ein moralisches Wesen, welches nie bloß begehren oder bloß verabscheuen, sondern seine Verabscheuung und Begierde jederzeit *wollen* muß.

Aber schon die bloße Anfrage bei der Vernunft ist eine Beeinträchtigung der Natur, die in ihrer eigenen Sache kompetente Richterin ist und ihre Aussprüche keiner neuen und auswärtigen Instanz unterworfen sehen will. Jener Willensakt, der die Angelegenheit des Begehrungsvermögens vor das sittliche Forum bringt, ist also im eigentlichen Sinn *naturwidrig,* weil er das Notwendige wieder zufällig macht und Gesetzen der Vernunft die Entscheidung in einer Sache anheimstellt, wo nur Gesetze der Natur sprechen können und auch wirklich gesprochen haben. Denn sowenig die reine Vernunft in ihrer moralischen Gesetzgebung darauf Rücksicht nimmt, wie der Sinn wohl ihre Entscheidungen aufnehmen möchte, ebensowenig richtet sich die Natur in ihrer Gesetzgebung darnach, wie sie es einer reinen Vernunft recht machen möchte. In jeder von beiden gilt eine andre Notwendigkeit, die aber keine sein würde, wenn es der einen erlaubt wäre, willkürliche Veränderungen in der andern zu treffen. Daher kann auch der tapferste Geist bei allem Widerstande, den er gegen die Sinnlichkeit ausübt, nicht die Empfindung selbst, nicht die Begierde selbst unterdrücken, sondern ihr bloß den Einfluß auf seine Willensbestimmungen verweigern; *entwaffnen* kann er den Trieb durch moralische Mittel, aber nur durch natürliche ihn *besänftigen.* Er kann durch seine selbständige Kraft zwar verhindern, daß Naturgesetze für seinen Willen nicht zwingend werden, aber an diesen Gesetzen selbst kann er schlechterdings nichts verändern.

In Affekten also, »wo die Natur (der Trieb) *zuerst* handelt und den Willen entweder ganz zu *umgehen* oder ihn *gewaltsam* auf ihre Seite zu ziehen strebt, kann sich die Sittlichkeit des Charakters nicht anders als durch *Widerstand* offenbaren und, daß der Trieb die Freiheit des Willens nicht einschränke, nur durch Einschränkung des Triebes verhindern«. Übereinstimmung mit dem Vernunftgesetz ist also im Affekte nicht anders möglich als durch einen Widerspruch mit den Forderungen der Natur. Und da die Natur ihre Forderungen aus sittlichen Gründen nie zurücknimmt, folglich auf ihrer Seite alles sich gleich bleibt, wie auch der Wille sich in Ansehung ihrer verhalten mag, so ist hier keine Zusammenstimmung zwischen Neigung und Pflicht, zwischen Vernunft und Sinnlichkeit möglich, so kann der Mensch hier nicht mit seiner ganzen harmonierenden Natur, sondern ausschließungsweise nur mit seiner vernünftigen handeln. Er handelt also in diesen Fällen auch nicht *moralisch schön,* weil an der Schönheit der Handlung auch die Neigung notwendig teilnehmen muß, die hier vielmehr widerstreitet. Er handelt aber *moralisch groß,* weil alles das, und das allein groß ist, was von einer Überlegenheit des höhern Vermögens über das sinnliche Zeugnis gibt.

Die *schöne* Seele muß sich also im Affekt in eine *erhabene* verwandeln, und das ist der untrügliche Probierstein, wodurch man sie von dem *guten Herzen* oder der *Temperamentstugend* unterscheiden kann. Ist bei einem Menschen die Neigung nur darum auf seiten der Gerechtigkeit, weil die Gerechtigkeit sich glücklicherweise auf seiten der Neigung befindet, so wird der Naturtrieb im Affekt eine vollkommene Zwangsgewalt über den Willen ausüben, und wo ein Opfer nötig ist, so wird es die Sittlichkeit und nicht die Sinnlichkeit bringen. War es hingegen die Vernunft selbst, die, wie bei einem schönen Charakter der Fall ist, die Neigungen *in Pflicht nahm* und der Sinnlichkeit das Steuer nur *anvertraute,* so wird sie es in demselben Moment zurücknehmen, als der Trieb seine Vollmacht mißbrauchen will. Die Temperamentstugend sinkt also im Affekt zum bloßen Naturprodukt herab; die schöne Seele geht ins Heroische über und erhebt sich zur reinen Intelligenz.

Beherrschung der Triebe durch die moralische Kraft ist

Geistesfreiheit, und *Würde* heißt ihr Ausdruck in der Erscheinung.

Strenggenommen ist die moralische Kraft im Menschen keiner Darstellung fähig, da das Übersinnliche nie versinnlicht werden kann. Aber mittelbar kann sie durch sinnliche Zeichen dem Verstande vorgestellt werden, wie bei der Würde der menschlichen Bildung wirklich der Fall ist.

Der aufgeregte Naturtrieb wird ebenso, wie das Herz in seinen moralischen Rührungen, von Bewegungen im Körper begleitet, die teils dem Willen zuvoreilen, teils, als bloß sympathetische, seiner Herrschaft gar nicht unterworfen sind. Denn da weder Empfindung noch Begierde und Verabscheuung in der Willkür des Menschen liegen, so kann er denjenigen Bewegungen, welche damit unmittelbar zusammenhängen, nicht zu gebieten haben. Aber der Trieb bleibt nicht bei der bloßen Begierde stehen; vorschnell und dringend strebt er, sein Objekt zu verwirklichen, und wird, wenn ihm von dem selbständigen Geiste nicht nachdrücklich widerstanden wird, selbst solche Handlungen *antizipieren,* worüber der Wille allein zu sagen haben soll. Denn der Erhaltungstrieb ringt ohne Unterlaß nach der gesetzgebenden Gewalt im Gebiete des Willens, und sein Bestreben ist, ebenso ungebunden über den Menschen wie über das Tier zu schalten.

Man findet also Bewegungen von zweierlei Art und Ursprung in jedem Affekte, den der Erhaltungstrieb in dem Menschen entzündet; erstlich solche, welche unmittelbar von der Empfindung ausgehen und daher ganz unwillkürlich sind; zweitens solche, welche der Art nach willkürlich sein sollten und könnten, die aber der blinde Naturtrieb der Freiheit abgewinnt. Die ersten beziehen sich auf den Affekt selbst und sind daher notwendig mit demselben verbunden; die zweiten entsprechen mehr der Ursache und dem Gegenstande des Affekts, daher sie auch zufällig und veränderlich sind und nicht für untrügliche Zeichen desselben gelten können. Weil aber beide, sobald das Objekt bestimmt ist, dem Naturtriebe gleich notwendig sind, so gehören auch beide dazu, um den Ausdruck des Affekts zu einem vollständigen und übereinstimmenden Ganzen zu machen.*

Wenn nun der Wille Selbständigkeit genug besitzt, dem vorgreifenden Naturtriebe Schranken zu setzen und gegen die ungestüme Macht desselben seine Gerechtsame zu behaupten, so bleiben zwar alle jene Erscheinungen in Kraft, die der aufgeregte Naturtrieb in seinem eigenen Gebiet bewirkte, aber alle diejenigen werden fehlen, die er in einer fremden Gerichtsbarkeit eigenmächtig hatte an sich reißen wollen. Die Erscheinungen stimmen also nicht mehr überein, aber eben in ihrem Widerspruch liegt der Ausdruck der moralischen Kraft.

Gesetzt, wir erblicken an einem Menschen Zeichen des qualvollsten Affekts aus der Klasse jener ersten ganz unwillkürlichen Bewegungen. Aber indem seine Adern auflaufen, seine Muskel krampfhaft angespannt werden, seine Stimme erstickt, seine Brust emporgetrieben, sein Unterleib einwärts gepreßt ist, sind seine willkürlichen Bewegungen sanft, seine Gesichtszüge frei, und es ist heiter um Aug und Stirne. Wäre der Mensch bloß ein Sinnenwesen, so würden alle seine Züge, da sie dieselbe gemeinschaftliche Quelle hätten, miteinander übereinstimmend sein und also in dem gegenwärtigen Fall alle ohne Unterschied Leiden ausdrücken müssen. Da aber Züge der Ruhe unter die Züge des Schmerzens gemischt sind, einerlei Ursache aber nicht entgegengesetzte Wirkungen haben kann, so beweist dieser Widerspruch der Züge das Dasein und den Einfluß einer Kraft, die von dem Leiden unabhängig und den Eindrücken überlegen ist, unter denen wir das Sinnliche erliegen sehen. Und auf diese Art nun wird die *Ruhe* im *Leiden,* als worin die Würde eigentlich

* Findet man nur die Bewegungen der zweiten Art ohne die der erstern, so zeigt dieses an, daß die Person den Affekt will und die Natur ihn verweigert. Findet man die Bewegungen der erstern Art ohne die der zweiten, so beweist dies, daß die Natur in den Affekt wirklich versetzt ist, aber die Person ihn verbietet. Den ersten Fall sieht man alle Tage bei affektierten Personen und schlechten Komödianten, den zweiten Fall desto seltener und nur bei starken Gemütern.

besteht, obgleich nur mittelbar durch einen Vernunftschluß, Darstellung der Intelligenz im Menschen und Ausdruck seiner moralischen Freiheit.*

Aber nicht bloß beim Leiden im engern Sinn, wo dieses Wort nur schmerzhafte Rührungen bedeutet, sondern überhaupt bei jedem starken Interesse des Begehrungsvermögens muß der Geist seine Freiheit beweisen, also Würde der Ausdruck sein. Der angenehme Affekt erfordert sie nicht weniger als der peinliche, weil die Natur in beiden Fällen gern den Meister spielen möchte und von dem Willen gezügelt werden soll. Die Würde bezieht sich auf die *Form* und nicht auf den *Inhalt* des Affekts; daher es geschehen kann, daß oft dem Inhalt nach lobenswürdige Affekte, wenn der Mensch sich ihnen blindlings überläßt, aus Mangel der Würde ins Gemeine und Niedrige fallen; daß hingegen nicht selten verwerfliche Affekte sich sogar dem Erhabenen nähern, sobald sie nur in ihrer Form Herrschaft des Geistes über seine Empfindungen zeigen.

Bei der Würde also führt sich der Geist in dem Körper als *Herrscher* auf, denn hier hat er seine Selbständigkeit gegen den gebieterischen Trieb zu behaupten, der ohne ihn zu Handlungen schreitet und sich seinem Joch gern entziehen möchte. Bei der Anmut hingegen regiert er mit *Liberalität,* weil *er* es hier ist, der die Natur in Handlung setzt und keinen Widerstand zu besiegen findet. Nachsicht verdient aber nur der Gehorsam, und Strenge kann nur die *Widersetzung* rechtfertigen.

Anmut liegt also in der *Freiheit der willkürlichen Bewegungen;* Würde in der *Beherrschung der unwillkürlichen.* Die Anmut läßt der Natur da, wo sie die Befehle des Geistes ausrichtet, einen Schein von Freiwilligkeit; die Würde hingegen unterwirft sie da, wo sie herrschen will, dem Geist. Überall, wo der Trieb anfängt zu handeln und sich herausnimmt, in das Amt des Willens zu greifen, da darf der Wille keine *Indulgenz,* sondern muß

* In einer Untersuchung über pathetische Darstellungen ist im dritten Stück der Thalia umständlicher davon gehandelt worden.

durch den nachdrücklichsten Widerstand seine Selbständigkeit (Autonomie) beweisen. Wo hingegen der Wille *anfängt* und die Sinnlichkeit ihm *folgt,* da darf er keine Strenge, sondern muß Indulgenz beweisen. Dies ist mit wenigen Worten das Gesetz für das Verhältnis beider Naturen im Menschen, so wie es in der Erscheinung sich darstellt. (...)

Über die ästhetische Erziehung des Menschen in einer Reihe von Briefen

Erster Brief

Sie wollen mir also vergönnen, Ihnen die Resultate meiner Untersuchungen *über das Schöne und die Kunst* in einer Reihe von Briefen vorzulegen. Lebhaft empfinde ich das Gewicht, aber auch den Reiz und die Würde dieser Unternehmung. Ich werde von einem Gegenstande sprechen, der mit dem besten Teil unserer Glückseligkeit in einer unmittelbaren, und mit dem moralischen Adel der menschlichen Natur in keiner sehr entfernten Verbindung steht. Ich werde die Sache der Schönheit vor einem Herzen führen, das ihre ganze Macht empfindet und ausübt und bei einer Untersuchung, wo man ebensooft genötigt ist, sich auf Gefühle als auf Grundsätze zu berufen, den schwersten Teil meines Geschäfts auf sich nehmen wird.

Was ich mir als eine Gunst von Ihnen erbitten wollte, machen Sie großmütigerweise mir zur Pflicht und lassen mir da den Schein eines Verdienstes, wo ich bloß meiner Neigung nachgebe. Die Freiheit des Ganges, welche Sie mir vorschreiben, ist kein Zwang, vielmehr ein Bedürfnis für mich. Wenig geübt im Gebrauche schulgerechter Formen, werde ich kaum in Gefahr sein, mich durch Mißbrauch derselben an dem guten Geschmack zu versündigen. Meine Ideen, mehr aus dem einförmigen Umgang mit mir selbst als aus einer reichen Welterfahrung geschöpft oder durch Lektüre erworben, werden ihren Ursprung nicht verleugnen, werden sich eher jedes andern Fehlers als der Sektiererei schuldig machen und eher aus eigner Schwäche fallen, als durch Autorität und fremde Stärke sich aufrechterhalten.

Zwar will ich Ihnen nicht verbergen, daß es größtenteils Kantische Grundsätze sind, auf denen die nachfolgenden Behauptungen ruhen werden; aber meinem Unvermögen, nicht jenen Grundsätzen schreiben Sie es zu, wenn Sie im Lauf dieser Untersuchungen an irgendeine besondre philosophische Schule erinnert werden sollten. Nein, die Freiheit Ihres Geistes soll mir unverletzlich sein. Ihre eigne Empfindung wird mir die Tatsachen hergeben, auf die ich baue, Ihre eigene freie Denkkraft wird die Gesetze diktieren, nach welchen verfahren werden soll.

Über diejenigen Ideen, welche in dem praktischen Teil des Kantischen Systems die herrschenden sind, sind nur die Philosophen entzweit, aber die Menschen, ich getraue mir es zu beweisen, von jeher einig gewesen. Man befreie sie von ihrer technischen Form, und sie werden als die verjährten Aussprüche der gemeinen Vernunft und als Tatsachen des moralischen Instinktes erscheinen, den die weise Natur dem Menschen zum Vormund setzte, bis die helle Einsicht ihn mündig macht. Aber eben diese technische Form, welche die Wahrheit dem Verstande versichtbart, verbirgt sie wieder dem Gefühl; denn leider muß der Verstand das Objekt des innern Sinns erst zerstören, wenn er es sich zu eigen machen will. Wie der Scheidekünstler, so findet auch der Philosoph nur durch Auflösung die Verbindung und nur durch die Marter der Kunst das Werk der freiwilligen Natur. Um die flüchtige Erscheinung zu haschen, muß er sie in die Fesseln der Regel schlagen, ihren schönen Körper in Begriffe zerfleischen und in einem dürftigen Wortgerippe ihren lebendigen Geist aufbewahren. Ist es ein Wunder, wenn sich das natürliche Gefühl in einem solchen Abbild nicht wiederfindet und die Wahrheit in dem Berichte des Analysten als ein Paradoxon erscheint?

Lassen Sie daher auch mir einige Nachsicht zustatten kommen, wenn die nachfolgenden Untersuchungen ihren Gegenstand, indem sie ihn dem Verstande zu nähern suchen, den Sinnen entrücken sollten. Was dort von moralischen Erfahrungen gilt, muß in einem noch höhern Grade von der Erscheinung der Schönheit gelten. Die ganze Magie derselben beruht auf ihrem Geheimnis, und mit dem notwendigen Bund ihrer Elemente ist auch ihr Wesen aufgehoben.

Aber sollte ich von der Freiheit, die mir von Ihnen verstattet wird, nicht vielleicht einen bessern Gebrauch machen können, als Ihre Aufmerksamkeit auf dem Schauplatz der schönen Kunst zu beschäftigen? Ist es nicht wenigstens außer der Zeit, sich nach einem Gesetzbuch für die ästhetische Welt umzusehen, da die Angelegenheiten der moralischen ein so viel näheres Interesse darbieten und der philosophische Untersuchungsgeist durch die Zeitumstände so nachdrücklich aufgefordert wird, sich mit dem vollkommensten aller Kunstwerke, mit dem Bau einer wahren politischen Freiheit zu beschäftigen?

Ich möchte nicht gern in einem andern Jahrhundert leben und für ein andres gearbeitet haben. Man ist ebensogut Zeitbürger, als man Staatsbürger ist; und wenn es unschicklich, ja unerlaubt gefunden wird, sich von den Sitten und Gewohnheiten des Zirkels, in dem man lebt, auszuschließen, warum sollte es weniger Pflicht sein, in der Wahl seines Wirkens dem Bedürfnis und dem Geschmack des Jahrhunderts eine Stimme einzuräumen?

Diese Stimme scheint aber keineswegs zum Vorteil der Kunst auszufallen, derjenigen wenigstens nicht, auf welche allein meine Untersuchungen gerichtet sein werden. Der Lauf der Begebenheiten hat dem Genius der Zeit eine Richtung gegeben, die ihn je mehr und mehr von der Kunst des Ideals zu entfernen droht. Diese muß die Wirklichkeit verlassen und sich mit anständiger Kühnheit über das Bedürfnis erheben; denn die Kunst ist eine Tochter der Freiheit, und von der Notwendigkeit der Geister, nicht von der Notdurft der Materie will sie ihre Vorschrift empfangen. Jetzt aber herrscht das Bedürfnis und beugt die gesunkene Menschheit unter sein tyrannisches Joch. Der *Nutzen* ist das große Ideal der Zeit, dem alle Kräfte fronen und alle Talente huldigen sollen. Auf dieser groben Waage hat das geistige Verdienst der Kunst kein Gewicht, und aller Aufmunterung beraubt, verschwindet sie von dem lärmenden Markt des Jahrhunderts. Selbst der philosophische Untersuchungsgeist entreißt der Einbildungskraft eine Provinz nach der andern, und die Grenzen der Kunst verengen sich, je mehr die Wissenschaft ihre Schranken erweitert.

Erwartungsvoll sind die Blicke des Philosophen wie des Weltmanns auf den politischen Schauplatz geheftet, wo jetzt, wie man glaubt, das große Schicksal der Menschheit verhandelt wird. Verrät es nicht eine tadelnswerte Gleichgültigkeit gegen das Wohl der Gesellschaft, dieses allgemeine Gespräch nicht zu teilen? So nahe dieser große Rechtshandel, seines Inhalts und seiner Folgen wegen, jeden, der sich Mensch nennt, angeht, so sehr muß er, seiner Behandlungsart wegen, jeden Selbstdenker insbesondere interessieren. Eine Frage, welche sonst nur durch das blinde Recht des Stärkern beantwortet wurde, ist nun, wie es scheint, vor dem Richterstuhl reiner Vernunft anhängig gemacht, und wer nur immer fähig ist, sich in das Zentrum des Ganzen zu versetzen und sein Individuum zur Gattung zu steigern, darf sich als einen Beisitzer jenes Vernunftgerichts betrachten, so wie er als Mensch und Weltbürger zugleich Partei ist und näher oder entfernter in den Erfolg sich verwickelt sieht. Es ist also nicht bloß seine eigene Sache, die in diesem großen Rechtshandel zur Entscheidung kommt; es soll auch nach Gesetzen gesprochen werden, die er als vernünftiger Geist selbst zu diktieren fähig und berechtiget ist.

Wie anziehend müßte es für mich sein, einen solchen Gegenstand mit einem ebenso geistreichen Denker als liberalen Weltbürger in Untersuchung zu nehmen und einem Herzen, das mit schönem Enthusiasmus dem Wohl der Menschheit sich weiht, die Entscheidung heimzustellen! Wie angenehm überraschend, bei einer noch so großen Verschiedenheit des Standorts und bei dem weiten Abstand, den die Verhältnisse in der wirklichen Welt nötig machen, Ihrem vorurteilfreien Geist auf dem Felde der Ideen in dem nämlichen Resultat zu begegnen! Daß ich dieser reizenden Versuchung widerstehe und die Schönheit der Freiheit vorangehen lasse, glaube ich nicht bloß mit meiner

Neigung entschuldigen, sondern durch Grundsätze rechtfertigen zu können. Ich hoffe, Sie zu überzeugen, daß diese Materie weit weniger dem Bedürfnis als dem Geschmack des Zeitalters fremd ist, ja daß man, um jenes politische Problem in der Erfahrung zu lösen, durch das ästhetische den Weg nehmen muß, weil es die Schönheit ist, durch welche man zu der Freiheit wandert. Aber dieser Beweis kann nicht geführt werden, ohne daß ich Ihnen die Grundsätze in Erinnerung bringe, durch welche sich die Vernunft überhaupt bei einer politischen Gesetzgebung leitet.

Dritter Brief

Die Natur fängt mit dem Menschen nicht besser an als mit ihren übrigen Werken: sie handelt für ihn, wo er als freie Intelligenz noch nicht selbst handeln kann. Aber eben das macht ihn zum Menschen, daß er bei dem nicht stillesteht, was die bloße Natur aus ihm machte, sondern die Fähigkeit besitzt, die Schritte, welche jene mit ihm antizipierte, durch Vernunft wieder rückwärts zu tun, das Werk der Not in ein Werk seiner freien Wahl umzuschaffen und die physische Notwendigkeit zu einer moralischen zu erheben.

Er kommt zu sich aus seinem sinnlichen Schlummer, erkennt sich als Mensch, blickt um sich her und findet sich – in dem Staate. Der Zwang der Bedürfnisse warf ihn hinein, ehe er in seiner Freiheit diesen Stand wählen konnte; die Not richtete denselben nach bloßen Naturgesetzen ein, ehe *er* es nach Vernunftgesetzen konnte. Aber mit diesem Notstaat, der nur aus seiner Naturbestimmung hervorgegangen und auch nur auf diese berechnet war, konnte und kann er als moralische Person nicht zufrieden sein – und schlimm für ihn, wenn er es könnte! Er verläßt also, mit demselben Rechte, womit er Mensch ist, die Herrschaft einer blinden Notwendigkeit, wie er in so vielen andern Stücken durch seine Freiheit von ihr scheidet, wie er, um nur ein Beispiel zu geben, den gemeinen Charakter, den das Bedürfnis der Geschlechtsliebe aufdrückte, durch Sittlichkeit auslöscht und durch Schönheit veredelt. So holt er, auf eine künstliche Weise, in seiner Volljährigkeit seine Kindheit nach, bildet sich einen *Naturstand* in der Idee, der ihm zwar durch keine Erfahrung gegeben, aber durch seine Vernunftbestimmung notwendig gesetzt ist, leiht sich in diesem idealischen Stand einen Endzweck, den er in seinem wirklichen Naturstand nicht kannte, und eine Wahl, deren er damals nicht fähig war, und verfährt nun nicht anders, als ob er von vorn anfinge und den Stand der Unabhängigkeit aus heller Einsicht und freiem Entschluß mit dem Stand der Verträge vertauschte. Wie kunstreich und fest auch die blinde Willkür ihr Werk gegründet haben, wie anmaßend sie es auch behaupten und mit welchem Scheine von Ehrwürdigkeit es umgeben mag – er darf es, bei dieser Operation, als völlig ungeschehen betrachten; denn das Werk blinder Kräfte besitzt keine Autorität, vor welcher die Freiheit sich zu beugen brauchte, und alles muß sich dem höchsten Endzwecke fügen, den die Vernunft in seiner Persönlichkeit aufstellt. Auf diese Art entsteht und rechtfertigt sich der Versuch eines mündig gewordenen Volks, seinen Naturstaat in einen sittlichen umzuformen.

Dieser Naturstaat (wie jeder politische Körper heißen kann, der seine Einrichtung ursprünglich von Kräften, nicht von Gesetzen ableitet) widerspricht nun zwar dem moralischen Menschen, dem die bloße Gesetzmäßigkeit zum Gesetz dienen soll, aber er ist doch gerade hinreichend für den physischen Menschen, der sich nur darum Gesetze gibt, um sich mit Kräften abzufinden. Nun ist aber der physische Mensch *wirklich,* und der sittliche nur *problematisch.* Hebt also die Vernunft den Naturstaat auf, wie sie notwendig muß, wenn sie den ihrigen an die Stelle setzen will, so wagt sie den physischen und wirklichen Menschen an den problematischen sittlichen, so wagt sie die Existenz der Gesellschaft an ein bloß mögliches (wenngleich moralisch notwendiges) Ideal von Gesellschaft. Sie nimmt dem Menschen etwas, das er wirklich besitzt, und ohne welches er nichts besitzt, und weist ihn dafür an etwas an, das er besitzen könnte und sollte; und hätte sie zuviel auf ihn gerechnet, so würde sie ihm für eine Menschheit, die ihm noch mangelt und unbeschadet seiner Existenz mangeln kann, auch selbst die Mittel zur Tierheit entrissen haben, die doch die Bedingung seiner Menschheit ist. Ehe er Zeit gehabt hätte, sich mit seinem Willen an dem Gesetz festzuhalten, hätte sie unter seinen Füßen die Leiter der Natur weggezogen.

Das große Bedenken also ist, daß die physische Gesellschaft *in der Zeit* keinen Augenblick aufhören darf, indem die moralische *in der Idee* sich bildet, daß um der Würde des Menschen willen seine Existenz nicht in Gefahr geraten darf. Wenn der Künstler an einem Uhrwerk zu bessern hat, so läßt er die Räder ablaufen; aber das lebendige Uhrwerk des Staats muß gebessert werden, indem es schlägt, und hier gilt es, das rollende Rad während seines Umschwunges auszutauschen. Man muß also für die Fortdauer der Gesellschaft eine Stütze aufsuchen, die sie von dem Naturstaate, den man auflösen will, unabhängig macht.

Diese Stütze findet sich nicht in dem natürlichen Charakter des Menschen, der, selbstsüchtig und gewalttätig, vielmehr auf Zerstörung als auf Erhaltung der Gesellschaft zielt; sie findet sich ebensowenig in seinem sittlichen Charakter, der, nach der Voraussetzung, erst gebildet werden soll, und auf den, weil er frei ist und *weil er nie erscheint,* von dem Gesetzgeber nie gewirkt und nie mit Sicherheit gerechnet werden könnte. Es käme also darauf an, von dem physischen Charakter die Willkür und von dem moralischen die Freiheit abzusondern – es käme darauf an, den erstem mit Gesetzen übereinstimmend, den letztern von Eindrücken abhängig zu machen – es käme darauf an, jenen von der Materie etwas weiter zu entfernen, diesen ihr um etwas näher zu bringen – um einen dritten Charakter zu erzeugen, der, mit jenen beiden verwandt, von der Herrschaft bloßer Kräfte zu der Herrschaft der Gesetze einen Übergang bahnte und, ohne den moralischen Charakter an seiner Entwicklung zu verhindern, vielmehr zu einem sinnlichen Pfand der unsichtbaren Sittlichkeit diente.

Vierter Brief

Soviel ist gewiß: nur das Übergewicht eines solches Charakters bei einem Volk kann eine Staatsverwandlung nach moralischen Prinzipien unschädlich machen, und auch nur ein solcher Charakter kann ihre Dauer verbürgen. Bei Aufstellung eines moralischen Staats wird auf das Sittengesetz als auf eine wirkende Kraft gerechnet, und der freie Wille wird in das Reich der Ursachen gezogen, wo alles mit strenger Notwendigkeit und Stetigkeit aneinanderhängt. Wir wissen aber, daß die Bestimmungen des menschlichen Willens immer zufällig bleiben, und daß nur bei dem absoluten Wesen die physische Notwendigkeit mit der moralischen zusammenfällt. Wenn also auf das sittliche Betragen des Menschen wie auf *natürliche* Erfolge gerechnet werden soll, so muß es Natur *sein*, und er muß schon durch seine Triebe zu einem solchen Verfahren geführt werden, als nur immer ein sittlicher Charakter zur Folge haben kann. Der Wille des Menschen steht aber vollkommen frei zwischen Pflicht und Neigung, und in dieses Majestätsrecht seiner Person kann und darf keine physische Nötigung greifen. Soll er also dieses Vermögen der Wahl beibehalten und nichtsdestoweniger ein zuverlässiges Glied in der Kausalverknüpfung der Kräfte sein, so kann dies nur dadurch bewerkstelligt werden, daß die Wirkungen jener beiden Triebfedern im Reich der Erscheinungen vollkommen gleich ausfallen und, bei aller Verschiedenheit in der Form, die Materie seines Wollens dieselbe bleibt, daß also seine Triebe mit seiner Vernunft übereinstimmend genug sind, um zu einer universellen Gesetzgebung zu taugen.

Jeder individuelle Mensch, kann man sagen, trägt, der Anlage und Bestimmung nach, einen reinen, idealischen Menschen in sich, mit dessen unveränderlicher Einheit in allen seinen Abwechselungen übereinzustimmen die große Aufgabe seines Daseins ist.* Dieser reine Mensch, der sich, mehr oder weniger deutlich, in jedem Subjekt zu erkennen gibt, wird repräsentiert durch den *Staat;* die objektive und gleichsam kanonische Form, in der sich die Mannigfaltigkeit der Subjekte zu vereinigen trachtet. Nun lassen sich aber zwei verschiedene Arten denken, wie der Mensch in der Zeit mit dem Menschen in der Idee zusammentreffen, mithin ebenso viele, wie der Staat in den Individuen sich behaupten kann: entweder dadurch, daß der reine Mensch den empirischen unterdrückt, daß der Staat die Individuen aufhebt; oder dadurch, daß das Individuum Staat *wird,* daß der Mensch in der Zeit zum Menschen in der Idee sich *veredelt.*

Zwar in der einseitigen moralischen Schätzung fällt dieser Unterschied hinweg; denn die Vernunft ist befriedigt, wenn ihr Gesetz nur ohne Bedingung gilt: aber in der vollständigen anthropologischen Schätzung, wo mit der Form auch der Inhalt zählt und die lebendige Empfindung zugleich eine Stimme hat, wird derselbe desto mehr in Betrachtung kommen. Einheit fordert zwar die Vernunft, die Natur aber Mannigfaltigkeit, und von beiden Legislativen wird der Mensch in Anspruch genommen. Das Gesetz der erstern ist ihm durch ein unbestechliches Bewußtsein, das Gesetz der andern durch ein unvertilgbares Gefühl eingeprägt. Daher wird es jederzeit von einer noch mangelhaften Bildung zeugen, wenn der sittliche Charakter nur mit Aufopferung des natürlichen sich behaupten kann; und eine Staatsverfassung wird noch sehr unvollendet sein, die nur durch Aufhebung der Mannigfaltigkeit Einheit zu bewirken imstande ist. Der Staat soll nicht bloß den objektiven und generischen, er soll auch den subjektiven und spezifischen Charakter in den Individuen ehren und, indem er das unsichtbare Reich der Sitten ausbreitet, das Reich der Erscheinung nicht entvölkern.

* Ich beziehe mich hier auf eine kürzlich erschienene Schrift: »Vorlesungen über die Bestimmung des Gelehrten«, von meinem Freund Fichte, wo sich eine sehr lichtvolle und noch nie auf diesem Wege versuchte Ableitung dieses Satzes findet.

Wenn der mechanische Künstler seine Hand an die gestaltlose Masse legt, um ihr die Form seiner Zwecke zu geben, so trägt er kein Bedenken, ihr Gewalt anzutun; denn die Natur, die er bearbeitet, verdient für sich selbst keine Achtung, und es liegt ihm nicht an dem Ganzen um der Teile willen, sondern an den Teilen um des Ganzen willen. Wenn der schöne Künstler seine Hand an die nämliche Masse legt, so trägt er ebensowenig Bedenken, ihr Gewalt anzutun, nur vermeidet er, sie zu zeigen. Den Stoff, den er bearbeitet, respektiert er nicht im geringsten mehr als der mechanische Künstler; aber das Auge, welches die Freiheit dieses Stoffes in Schutz nimmt, wird er durch eine scheinbare Nachgiebigkeit gegen denselben zu täuschen suchen. Ganz anders verhält es sich mit dem pädagogischen und politischen Künstler, der den Menschen zugleich zu seinem Material und zu seiner Aufgabe macht. Hier kehrt der Zweck in den Stoff zurück, und nur weil das Ganze den Teilen dient, dürfen sich die Teile dem Ganzen fügen. Mit einer ganz andern Achtung, als diejenige ist, die der schöne Künstler gegen seine Materie vorgibt, muß der Staatskünstler sich der seinigen nahen, und nicht bloß subjektiv und für einen täuschenden Effekt in den Sinnen, sondern objektiv und für das innre Wesen muß er ihrer Eigentümlichkeit und Persönlichkeit schonen.

Aber eben deswegen, weil der Staat eine Organisation sein soll, die sich durch sich selbst und für sich selbst bildet, so kann er auch nur insoferne wirklich werden, als sich die Teile zur Idee des Ganzen hinaufgestimmt haben. Weil der Staat der reinen und objektiven Menschheit in der Brust seiner Bürger zum Repräsentanten dient, so wird er gegen seine Bürger dasselbe Verhältnis zu beobachten haben, in welchem sie zu sich selber stehen, und ihre subjektive Menschheit auch nur in *dem* Grade ehren können, als sie zur objektiven veredelt ist. Ist der innere Mensch mit sich einig, so wird er auch bei der höchsten Universalisierung seines Betragens seine Eigentümlichkeit retten, und der Staat wird bloß der Ausleger seines schönen Instinkts, die deutlichere Formel seiner innern Gesetzgebung sein. Setzt sich hingegen in dem Charakter eines Volks der subjektive Mensch dem objektiven noch so kontradiktorisch entgegen, daß nur die Unterdrückung des erstern dem letztern den Sieg verschaffen kann, so wird auch der Staat gegen den Bürger den strengen Ernst des Gesetzes annehmen, und, um nicht ihr Opfer zu sein, eine so feindselige Individualität ohne Achtung darniedertreten müssen.

Der Mensch kann sich aber auf eine doppelte Weise entgegengesetzt sein: entweder als Wilder, wenn seine Gefühle über seine Grundsätze herrschen; oder als Barbar, wenn seine Grundsätze seine Gefühle zerstören. Der Wilde verachtet die Kunst und erkennt die Natur als seinen unumschränkten Gebieter; der Barbar verspottet und entehrt die Natur, aber, verächtlicher als der Wilde, fährt er häufig genug fort, der Sklave seines Sklaven zu sein. Der gebildete Mensch macht die Natur zu seinem Freund und ehrt ihre Freiheit, indem er bloß ihre Willkür zügelt.

Wenn also die Vernunft in die physische Gesellschaft ihre moralische Einheit bringt, so darf sie die Mannigfaltigkeit der Natur nicht verletzen. Wenn die Natur in dem moralischen Bau der Gesellschaft ihre Mannigfaltigkeit zu behaupten strebt, so darf der moralischen Einheit dadurch kein Abbruch geschehen; gleich weit von Einförmigkeit und Verwirrung ruht die siegende Form. *Totalität* des Charakters muß also bei dem Volke gefunden werden, welches fähig und würdig sein soll, den Staat der Not mit dem Staat der Freiheit zu vertauschen.

Fünfter Brief

Ist es dieser Charakter, den uns das jetzige Zeitalter, den die gegenwärtigen Ereignisse zeigen? Ich richte meine Aufmerksamkeit sogleich auf den hervorstechendsten Gegenstand in diesem weitläufigen Gemälde.

Wahr ist es, das Ansehen der Meinung ist gefallen, die Willkür ist entlarvt, und obgleich noch mit Macht bewaffnet, erschleicht sie doch keine Würde mehr; der Mensch ist aus seiner langen Indolenz und Selbsttäuschung aufgewacht, und mit nachdrücklicher Stimmenmehrheit fodert er die Wiederherstellung in seine unverlierbaren Rechte. Aber er fodert sie nicht bloß; jenseits und diesseits steht er auf, sich gewaltsam zu nehmen, was ihm nach seiner Meinung mit Unrecht verweigert wird. Das Gebäude des Naturstaates wankt, seine mürben Fundamente weichen, und eine *physische* Möglichkeit scheint gegeben, das Gesetz auf den Thron zu stellen, den Menschen endlich als Selbstzweck zu ehren und wahre Freiheit zur Grundlage der politischen Verbindung zu machen. Vergebliche Hoffnung! Die *moralische* Möglichkeit fehlt, und der freigebige Augenblick findet ein unempfängliches Geschlecht.

In seinen Taten malt sich der Mensch, und welche Gestalt ist es, die sich in dem Drama der jetzigen Zeit abbildet! Hier Verwilderung, dort Erschlaffung: die zwei Äußersten des menschlichen Verfalls, und beide in *einem* Zeitraum vereinigt!

In den niedern und zahlreichern Klassen stellen sich uns rohe, gesetzlose Triebe dar, die sich nach aufgelöstem Band der bürgerlichen Ordnung entfesseln und mit unlenksamer Wut zu ihrer tierischen Befriedigung eilen. Es mag also sein, daß die objektive Menschheit Ursache gehabt hätte, sich über den Staat zu beklagen; die subjektive muß seine Anstalten ehren. Darf man ihn tadeln, daß er die Würde der menschlichen Natur aus den Augen setzte, solange es noch galt, ihre Existenz zu verteidigen? Daß er eilte, durch die Schwerkraft zu scheiden und durch die Kohäsionskraft zu binden, wo an die bildende noch nicht zu denken war? Seine Auflösung enthält seine Rechtfertigung. Die losgebundene Gesellschaft, anstatt aufwärts in das organische Leben zu eilen, fällt in das Elementarreich zurück.

Auf der andern Seite geben uns die zivilisierten Klassen den noch widrigem Anblick der Schlaffheit und einer Depravation des Charakters, die desto mehr empört, weil die Kultur selbst ihre Quelle ist. Ich erinnere mich nicht mehr, welcher alte oder neue Philosoph die Bemerkung machte, daß das Edlere in seiner

Zerstörung das Abscheulichere sei, aber man wird sie auch im Moralischen wahr finden. Aus dem Natursohne wird, wenn er ausschweift, ein Rasender; aus dem Zögling der Kunst ein Nichtswürdiger. Die Aufklärung des Verstandes, deren sich die verfeinerten Stände nicht ganz mit Unrecht rühmen, zeigt im ganzen so wenig einen veredelnden Einfluß auf die Gesinnungen, daß sie vielmehr die Verderbnis durch Maximen befestigt. Wir verleugnen die Natur auf ihrem rechtmäßigen Felde, um auf dem moralischen ihre Tyrannei zu erfahren, und indem wir ihren Eindrücken widerstreben, nehmen wir unsre Grundsätze von ihr an. Die affektierte Dezenz unsrer Sitten verweigert ihr die verzeihliche *erste* Stimme, um ihr, in unsrer materialistischen Sittenlehre, die entscheidende *letzte* einzuräumen. Mitten im Schoße der raffiniertesten Geselligkeit hat der Egoism sein System gegründet, und ohne ein geselliges Herz mit herauszubringen, erfahren wir alle Ansteckungen und alle Drangsale der Gesellschaft. Unser freies Urteil unterwerfen wir ihrer despotischen Meinung, unser Gefühl ihren bizarren Gebräuchen, unsern Willen ihren Verführungen, nur unsre Willkür behaupten wir gegen ihre heiligen Rechte. Stolze Selbstgenügsamkeit zieht das Herz des Weltmanns zusammen, das in dem rohen Naturmenschen noch oft sympathetisch schlägt, und wie aus einer brennenden Stadt sucht jeder nur sein elendes Eigentum aus der Verwüstung zu flüchten. Nur in einer völligen Abschwörung der Empfindsamkeit glaubt man gegen ihre Verirrungen Schutz zu finden, und der Spott, der den Schwärmer oft heilsam züchtigt, lästert mit gleich wenig Schonung das edelste Gefühl. Die Kultur, weit entfernt, uns in Freiheit zu setzen, entwickelt mit jeder Kraft, die sie in uns ausbildet, nur ein neues Bedürfnis, die Bande des Physischen schnüren sich immer beängstigender zu, so daß die Furcht, zu verlieren, selbst den feurigen Trieb nach Verbesserung erstickt und die Maxime des leidenden Gehorsams für die höchste Weisheit des Lebens gilt. So sieht man den Geist der Zeit zwischen Verkehrtheit und Rohigkeit, zwischen Unnatur und bloßer Natur, zwischen Superstition und moralischem

Unglauben schwanken, und es ist bloß das Gleichgewicht des Schlimmen, was ihm zuweilen noch Grenzen setzt.

Sechster Brief

Sollte ich mit dieser Schilderung dem Zeitalter wohl zuviel getan haben? Ich erwarte diesen Einwurf nicht, eher einen andern: daß ich zuviel dadurch bewiesen habe. Dieses Gemälde, werden Sie mir sagen, gleicht zwar der gegenwärtigen Menschheit, aber es gleicht überhaupt allen Völkern, die in der Kultur begriffen sind, weil alle ohne Unterschied durch Vernünftelei von der Natur abfallen müssen, ehe sie durch Vernunft zu ihr zurückkehren können.

Aber bei einiger Aufmerksamkeit auf den Zeitcharakter muß uns der Kontrast in Verwunderung setzen, der zwischen der heutigen Form der Menschheit und zwischen der ehemaligen, besonders der griechischen, angetroffen wird. Der Ruhm der Ausbildung und Verfeinerung, den wir mit Recht gegen jede andre *bloße* Natur geltend machen, kann uns gegen die griechische Natur nicht zustatten kommen, die sich mit allen Reizen der Kunst und mit aller Würde der Weisheit vermählte, ohne doch, wie die unsrige, das Opfer derselben zu sein. Die Griechen beschämen uns nicht bloß durch eine Simplizität, die unserm Zeitalter fremd ist; sie sind zugleich unsre Nebenbuhler, ja oft unsre Muster in den nämlichen Vorzügen, mit denen wir uns über die Naturwidrigkeit unserer Sitten zu trösten pflegen. Zugleich voll Form und voll Fülle, zugleich philosophierend und bildend, zugleich zart und energisch sehen wir sie die Jugend der Phantasie mit der Männlichkeit der Vernunft in einer herrlichen Menschheit vereinigen.

Damals, bei jenem schönen Erwachen der Geisteskräfte, hatten die Sinne und der Geist noch kein strenge geschiedenes Eigentum; denn noch hatte kein Zwiespalt sie gereizt, miteinander feindselig abzuteilen und ihre Markung zu bestimmen.

Die Poesie hatte noch nicht mit dem Witze gebuhlt und die Spekulation sich noch nicht durch Spitzfindigkeit geschändet. Beide konnten im Notfall ihre Verrichtungen tauschen, weil jedes, nur auf seine eigene Weise, die Wahrheit ehrte. So hoch die Vernunft auch stieg, so zog sie doch immer die Materie liebend nach, und so fein und scharf sie auch trennte, so verstümmelte sie doch nie. Sie zerlegte zwar die menschliche Natur und warf sie in ihrem herrlichen Götterkreis vergrößert auseinander, aber nicht dadurch, daß sie sie in Stücken riß, sondern dadurch, daß sie sie verschiedentlich mischte, denn die ganze Menschheit fehlte in keinem einzelnen Gott. Wie ganz anders bei uns Neuern! Auch bei uns ist das Bild der Gattung in den Individuen vergrößert auseinandergeworfen – aber in Bruchstücken, nicht in veränderten Mischungen, daß man von Individuum zu Individuum herumfragen muß, um die Totalität der Gattung zusammenzulesen. Bei uns, möchte man fast versucht werden zu behaupten, äußern sich die Gemütskräfte auch in der Erfahrung so getrennt, wie der Psychologe sie in der Vorstellung scheidet, und wir sehen nicht bloß einzelne Subjekte, sondern ganze Klassen von Menschen nur einen Teil ihrer Anlagen entfalten, während daß die übrigen, wie bei verkrüppelten Gewächsen, kaum mit matter Spur angedeutet sind.

Ich verkenne nicht die Vorzüge, welche das gegenwärtige Geschlecht, als Einheit betrachtet und auf der Waage des Verstandes, vor dem besten in der Vorwelt behaupten mag; aber in geschlossenen Gliedern muß es den Wettkampf beginnen und das Ganze mit dem Ganzen sich messen. Welcher einzelne Neuere tritt heraus, Mann gegen Mann mit dem einzelnen Athenienser um den Preis der Menschheit zu streiten?

Woher wohl dieses nachteilige Verhältnis der Individuen bei allem Vorteil der Gattung? Warum qualifizierte sich der einzelne Grieche zum Repräsentanten seiner Zeit, und warum darf dies der einzelne Neuere nicht wagen? Weil jenem die alles vereinende Natur, diesem der alles trennende Verstand seine Formen erteilten.

Die Kultur selbst war es, welche der neuern Menschheit diese Wunde schlug. Sobald auf der einen Seite die erweiterte Erfahrung und das bestimmtere Denken eine schärfere Scheidung der Wissenschaften, auf der andern das verwickeltere Uhrwerk der Staaten eine strengere Absonderung der Stände und Geschäfte notwendig machte, so zerriß auch der innere Bund der menschlichen Natur, und ein verderblicher Streit entzweite ihre harmonischen Kräfte. Der intuitive und der spekulative Verstand verteilten sich jetzt feindlich gesinnt auf ihren verschiedenen Feldern, deren Grenzen sie jetzt anfingen mit Mißtrauen und Eifersucht zu bewachen, und mit der Sphäre, auf die man seine Wirksamkeit einschränkt, hat man sich auch in sich selbst einen Herrn gegeben, der nicht selten mit Unterdrückung der übrigen Anlagen zu endigen pflegt. Indem hier die luxurierende Einbildungskraft die mühsamen Pflanzungen des Verstandes verwüstet, verzehrt dort der Abstraktionsgeist das Feuer, an dem das Herz sich hätte wärmen und die Phantasie sich entzünden sollen.

Diese Zerrüttung, welche Kunst und Gelehrsamkeit in dem innern Menschen anfingen, machte der neue Geist der Regierung vollkommen und allgemein. Es war freilich nicht zu erwarten, daß die einfache Organisation der ersten Republiken die Einfalt der ersten Sitten und Verhältnisse überlebte, aber anstatt zu einem höhern animalischen Leben zu steigen, sank sie zu einer gemeinen und groben Mechanik herab. Jene Polypennatur der griechischen Staaten, wo jedes Individuum eines unabhängigen Lebens genoß und, wenn es not tat, zum Ganzen werden konnte, machte jetzt einem kunstreichen Uhrwerke Platz, wo aus der Zusammenstückelung unendlich vieler, aber lebloser Teile ein mechanisches Leben im Ganzen sich bildet. Auseinandergerissen wurden jetzt der Staat und die Kirche, die Gesetze und die Sitten; der Genuß wurde von der Arbeit, das Mittel vom Zweck, die Anstrengung von der Belohnung geschieden. Ewig nur an ein einzelnes kleines Bruchstück des Ganzen gefesselt, bildet sich der Mensch selbst nur als Bruchstück aus, ewig nur das eintönige Geräusch des Rades, das er umtreibt, im Ohre, entwickelt er nie die Harmonie seines Wesens, und anstatt die Menschheit in seiner Natur auszuprägen, wird er bloß zu einem Abdruck seines Geschäfts, seiner Wissenschaft. Aber selbst der karge, fragmentarische Anteil, der die einzelnen Glieder noch an das Ganze knüpft, hängt nicht von Formen ab, die sie sich selbsttätig geben (denn wie dürfte man ihrer Freiheit ein so künstliches und lichtscheues Uhrwerk vertrauen?), sondern wird ihnen mit skrupulöser Strenge durch ein Formular vorgeschrieben, in welchem man ihre freie Einsicht gebunden hält. Der tote Buchstabe vertritt den lebendigen Verstand, und ein geübtes Gedächtnis leitet sicherer als Genie und Empfindung.

Wenn das gemeine Wesen das Amt zum Maßstab des Mannes macht, wenn es an dem einen seiner Bürger nur die Memorie, an einem andern den tabellarischen Verstand, an einem dritten nur die mechanische Fertigkeit ehrt, wenn es hier, gleichgültig gegen den Charakter, nur auf Kenntnisse dringt, dort hingegen einem Geiste der Ordnung und einem gesetzlichen Verhalten die größte Verfinsterung des Verstandes zugut hält – wenn es zugleich diese einzelnen Fertigkeiten zu einer ebenso großen Intensität will getrieben wissen, als es dem Subjekt an Extensität erläßt – darf es uns da wundern, daß die übrigen Anlagen des Gemüts vernachlässigt werden, um der einzigen, welche ehrt und lohnt, alle Pflege zuzuwenden? Zwar wissen wir, daß das kraftvolle Genie die Grenzen seines Geschäfts nicht zu Grenzen seiner Tätigkeit macht, aber das mittelmäßige Talent verzehrt in dem Geschäfte, das ihm zum Anteil fiel, die ganze karge Summe seiner Kraft, und es muß schon kein gemeiner Kopf sein, um, unbeschadet seines Berufs, für Liebhabereien etwas übrigzubehalten. Noch dazu ist es selten eine gute Empfehlung bei dem Staat, wenn die Kräfte die Aufträge übersteigen, oder wenn das höhere Geistesbedürfnis des Mannes von Genie seinem Amt einen Nebenbuhler gibt. So eifersüchtig ist der Staat auf den Alleinbesitz seiner Diener, daß er sich leichter dazu entschließen wird (und wer kann ihm Unrecht geben?), seinen Mann mit einer Venus Cytherea als mit einer Venus Urania zu teilen.

Und so wird denn allmählich das einzelne konkrete Leben vertilgt, damit das Abstrakt des Ganzen sein dürftiges Dasein friste, und ewig bleibt der Staat seinen Bürgern fremd, weil ihn das Gefühl nirgends findet. Genötigt, sich die Mannigfaltigkeit seiner Bürger durch Klassifizierung zu erleichtern und die Menschheit nie anders als durch Repräsentation aus der zweiten Hand zu empfangen, verliert der regierende Teil sie zuletzt ganz und gar aus den Augen, indem er sie mit einem bloßen Machwerk des Verstandes vermengt; und der regierte kann nicht anders als mit Kaltsinn die Gesetze empfangen, die an ihn selbst so wenig gerichtet sind. Endlich überdrüssig, ein Band zu unterhalten, das ihr von dem Staate so wenig erleichtert wird, fällt die positive Gesellschaft (wie schon längst das Schicksal der meisten europäischen Staaten ist) in einen moralischen Naturstand auseinander, wo die öffentliche Macht nur eine Partei *mehr* ist, gehaßt und hintergangen von dem, der sie nötig macht, und nur von dem, der sie entbehren kann, geachtet.

Konnte die Menschheit bei dieser doppelten Gewalt, die von innen und außen auf sie drückte, wohl eine andere Richtung nehmen, als sie wirklich nahm? Indem der spekulative Geist im Ideenreich nach unverlierbaren Besitzungen strebte, mußte er ein Fremdling in der Sinnenwelt werden und über der Form die Materie verlieren. Der Geschäftsgeist, in einen einförmigen Kreis von Objekten eingeschlossen und in diesem noch mehr durch Formeln eingeengt, mußte das freie Ganze sich aus den Augen gerückt sehen und zugleich mit seiner Sphäre verarmen. So wie ersterer versucht wird, das Wirkliche nach dem Denkbaren zu modeln und die subjektiven Bedingungen seiner Vorstellungskraft zu konstitutiven Gesetzen für das Dasein der Dinge zu erheben, so stürzte letzterer in das entgegenstehende Extrem, alle Erfahrung überhaupt nach einem besondern Fragment von Erfahrung zu schätzen und die Regeln *seines* Geschäfts jedem Geschäft ohne Unterschied anpassen zu wollen. Der eine mußte einer leeren Subtilität, der andre einer pedantischen Beschränktheit zum Raube werden, weil jener für das Einzelne zu hoch, dieser zu tief für das Ganze stand. Aber das Nachteilige dieser Geistesrichtung schränkte sich nicht bloß auf das Wissen und Hervorbringen ein; es erstreckte sich nicht weniger auf das Empfinden und Handeln. Wir wissen, daß die Sensibilität des Gemüts ihrem Grade nach von der Lebhaftigkeit, ihrem Umfange nach von dem Reichtum der Einbildungskraft abhängt. Nun muß aber das Übergewicht des analytischen Vermögens die Phantasie notwendig ihrer Kraft und ihres Feuers berauben und eine eingeschränktere Sphäre von Objekten ihren Reichtum vermindern. Der abstrakte Denker hat daher gar oft ein *kaltes* Herz, weil er die Eindrücke zergliedert, die doch nur als ein Ganzes die Seele rühren; der Geschäftsmann hat gar oft ein *enges* Herz, weil seine Einbildungskraft, in den einförmigen Kreis seines Berufs eingeschlossen, sich zu fremder Vorstellungsart nicht erweitern kann.

Es lag auf meinem Wege, die nachteilige Richtung des Zeitcharakters und ihre Quellen aufzudecken, nicht die Vorteile zu zeigen, wodurch die Natur sie vergütet. Gerne will ich Ihnen eingestehen, daß, so wenig es auch den Individuen bei dieser Zerstückelung ihres Wesens wohl werden kann, doch die Gattung auf keine andere Art hätte Fortschritte machen können. Die Erscheinung der griechischen Menschheit war unstreitig ein Maximum, das auf dieser Stufe weder verharren noch höher steigen konnte. Nicht verharren, weil der Verstand durch den Vorrat, den er schon hatte, unausbleiblich genötigt werden mußte, sich von der Empfindung und Anschauung abzusondern und nach Deutlichkeit der Erkenntnis zu streben; auch nicht höher steigen, weil nur ein bestimmter Grad von Klarheit mit einer bestimmten Fülle und Wärme zusammen bestehen kann. Die Griechen hatten diesen Grad erreicht, und wenn sie zu einer höhern Ausbildung fortschreiten wollten, so mußten sie, wie wir, die Totalität ihres Wesens aufgeben und die Wahrheit auf getrennten Bahnen verfolgen.

Die mannigfaltigen Anlagen im Menschen zu entwickeln, war kein anderes Mittel, als sie einander entgegenzusetzen. Dieser

Antagonism der Kräfte ist das große Instrument der Kultur, aber auch nur das Instrument; denn solange derselbe dauert, ist man erst auf dem Wege zu dieser. Dadurch allein, daß in dem Menschen einzelne Kräfte sich isolieren und einer ausschließenden Gesetzgebung anmaßen, geraten sie in Widerstreit mit der Wahrheit der Dinge und nötigen den Gemeinsinn, der sonst mit träger Genügsamkeit auf der äußern Erscheinung ruht, in die Tiefen der Objekte zu dringen. Indem der reine Verstand eine Autorität in der Sinnenwelt usurpiert und der empirische beschäftigt ist, ihn den Bedingungen der Erfahrung zu unterwerfen, bilden beide Anlagen sich zu möglichster Reife aus und erschöpfen den ganzen Umfang ihrer Sphäre. Indem hier die Einbildungskraft durch ihre Willkür die Weltordnung aufzulösen wagt, nötiget sie dort die Vernunft, zu den obersten Quellen der Erkenntnis zu steigen und das Gesetz der Notwendigkeit gegen sie zu Hülfe zu rufen.

Einseitigkeit in Übung der Kräfte führt zwar das Individuum unausbleiblich zum Irrtum, aber die Gattung zur Wahrheit. Dadurch allein, daß wir die ganze Energie unseres Geistes in *einem* Brennpunkt versammeln und unser ganzes Wesen in eine einzige Kraft zusammenziehen, setzen wir dieser einzelnen Kraft gleichsam Flügel an und führen sie künstlicherweise weit über die Schranken hinaus, welche die Natur ihr gesetzt zu haben scheint. So gewiß es ist, daß alle menschlichen Individuen zusammengenommen mit der Sehkraft, welche die Natur ihnen erteilt, nie dahin gekommen sein würden, einen Trabanten des Jupiter auszuspähn, den der Teleskop dem Astronomen entdeckt; ebenso ausgemacht ist es, daß die menschliche Denkkraft niemals eine Analysis des Unendlichen oder eine Kritik der reinen Vernunft würde aufgestellt haben, wenn nicht in einzelnen dazu berufnen Subjekten die Vernunft sich vereinzelt, von allem Stoff gleichsam losgewunden und durch die angestrengteste Abstraktion ihren Blick ins Unbedingte bewaffnet hätte. Aber wird wohl ein solcher, in reinen Verstand und reine Anschauung gleichsam aufgelöster Geist dazu tüchtig sein, die strengen Fesseln der Logik mit dem freien Gange der Dichtungskraft zu vertauschen und die Individualität der Dinge mit treuem und keuschem Sinn zu ergreifen? Hier setzt die Natur auch dem Universalgenie eine Grenze, die es nicht überschreiten kann, und die Wahrheit wird so lange Märtyrer machen, als die Philosophie noch ihr vornehmstes Geschäft daraus machen muß, Anstalten gegen den Irrtum zu treffen.

Wieviel also auch für das Ganze der Welt durch diese getrennte Ausbildung der menschlichen Kräfte gewonnen werden mag, so ist nicht zu leugnen, daß die Individuen, welche sie trifft, unter dem Fluch dieses Weltzweckes leiden. Durch gymnastische Übungen bilden sich zwar athletische Körper aus, aber nur durch das freie und gleichförmige Spiel der Glieder die Schönheit. Ebenso kann die Anspannung einzelner Geisteskräfte zwar außerordentliche, aber nur die gleichförmige Temperatur derselben glückliche und vollkommene Menschen erzeugen. Und in welchem Verhältnis stünden wir also zu dem vergangenen und kommenden Weltalter, wenn die Ausbildung der menschlichen Natur ein solches Opfer notwendig machte? Wir wären die Knechte der Menschheit gewesen, wir hätten einige Jahrtausende lang die Sklavenarbeit für sie getrieben und unsrer verstümmelten Natur die beschämenden Spuren dieser Dienstbarkeit eingedrückt – damit das spätere Geschlecht in einem seligen Müßiggange seiner moralischen Gesundheit warten und den freien Wuchs seiner Menschheit entwickeln könnte!

Kann aber wohl der Mensch dazu bestimmt sein, über irgendeinem Zwecke sich selbst zu versäumen? Sollte uns die Natur durch ihre Zwecke eine Vollkommenheit rauben können, welche uns die Vernunft durch die ihrigen vorschreibt? Es muß also falsch sein, daß die Ausbildung der einzelnen Kräfte das Opfer ihrer Totalität notwendig macht; oder wenn auch das Gesetz der Natur noch so sehr dahin strebte, so muß es bei uns stehen, diese Totalität in unsrer Natur, welche die Kunst zerstört hat, durch eine höhere Kunst wiederherzustellen.

Sollte diese Wirkung vielleicht von dem Staat zu erwarten sein? Das ist nicht möglich, denn der Staat, wie er jetzt beschaffen ist, hat das Übel veranlaßt, und der Staat, wie ihn die Vernunft in der Idee sich aufgibt, anstatt diese bessere Menschheit begründen zu können, müßte selbst erst darauf gegründet werden. Und so hätten mich denn die bisherigen Untersuchungen wieder auf den Punkt zurückgeführt, von dem sie mich eine Zeitlang entfernten. Das jetzige Zeitalter, weit entfernt, uns diejenige Form der Menschheit aufzuweisen, welche als notwendige Bedingung einer moralischen Staatsverbesserung erkannt worden ist, zeigt uns vielmehr das direkte Gegenteil davon. Sind also die von mir aufgestellten Grundsätze richtig, und bestätigt die Erfahrung mein Gemälde der Gegenwart, so muß man jeden Versuch einer solchen Staatsveränderung so lange für unzeitig und jede darauf gegründete Hoffnung so lange für schimärisch erklären, bis die Trennung in dem innern Menschen wieder aufgehoben und seine Natur vollständig genug entwickelt ist, um selbst die Künstlerin zu sein und der politischen Schöpfung der Vernunft ihre Realität zu verbürgen.

Die Natur zeichnet uns in ihrer physischen Schöpfung den Weg vor, den man in der moralischen zu wandeln hat. Nicht eher, als bis der Kampf elementarischer Kräfte in den niedrigern Organisationen besänftiget ist, erhebt sie sich zu der edeln Bildung des physischen Menschen. Ebenso muß der Elementenstreit in dem ethischen Menschen, der Konflikt blinder Triebe, fürs erste beruhigt sein, und die grobe Entgegensetzung muß in ihm aufgehört haben, ehe man es wagen darf, die Mannigfaltigkeit zu begünstigen. Auf der andern Seite muß die Selbständigkeit seines Charakters gesichert sein und die Unterwürfigkeit unter fremde despotische Formen einer anständigen Freiheit Platz gemacht haben, ehe man die Mannigfaltigkeit in ihm der Einheit des Ideals unterwerfen darf. Wo der Naturmensch seine Willkür noch so gesetzlos mißbraucht, da darf man ihm seine

Freiheit kaum zeigen; wo der künstliche Mensch seine Freiheit noch so wenig gebraucht, da darf man ihm seine Willkür nicht nehmen. Das Geschenk liberaler Grundsätze wird Verräterei an dem Ganzen, wenn es sich zu einer noch gärenden Kraft gesellt und einer schon übermächtigen Natur Verstärkung zusendet; das Gesetz der Übereinstimmung wird Tyrannei gegen das Individuum, wenn es sich mit einer schon herrschenden Schwäche und physischen Beschränkung verknüpft und so den letzten glimmenden Funken von Selbsttätigkeit und Eigentümlichkeit auslöscht.

Der Charakter der Zeit muß sich also von seiner tiefen Entwürdigung erst aufrichten, dort der blinden Gewalt der Natur sich entziehen und hier zu ihrer Einfalt, Wahrheit und Fülle zurückkehren; eine Aufgabe für mehr als *ein* Jahrhundert. Unterdessen, gebe ich gerne zu, kann mancher Versuch im einzelnen gelingen; aber am Ganzen wird dadurch nichts gebessert sein, und der Widerspruch des Betragens wird stets gegen die Einheit der Maximen beweisen. Man wird in andern Weltteilen in dem Neger die Menschheit ehren und in Europa sie in dem Denker schänden. Die alten Grundsätze werden bleiben, aber sie werden das Kleid des Jahrhunderts tragen, und zu einer Unterdrükkung, welche sonst die Kirche autorisierte, wird die Philosophie ihren Namen leihen. Von der Freiheit erschreckt, die in ihren ersten Versuchen sich immer als Feindin ankündigt, wird man dort einer bequemen Knechtschaft sich in die Arme werfen und hier, von einer pedantischen Kuratel zur Verzweiflung gebracht, in die wilde Ungebundenheit des Naturstands entspringen. Die Usurpation wird sich auf die Schwachheit der menschlichen Natur, die Insurrektion auf die Würde derselben berufen, bis endlich die große Beherrscherin aller menschlichen Dinge, die blinde Stärke, dazwischentritt und den vorgeblichen Streit der Prinzipien wie einen gemeinen Faustkampf entscheidet.

Soll sich also die Philosophie, mutlos und ohne Hoffnung, aus diesem Gebiete zurückziehen? Während daß sich die Herrschaft der Formen nach jeder andern Richtung erweitert, soll dieses wichtigste aller Güter dem gestaltlosen Zufall preisgegeben sein? Der Konflikt blinder Kräfte soll in der politischen Welt ewig dauern und das gesellige Gesetz nie über die feindselige Selbstsucht siegen?

Nichts weniger! Die Vernunft selbst wird zwar mit dieser rauhen Macht, die ihren Waffen widersteht, unmittelbar den Kampf nicht versuchen und so wenig, als der Sohn des Saturns in der Ilias, selbsthandelnd auf den finstern Schauplatz heruntersteigen. Aber aus der Mitte der Streiter wählt sie sich den würdigsten aus, bekleidet ihn, wie Zeus seinen Enkel, mit göttlichen Waffen und bewirkt durch seine siegende Kraft die große Entscheidung.

Die Vernunft hat geleistet, was sie leisten kann, wenn sie das Gesetz findet und aufstellt; vollstrecken muß es der mutige Wille und das lebendige Gefühl. Wenn die Wahrheit im Streit mit Kräften den Sieg erhalten soll, so muß sie selbst erst zur *Kraft* werden und zu ihrem Sachführer im Reich der Erscheinungen einen *Trieb* aufstellen; denn Triebe sind die einzigen bewegenden Kräfte in der empfindenden Welt. Hat sie bis jetzt ihre siegende Kraft noch so wenig bewiesen, so liegt dies nicht an dem Verstande, der sie nicht zu entschleiern wußte, sondern an dem Herzen, das sich ihr verschloß, und an dem Triebe, der nicht für sie handelte.

Denn woher diese noch so allgemeine Herrschaft der Vorurteile und diese Verfinsterung der Köpfe bei allem Licht, das Philosophie und Erfahrung aufsteckten? Das Zeitalter ist aufgeklärt, das heißt, die Kenntnisse sind gefunden und öffentlich preisgegeben, welche hinreichen würden, wenigstens unsre praktischen Grundsätze zu berichtigen. Der Geist der freien Untersuchung hat die Wahnbegriffe zerstreut, welche lange Zeit den Zugang zu der Wahrheit verwehrten, und den Grund unterwühlt, auf welchem Fanatismus und Betrug ihren Thron erbauten. Die Vernunft hat sich von den Täuschungen der Sinne und von einer betrüglichen Sophistik gereinigt, und die Philosophie selbst, welche uns zuerst von ihr abtrünnig machte, ruft uns laut und dringend in den Schoß der Natur zurück – woran liegt es, daß wir noch immer Barbaren sind?

Es muß also, weil es nicht in den Dingen liegt, in den Gemütern der Menschen etwas vorhanden sein, was der Aufnahme der Wahrheit, auch wenn sie noch so hell leuchtete, und der Annahme derselben, auch wenn sie noch so lebendig überzeugte, im Wege steht. Ein alter Weiser hat es empfunden, und es liegt in dem vielbedeutenden Ausdrucke versteckt: sapere aude.

Erkühne dich, weise zu sein. Energie des Muts gehört dazu, die Hindernisse zu bekämpfen, welche sowohl die Trägheit der Natur als die Feigheit des Herzens der Belehrung entgegensetzen. Nicht ohne Bedeutung läßt der alte Mythus die Göttin der Weisheit in voller Rüstung aus Jupiters Haupte steigen; denn schon ihre erste Verrichtung ist kriegerisch. Schon in der Geburt hat sie einen harten Kampf mit den Sinnen zu bestehen, die aus ihrer süßen Ruhe nicht gerissen sein wollen. Der zahlreichere Teil der Menschen wird durch den Kampf mit der Not viel zu sehr ermüdet und abgespannt, als daß er sich zu einem neuen und härtern Kampf mit dem Irrtum aufraffen sollte. Zufrieden, wenn er selbst der sauren Mühe des Denkens entgeht, läßt er andere gern über seine Begriffe die Vormundschaft führen, und geschieht es, daß sich höhere Bedürfnisse in ihm regen, so ergreift er mit durstigem Glauben die Formeln, welche der Staat und das Priestertum für diesen Fall in Bereitschaft halten. Wenn diese unglücklichen Menschen unser Mitleiden verdienen, so trifft unsere gerechte Verachtung die andern, die ein besseres Los von dem Joch der Bedürfnisse frei macht, aber eigene Wahl darunter beugt. Diese ziehen den Dämmerschein dunkler Begriffe, wo man lebhafter fühlt und die Phantasie sich nach eignem Belieben bequeme Gestalten bildet, den Strahlen der Wahrheit vor, die das angenehme Blendwerk ihrer Träume verjagen. Auf eben diese Täuschungen, die das feindselige Licht der Erkenntnis zerstreuen soll, haben sie den ganzen Bau ihres Glücks gegründet, und sie sollten eine Wahrheit so teuer kaufen, die damit anfängt, ihnen alles zu nehmen, was Wert für sie besitzt? Sie müßten schon weise sein, um die Weisheit zu lieben: eine Wahrheit, die derjenige schon fühlte, der der Philosophie ihren Namen gab.

Nicht genug also, daß alle Aufklärung des Verstandes nur insoferne Achtung verdient, als sie auf den Charakter zurückfließt; sie geht auch gewissermaßen von dem Charakter aus, weil der Weg zu dem Kopf durch das Herz muß geöffnet werden. Ausbildung des Empfindungsvermögens ist also das dringendere Bedürfnis der Zeit, nicht bloß weil sie ein Mittel wird, die verbesserte Einsicht für das Leben wirksam zu machen, sondern selbst darum, weil sie zu Verbesserung der Einsicht erweckt.

Neunter Brief

Aber ist hier nicht vielleicht ein Zirkel? Die theoretische Kultur soll die praktische herbeiführen und die praktische doch die Bedingung der theoretischen sein? Alle Verbesserung im Politischen soll von Veredlung des Charakters ausgehen aber wie kann sich unter den Einflüssen einer barbarischen Staatsverfassung der Charakter veredeln? Man müßte also zu diesem Zwecke ein Werkzeug aufsuchen, welches der Staat nicht hergibt, und Quellen dazu eröffnen, die sich bei aller politischen Verderbnis rein und lauter erhalten.

Jetzt bin ich an dem Punkt angelangt, zu welchem alle meine bisherigen Betrachtungen hingestrebt haben. Dieses Werkzeug ist die schöne Kunst, diese Quellen öffnen sich in ihren unsterblichen Mustern.

Von allem, was positiv ist und was menschliche Konventionen einführten, ist die Kunst wie die Wissenschaft losgesprochen, und beide erfreuen sich einer absoluten *Immunität* von der Willkür der Menschen. Der politische Gesetzgeber kann ihr Gebiet sperren, aber darin herrschen kann er nicht. Er kann den Wahrheitsfreund ächten, aber die Wahrheit besteht; er kann den Künstler erniedrigen, aber die Kunst kann er nicht verfälschen. Zwar ist nichts gewöhnlicher, als daß beide, Wissenschaft und Kunst, dem Geist des Zeitalters huldigen und der hervorbringende Geschmack von dem beurteilenden das Gesetz empfängt. Wo der Charakter straff wird und sich verhärtet, da sehen wir die Wissenschaft streng ihre Grenzen bewachen und die Kunst in den schweren Fesseln der Regel gehn; wo der Charakter erschlafft und sich auflöst, da wird die Wissenschaft zu gefallen und die Kunst zu vergnügen streben. Ganze Jahrhunderte lang zeigen sich die Philosophen wie die Künstler geschäftig, Wahrheit und Schönheit in die Tiefen gemeiner Menschheit hinabzutauchen; jene gehen darin unter, aber mit eigner unzerstörbarer Lebenskraft ringen sich diese siegend empor.

Der Künstler ist zwar der Sohn seiner Zeit, aber schlimm für ihn, wenn er zugleich ihr Zögling oder gar noch ihr Günstling ist. Eine wohltätige Gottheit reiße den Säugling beizeiten von seiner Mutter Brust, nähre ihn mit der Milch eines bessern Alters und lasse ihn unter fernem griechischen Himmel zur Mündigkeit reifen. Wenn er dann Mann geworden ist, so kehre er, eine fremde Gestalt, in sein Jahrhundert zurück; aber nicht, um es mit seiner Erscheinung zu erfreuen, sondern furchtbar wie Agamemnons Sohn, um es zu reinigen. Den Stoff zwar wird er von der Gegenwart nehmen, aber die Form von einer edleren Zeit, ja jenseits aller Zeit, von der absoluten unwandelbaren Einheit seines Wesens entlehnen. Hier aus dem reinen Äther seiner dämonischen Natur rinnt die Quelle der Schönheit herab, unangesteckt von der Verderbnis der Geschlechter und Zeiten, welche tief unter ihr in trüben Strudeln sich wälzen. Seinen Stoff kann die Laune entehren, wie sie ihn geadelt hat, aber die keusche Form ist ihrem Wechsel entzogen. Der Römer des ersten Jahrhunderts hatte längst schon die Knie vor seinen Kaisern gebeugt, als die Bildsäulen noch aufrecht standen, die Tempel blieben dem Auge heilig, als die Götter längst zum Gelächter dienten, und die Schandtaten eines Nero und Commodus beschämte der edle Stil des Gebäudes, das seine Hülle dazu gab. Die Menschheit hat ihre Würde verloren, aber die Kunst hat sie gerettet und aufbewahrt in bedeutenden Steinen; die Wahrheit lebt in der Täuschung fort, und aus dem Nachbilde wird das Urbild wiederhergestellt werden. So wie die edle Kunst die edle Natur *überlebte,* so schreitet sie derselben auch in der Begeisterung, bildend und erweckend, voran. Ehe noch die Wahrheit ihr siegendes Licht in die Tiefen der Herzen sendet, fängt die Dichtungskraft ihre Strahlen auf, und die Gipfel der Menschheit werden glänzen, wenn noch feuchte Nacht in den Tälern liegt.

Wie verwahrt sich aber der Künstler vor den Verderbnissen seiner Zeit, die ihn von allen Seiten umfangen? Wenn er ihr Urteil verachtet. Er blicke aufwärts nach seiner Würde und dem Gesetz, nicht niederwärts nach dem Glück und nach dem Bedürfnis. Gleich frei von der eitlen Geschäftigkeit, die in den flüchtigen Augenblick gern ihre Spur drücken möchte, und von dem ungeduldigen Schwärmergeist, der auf die dürftige Geburt der Zeit den Maßstab des Unbedingten anwendet, überlasse er dem Verstande, der hier einheimisch ist, die Sphäre des Wirklichen; er aber strebe, aus dem Bunde des Möglichen mit dem Notwendigen das Ideal zu erzeugen. Dieses präge er aus in Täuschung und Wahrheit, präge es in die Spiele seiner Einbildungskraft und in den Ernst seiner Taten, präge es aus in allen sinnlichen und geistigen Formen und werfe es schweigend in die unendliche Zeit. (...)

Fünfzehnter Brief

(...) Der Mensch, wissen wir, ist weder ausschließend Materie, noch ist er ausschließend Geist. Die Schönheit, als Konsummation seiner Menschheit, kann also weder ausschließend bloßes Leben sein, wie von scharfsinnigen Beobachtern, die sich zu genau an die Zeugnisse der Erfahrung hielten, behauptet worden ist, und wozu der Geschmack der Zeit sie gern herabziehen möchte; noch kann sie ausschließend bloße Gestalt sein, wie von spekulativen Weltweisen, die sich zu weit von der Erfahrung entfernten, und von philosophierenden Künstlern, die sich in Erklärung derselben allzusehr durch das Bedürfnis der Kunst leiten ließen, geurteilt worden ist*: sie ist das gemeinschaftliche Objekt beider Triebe, das heißt, des Spieltriebs. Diesen Namen rechtfertigt der Sprachgebrauch vollkommen, der alles das, was weder subjektiv noch objektiv zufällig ist und doch weder äußerlich noch innerlich nötigt, mit dem Wort Spiel zu bezeichnen pflegt. Da sich das Gemüt bei Anschauung des Schönen in einer glücklichen Mitte zwischen dem Gesetz und Bedürfnis befindet, so ist es eben darum, weil es sich zwischen beiden teilt, dem Zwange sowohl des einen als des andern entzogen. Dem Stofftrieb wie dem Formtrieb ist es mit ihren Forderungen *ernst,* weil der eine sich, beim Erkennen, auf die Wirklichkeit, der andere auf die Notwendigkeit der Dinge bezieht; weil, beim Handeln, der erste auf Erhaltung des Lebens, der zweite auf Bewahrung der Würde, beide also auf Wahrheit und Vollkommenheit gerichtet sind. Aber das Leben wird gleichgültiger, sowie die Würde sich einmischt, und die Pflicht nötigt nicht mehr, sobald die Neigung zieht: ebenso nimmt das Gemüt die Wirklichkeit der Dinge, die materiale Wahrheit, freier und ruhiger auf, sobald solche der formalen Wahrheit, dem Gesetz der Notwendigkeit, begegnet, und fühlt sich durch Abstraktion nicht mehr angespannt, sobald die unmittelbare Anschauung sie begleiten kann.

* Zum bloßen Leben macht die Schönheit Burke in seinen »Philosophischen Untersuchungen über den Ursprung unsrer Begriffe vom Erhabenen und Schönen«. Zur bloßen Gestalt macht sie, soweit mir bekannt ist, jeder Anhänger des *dogmatischen* Systems, der über diesen Gegenstand je sein Bekenntnis ablegte: unter den Künstlern Raphael Mengs in seinen Gedanken über den Geschmack in der Malerei; andrer nicht zu gedenken. So wie in allem, hat auch in diesem Stück die *kritische* Philosophie den Weg eröffnet, die Empirie auf Prinzipien und die Spekulation zur Erfahrung zurückzuführen

Mit einem Wort: indem es mit Ideen in Gemeinschaft kommt, verliert alles Wirkliche seinen Ernst, weil es *klein* wird, und indem es mit der Empfindung zusammentrifft, legt das Notwendige den seinigen ab, weil es *leicht* wird.

Wird aber, möchten Sie längst schon versucht gewesen sein mir entgegenzusetzen, wird nicht das Schöne dadurch, daß man es zum bloßen Spiel macht, erniedrigt und den frivolen Gegenständen gleichgestellt, die von jeher im Besitz dieses Namens waren? Widerspricht es nicht dem Vernunftbegriff und der Würde der Schönheit, die doch als ein Instrument der Kultur betrachtet wird, sie auf ein *bloßes Spiel* einzuschränken, und widerspricht es nicht dem Erfahrungsbegriffe des Spiels, das mit Ausschließung alles Geschmackes zusammen bestehen kann, es bloß auf Schönheit einzuschränken?

Aber was heißt denn ein *bloßes* Spiel, nachdem wir wissen, daß unter allen Zuständen des Menschen gerade das Spiel, und *nur* das Spiel es ist, was ihn vollständig macht und seine doppelte Natur auf einmal entfaltet? Was Sie, nach Ihrer Vorstellung der Sache, *Einschränkung* nennen, das nenne ich, nach der meinen, die ich durch Beweise gerechtfertigt habe, *Erweiterung.* Ich würde also vielmehr gerade umgekehrt sagen: mit dem Angenehmen, mit dem Guten, mit dem Vollkommenen ist es dem Menschen *nur* ernst, aber mit der Schönheit spielt er. Freilich dürfen wir uns hier nicht an die Spiele erinnern, die in dem wirklichen Leben im Gange sind und die sich gewöhnlich nur auf sehr materielle Gegenstände richten; aber in dem wirklichen Leben würden wir auch die Schönheit vergebens suchen, von der hier die Rede ist. Die wirklich vorhandene Schönheit ist des wirklich vorhandenen Spieltriebes wert; aber durch das Ideal der Schönheit, welches die Vernunft aufstellt, ist auch ein Ideal des Spieltriebes aufgegeben, das der Mensch in allen seinen Spielen vor Augen haben soll.

Man wird niemals irren, wenn man das Schönheitsideal eines Menschen auf dem nämlichen Wege sucht, auf dem er seinen Spieltrieb befriedigt. Wenn sich die griechischen Völkerschaften in den Kampfspielen zu Olympia an den unblutigen Wettkämpfen der Kraft, der Schnelligkeit, der Gelenkigkeit und an dem edleren Wechselstreit der Talente ergötzen, und wenn das römische Volk an dem Todeskampf eines erlegten Gladiators oder seines libyschen Gegners sich labt, so wird es uns auf diesem einzigen Zuge begreiflich, warum wir die Idealgestalten einer Venus, einer Juno, eines Apolls nicht in Rom, sondern in Griechenland aufsuchen müssen.* Nun spricht aber die Vernunft: das Schöne soll nicht bloßes Leben und nicht bloße Gestalt, sondern lebende Gestalt, d.i. Schönheit sein, indem sie ja dem Menschen das doppelte Gesetz der absoluten Formalität und der absoluten Realität diktiert. Mithin tut sie auch den Ausspruch: der Mensch soll mit der Schönheit nur *spielen,* und er soll *nur* mit der Schönheit spielen.

Denn, um es endlich auf einmal herauszusagen, der Mensch spielt nur, wo er in voller Bedeutung des Worts Mensch ist, und *er ist nur da ganz Mensch, wo er spielt.* Dieser Satz, der in diesem Augenblicke vielleicht paradox erscheint, wird eine große und tiefe Bedeutung erhalten, wenn wir erst dahin gekommen sein werden, ihn auf den doppelten Ernst der Pflicht und des Schicksals anzuwenden; er wird, ich verspreche es Ihnen, das ganze Gebäude der ästhetischen Kunst und der noch schwierigern Lebenskunst tragen. Aber dieser Satz ist auch nur in der Wissenschaft unerwartet; längst schon lebte und wirkte er in der Kunst und in dem Gefühle der Griechen, ihrer vornehmsten Meister; nur daß sie in den Olympus versetzten, was auf der Erde sollte ausgeführt werden. Von der Wahrheit desselben geleitet, ließen sie sowohl den Ernst und die Arbeit, welche die Wangen der

* Wenn man (um bei der neuern Welt zu bleiben) die Wettrennen in London, die Stiergefechte in Madrid, die Spectacles in dem ehemaligen Paris, die Gondelrennen in Venedig, die Tierhatzen in Wien und das frohe, schöne Leben des Corso in Rom gegeneinander hält, so kann es nicht schwer sein, den Geschmack dieser verschiedenen Völker gegeneinander zu nüancieren. Indessen zeigt sich unter den Volksspielen in diesen verschiedenen Ländern weit weniger Einförmigkeit als unter den Spielen der feineren Welt in eben diesen Ländern, welches leicht zu erklären ist.

Sterblichen furchen, als die nichtige Lust, die das leere Angesicht glättet, aus der Stirne der seligen Götter verschwinden, gaben die ewig Zufriedenen von den Fesseln jedes Zweckes, jeder Pflicht, jeder Sorge frei und machten den *Müßiggang* und die *Gleichgültigkeit* zum beneideten Lose des Götterstandes: ein bloß menschlicherer Name für das freieste und erhabenste Sein. Sowohl der materielle Zwang der Naturgesetze als der geistige Zwang der Sittengesetze verlor sich in ihrem höhern Begriff von Notwendigkeit, der beide Welten zugleich umfaßte, und aus der Einheit jener beiden Notwendigkeiten ging ihnen erst die wahre Freiheit hervor. Beseelt von diesem Geiste, löschten sie aus den Gesichtszügen ihres Ideals zugleich mit der *Neigung* auch alle Spuren des *Willens* aus, oder besser, sie machten beide unkenntlich, weil sie beide in dem innigsten Bund zu verknüpfen wußten. Es ist weder Anmut, noch ist es Würde, was auf dem herrlichen Antlitz einer Juno Ludovisi zu uns spricht; es ist keines von beiden, weil es beides zugleich ist. Indem der weibliche Gott unsre Anbetung heischt, entzündet das gottgleiche Weib unsre Liebe; aber indem wir uns der himmlischen Holdseligkeit aufgelöst hingeben, schreckt die himmlische Selbstgenügsamkeit uns zurück. In sich selbst ruhet und wohnt die ganze Gestalt, eine völlig geschlossene Schöpfung, und als wenn sie jenseits des Raumes wäre, ohne Nachgeben, ohne Widerstand; da ist keine Kraft, die mit Kräften kämpfte, keine Blöße, wo die Zeitlichkeit einbrechen könnte. Durch jenes unwiderstehlich ergriffen und angezogen, durch dieses in der Ferne gehalten, befinden wir uns zugleich in dem Zustand der höchsten Ruhe und der höchsten Bewegung, und es entsteht jene wunderbare Rührung, für welche der Verstand keinen Begriff und die Sprache keinen Namen hat.

Aus der Wechselwirkung zwei entgegengesetzter Triebe und aus der Verbindung zwei entgegengesetzter Prinzipien haben wir das Schöne hervorgehen sehen, dessen höchstes Ideal also in dem möglichst vollkommensten Bunde und *Gleichgewicht* der Realität und der Form wird zu suchen sein. Dieses Gleichgewicht bleibt aber immer nur Idee, die von der Wirklichkeit nie ganz erreicht werden kann. In der Wirklichkeit wird immer ein Übergewicht des *einen* Elements über das andere übrig bleiben, und das Höchste, was die Erfahrung leistet, wird in einer *Schwankung* zwischen beiden Prinzipien bestehen, wo bald die Realität, bald die Form überwiegend ist. Die Schönheit in der Idee ist also ewig nur eine unteilbare einzige, weil es nur ein einziges Gleichgewicht geben kann; die Schönheit in der Erfahrung hingegen wird ewig eine doppelte sein, weil bei einer Schwankung das Gleichgewicht auf eine doppelte Art, nämlich diesseits und jenseits, kann übertreten werden.

Ich habe in einem der vorhergehenden Briefe bemerkt, auch läßt es sich aus dem Zusammenhange des Bisherigen mit strenger Notwendigkeit folgern, daß von dem Schönen zugleich eine auflösende und eine anspannende Wirkung zu erwarten sei: eine *auflösende,* um sowohl den sinnlichen Trieb als den Formtrieb in ihren Grenzen zu halten: eine *anspannende,* um beide in ihrer Kraft zu erhalten. Diese beiden Wirkungsarten der Schönheit sollen aber, der Idee nach, schlechterdings nur eine einzige sein. Sie soll auflösen, dadurch daß sie beide Naturen gleichförmig anspannt, und soll anspannen, dadurch daß sie beide Naturen gleichförmig auflöst. Dieses folgt schon aus dem Begriff einer Wechselwirkung, vermöge dessen beide Teile einander zugleich notwendig bedingen und durch einander bedingt werden, und deren reinstes Produkt die Schönheit ist. Aber die Erfahrung bietet uns kein Beispiel einer so vollkommenen Wechselwirkung dar, sondern hier wird jederzeit, mehr oder weniger, das Übergewicht einen Mangel und der Mangel ein Übergewicht begründen. Was also in dem Ideal-Schönen nur in der Vorstellung unterschieden wird, das ist in dem Schönen der Erfahrung der Existenz nach verschieden. Das Ideal-Schöne, obgleich unteilbar und einfach, zeigt in verschiedener Beziehung sowohl eine schmelzende als energische Eigenschaft; in der Erfahrung *gibt* es eine schmelzende und energische Schönheit. So ist es, und so wird es in allen den Fällen sein, wo das Absolute in die Schranken der Zeit gesetzt ist und Ideen der Vernunft in der Menschheit realisiert werden sollen. So denkt der reflektierende Mensch sich die Tugend, die Wahrheit, die Glückseligkeit; aber der handelnde Mensch wird bloß *Tugenden* üben, bloß *Wahrheiten* fassen, bloß *glückselige* Tage genießen. Diese auf jene zurückzuführen – an die Stelle der Sitten die Sittlichkeit, an die Stelle der Kenntnisse die Erkenntnis, an die Stelle des Glückes die Glückseligkeit zu setzen, ist das Geschäft der physischen und moralischen Bildung; aus Schönheiten Schönheit zu machen, ist die Aufgabe der ästhetischen.

Die energische Schönheit kann den Menschen ebensowenig vor einem gewissen Überrest von Wildheit und Härte bewahren, als ihn die schmelzende vor einem gewissen Grade der Weichlichkeit und Entnervung schützt. Denn da die Wirkung der erstern ist, das Gemüt sowohl im Physischen als Moralischen anzuspannen und seine Schnellkraft zu vermehren, so geschieht es nur gar zu leicht, daß der Widerstand des Temperaments und Charakters die Empfänglichkeit für Eindrücke mindert, daß auch die zärtere Humanität eine Unterdrückung erfährt, die nur die rohe Natur treffen sollte, und daß die rohe Natur an einem Kraftgewinn teilnimmt, der nur der freien Person gelten sollte; daher findet man in den Zeitaltern der Kraft und der Fülle das wahrhaft Große der Vorstellung mit dem Gigantesken und Abenteuerlichen und das Erhabene der Gesinnung mit den schauderhaftesten Ausbrüchen der Leidenschaft gepaart; daher wird man in den Zeitaltern der Regel und der Form die Natur ebensooft unterdrückt als beherrscht, ebensooft beleidigt als übertroffen finden. Und weil die Wirkung der schmelzenden Schönheit ist, das Gemüt im Moralischen wie im Physischen aufzulösen, so begegnet es ebenso leicht, daß mit der Gewalt der Begierden auch die Energie der Gefühle erstickt wird und daß auch der Charakter einen Kraftverlust teilt, der nur die Leidenschaft treffen sollte: daher wird man in den sogenannten verfeinerten Weltaltern Weichheit nicht selten in Weichlichkeit, Fläche in Flachheit, Korrektheit in Leerheit, Liberalität in Willkürlichkeit, Leichtigkeit in Frivolität, Ruhe in Apathie ausarten und die verächtlichste Karikatur zunächst an die herrlichste Menschlichkeit grenzen sehen. Für den Menschen unter dem Zwange entweder der Materie oder der Formen ist also die schmelzende Schönheit Bedürfnis, denn von Größe und Kraft ist er längst gerührt, ehe er für Harmonie und Grazie anfängt empfindlich zu werden. Für den Menschen unter der Indulgenz des Geschmacks ist die energische Schönheit Bedürfnis, denn nur allzugern verscherzt er im Stand der Verfeinerung eine Kraft, die er aus dem Stand der Wildheit herüberbrachte.

Und nunmehr, glaube ich, wird jener Widerspruch erklärt und beantwortet sein, den man in den Urteilen der Menschen über den Einfluß des Schönen und in Würdigung der ästhetischen Kultur anzutreffen pflegt. Er ist erklärt, dieser Widerspruch, sobald man sich erinnert, daß es in der Erfahrung eine zweifache Schönheit gibt und daß beide Teile von der ganzen Gattung behaupten, was jeder nur von einer besondern Art derselben zu beweisen imstande ist. Er ist gehoben, dieser Widerspruch, sobald man das doppelte Bedürfnis der Menschheit unterscheidet, dem jene doppelte Schönheit entspricht. Beide Teile werden also wahrscheinlich recht behalten, wenn sie nur erst miteinander verständigt sind, welche Art der Schönheit und welche Form der Menschheit sie in Gedanken haben.

Ich werde daher im Fortgange meiner Untersuchungen den Weg, den die Natur in ästhetischer Hinsicht mit dem Menschen einschlägt, auch zu dem meinigen machen und mich von den Arten der Schönheit zu dem Gattungsbegriff derselben erheben. Ich werde die Wirkungen der schmelzenden Schönheit an dem angespannten Menschen und die Wirkungen der energischen an dem abgespannten prüfen, um zuletzt beide entgegengesetzte Arten der Schönheit in der Einheit des Ideal-Schönen auszulöschen, so wie jene zwei entgegengesetzten Formen der Menschheit in der Einheit des Ideal-Menschen untergehn.

Siebenundzwanzigster Brief

(…) Zwar hat die Natur auch schon dem Vernunftlosen über die Notdurft gegeben und in das dunkle tierische Leben einen Schimmer von Freiheit gestreut. Wenn den Löwen kein Hunger nagt und kein Raubtier zum Kampf herausfordert, so erschafft sich die müßige Stärke selbst einen Gegenstand; mit mutvollem Gebrüll erfüllt er die hallende Wüste, und in zwecklosem Aufwand genießt sich die üppige Kraft. Mit frohem Leben schwärmt das Insekt in dem Sonnenstrahl; auch ist es sicherlich nicht der Schrei der Begierde, den wir in dem melodischen Schlag des Singvogels hören. Unleugbar ist in diesen Bewegungen Freiheit, aber nicht Freiheit von dem Bedürfnis überhaupt, bloß von einem bestimmten, von einem äußern Bedürfnis. Das Tier *arbeitet,* wenn ein Mangel die Triebfeder seiner Tätigkeit ist, und es *spielt,* wenn der Reichtum der Kraft diese Triebfeder ist, wenn das überflüssige Leben sich selbst zur Tätigkeit stachelt. Selbst in der unbeseelten Natur zeigt sich ein solcher Luxus der Kräfte und eine Laxität der Bestimmung, die man in jenem materiellen Sinn gar wohl Spiel nennen könnte. Der Baum treibt unzählige Keime, die unentwickelt verderben, und streckt weit mehr Wurzeln, Zweige und Blätter nach Nahrung aus, als zu Erhaltung seines Individuums und seiner Gattung verwendet werden. Was er von seiner verschwenderischen Fülle ungebraucht und ungenossen dem Elementarreich zurückgibt, das darf das Lebendige in fröhlicher Bewegung verschwelgen. So gibt uns die Natur schon in ihrem materiellen Reich ein Vorspiel des Unbegrenzten und hebt hier schon *zum Teil* die Fesseln auf, deren sie sich im Reich der Form ganz und gar entledigt. Von dem Zwang des Bedürfnisses oder dem *physischen Ernste* nimmt sie durch den Zwang des Überflusses oder das *physische Spiel* den Übergang zum ästhetischen Spiele, und ehe sie sich in der hohen Freiheit des Schönen über die Fessel jedes Zweckes erhebt, nähert sie sich dieser Unabhängigkeit wenigstens von ferne schon in *der freien Bewegung*, die sich selbst Zweck und Mittel ist.

Wie die körperlichen Werkzeuge, so hat in dem Menschen auch die Einbildungskraft ihre freie Bewegung und ihr materielles Spiel, in welchem sie, ohne alle Beziehung auf Gestalt, bloß ihrer Eigenmacht und Fessellosigkeit sich freut. Insofern sich noch gar nichts von Form in diese Phantasiespiele mischt und eine ungezwungene Folge von Bildern den ganzen Reiz derselben ausmacht, gehören sie, obgleich sie dem Menschen allein zukommen können, bloß zu seinem animalischen Leben und beweisen bloß seine Befreiung von jedem äußern sinnlichen Zwang, ohne noch auf eine selbständige bildende Kraft in ihm schließen zu lassen.* Von diesem Spiel *der freien Ideenfolge,* welches noch ganz materieller Art ist und aus bloßen Naturgesetzen sich erklärt, macht endlich die Einbildungskraft in dem Versuch *einer freien Form* den Sprung zum ästhetischen Spiele. Einen Sprung muß man es nennen, weil sich eine ganz neue Kraft

* Die mehresten Spiele, welche im gemeinen Leben im Gange sind, beruhen entweder ganz und gar auf diesem Gefühle der freien Ideenfolge, oder entlehnen doch ihren größten Reiz von demselben. So wenig es aber auch an sich selbst für eine höhere Natur beweist, und so gerne sich gerade die schlaffesten Seelen diesem freien Bilderstrome zu überlassen pflegen, so ist doch eben diese Unabhängigkeit der Phantasie von äußern Eindrücken wenigstens die negative Bedingung ihres schöpferischen Vermögens. Nur indem sie sich von der Wirklichkeit losreißt, erhebt sich die bildende Kraft zum Ideale, und ehe die Imagination in ihrer produktiven Qualität nach eignen Gesetzen handeln kann, muß sie sich schon bei ihrem reproduktiven Verfahren von fremden Gesetzen frei gemacht haben. Freilich ist von der bloßen Gesetzlosigkeit zu einer selbständigen innern Gesetzgebung noch ein sehr großer Schritt zu tun, und eine ganz neue Kraft, das Vermögen der Ideen, muß hier ins Spiel gemischt werden – aber diese Kraft kann sich nunmehr auch mit mehrerer Leichtigkeit entwickeln, da die Sinne ihr nicht entgegenwirken und das Unbestimmte wenigstens negativ an das Unendliche grenzt.

hier in Handlung setzt; denn hier zum erstenmal mischt sich der gesetzgebende Geist in die Handlungen eines blinden Instinktes, unterwirft das willkürliche Verfahren der Einbildungskraft seiner unveränderlichen ewigen Einheit, legt seine Selbständigkeit in das Wandelbare und seine Unendlichkeit in das Sinnliche. Aber solange die rohe Natur noch zu mächtig ist, die kein anderes Gesetz kennt, als rastlos von Veränderung zu Veränderung fortzueilen, wird sie durch ihre unstete Willkür jener Notwendigkeit, durch ihre Unruhe jener Stetigkeit, durch ihre Bedürftigkeit jener Selbständigkeit, durch ihre Ungenügsamkeit jener erhabenen Einfalt entgegenstreben. Der ästhetische Spieltrieb wird also in seinen ersten Versuchen noch kaum zu erkennen sein, da der sinnliche mit seiner eigensinnigen Laune und seiner wilden Begierde unaufhörlich dazwischentritt. Daher sehen wir den rohen Geschmack das Neue und Überraschende, das Bunte, Abenteuerliche und Bizarre, das Heftige und Wilde zuerst ergreifen und vor nichts so sehr als vor der Einfalt und Ruhe fliehen. Er bildet groteske Gestalten, liebt rasche Übergänge, üppige Formen, grelle Kontraste, schreiende Lichter, einen pathetischen Gesang. Schön heißt ihm in dieser Epoche bloß, was ihn aufregt, was ihm Stoff gibt – aber aufregt zu einem selbsttätigen Widerstand, aber Stoff gibt *für ein mögliches Bilden,* denn sonst würde es selbst ihm nicht das Schöne sein. Mit der Form seiner Urteile ist also eine merkwürdige Veränderung vorgegangen; er sucht diese Gegenstände nicht, weil sie ihm etwas zu erleiden, sondern weil sie ihm zu handeln geben; sie gefallen ihm nicht, weil sie einem Bedürfnis begegnen, sondern weil sie einem Gesetze Genüge leisten, welches, obgleich noch leise, in seinem Busen spricht.

Bald ist er nicht mehr damit zufrieden, daß ihm die Dinge gefallen; er will selbst gefallen, anfangs zwar nur durch das, was *sein* ist, endlich durch das, was *er* ist. Was er besitzt, was er hervorbringt, darf nicht mehr bloß die Spuren der Dienstbarkeit, die ängstliche Form seines Zwecks an sich tragen; neben dem Dienst, zu dem es da ist, muß es zugleich den geistreichen

Verstand, der es dachte, die liebende Hand, die es ausführte, den heitern und freien Geist, der es wählte und aufstellte, widerscheinen. Jetzt sucht sich der alte Germanier glänzendere Tierfelle, prächtigere Geweihe, zierlichere Trinkhörner aus, und der Kaledonier wählt die nettesten Muscheln für seine Feste. Selbst die Waffen dürfen jetzt nicht mehr bloß Gegenstände des Schreckens, sondern auch des Wohlgefallens sein, und das kunstreiche Wehrgehänge will nicht weniger bemerkt sein als des Schwertes tötende Schneide. Nicht zufrieden, einen ästhetischen Überfluß in das Notwendige zu bringen, reißt sich der freiere Spieltrieb endlich ganz von den Fesseln der Notdurft los, und das Schöne wird für sich allein ein Objekt seines Strebens. Er *schmückt* sich. Die freie Lust wird in die Zahl seiner Bedürfnisse aufgenommen, und das Unnötige ist bald der beste Teil seiner Freuden.

So wie sich ihm von außen her, in seiner Wohnung, seinem Hausgeräte, seiner Bekleidung allmählich die Form nähert, so fängt sie endlich an, von ihm selbst Besitz zu nehmen und anfangs bloß den äußern, zuletzt auch den innern Menschen zu verwandeln. Der gesetzlose Sprung der Freude wird zum Tanz, die ungestalte Geste zu einer anmutigen, harmonischen Gebärdensprache; die verworrenen Laute der Empfindung entfalten sich, fangen an, dem Takt zu gehorchen und sich zum Gesange zu biegen. Wenn das trojanische Heer mit gellendem Geschrei gleich einem Zug von Kranichen ins Schlachtfeld heranstürmt, so nähert sich das griechische demselben still und mit edlem Schritt. Dort sehen wir bloß den Übermut blinder Kräfte, hier den Sieg der Form und die simple Majestät des Gesetzes.

Eine schönere Notwendigkeit kettet jetzt die Geschlechter zusammen, und der Herzen Anteil hilft das Bündnis bewahren, das die Begierde nur launisch und wandelbar knüpft. Aus ihren düstern Fesseln entlassen, ergreift das ruhigere Auge die Gestalt, die Seele schaut in die Seele, und aus einem eigennützigen Tausche der Lust wird ein großmütiger Wechsel der Neigung. Die Begierde erweitert und erhebt sich zur Liebe, so wie die Menschheit in ihrem Gegenstand aufgeht, und der niedrige Vorteil über den Sinn wird verschmäht, um über den Willen einen edelern Sieg zu erkämpfen. Das Bedürfnis zu gefallen unterwirft den Mächtigen des Geschmackes zartem Gericht; die Lust kann er rauben, aber die Liebe muß eine Gabe sein. Um diesen höhern Preis kann er nur durch Form, nicht durch Materie ringen. Er muß aufhören, das Gefühl als Kraft zu berühren, und als Erscheinung dem Verstand gegenüberstehn; er muß Freiheit lassen, weil er der Freiheit gefallen will. So wie die Schönheit den Streit der Naturen in seinem einfachsten und reinsten Exempel, in dem ewigen Gegensatz der Geschlechter löst, so löst sie ihn – oder zielt wenigstens dahin, ihn auch in dem verwickelten Ganzen der Gesellschaft zu lösen und nach dem Muster des freien Bundes, den sie dort zwischen der männlichen Kraft und der weiblichen Milde knüpft, alles Sanfte und Heftige in der moralischen Welt zu versöhnen. Jetzt wird die Schwäche heilig, und die nicht gebändigte Stärke entehrt; das Unrecht der Natur wird durch die Großmut ritterlicher Sitten verbessert. Den keine Gewalt erschrecken darf, entwaffnet die holde Röte der Scham, und Tränen ersticken eine Rache, die kein Blut löschen konnte. Selbst der Haß merkt auf der Ehre zarte Stimme, das Schwert des Überwinders verschont den entwaffneten Feind, und ein gastlicher Herd raucht dem Fremdling an der gefürchteten Küste, wo ihn sonst nur der Mord empfing.

Mitten in dem furchtbaren Reich der Kräfte und mitten in dem heiligen Reich der Gesetze baut der ästhetische Bildungstrieb unvermerkt an einem dritten, fröhlichen Reiche des Spiels und des Scheins, worin er dem Menschen die Fesseln aller Verhältnisse abnimmt und ihn von allem, was Zwang heißt, sowohl im Physischen als im Moralischen entbindet.

Wenn in dem *dynamischen* Staat der Rechte der Mensch dem Menschen als Kraft begegnet und sein Wirken beschränkt – wenn er sich ihm in dem *ethischen* Staat der Pflichten mit der Majestät des Gesetzes entgegenstellt und sein Wollen fesselt, so darf er ihm im Kreise des schönen Umgangs, in dem *ästhetischen*

Staat, nur als Gestalt erscheinen, nur als Objekt des freien Spiels gegenüberstehen. *Freiheit zu geben durch Freiheit* ist das Grundgesetz dieses Reichs.

Der dynamische Staat kann die Gesellschaft bloß möglich machen, indem er die Natur durch Natur bezähmt; der ethische Staat kann sie bloß (moralisch) notwendig machen, indem er den einzelnen Willen dem allgemeinen unterwirft; der ästhetische Staat allein kann sie wirklich machen, weil er den Willen des Ganzen durch die Natur des Individuums vollzieht. Wenn schon das Bedürfnis den Menschen in die Gesellschaft nötigt und die Vernunft gesellige Grundsätze in ihm pflanzt, so kann die Schönheit allein ihm einen *geselligen Charakter* erteilen. Der Geschmack allein bringt Harmonie in die Gesellschaft, weil er Harmonie in dem Individuum stiftet. Alle andern Formen der Vorstellung trennen den Menschen, weil sie sich ausschließend entweder auf den sinnlichen oder auf den geistigen Teil seines Wesens gründen; nur die schöne Vorstellung macht ein Ganzes aus ihm, weil seine beiden Naturen dazu zusammenstimmen müssen. Alle andere Formen der Mitteilung trennen die Gesellschaft, weil sie sich ausschließend entweder auf die Privatempfänglichkeit oder auf die Privatfertigkeit der einzelnen Glieder, also auf das Unterscheidende zwischen Menschen und Menschen beziehen; nur die schöne Mitteilung vereinigt die Gesellschaft, weil sie sich auf das Gemeinsame aller bezieht. Die Freuden der Sinne genießen wir bloß als Individuen, ohne daß die Gattung, die in uns wohnt, daran Anteil nähme; wir können also unsre sinnlichen Freuden nicht zu allgemeinen erweitern, weil wir unser Individuum nicht allgemein machen können. Die Freuden der Erkenntnis genießen wir bloß als Gattung, und indem wir jede Spur des Individuums sorgfältig aus unserm Urteil entfernen; wir können also unsere Vernunftfreuden nicht allgemein machen, weil wir die Spuren des Individuums aus dem Urteile anderer nicht so wie aus dem unsrigen, ausschließen können. Das Schöne allein genießen wir als Individuum und als Gattung zugleich, d.h. als *Repräsentanten* der Gattung. Das sinnliche Gute kann nur *einen* Glücklichen machen, da es sich auf Zueignung gründet, welche immer eine Ausschließung mit sich führt; es kann diesen *einen* auch nur einseitig glücklich machen, weil die Persönlichkeit nicht daran teilnimmt. Das absolut Gute kann nur unter Bedingungen glücklich machen, die allgemein nicht vorauszusetzen sind; denn die Wahrheit ist nur der Preis der Verleugnung, und an den reinen Willen glaubt nur ein reines Herz. Die Schönheit allein beglückt alle Welt, und jedes Wesen vergißt seiner Schranken, solang es ihren Zauber erfährt.

Kein Vorzug, keine Alleinherrschaft wird geduldet, soweit der Geschmack regiert und das Reich des schönen Scheins sich verbreitet. Dieses Reich erstreckt sich aufwärts, bis wo die Vernunft mit unbedingter Notwendigkeit herrscht und alle Materie aufhört; es erstreckt sich niederwärts, bis wo der Naturtrieb mit blinder Nötigung waltet und die Form noch nicht anfängt; ja selbst auf diesen äußersten Grenzen, wo die gesetzgebende Macht ihm genommen ist, läßt sich der Geschmack doch die vollziehende nicht entreißen. Die ungesellige Begierde muß ihrer Selbstsucht entsagen und das Angenehme, welches sonst nur die Sinne lockt, das Netz der Anmut auch über die Geister auswerfen. Der Notwendigkeit strenge Stimme, die Pflicht, muß ihre vorwerfende Formel verändern, die nur der Widerstand rechtfertigt, und die willige Natur durch ein edleres Zutrauen ehren. Aus den Mysterien der Wissenschaft führt der Geschmack die Erkenntnis unter den offenen Himmel des Gemeinsinns heraus und verwandelt das Eigentum der Schulen in ein Gemeingut der ganzen menschlichen Gesellschaft. In seinem Gebiete muß auch der mächtigste Genius sich seiner Hoheit begeben und zu dem Kindersinn vertraulich herniedersteigen. Die Kraft muß sich binden lassen durch die Huldgöttinnen, und der trotzige Löwe dem Zaum eines Amors gehorchen. Dafür breitet er über das physische Bedürfnis, das in seiner nackten Gestalt die Würde freier Geister beleidigt, seinen mildernden Schleier aus und verbirgt uns die entehrende Verwandtschaft mit dem Stoff in einem lieblichen Blendwerk von Freiheit. Beflügelt durch ihn entschwingt sich auch die kriechende Lohnkunst dem Staube, und die Fesseln der Leibeigenschaft fallen, von seinem Stabe berührt, von dem Leblosen wie von dem Lebendigen ab. In dem ästhetischen Staate ist alles – auch das dienende Werkzeug ein freier Bürger, der mit dem edelsten gleiche Rechte hat, und der Verstand, der die duldende Masse unter seine Zwecke gewalttätig beugt, muß sie hier um ihre Beistimmung fragen. Hier also, in dem Reiche des ästhetischen Scheins, wird das Ideal der Gleichheit erfüllt, welches der Schwärmer so gern auch dem Wesen nach realisiert sehen möchte; und wenn es wahr ist, daß der schöne Ton in der Nähe des Thrones am frühesten und am vollkommensten reift, so müßte man auch hier die gütige Schikkung erkennen, die den Menschen oft nur deswegen in der Wirklichkeit einzuschränken scheint, um ihn in eine idealische Welt zu treiben.

Existiert aber auch ein solcher Staat des schönen Scheins, und wo ist er zu finden? Dem Bedürfnis nach existiert er in jeder feingestimmten Seele, der Tat nach möchte man ihn wohl nur, wie die reine Kirche und die reine Republik, in einigen wenigen auserlesenen Zirkeln finden, wo nicht die geistlose Nachahmung fremder Sitten, sondern eigne schöne Natur das Betragen lenkt, wo der Mensch durch die verwickeltsten Verhältnisse mit kühner Einfalt und ruhiger Unschuld geht und weder nötig hat, fremde Freiheit zu kränken, um die seinige zu behaupten, noch seine Würde wegzuwerfen, um Anmut zu zeigen.

Das Ideal und das Leben

Ewigklar und spiegelrein und eben
Fließt das zephyrleichte Leben
Im Olymp den Seligen dahin.
Monde wechseln und Geschlechter fliehen,
Ihrer Götterjugend Rosen blühen
Wandellos im ewigen Ruin.
Zwischen Sinnenglück und Seelenfrieden
Bleibt dem Menschen nur die bange Wahl.
Auf der Stirn des hohen Uraniden
Leuchtet ihr vermählter Strahl.

Wollt ihr schon auf Erden Göttern gleichen,
Frei sein in des Todes Reichen,
Brechet nicht von seines Gartens Frucht.
An dem Scheine mag der Blick sich weiden,
Des Genusses wandelbare Freuden
Rächet schleunig der Begierde Flucht.
Selbst der Styx, der neunfach sie umwindet,
Wehrt die Rückkehr Ceres' Tochter nicht,
Nach dem Apfel greift sie, und es bindet
Ewig sie des Orkus Pflicht.

Nur der Körper eignet jenen Mächten,
Die das dunkle Schicksal flechten,
Aber frei von jeder Zeitgewalt,
Die Gespielin seliger Naturen
Wandelt oben in des Lichtes Fluren
Göttlich unter Göttern, die *Gestalt.*
Wollt ihr hoch auf ihren Flügeln schweben,
Werft die Angst des Irdischen von euch.

Fliehet aus dem engen, dumpfen Leben
In des Ideales Reich!

Jugendlich, von allen Erdenmalen
Frei, in der Vollendung Strahlen
Schwebet hier der Menschheit Götterbild,
Wie des Lebens schweigende Phantome
Glänzend wandeln an dem stygschen Strome,
Wie sie stand im himmlischen Gefild,
Ehe noch zum traurgen Sarkophage
Die Unsterbliche herunterstieg.
Wenn im Leben noch des Kampfes Waage
Schwankt, erscheinet hier der Sieg.

Nicht vom Kampf die Glieder zu entstricken,
Den Erschöpften zu erquicken,
Wehet hier des Sieges duftger Kranz.
Mächtig, selbst wenn eure Sehnen ruhten,
Reißt das Leben euch in seine Fluten,
Euch die Zeit in ihren Wirbeltanz.
Aber sinkt des Mutes kühner Flügel
Bei der Schranken peinlichem Gefühl,
Dann erblicket von der Schönheit Hügel
Freudig das erflogne Ziel.

Wenn es gilt, zu herrschen und zu schirmen,
Kämpfer gegen Kämpfer stürmen
Auf des Glückes, auf des Ruhmes Bahn,
Da mag Kühnheit sich an Kraft zerschlagen
Und mit krachendem Getös die Wagen
Sich vermengen auf bestäubtem Plan.
Mut allein kann hier den Dank erringen,
Der am Ziel des Hippodromes winkt.
Nur der Starke wird das Schicksal zwingen,
Wenn der Schwächling untersinkt.

Aber der, von Klippen eingeschlossen,
Wild und schäumend sich ergossen,
Sanft und eben rinnt des Lebens Fluß
Durch der Schönheit stille Schattenlande,
Und auf seiner Wellen Silberrande
Malt Aurora sich und Hesperus.
Aufgelöst in zarter Wechselliebe,
In der Anmut freiem Bund vereint,
Ruhen hier die ausgesöhnten Triebe,
Und verschwunden ist der Feind.

Wenn, das Tote bildend zu beseelen,
Mit dem Stoff sich zu vermählen,
Tatenvoll der Genius entbrennt,
Da, da spanne sich des Fleißes Nerve,
Und beharrlich ringend unterwerfe
Der Gedanke sich das Element.
Nur dem Ernst, den keine Mühe bleichet,
Rauscht der Wahrheit tief versteckter Born,
Nur des Meißels schwerem Schlag erweichet
Sich des Marmors sprödes Korn.

Aber dringt bis in der Schönheit Sphäre,
Und im Staube bleibt die Schwere
Mit dem Stoff, den sie beherrscht, zurück.
Nicht der Masse qualvoll abgerungen,
Schlank und leicht, wie aus dem Nichts gesprungen,
Steht das Bild vor dem entzückten Blick.
Alle Zweifel, alle Kämpfe schweigen
In des Sieges hoher Sicherheit,
Ausgestoßen hat es jeden Zeugen
Menschlicher Bedürftigkeit.

Wenn ihr in der Menschheit traurger Blöße
Steht vor des Gesetzes Größe,

Wenn dem Heiligen die Schuld sich naht,
Da erblasse vor der Wahrheit Strahle
Eure Tugend, vor dem Ideale
Fliehe mutlos die beschämte Tat.
Kein Erschaffner hat dies Ziel erflogen,
Über diesen grauenvollen Schlund
Trägt kein Nachen, keiner Brücke Bogen,
Und kein Anker findet Grund.

Aber flüchtet aus der Sinne Schranken
In die Freiheit der Gedanken,
Und die Furchterscheinung ist entflohn.
Und der ewge Abgrund wird sich füllen;
Nehmt die Gottheit auf in euren Willen,
Und sie steigt von ihrem Weltenthron.
Des Gesetzes strenge Fessel bindet
Nur den Sklavensinn, der es verschmäht,
Mit des Menschen Widerstand verschwindet
Auch des Gottes Majestät.

Wenn der Menschheit Leiden euch umfangen,
Wenn dort Priams Sohn der Schlangen
Sich erwehrt mit namenlosem Schmerz,
Da empöre sich der Mensch! Es schlage
An des Himmels Wölbung seine Klage
Und zerreiße euer fühlend Herz!
Der Natur furchtbare Stimme siege,
Und der Freude Wange werde bleich,
Und der heilgen Sympathie erliege
Das Unsterbliche in euch!

Aber in den heitern Regionen,
Wo die reinen Formen wohnen,
Rauscht des Jammers trüber Sturm nicht mehr.
Hier darf Schmerz die Seele nicht durchschneiden,

Keine Träne fließt hier mehr den Leiden,
Nur des Geistes tapfrer Gegenwehr.
Lieblich, wie der Iris Farbenfeuer
Auf der Donnerwolke duftgem Tau,
Schimmert durch der Wehmut düstern Schleier
Hier der Ruhe heitres Blau.

Tief erniedrigt zu des Feigen Knechte,
Ging in ewigem Gefechte
Einst Alcid des Lebens schwere Bahn,
Rang mit Hydern und umarmt' den Leuen,
Stürzte sich, die Freunde zu befreien,
Lebend in des Totenschiffers Kahn.
Alle Plagen, alle Erdenlasten
Wälzt der unversöhnten Göttin List
Auf die willgen Schultern des Verhaßten,
Bis sein Lauf geendigt ist –

Bis der Gott, des Irdischen entkleidet,
Flammend sich vom Menschen scheidet
Und des Äthers leichte Lüfte trinkt.
Froh des neuen, ungewohnten Schwebens,
Fließt er aufwärts, und des Erdenlebens
Schweres Traumbild sinkt und sinkt und sinkt.
Des Olympus Harmonien empfangen
Den Verklärten in Kronions Saal,
Und die Göttin mit den Rosenwangen
Reicht ihm lächelnd den Pokal.

IV. PHILOSOPHIE DER RELIGION

Nänie

Auch das Schöne muß sterben! Das Menschen und Götter bezwinget,
Nicht die eherne Brust rührt es des stygischen Zeus.
Einmal nur erweichte die Liebe den Schattenbeherrscher,
Und an der Schwelle noch, streng, rief er zurück sein Geschenk.
Nicht stillt Aphrodite dem schönen Knaben die Wunde,
Die in den zierlichen Leib grausam der Eber geritzt.
Nicht errettet den göttlichen Held die unsterbliche Mutter,
Wann er, am skäischen Tor fallend, sein Schicksal erfüllt.
Aber sie steigt aus dem Meer mit allen Töchtern des Nereus,
Und die Klage hebt an um den verherrlichten Sohn.
Siehe! Da weinen die Götter, es weinen die Göttinnen alle,
Daß das Schöne vergeht, daß das Vollkommene stirbt.
Auch ein Klaglied zu sein im Mund der Geliebten, ist herrlich,
Denn das Gemeine geht klanglos zum Orkus hinab.

Die Sendung Moses'

Die Gründung des jüdischen Staats durch Moses ist eine der denkwürdigsten Begebenheiten, welche die Geschichte aufbewahrt hat, wichtig durch die Stärke des Verstandes, wodurch sie ins Werk gerichtet worden, wichtiger noch durch ihre Folgen auf die Welt, die noch bis auf diesen Augenblick fortdauern. Zwei Religionen, welche den größten Teil der bewohnten Erde beherrschen, das Christentum und der Islamismus, stützen sich beide auf die Religion der Hebräer, und ohne diese würde es niemals weder ein Christentum noch einen Koran gegeben haben.

Ja in einem gewissen Sinne ist es unwiderleglich wahr, daß wir der mosaischen Religion einen großen Teil der Aufklärung danken, deren wir uns heutigestags erfreuen. Denn durch sie wurde eine kostbare Wahrheit, welche die sich selbst überlassene Vernunft erst nach seiner langsamen Entwicklung würde gefunden haben, die Lehre von dem einigen Gott, vorläufig unter dem Volke verbreitet und als ein Gegenstand des blinden Glaubens so lange unter demselben erhalten, bis sie endlich in den helleren Köpfen zu einem Vernunftbegriff reifen konnte. Dadurch wurden einem großen Teil des Menschengeschlechtes alle die traurigen Irrwege erspart, worauf der Glaube an Vielgötterei zuletzt führen muß, und die hebräische Verfassung erhielt den ausschließenden Vorzug, daß die Religion der Weisen mit der Volksreligion nicht in direktem Widerspruche stand, wie es doch bei den aufgeklärten Heiden der Fall war. Aus diesem Standpunkt betrachtet, muß uns die Nation der Hebräer als ein wichtiges universalhistorisches Volk erscheinen, und alles Böse, welches man diesem Volke nachzusagen gewohnt ist, alle Bemühungen witziger Köpfe, es zu verkleinern, werden uns nicht hindern, gerecht gegen dasselbe zu sein. Die Unwürdigkeit und Verworfenheit der Nation kann das erhabene Verdienst ihres Gesetzgebers nicht vertilgen und ebenso wenig den großen Einfluß vernichten, den diese Nation mit Recht in der Weltgeschichte behauptet. Als ein unreines und gemeines Gefäß, worin aber etwas sehr Kostbares aufbewahret worden, müssen wir sie schätzen; wir müssen in ihr den Kanal verehren, den, so unrein er auch war, die Vorsicht erwählte, uns das edelste aller Güter, die Wahrheit zuzuführen, den sie aber auch zerbrach, sobald er geleistet hatte, was er sollte. Auf diese Art werden wir gleich weit entfernt sein, dem hebräischen Volk einen Wert aufzudringen, den es nie gehabt hat, und ihm ein Verdienst zu rauben, das ihm nicht streitig gemacht werden kann.

Die Hebräer kamen, wie bekannt ist, als eine einzige Nomadenfamilie, die nicht über 70 Seelen begriff, nach Ägypten und wurden erst in Ägypten zum Volk. Während eines Zeitraums von ohngefähr 400 Jahren, die sie in diesem Lande zubrachten, vermehrten sie sich beinahe bis zu zwei Millionen, unter welchen 600000 streitbare Männer gezählt wurden, als sie aus diesem Königreich zogen. Während dieses langen Aufenthalts lebten sie abgesondert von den Ägyptern, abgesondert sowohl durch den eigenen Wohnplatz, den sie einnahmen, als auch durch ihren nomadischen Stand, der sie allen Eingebornen des Landes zum Abscheu machte und von allem Anteil an den bürgerlichen Rechten der Ägypter ausschloß. Sie regierten sich nach nomadischer Art fort, der Hausvater die Familie, der Stammfürst die Stämme, und machten auf diese Art einen Staat im Staat aus, der endlich durch seine ungeheure Vermehrung die Besorgnis der Könige erweckte.

Eine solche abgesonderte Menschenmenge im Herzen des Reichs, durch ihre nomadische Lebensart müßig, die unter sich sehr genau zusammenhielt, mit dem Staat aber gar kein Interesse gemein hatte, konnte bei einem feindlichen Einfall gefährlich werden und leicht in Versuchung geraten, die Schwäche des Staats, deren müßige Zuschauerin sie war, zu benutzen. Die Staatsklugheit riet also, sie scharf zu bewachen, zu beschäftigen und auf Verminderung ihrer Anzahl zu denken. Man drückte sie also mit schwerer Arbeit, und wie man auf diesem Wege gelernt hatte, sie dem Staat sogar nützlich zu machen, so vereinigte sich nun auch der Eigennutz mit der Politik, um ihre Lasten zu vermehren. Unmenschlich zwang man sie zu öffentlichem Frondienst und stellte besondre Vögte an, sie anzutreiben und zu mißhandeln. Diese barbarische Behandlung hinderte aber nicht, daß sie sich nicht immer stärker ausbreiteten. Eine gesunde Politik würde also natürlich darauf geführt haben, sie unter den übrigen Einwohnern zu verteilen und ihnen gleiche Rechte mit diesen zu geben; aber dieses erlaubte der allgemeine Abscheu nicht, den die Ägypter gegen sie hegten. Dieser Abscheu wurde noch durch die Folgen vermehrt, die er notwendig haben mußte. Als der König der Ägypter der Familie Jakobs die Provinz Gosen (an der Ostseite des untern Nils) zum Wohnplatz einräumte, hatte er schwerlich auf eine Nachkommenschaft von 2 Millionen gerechnet, die darin Platz haben sollte; die Provinz war also wahrscheinlich nicht von besonderm Umfang, und das Geschenk war immer schon großmütig genug, wenn auch nur auf den hundertsten Teil dieser Nachkommenschaft dabei Rücksicht genommen worden. Da sich nun der Wohnplatz der Hebräer nicht in gleichem Verhältnis mit ihrer Bevölkerung erweiterte, so mußten sie mit jeder Generation immer enger und enger wohnen, bis sie sich zuletzt, auf eine der Gesundheit höchst nachteilige Art, in dem engsten Raume zusammendrängten. Was war natürlicher, als daß sich nun eben die Folgen einstellten, welche in einem solchen Fall unausbleiblich sind? – die höchste Unreinlichkeit und ansteckende Seuchen. Hier also wurde schon der erste Grund zu dem Übel gelegt, welches dieser Nation bis auf die heutigen Zeiten eigen geblieben ist; aber damals mußte es in einem fürchterlichen Grade wüten. Die schrecklichste Plage dieses Himmelstrichs, der Aussatz, riß unter ihnen ein und erbte sich durch viele Generationen hinunter. Die Quellen des Lebens und der Zeugung wurden langsam durch ihn vergiftet, und aus einem zufälligen Übel entstand endlich eine erbliche Stammeskonstitution. Wie allgemein dieses Übel gewesen, erhellt schon aus der Menge der Vorkehrungen, die der Gesetzgeber dagegen gemacht hat; und das einstimmige Zeugnis der Profanskribenten, des Ägyptiers Manetho, des Diodor von Sizilien, des Tacitus, des Lysimachus, Strabo und vieler andern, welche von der jüdischen Nation fast gar nichts als diese Volkskrankheit des Aussatzes kennen, beweist, wie allgemein und wie tief der Eindruck davon bei den Ägyptern gewesen sei.

Dieser Aussatz also, eine natürliche Folge ihrer engen Wohnung, ihrer schlechten und kärglichen Nahrung und der Mißhandlung, die man gegen sie ausübte, wurde wieder zu einer neuen Ursache derselben. Die man anfangs als Hirten verachtete und als Fremdlinge mied, wurden jetzt als Verpestete geflohen und verabscheut. Zu der Furcht und dem Widerwillen also, welche man in Ägypten von jeher gegen sie gehegt, gesellte sich noch Ekel und eine tiefe zurückstoßende Verachtung. Gegen Menschen, die der Zorn der Götter auf eine so schreckliche Art ausgezeichnet, hielt man sich alles für erlaubt, und man trug kein Bedenken, ihnen die heiligsten Menschenrechte zu entziehen.

Kein Wunder, daß die Barbarei gegen sie in eben dem Grade stieg, als die Folgen dieser barbarischen Behandlung sichtbarer wurden, und daß man sie immer härter für das Elend strafte, welches man ihnen doch selbst zugezogen hatte.

Die schlechte Politik der Ägypter wußte den Fehler, den sie gemacht hatte, nicht anders als durch einen neuen und gröbern Fehler zu verbessern. Da es ihr, alles Drucks ungeachtet, nicht gelang, die Quellen der Bevölkerung zu verstopfen, so verfiel sie auf einen ebenso unmenschlichen als elenden Ausweg, die neugebornen Söhne sogleich durch die Hebammen erwürgen zu lassen. Aber Dank der bessern Natur des Menschen! Despoten sind nicht immer gut befolgt, wenn sie Abscheulichkeiten gebieten. Die Hebammen in Ägypten wußten dieses unnatürliche Gebot zu verhöhnen, und die Regierung konnte ihre gewalttätigen Maßregeln nicht anders als durch gewaltsame Mittel durchsetzen. Bestellte Mörder durchstreiften auf königlichen Befehl die Wohnung der Hebräer und ermordeten in der Wiege alles, was männlich war. Auf diesem Wege freilich mußte die ägyptische Regierung doch zuletzt ihren Zweck durchsetzen und, wenn kein Retter sich ins Mittel schlug, die Nation der Juden in wenigen Generationen gänzlich vertilgt sehen.

Woher sollte aber nun den Hebräern dieser Retter kommen? Schwerlich aus der Mitte der Ägypter selbst, denn wie sollte sich einer von diesen für eine Nation verwenden, die ihm fremd war, deren Sprache er nicht einmal verstand und sich gewiß nicht die Mühe nahm zu erlernen, die ihm eines bessern Schicksals ebenso unfähig als unwürdig scheinen mußte. Aus ihrer eignen Mitte aber noch viel weniger, denn was hat die Unmenschlichkeit der Ägypter im Verlauf einiger Jahrhunderte aus dem Volk der Hebräer endlich gemacht? Das roheste, das bösartigste, das verworfenste Volk der Erde, durch eine dreihundertjährige Vernachlässigung verwildert, durch einen so langen knechtischen Druck verzagt gemacht und erbittert, durch eine erblich auf ihm haftende Infamie vor sich selbst erniedrigt, entnervt und gelähmt zu allen heroischen Entschlüssen, durch eine so lange anhaltende Dummheit endlich fast bis zum Tier heruntergestoßen. Wie sollte aus einer so verwahrlosten Menschenrasse ein freier Mann, ein erleuchteter Kopf, ein Held oder ein Staatsmann hervorgehen? Wo sollte sich ein Mann unter ihnen finden, der einem so tief verachteten Sklavenpöbel Ansehen, einem so lang gedrückten Volke Gefühl seiner selbst, einem so unwissenden rohen Hirtenhaufen Überlegenheit über seine verfeinerte Unterdrücker verschaffte? Unter den damaligen Hebräern konnte ebensowenig als unter der verworfenen Kaste der Parias unter den Hindu ein kühner und heldenmütiger Geist entstehen.

Hier muß uns die große Hand der Vorsicht, die den verworrensten Knoten durch die einfachsten Mittel löst, zur Bewunderung hinreißen – aber nicht derjenigen Vorsicht, welche sich auf dem gewaltsamen Wege der Wunder in die Ökonomie der Natur einmengt, sondern derjenigen, welche der Natur selbst eine solche Ökonomie vorgeschrieben hat, außerordentliche Dinge auf dem ruhigsten Wege zu bewirken. Einem gebornen Ägypter fehlte es an der nötigen Aufforderung, an dem Nationalinteresse für die Hebräer, um sich zu ihrem Erretter aufzuwerfen. Einem bloßen Hebräer mußte es an Kraft und Geist zu dieser Unternehmung gebrechen. Was für einen Ausweg erwählte also das Schicksal? Es nahm einen Hebräer, entriß ihn aber frühzeitig seinem rohen Volk und verschaffte ihm den Genuß ägyptischer Weisheit; und so wurde ein Hebräer, ägyptisch erzogen, das Werkzeug, wodurch diese Nation aus der Knechtschaft entkam.

Eine hebräische Mutter aus dem levitischen Stamme hatte ihren neugebornen Sohn drei Monate lang vor den Mördern verborgen, die aller männlichen Leibesfrucht unter ihrem Volke nachstellten; endlich gab sie die Hoffnung auf, ihm länger eine Freistatt bei sich zu gewähren. Die Not gab ihr eine List ein, wodurch sie ihn vielleicht zu erhalten hoffte. Sie legte ihren Säugling in eine kleine Kiste von Papyrus, welche sie durch Pech gegen das Eindringen des Wassers verwahrt hatte, und wartete die Zeit ab, wo die Tochter des Pharao gewöhnlich zu baden pflegte. Kurz vorher mußte die Schwester des Kindes die Kiste, worin es war, in das Schilf legen, an welchem die Königstochter vorbeikam und wo es dieser also in die Augen fallen mußte. Sie selbst aber blieb in der Nähe, um das fernere Schicksal des Kindes abzuwarten. Die Tochter des Pharao wurde es bald gewahr, und da der Knabe ihr gefiel, so beschloß sie, ihn zu retten. Seine Schwester wagte es nun, sich zu nähern, und erbot sich, ihm eine hebräische Amme zu bringen, welches ihr von der Prinzessin bewilligt wird. Zum zweitenmal erhält also die Mutter ihren Sohn, und nun darf sie ihn ohne Gefahr und öffentlich erziehen. So erlernte er denn die Sprache seiner Nation und wurde bekannt mit ihren Sitten, während daß seine Mutter wahrscheinlich nicht versäumte, ein recht rührendes Bild des allgemeinen Elends in seine zarte Seele zu pflanzen. Als er die Jahre erreicht hatte, wo er der mütterlichen Pflege nicht mehr bedurfte und wo es nötig wurde, ihn dem allgemeinen Schicksal seines Volks zu entziehen, brachte ihn seine Mutter der Königstochter wieder und überließ *ihr* nun das fernere Schicksal des Knaben. Die Tochter des Pharao adoptierte ihn und gab ihm den Namen Moses, weil er aus dem Wasser gerettet worden. So wurde er denn aus einem Sklavenkinde und einem Schlachtopfer des Todes der Sohn einer Königstochter und als solcher aller Vorteile teilhaftig, welche die Kinder der Könige genossen. Die Priester, zu deren Orden er in eben dem Augenblick gehörte, als er der königlichen Familie einverleibt wurde, übernahmen jetzt seine Erziehung und unterrichteten ihn in aller ägyptischen Weisheit, die das ausschließende Eigentum ihres Standes war. Ja es ist wahrscheinlich, daß sie ihm keines ihrer Geheimnisse vorenthalten haben, da eine Stelle des ägyptischen Geschichtschreibers Manetho, worin er den Moses zu einem Apostaten der ägyptischen Religion und einem aus Heliopolis entflohenen Priester macht, uns vermuten läßt, daß er zum priesterlichen Stande bestimmt gewesen.

Um also zu bestimmen, was Moses in dieser Schule empfangen haben konnte, und welchen Anteil die Erziehung, die er unter den ägyptischen Priestern empfing, an seiner nachherigen Gesetzgebung gehabt hat, müssen wir uns in eine nähere Untersuchung dieses Instituts einlassen und über das, was darin gelehrt und getrieben wurde, das Zeugnis alter Schriftsteller hören. Schon der Apostel Stephanus läßt ihn in aller Weisheit der Ägyptier unterrichtet sein. Der Geschichtschreiber Philo sagt, Moses sei von den ägyptischen Priestern in der Philosophie der Symbolen und Hieroglyphen wie auch in den Geheimnissen der heiligen Tiere eingeweiht worden. Eben dieses Zeugnis bestätigen mehrere, und wenn man erst einen Blick auf das, was man ägyptische Mysterien nannte, geworfen hat, so wird sich zwischen diesen Mysterien und dem, was Moses nachher getan und verordnet hat, eine merkwürdige Ähnlichkeit ergeben.

Die Gottesverehrung der ältesten Völker ging, wie bekannt ist, sehr bald in Vielgötterei und Aberglauben über, und selbst bei denjenigen Geschlechtern, die uns die Schrift als Verehrer des wahren Gottes nennt, waren die Ideen vom höchsten Wesen weder rein noch edel und auf nichts weniger als eine helle vernünftige Einsicht gegründet. Sobald aber durch bessere Einrichtung der bürgerlichen Gesellschaft und durch Gründung eines ordentlichen Staats die Stände getrennt und die Sorge für göttliche Dinge das Eigentum eines besondern Standes geworden, sobald der menschliche Geist durch Befreiung von allen zerstreuenden Sorgen Muße empfing, sich ganz allein der Betrachtung seiner selbst und der Natur hinzugeben, sobald endlich auch hellere Blicke in die physische Ökonomie der Natur getan worden, mußte die Vernunft endlich über jene groben Irrtümer siegen, und die Vorstellung von dem höchsten Wesen mußte sich veredeln. Die Idee von einem allgemeinen Zusammenhang der Dinge mußte unausbleiblich zum Begriff eines einzigen höchsten Verstandes führen, und jene Idee, wo eher hätte sie aufkeimen sollen als in dem Kopf eines Priesters? Da Ägypten der erste kultivierte Staat war, den die Geschichte kennt, und die ältesten Mysterien sich ursprünglich aus Ägypten herschreiben, so war es auch aller Wahrscheinlichkeit nach hier, wo die erste Idee von der Einheit des höchsten Wesens zuerst in einem menschlichen Gehirne vorgestellt wurde. Der glückliche Finder dieser seelenerhebenden Idee suchte sich nun unter denen, die um ihn waren, fähige Subjekte aus, denen er sie als einen heiligen Schatz übergab, und so erbte sie sich von einem Denker zum andern, durch wer weiß wie viele Generationen fort, bis sie zuletzt das Eigentum einer ganzen kleinen Gesellschaft wurde, die fähig war, sie zu fassen und weiter auszubilden.

Da aber schon ein gewisses Maß von Kenntnissen und eine gewisse Ausbildung des Verstandes erfodert wird, die Idee eines einigen Gottes recht zu fassen und anzuwenden, da der Glaube an die göttliche Einheit Verachtung der Vielgötterei, welches doch die herrschende Religion war, notwendig mit sich bringen mußte, so begriff man bald, daß es unvorsichtig, ja gefährlich sein würde, diese Idee öffentlich und allgemein zu verbreiten. Ohne vorher die hergebrachten Götter des Staats zu stürzen und sie in ihrer lächerlichen Blöße zu zeigen, konnte man dieser neuen Lehre keinen Eingang versprechen. Aber man konnte ja weder voraussehen noch hoffen, daß jeder von denen, welchen man den alten Aberglauben lächerlich machte, auch sogleich fähig sein würde, sich zu der reinen und schweren Idee des Wahren zu erheben. Überdem war ja die ganze bürgerliche Verfassung auf jenen Aberglauben gegründet; stürzte man diesen ein, so stürzte man zugleich alle Säulen, von welchen das ganze Staatsgebäude getragen wurde, und es war noch sehr ungewiß, ob die neue Religion, die man an seinen Platz stellte, auch sogleich fest genug stehen würde, um jenes Gebäude zu tragen.

Mißlang hingegen der Versuch, die alten Götter zu stürzen, so hatte man den blinden Fanatismus gegen sich bewaffnet und sich einer tollen Menge zum Schlachtopfer preisgegeben. Man fand also für besser, die neue gefährliche Wahrheit zum ausschließenden Eigentum einer kleinen geschlossenen Gesellschaft zu machen, diejenigen, welche das gehörige Maß von Fassungskraft dafür zeigten, aus der Menge hervorzuziehen und in den Bund aufzunehmen und die Wahrheit selbst, die man unreinen Augen entziehen wollte, mit einem geheimnisvollen Gewand zu umkleiden, das nur derjenige wegziehen könnte, den man selbst dazu fähig gemacht hätte.

Man wählte dazu die Hieroglyphen, eine sprechende Bilderschrift, die einen allgemeinen Begriff in einer Zusammenstellung sinnlicher Zeichen verbarg und auf einigen willkürlichen Regeln beruhte, worüber man übereingekommen war. Da es diesen erleuchteten Männern von dem Götzendienst her noch bekannt war, wie stark auf dem Wege der Einbildungskraft und der Sinne auf jugendliche Herzen zu wirken sei, so trugen sie kein Bedenken, von diesem Kunstgriffe des Betrugs auch zum Vorteil der Wahrheit Gebrauch zu machen. Sie brachten also die neuen Begriffe mit einer gewissen sinnlichen Feierlichkeit in die Seele, und durch allerlei Anstalten, die diesem Zweck angemessen waren, setzten sie das Gemüt ihres Lehrlings vorher in den Zustand leidenschaftlicher Bewegung, der es für die neue Wahrheit empfänglich machen sollte. Von dieser Art waren die Reinigungen, die der Einzuweihende vornehmen mußte, das Waschen und Besprengen, das Einhüllen in leinene Kleider, Enthaltung von allen sinnlichen Genüssen, Spannung und Erhebung des Gemüts durch Gesang, ein bedeutendes Stillschweigen, Abwechselung zwischen Finsternis und Licht und dergleichen.

Diese Zeremonien, mit jenen geheimnisvollen Bildern und Hieroglyphen verbunden, und die verborgenen Wahrheiten, welche in diesen Hieroglyphen versteckt lagen und durch jene Gebräuche vorbereitet wurden, wurden zusammengenommen unter dem Namen der Mysterien begriffen. Sie hatten ihren Sitz in den Tempeln der Isis und des Serapis und waren das Vorbild, wornach in der Folge die Mysterien in Eleusis und Samothrazien und in neuern Zeiten der Orden der Freimaurer sich gebildet hat.

Es scheint außer Zweifel gesetzt, daß der Inhalt der alterältesten Mysterien in Heliopolis und Memphis, während ihres unverdorbenen Zustands, Einheit Gottes und Widerlegung des Paganismus war, und daß die Unsterblichkeit der Seele darin vorgetragen wurde. Diejenigen, welche dieser wichtigen Aufschlüsse teilhaftig waren, nannten sich Anschauer oder Epopten, weil die Erkennung einer vorher verborgenen Wahrheit mit dem Übertritt aus der Finsternis zum Lichte zu vergleichen ist, vielleicht auch darum, weil sie die neuerkannten Wahrheiten in sinnlichen Bildern wirklich und eigentlich anschauten.

Zu dieser Anschauung konnten sie aber nicht auf einmal gelangen, weil der Geist erst von manchen Irrtümern gereinigt, erst durch mancherlei Vorbereitungen gegangen sein mußte, ehe er das volle Licht der Wahrheit ertragen konnte. Es gab also Stufen oder Grade, und erst im innern Heiligtum fiel die Decke ganz von ihren Augen.

Die Epopten erkannten eine einzige höchste Ursache aller Dinge, eine Urkraft der Natur, das Wesen aller Wesen, welches einerlei war mit dem Demiurgos der griechischen Weisen. Nichts ist erhabener als die einfache Größe, mit der sie von dem Weltschöpfer sprachen. Um ihn auf eine recht entscheidende Art auszuzeichnen, gaben sie ihm gar keinen Namen. »Ein Name«, sagten sie, »ist bloß ein Bedürfnis der Unterscheidung, wer allein ist, hat keinen Namen nötig, denn es ist keiner da, mit dem er verwechselt werden könnte.« Unter einer alten Bildsäule der Isis las man die Worte: *»Ich bin, was da ist«*, und auf einer Pyramide zu Sais fand man die uralte merkwürdige Inschrift: »Ich bin alles, was ist, was war und was sein wird, kein sterblicher Mensch hat meinen Schleier aufgehoben.« Keiner durfte den Tempel des Serapis betreten, der nicht den Namen Jao – oder J-ha-ho, ein Name, der mit dem hebräischen Jehovah fast gleichlautend, auch vermutlich von dem nämlichen Inhalt ist – an der Brust oder Stirn trug; und kein Name wurde in Ägypten mit mehr Ehrfurcht ausgesprochen als dieser Name Jao. In dem Hymnus, den der Hierophant oder Vorsteher des Heiligtums dem Einzuweihenden vorsang, war dies der erste Aufschluß, der über die Natur der Gottheit gegeben wurde: »Er ist einzig und von ihm selbst, und diesem Einzigen sind alle Dinge ihr Dasein schuldig.«

Eine vorläufige notwendige Zeremonie vor jeder Einweihung war die Beschneidung, der sich auch Pythagoras vor seiner Aufnahme in die ägyptischen Mysterien unterwerfen mußte. Diese Unterscheidung von andern, die nicht beschnitten waren, sollte eine engere Brüderschaft, ein näheres Verhältnis zu der Gottheit anzeigen, wozu auch Moses sie bei den Hebräern nachher gebrauchte.

In dem Innern des Tempels stellten sich dem Einzuweihenden verschiedene heilige Geräte dar, die einen geheimen Sinn ausdrückten. Unter diesen war eine heilige Lade, welche man den Sarg des Serapis nannte, und die ihrem Ursprung nach vielleicht ein Sinnbild verborgner Weisheit sein sollte, späterhin aber, als das Institut ausartete, der Geheimniskrämerei und elenden Priesterkünsten zum Spiele diente. Diese Lade herumzutragen, war ein Vorrecht der Priester oder einer eignen Klasse von Dienern des Heiligtums, die man deshalb auch Kistophoren nannte. Keinem als dem Hierophanten war es erlaubt, diesen Kasten aufzudecken oder ihn auch nur zu berühren. Von einem, der die Verwegenheit gehabt hatte, ihn zu eröffnen, wird erzählt, daß er plötzlich wahnsinnig geworden sei.

In den ägyptischen Mysterien stieß man ferner auf gewisse hieroglyphische Götterbilder, die aus mehreren Tiergestalten zusammengesetzt waren. Das bekannte Sphinx ist von dieser Art; man wollte dadurch die Eigenschaften bezeichnen, welche sich in dem höchsten Wesen vereinigen, oder auch das Mächtigste aus allen Lebendigen in einen Körper zusammenwerfen. Man nahm etwas von dem mächtigsten Vogel oder dem Adler, von dem mächtigsten wilden Tier oder dem Löwen, von dem mächtigsten zahmen Tier oder dem Stier, und endlich von dem mächtigsten aller Tiere, dem Menschen. Besonders wurde das Sinnbild des Stiers oder des Apis als das Emblem der Stärke gebraucht, um die Allmacht des höchsten Wesens zu bezeichnen; der Stier aber heißt in der Ursprache Cherub.

Diese mystischen Gestalten, zu denen niemand als die Epopten den Schlüssel hatten, gaben den Mysterien selbst eine sinnliche Außenseite, die das Volk täuschte und selbst mit dem Götzendienst etwas gemein hatte. Der Aberglaube erhielt also durch das äußerliche Gewand der Mysterien eine immerwährende Nahrung, während daß man im Heiligtum selbst seiner spottete.

Doch ist es begreiflich, wie dieser reine Deismus mit dem Götzendienst verträglich zusammenleben konnte, denn indem er ihn von innen stürzte, beförderte er ihn von außen. Dieser Widerspruch der Priesterreligion und der Volksreligion wurde bei den ersten Stiftern der Mysterien durch die Notwendigkeit entschuldigt; er schien unter zwei Übeln das geringere zu sein, weil mehr Hoffnung vorhanden war, die übeln Folgen der verhehlten Wahrheit als die schädlichen Wirkungen der zur Unzeit entdeckten Wahrheit zu hemmen. Wie sich aber nach und nach unwürdige Mitglieder in den Kreis der Eingeweihten drängten, wie das Institut von seiner ersten Reinheit verlor, so machte man das, was anfangs nur bloße Nothülfe gewesen, nämlich das Geheimnis, zum Zweck des Instituts, und anstatt den Aberglauben allmählich zu reinigen und das Volk zur Aufnahme der Wahrheit geschickt zu machen, suchte man seinen Vorteil darin, es immer mehr irrezuführen und immer tiefer in den Aberglauben zu stürzen. Priesterkünste traten nun an die Stelle jener unschuldigen lautern Absichten, und eben das Institut, welches Erkenntnis des wahren und einigen Gottes erhalten, aufbewahren und mit Behutsamkeit verbreiten sollte, fing an, das kräftigste Beförderungsmittel des Gegenteils zu werden und in eine eigentliche Schule des Götzendienstes auszuarten. Hierophanten, um die Herrschaft über die Gemüter nicht zu verlieren und die Erwartung immer gespannt zu halten, fanden es für gut, immer länger mit dem letzten Aufschluß, der alle falschen Erwartungen auf immer aufheben mußte, zurückzuhalten und die Zugänge zu dem Heiligtum durch allerlei theatralische Kunstgriffe zu erschweren. Zuletzt verlor sich der Schlüssel zu den Hieroglyphen und geheimen Figuren ganz, und nun wurden diese für die Wahrheit selbst genommen, die sie anfänglich nur umhüllen sollten.

Es ist schwer zu bestimmen, ob die Erziehungsjahre des Moses in die blühenden Zeiten des Instituts oder in den Anfang seiner Verderbnis fallen; wahrscheinlich aber näherte es sich damals schon seinem Verfalle, wie uns einige Spielereien schließen lassen, die ihm der hebräische Gesetzgeber abborgte, und einige weniger rühmliche Kunstgriffe, die er in Ausübung brachte. Aber der Geist der ersten Stifter war noch nicht daraus verschwunden, und die Lehre von der Einheit des Weltschöpfers belohnte noch die Erwartung der Eingeweihten.

Diese Lehre, welche die entschiedenste Verachtung der Vielgötterei zu ihrer unausbleiblichen Folge hatte, verbunden mit der Unsterblichkeitslehre, welche man schwerlich davon trennte, war der reiche Schatz, den der junge Hebräer aus den Mysterien der Isis herausbrachte. Zugleich wurde er darin mit den Naturkräften bekannter, die man damals auch zum Gegenstand geheimer Wissenschaften machte; welche Kenntnisse ihn nachher in den Stand setzten, Wunder zu wirken und im Beisein des Pharao es mit seinen Lehrern selbst oder den Zauberern aufzunehmen, die er in einigen sogar übertraf. Sein künftiger Lebenslauf beweist, daß er ein aufmerksamer und fähiger Schüler gewesen und zu dem letzten höchsten Grad der Anschauung gekommen war.

In eben dieser Schule sammelte er auch einen Schatz von Hieroglyphen, mystischen Bildern und Zeremonien, wovon sein erfinderischer Geist in der Folge Gebrauch machte. Er hatte das ganze Gebiet ägyptischer Weisheit durchwandert, das ganze System der Priester durchdacht, seine Gebrechen und Vorzüge, seine Stärke und Schwäche gegeneinander abgewogen und große wichtige Blicke in die Regierungskunst dieses Volks getan.

Es ist unbekannt, wie lange er in der Schule der Priester verweilte, aber sein später politischer Auftritt, der erst gegen sein achtzigstes Jahr erfolgte, macht es wahrscheinlich, daß er vielleicht zwanzig und mehrere Jahre dem Studium der Mysterien und des Staats gewidmet habe. Dieser Aufenthalt bei den Priestern scheint ihn aber keineswegs von dem Umgang mit seinem Volk ausgeschlossen zu haben, und er hatte Gelegenheit genug, ein Zeuge der Unmenschlichkeit zu sein, worunter es seufzen mußte.

Die ägyptische Erziehung hatte sein Nationalgefühl nicht verdrängt. Die Mißhandlung seines Volks erinnerte ihn, daß auch er ein Hebräer sei, und ein gerechter Unwille grub sich, sooft er es leiden sah, tief in seinen Busen. Je mehr er anfing, sich selbst zu fühlen, desto mehr mußte ihn die unwürdige Behandlung der Seinigen empören.

Einst sah er einen Hebräer unter den Streichen eines ägyptischen Fronvogts mißhandelt; dieser Anblick überwältigte ihn, er ermordete den Ägypter. Bald wird die Tat ruchbar, sein Leben ist in Gefahr, er muß Ägypten meiden und flieht nach der arabischen Wüste. Viele setzen diese Flucht in sein vierzigstes Lebensjahr, aber ohne alle Beweise. Uns ist es genug zu wissen, daß Moses nicht sehr jung mehr sein konnte, als sie erfolgte.

Mit diesem Exilium beginnt eine neue Epoche seines Lebens, und wenn wir seinen künftigen politischen Auftritt in Ägypten recht beurteilen wollen, so müssen wir ihn durch seine Einsamkeit in Arabien begleiten. Einen blutigen Haß gegen die Unterdrücker seiner Nation und alle Kenntnisse, die er in den Mysterien geschöpft hatte, trug er mit sich in die arabische Wüste. Sein Geist war voll von Ideen und Entwürfen, sein Herz voll Erbitterung, und nichts zerstreute ihn in dieser menschenleeren Wüste.

Die Urkunde läßt ihn die Schafe eines arabischen Beduinen Jethro hüten. Dieser tiefe Fall von allen seinen Aussichten und Hoffnungen in Ägypten zum Viehhirten in Arabien! vom künftigen Menschenherrscher zum Lohnknecht eines Nomaden! Wie schwer mußte er seine Seele verwunden!

In dem Kleid eines Hirten trägt er einen feurigen Regentengeist, einen rastlosen Ehrgeiz mit sich herum. Hier in dieser romantischen Wüste, wo ihm die Gegenwart nichts darbietet, sucht er Hülfe bei der Vergangenheit und Zukunft und bespricht sich mit seinen stillen Gedanken. Alle Szenen der Unterdrükkung, die er ehemals mit angesehen hatte, gehen jetzt in der Erinnerung an ihm vorüber, und nichts hinderte sie jetzt, ihren Stachel tief in seine Seele zu drücken. Nichts ist einer großen Seele unerträglicher, als Ungerechtigkeit zu dulden; dazu kommt, daß es sein eignes Volk ist, welches leidet. Ein edler Stolz erwacht in seiner Brust, und ein heftiger Trieb, zu handeln und sich hervorzutun, gesellt sich zu diesem beleidigten Stolz.

Alles, was er in langen Jahren gesammelt, alles, was er Schönes und Großes gedacht und entworfen hat, soll in dieser Wüste mit ihm sterben, soll er umsonst gedacht und entworfen haben? Diesen Gedanken kann seine feurige Seele nicht aushalten. Er erhebt sich über sein Schicksal; diese Wüste soll nicht die Grenze seiner Tätigkeit werden, zu etwas Großem hat ihn das hohe Wesen bestimmt, das er in den Mysterien kennenlernte. Seine Phantasie, durch Einsamkeit und Stille entzündet, ergreift, was ihr am nächsten liegt, die Partei der Unterdrückten. Gleiche Empfindungen suchen einander, und der Unglückliche wird sich am liebsten auf des Unglücklichen Seite schlagen. In Ägypten wäre er ein Ägypter, ein Hierophant, ein Feldherr geworden; in Arabien wird er zum Hebräer. Groß und herrlich steigt sie auf vor seinem Geiste, die Idee: »Ich will dieses Volk erlösen.«

Aber welche Möglichkeit, diesen Entwurf auszuführen? Unübersehlich sind die Hindernisse, die sich ihm dabei aufdringen, und diejenigen, welche er bei seinem eigenen Volke selbst zu bekämpfen hat, sind bei weitem die schrecklichsten von allen. Da ist weder Eintracht noch Zuversicht, weder Selbstgefühl noch Mut, weder Gemeingeist noch eine kühne Taten weckende Begeisterung vorauszusetzen; eine lange Sklaverei, ein vierhundertjähriges Elend hat alle diese Empfindungen erstickt. – Das Volk, an dessen Spitze er treten soll, ist dieses kühnen Wagestücks ebensowenig fähig als würdig. Von diesem Volk selbst kann er nichts erwarten, und doch kann er ohne dieses Volk nichts ausrichten. Was bleibt ihm also übrig? Ehe er die Befreiung desselben unternimmt, muß er damit anfangen, es dieser Wohltat fähig zu machen. Er muß es wieder in die Menschenrechte einsetzen, die es entäußert hat. Er muß ihm die Eigenschaften wiedergeben, die eine lange Verwilderung in ihm erstickt hat, das heißt, er muß Hoffnung, Zuversicht, Heldenmut, Enthusiasmus in ihm entzünden.

Aber diese Empfindungen können sich nur auf ein (wahres oder täuschendes) Gefühl eigener Kräfte stützen, und wo sollen die Sklaven der Ägypter dieses Gefühl hernehmen? Gesetzt, daß es ihm auch gelänge, sie durch seine Beredsamkeit auf einen Augenblick fortzureißen – wird diese erkünstelte Begeisterung sie nicht bei der ersten Gefahr im Stich lassen? Werden sie nicht, mutloser als jemals, in ihr Knechtsgefühl zurückfallen?

Hier kommt der ägyptische Priester und Staatskundige dem Hebräer zu Hülfe. Aus seinen Mysterien, aus seiner Priesterschule zu Heliopolis erinnert er sich jetzt des wirksamen Instruments, wodurch ein kleiner Priesterorden Millionen roher Menschen nach seinem Gefallen lenkte. Dieses Instrument ist kein andres als das Vertrauen auf überirdischen Schutz, Glaube an übernatürliche Kräfte. Da er also in der sichtbaren Welt, im natürlichen Lauf der Dinge nichts entdeckt, wodurch er seiner unterdrückten Nation Mut machen könnte, da er ihr Vertrauen an nichts Irdisches anknüpfen kann, so knüpft er es an den Himmel. Da er die Hoffnung aufgibt, ihr das Gefühl eigner Kräfte zu geben, so hat er nichts zu tun, als ihr einen Gott zuzuführen, der diese Kräfte besitzt. Gelingt es ihm, ihr Vertrauen zu diesem Gott einzuflößen, so hat er sie stark gemacht und kühn, und das Vertrauen auf diesen höhern Arm ist die Flamme, an der es ihm gelingen muß, alle andre Tugenden und Kräfte zu entzünden. Kann er sich seinen Mitbrüdern als das Organ und den Gesandten dieses Gottes legitimieren, so sind sie ein Ball in seinen Händen, er kann sie leiten, wie er will. Aber nun fragt sichs: welchen Gott soll er ihnen verkündigen, und wodurch kann er ihm Glauben bei ihnen verschaffen?

Soll er ihnen den wahren Gott, den Demiurgos oder den Jao, verkündigen, an den er selbst glaubt, den er in den Mysterien kennengelernt hat?

Wie könnte er einem unwissenden Sklavenpöbel, wie seine Nation ist, auch nur von ferne Sinn für eine Wahrheit zutraun, die das Erbteil weniger ägyptischen Weisen ist und schon einen hohen Grad von Erleuchtung voraussetzt, um begriffen zu werden? Wie könnte er sich mit der Hoffnung schmeicheln, daß der Auswurf Ägyptens etwas verstehen würde, was von den Besten dieses Landes nur die wenigsten faßten?

Aber gesetzt, es gelänge ihm auch, den Hebräern die Kenntnis des wahren Gottes zu verschaffen – so konnten sie diesen Gott in ihrer Lage nicht einmal brauchen, und die Erkenntnis desselben würde seinen Entwurf viel mehr untergraben als befördert haben. Der wahre Gott bekümmerte sich um die Hebräer ja nicht mehr als um irgendein andres Volk. – Der wahre Gott konnte nicht für sie kämpfen, ihnen zu Gefallen die Gesetze der Natur nicht umstürzen. – Er ließ sie ihre Sache mit den Ägyptern ausfechten und mengte sich durch kein Wunder in ihren Streit; wozu sollte ihnen also dieser?

Soll er ihnen einen falschen und fabelhaften Gott verkündigen, gegen welchen sich doch seine Vernunft empört, den ihm die Mysterien verhaßt gemacht haben? Dazu ist sein Verstand zu sehr erleuchtet, sein Herz zu aufrichtig und zu edel. Auf eine

Lüge will er seine wohltätige Unternehmung nicht gründen. Die Begeisterung, die ihn jetzt beseelt, würde ihm ihr wohltätiges Feuer zu einem Betrug nicht borgen, und zu einer so verächtlichen Rolle, die seinen innern Überzeugungen so sehr widerspräche, würde es ihm bald an Mut, an Freude, an Beharrlichkeit gebrechen. Er will die Wohltat vollkommen machen, die er auf dem Wege ist seinem Volk zu erweisen, er will sie nicht bloß unabhängig und frei, auch glücklich will er sie machen und erleuchten. Er will sein Werk für die Ewigkeit gründen.

Also darf es nicht auf Betrug – es muß auf Wahrheit gegründet sein. Wie vereinigt er aber diese Widersprüche? Den wahren Gott kann er den Hebräern nicht verkündigen, weil sie unfähig sind, ihn zu fassen; einen fabelhaften will er ihnen nicht verkündigen, weil er diese widrige Rolle verachtet. Es bleibt ihm also nichts übrig, als ihnen *seinen wahren Gott auf eine fabelhafte Art zu verkündigen.*

Jetzt prüft er also seine Vernunftreligion und untersucht, was er ihr geben und nehmen muß, um ihr eine günstige Aufnahme bei seinen Hebräern zu versichern. Er steigt in ihre Lage, in ihre Beschränkung, in ihre Seele hinunter und späht da die verborgenen Fäden aus, an die er seine Wahrheit anknüpfen könnte.

Er legt also seinem Gott diejenigen Eigenschaften bei, welche die Fassungskraft der Hebräer und ihr jetziges Bedürfnis eben jetzt von ihm fodern. Er paßt seinen Jao dem Volke an, dem er ihn verkündigen will, er paßt ihn den Umständen an, unter welchen er ihn verkündiget, und so entsteht sein Jehovah.

In den Gemütern seines Volks findet er zwar Glauben an göttliche Dinge, aber dieser Glaube ist in den rohesten Aberglauben ausgeartet. Diesen Aberglauben muß er ausrotten, aber den Glauben muß er erhalten. Er muß ihn bloß von seinem jetzigen unwürdigen Gegenstand ablösen und seiner neuen Gottheit zuwenden. Der Aberglaube selbst gibt ihm die Mittel dazu in die Hände. Nach dem allgemeinen Wahn jener Zeiten stand jedes Volk unter dem Schutz einer besondern Nationalgottheit, und es schmeichelte dem Nationalstolz, diese Gottheit über die Götter aller andern Völker zu setzen. Diesen letztern wurde aber darum keineswegs die Gottheit abgesprochen; sie wurde gleichfalls anerkannt, nur über den Nationalgott durften sie sich nicht erheben. An diesen Irrtum knüpfte Moses seine Wahrheit an. Er machte den Demiurgos in den Mysterien zum Nationalgott der Hebräer, aber er ging noch einen Schritt weiter.

Er begnügte sich nicht bloß, diesen Nationalgott zum mächtigsten aller Götter zu machen, sondern er machte ihn zum einzigen und stürzte alle Götter um ihn her in ihr Nichts zurück. Er schenkte ihn zwar den Hebräern zum Eigentum, um sich ihrer Vorstellungsart zu bequemen, aber zugleich unterwarf er ihm alle andern Völker und alle Kräfte der Natur. So rettete er in dem Bild, worin er ihn den Hebräern vorstellte, die zwei wichtigsten Eigenschaften seines wahren Gottes, die Einheit und die Allmacht, und machte sie wirksamer in dieser menschlichen Hülle.

Der eitle kindische Stolz, die Gottheit ausschließend besitzen zu wollen, mußte nun zum Vorteil der Wahrheit geschäftig sein und seiner Lehre vom einigen Gott Eingang verschaffen. Freilich ist es nur ein neuer Irrglaube, wodurch er den alten stürzt, aber dieser neue Irrglaube ist der Wahrheit schon um vieles näher als derjenige, den er verdrängte; und dieser kleine Zusatz von Irrtum ist es im Grunde allein, wodurch seine Wahrheit ihr Glück macht, und alles, was er dabei gewinnt, dankt er diesem vorhergesehenen Mißverständnis seiner Lehre. Was hätten seine Hebräer mit einem philosophischen Gott machen können? Mit diesem Nationalgott hingegen muß er Wunderdinge bei ihnen ausrichten. – Man denke sich einmal in die Lage der Hebräer. Unwissend, wie sie sind, messen sie die Stärke der Götter nach dem Glück der Völker ab, die in ihrem Schutze stehen. Verlassen und unterdrückt von Menschen, glauben sie sich auch von allen Göttern vergessen; eben das Verhältnis, das sie selbst gegen die Ägypter haben, muß nach ihren Begriffen auch ihr Gott gegen die Götter der Ägypter haben; er ist also ein kleines Licht neben diesen, oder sie zweifeln gar, ob sie wirklich einen haben. Auf einmal wird ihnen verkündigt, daß sie auch einen Beschützer im Sternenkreis haben, und daß dieser Beschützer erwacht sei aus seiner Ruhe, daß er sich umgürte und aufmache, gegen ihre Feinde große Taten zu verrichten.

Diese Verkündigung Gottes ist nunmehr dem Ruf eines Feldherrn gleich, sich unter seine siegreiche Fahne zu begeben. Gibt nun dieser Feldherr zugleich auch Proben seiner Stärke, oder kennen sie ihn gar noch aus alten Zeiten her, so reißt der Schwindel der Begeisterung auch den Furchtsamsten dahin; und auch dieses brachte Moses in Rechnung bei seinem Entwurfe.

Das Gespräch, welches er mit der Erscheinung in dem brennenden Dornbusch hält, legt uns die Zweifel vor, die er sich selbst aufgeworfen, und auch die Art und Weise, wie er sich solche beantwortet hat. Wird meine unglückliche Nation Vertrauen zu einem Gott gewinnen, der sie so lange vernachlässigt hat, der jetzt auf einmal wie aus den Wolken fällt, dessen Namen sie nicht einmal nennen hörte – der schon Jahrhunderte lang ein müßiger Zuschauer der Mißhandlung war, die sie von ihren Unterdrückern erleiden mußte? Wird sie nicht vielmehr den Gott ihrer glücklichen Feinde für den mächtigen halten? Dies war der nächste Gedanke, der in dem neuen Propheten jetzt aufsteigen mußte. Wie hebt er aber nun diese Bedenklichkeit? Er macht seinen Jao zum Gott ihrer Väter, er knüpft ihn also an ihre alten Volkssagen an und verwandelt ihn dadurch in einen einheimischen, in einen alten und wohlbekannten Gott. Aber um zu zeigen, daß er den wahren und einzigen Gott darunter meine, um aller Verwechslung mit irgendeinem Geschöpf des Aberglaubens vorzubeugen, um gar keinem Mißverständnis Raum zu geben, gibt er ihm den heiligen Namen, den er wirklich in den Mysterien führt. »Ich werde sein, der ich sein werde. Sage zu dem Volk Israel«, legt er ihm in den Mund, *»ich werde sein,* der hat mich zu euch gesendet.«

In den Mysterien führte die Gottheit wirklich diesen Namen. Dieser Name mußte aber dem dummen Volk der Hebräer durchaus unverständlich sein. Sie konnten sich unmöglich etwas dabei denken, und Moses hätte also mit einem andern Namen weit mehr Glück machen können; aber er wollte sich lieber diesem Übelstand aussetzen als einen Gedanken aufgeben, woran ihm alles lag, und dieser war: die Hebräer wirklich mit dem Gott, den man in den Mysterien der Isis lehrte, bekannt zu machen. Da es ziemlich ausgemacht ist, daß die ägyptischen Mysterien schon lange geblüht haben, ehe Jehovah dem Moses in dem Dornbusch erschien, so ist es wirklich auffallend, daß er sich gerade denselben Namen gibt, den er vorher in den Mysterien der Isis führte.

Es war aber noch nicht genug, daß sich Jehovah den Hebräern als einen bekannten Gott, als den Gott ihrer Väter ankündigte; er mußte sich auch als einen mächtigen Gott legitimieren, wenn sie anders Herz zu ihm fassen sollten; und dies war umso nötiger, da ihnen ihr bisheriges Schicksal in Ägypten eben keine große Meinung von ihrem Beschützer geben konnte. Da er sich ferner bei ihnen nur durch einen dritten einführte, so mußte er seine Kraft auf diesen legen und ihn durch außerordentliche Handlungen in den Stand setzen, sowohl seine Sendung selbst als die Macht und Größe dessen, der ihn sandte, darzutun.

Wollte also Moses seine Sendung rechtfertigen, so mußte er sie durch Wundertaten unterstützen. Daß er diese Taten wirklich verrichtet habe, ist wohl kein Zweifel. Wie er sie verrichtet habe und wie man sie überhaupt zu verstehen habe, überläßt man dem Nachdenken eines jeden.

Die Erzählung endlich, in welche Moses seine Sendung kleidet, hat alle Requisite, die sie haben mußte, um den Hebräern Glauben daran einzuflößen, und dies war alles, was sie sollte – bei uns braucht sie diese Wirkung nicht mehr zu haben. Wir wissen jetzt zum Beispiel, daß es dem Schöpfer der Welt, wenn er sich je entschließen sollte, einem Menschen in Feuer oder in Wind zu erscheinen, gleichgültig sein könnte, ob man barfuß oder nicht barfuß vor ihm erschiene. Moses aber legt seinem Jehovah den Befehl in den Mund, daß er die Schuhe von den Füßen ziehen solle; denn er wußte sehr gut, daß er dem Begriffe der göttlichen Heiligkeit bei seinen Hebräern durch ein sinnliches

Zeichen zu Hülfe kommen müsse – und ein solches Zeichen hatte er aus den Einweihungszeremonien noch behalten.

So bedachte er ohne Zweifel auch, daß z.B. seine schwere Zunge ihm hinderlich sein könnte – er kam also diesem Übelstand zuvor, er legte die Einwürfe, die er zu fürchten hatte, schon in seine Erzählung, und Jehovah selbst mußte sie heben. Er unterzieht sich ferner seiner Sendung nur nach einem langen Widerstand – desto mehr Gewicht mußte also in den Befehl Gottes gelegt werden, der ihm diese Sendung abnötigte. Überhaupt malt er das am ausführlichsten und am individuellsten aus in seiner Erzählung, was den Israeliten, so wie uns, am allerschwersten eingehen mußte zu glauben, und es ist kein Zweifel, daß er seine guten Gründe dazu gehabt hatte.

Wenn wir das Bisherige kurz zusammenfassen, was war eigentlich der Plan, den Moses in der arabischen Wüste ausdachte?

Er wollte das israelitische Volk aus Ägypten führen und ihm zum Besitz der Unabhängigkeit und einer Staatsverfassung in einem eigenen Lande helfen. Weil er aber die Schwierigkeiten recht gut kannte, die sich ihm bei diesem Unternehmen entgegenstellen würden, weil er wußte, daß auf die eigenen Kräfte dieses Volks so lange nicht zu rechnen sei, bis man ihm Selbstvertrauen, Mut, Hoffnung und Begeisterung gegeben, weil er voraussah, daß seine Beredsamkeit auf den zu Boden gedrückten Sklavensinn der Hebräer gar nicht wirken würde: so begriff er, daß er ihnen einen höhern, einen überirdischen Schutz ankündigen müsse, daß er sie gleichsam unter die Fahne eines göttlichen Feldherrn versammeln müsse.

Er gibt ihnen also einen Gott, um sie fürs erste aus Ägypten zu befreien. Weil es aber damit noch nicht getan ist, weil er ihnen für das Land, das er ihnen nimmt, ein anders geben muß, und weil sie dieses andre erst mit gewaffneter Hand erobern und sich darin erhalten müssen, so ist nötig, daß er ihre vereinigten Kräfte in einem Staatskörper zusammenhalte, so muß er ihnen also Gesetze und eine Verfassung geben.

Als ein Priester und Staatsmann aber weiß er, daß die stärkste und unentbehrlichste Stütze aller Verfassung Religion ist; er muß also den Gott, den er ihnen anfänglich nur zur Befreiung aus Ägypten, als einen bloßen Feldherrn gegeben hat, auch bei der bevorstehenden Gesetzgebung brauchen; er muß ihn also auch gleich so ankündigen, wie er ihn nachher gebrauchen will. Zur Gesetzgebung und zur Grundlage des Staats braucht er aber den wahren Gott, denn er ist ein großer und edler Mensch, der ein Werk, das dauern soll, nicht auf eine Lüge gründen kann. Er will die Hebräer durch die Verfassung, die er ihnen zugedacht hat, in der Tat glücklich und daurend glücklich machen, und dies kann nur dadurch geschehen, daß er seine Gesetzgebung auf Wahrheit gründet. Für diese Wahrheit sind aber ihre Verstandskräfte noch zu stumpf; er kann sie also nicht auf dem reinen Weg der Vernunft in ihre Seele bringen. Da er sie nicht überzeugen kann, so muß er sie überreden, hinreißen, bestechen. Er muß also dem wahren Gott, den er ihnen ankündigt, Eigenschaften geben, die ihn den schwachen Köpfen faßlich und empfehlungswürdig machen; er muß ihm ein heidnisches Gewand umhüllen und muß zufrieden sein, wenn sie an seinem wahren Gott gerade nur dieses Heidnische schätzen und auch das Wahre bloß auf eine heidnische Art aufnehmen. Und dadurch gewinnt er schon unendlich, er gewinnt – daß der Grund seiner Gesetzgebung wahr ist, daß also ein künftiger Reformator die Grundverfassung nicht einzustürzen braucht, wenn er die Begriffe verbessert, welches bei allen falschen Religionen die unausbleibliche Folge ist, sobald die Fackel der Vernunft sie beleuchtet.

Alle andre Staaten jener Zeit und auch der folgenden Zeiten sind auf Betrug und Irrtum, auf Vielgötterei gegründet, obgleich, wie wir gesehen haben, in Ägypten ein kleiner Zirkel war, der richtige Begriffe von dem höchsten Wesen hegte. Moses, der selbst aus diesem Zirkel ist und nur diesem Zirkel seine bessere Idee von dem höchsten Wesen zu danken hat, Moses ist der erste, der es wagt, dieses geheim gehaltene Resultat der Mysterien nicht nur laut, sondern sogar zur Grundlage eines Staats zu machen. Er wird also, zum Besten der Welt und der Nachwelt, ein Verräter der Mysterien und läßt eine ganze Nation an einer Wahrheit teilnehmen, die bis jetzt nur das Eigentum weniger Weisen war. Freilich konnte er seinen Hebräern mit dieser neuen Religion nicht auch zugleich den Verstand mitgeben, sie zu fassen, und darin hatten die ägyptischen Epopten einen großen Vorzug vor ihnen voraus. Die Epopten erkannten die Wahrheit durch ihre Vernunft, die Hebräer konnten höchstens nur blind daran glauben.*

* Ich muß die Leser dieses Aufsatzes auf eine Schrift von ähnlichem Inhalt: Über die ältesten hebräischen Mysterien von Br. Decius verweisen, welche einen berühmten und verdienstvollen Schriftsteller zum Verfasser hat und woraus ich verschiedene der hier zum Grund gelegten Ideen und Daten genommen habe.

Die Götter Griechenlandes

Da ihr noch die schöne Welt regieret,
An der Freude leichtem Gängelband
Selige Geschlechter noch geführet,
Schöne Wesen aus dem Fabelland!
Ach, da euer Wonnedienst noch glänzte,
Wie ganz anders, anders war es da!
Da man deine Tempel noch bekränzte,
Venus Amathusia!

Da der Dichtung zauberische Hülle
Sich noch lieblich um die Wahrheit wand
Durch die Schöpfung floß da Lebensfülle,
Und was nie empfinden wird, empfand.
An der Liebe Busen sie zu drücken,
Gab man höhern Adel der Natur,
Alles wies den eingeweihten Blicken,
Alles eines Gottes Spur.

Wo jetzt nur, wie unsre Weisen sagen,
Seelenlos ein Feuerball sich dreht,
Lenkte damals seinen goldnen Wagen
Helios in stiller Majestät.
Diese Höhen füllten Oreaden,
Eine Dryas lebt' in jenem Baum,
Aus den Urnen lieblicher Najaden
Sprang der Ströme Silberschaum.

Jener Lorbeer wand sich einst um Hilfe,
Tantals Tochter schweigt in diesem Stein,
Syrinx' Klage tönt' aus jenem Schilfe,

Philomelas Schmerz aus diesem Hain.
Jener Bach empfing Demeters Zähre,
Die sie um Persephonen geweint,
Und von diesem Hügel rief Cythere,
Ach umsonst! dem schönen Freund.

Zu Deukalions Geschlechte stiegen
Damals noch die Himmlischen herab,
Pyrrhas schöne Töchter zu besiegen,
Nahm der Leto Sohn den Hirtenstab.
Zwischen Menschen, Göttern und Heroen
Knüpfte Amor einen schönen Bund,
Sterbliche mit Göttern und Heroen
Huldigten in Amathunt.

Finstrer Ernst und trauriges Entsagen
War aus eurem heitern Dienst verbannt;
Glücklich sollten alle Herzen schlagen,
Denn euch war der Glückliche verwandt.
Damals war nichts heilig als das Schöne,
Keiner Freude schämte sich der Gott,
Wo die keusch errötende Kamöne,
Wo die Grazie gebot.

Eure Tempel lachten gleich Palästen,
Euch verherrlichte das Heldenspiel
An des Isthmus kronenreichen Festen,
Und die Wagen donnerten zum Ziel.
Schön geschlungne, seelenvolle Tänze
Kreisten um den prangenden Altar,
Eure Schläfe schmückten Siegeskränze,
Kronen euer duftend Haar.

Das Evoë muntrer Thyrsusschwinger
Und der Panther prächtiges Gespann

Meldeten den großen Freudebringer,
Faun und Satyr taumeln ihm voran,
Um ihn springen rasende Mänaden,
Ihre Tänze loben seinen Wein,
Und des Wirtes braune Wangen laden
Lustig zu dem Becher ein.

Damals trat kein gräßliches Gerippe
Vor das Bett des Sterbenden. Ein Kuß
Nahm das letzte Leben von der Lippe,
Seine Fackel senkt' ein Genius.
Selbst des Orkus strenge Richterwaage
Hielt der Enkel einer Sterblichen,
Und des Thrakers seelenvolle Klage
Rührte die Erinnyen.

Seine Freuden traf der frohe Schatten
In Elysiens Hainen wieder an,
Treue Liebe fand den treuen Gatten
Und der Wagenlenker seine Bahn,
Linus' Spiel tönt die gewohnten Lieder,
In Alcestens Arme sinkt Admet,
Seinen Freund erkennt Orestes wieder,
Seine Pfeile Philoktet.

Höhre Preise stärkten da den Ringer
Auf der Tugend arbeitvoller Bahn,
Großer Taten herrliche Vollbringer
Klimmten zu den Seligen hinan.
Vor dem Wiederfoderer der Toten
Neigte sich der Götter stille Schar,
Durch die Fluten leuchtet dem Piloten
Vom Olymp das Zwillingspaar.

Schöne Welt, wo bist du? Kehre wieder,
Holdes Blütenalter der Natur!
Ach, nur in dem Feenland der Lieder
Lebt noch deine fabelhafte Spur.
Ausgestorben trauert das Gefilde,
Keine Gottheit zeigt sich meinem Blick,
Ach, von jenem lebenwarmen Bilde
Blieb der Schatten nur zurück.

Alle jene Blüten sind gefallen
Von des Nordes schauerlichem Wehn;
Einen zu bereichern unter allen,
Mußte diese Götterwelt vergehn.
Traurig such ich an dem Sternenbogen,
Dich, Selene, find ich dort nicht mehr;
Durch die Wälder ruf ich, durch die Wogen,
Ach! sie widerhallen leer!

Unbewußt der Freuden, die sie schenket,
Nie entzückt von ihrer Herrlichkeit,
Nie gewahr des Geistes, der sie lenket,
Selger nie durch meine Seligkeit,
Fühllos selbst für ihres Künstlers Ehre,
Gleich dem toten Schlag der Pendeluhr,
Dient sie knechtisch dem Gesetz der Schwere,
Die entgötterte Natur.

Morgen wieder neu sich zu entbinden,
Wühlt sie heute sich ihr eignes Grab,
Und an ewig gleicher Spindel winden
Sich von selbst die Monde auf und ab.
Müßig kehrten zu dem Dichterlande
Heim die Götter, unnütz einer Welt,
Die, entwachsen ihrem Gängelbande,
Sich durch eignes Schweben hält.

Ja, sie kehrten heim, und alles Schöne,
Alles Hohe nahmen sie mit fort,
Alle Farben, alle Lebenstöne,
Und uns blieb nur das entseelte Wort.
Aus der Zeitflut weggerissen, schweben
Sie gerettet auf des Pindus Höhn,
Was unsterblich im Gesang soll leben,
Muß im Leben untergehn.

V. PHILOSOPHIE DER GESCHICHTE

Was heißt und zu welchem Ende studiert man Universalgeschichte?

Eine akademische Antrittsrede

Erfreuend und ehrenvoll ist mir der Auftrag, meine h. H. H., an Ihrer Seite künftig ein Feld zu durchwandern, das dem denkenden Betrachter so viele Gegenstände des Unterrichts, dem tätigen Weltmann so herrliche Muster zur Nachahmung, dem Philosophen so wichtige Aufschlüsse und jedem ohne Unterschied so reiche Quellen des edelsten Vergnügens eröffnet – das große weite Feld der allgemeinen Geschichte. Der Anblick so vieler vortrefflichen jungen Männer, die eine edle Wißbegierde um mich her versammelt und in deren Mitte schon manches wirksame Genie für das kommende Zeitalter aufblüht, macht mir meine Pflicht zum Vergnügen, läßt mich aber auch die Strenge und Wichtigkeit derselben in ihrem ganzen Umfang empfinden. Je größer das Geschenk ist, das ich Ihnen zu übergeben habe – und was hat der Mensch dem Menschen Größeres zu geben als Wahrheit? – desto mehr muß ich Sorge tragen, daß sich der Wert desselben unter meiner Hand nicht verringere. Je lebendiger und reiner Ihr Geist in dieser glücklichsten Epoche seines Wirkens empfängt und je rascher sich Ihre jugendlichen Gefühle entflammen, desto mehr Aufforderung für mich zu verhüten, daß sich dieser Enthusiasmus, den die Wahrheit allein das Recht hat zu erwecken, an Betrug und Täuschung nicht unwürdig verschwende.

Fruchtbar und weit umfassend ist das Gebiet der Geschichte; in ihrem Kreise liegt die ganze moralische Welt. Durch alle Zustände, die der Mensch erlebte, durch alle abwechselnde Gestalten der Meinung, durch seine Torheit und seine Weisheit, seine Verschlimmerung und seine Veredlung, begleitet sie ihn; von allem, was er sich *nahm* und *gab*, muß sie Rechenschaft ablegen. Es ist keiner unter Ihnen allen, dem Geschichte nicht etwas Wichtiges zu sagen hätte; alle noch so verschiedene Bahnen Ihrer künftigen Bestimmung verknüpfen sich irgendwo mit derselben; aber eine Bestimmung teilen Sie alle auf gleiche Weise miteinander, diejenige, welche Sie auf die Welt mitbrachten – sich als Menschen auszubilden und zu dem Menschen eben redet die Geschichte.

Ehe ich es aber unternehmen kann, meine H. H., Ihre Erwartungen von diesem Gegenstande Ihres Fleißes genauer zu bestimmen und die Verbindung anzugeben, worin derselbe mit dem eigentlichen Zweck Ihrer so verschiedenen Studien steht, wird es nicht überflüssig sein, mich *über diesen Zweck Ihrer Studien* selbst vorher mit Ihnen einzuverstehen. Eine vorläufige Berichtigung dieser Frage, welche mir passend und würdig genug scheint, unsre künftige akademische Verbindung zu eröffnen, wird mich in den Stand setzen, Ihre Aufmerksamkeit sogleich auf die würdigste Seite der Weltgeschichte hinzuweisen.

Anders ist der Studierplan, den sich der Brotgelehrte, anders derjenige, den der philosophische Kopf sich vorzeichnet. Jener, dem es bei seinem Fleiß einzig und allein darum zu tun ist, die Bedingungen zu erfüllen, unter denen er zu einem Amte fähig und der Vorteile desselben teilhaftig werden kann, der nur darum die Kräfte seines Geistes in Bewegung setzt, um dadurch seinen sinnlichen Zustand zu verbessern und eine kleinliche Ruhmsucht zu befriedigen, ein solcher wird beim Eintritt in seine akademische Laufbahn keine wichtigere Angelegenheit haben, als die Wissenschaften, die er Brotstudien nennt, von allen übrigen, die den Geist nur als Geist vergnügen, auf das sorgfältigste abzusondern. Alle Zeit, die er diesen letztern widmete, würde er seinem künftigen Berufe zu entziehen glauben und sich diesen Raub nie vergeben. Seinen ganzen Fleiß wird er nach den Foderungen einrichten, die von dem künftigen Herrn seines Schicksals an ihn gemacht werden, und alles getan zu haben glauben, wenn er sich fähig gemacht hat, diese Instanz nicht zu fürchten. Hat er seinen Kursus durchlaufen und das Ziel seiner Wünsche erreicht, so entläßt er seine Führerinnen – denn wozu noch weiter sie bemühen? Seine größte Angelegenheit ist jetzt, die zusammengehäuften Gedächtnisschätze zur Schau zu tragen und ja zu verhüten, daß sie in ihrem Werte nicht sinken. Jede Erweiterung seiner Brotwissenschaft beunruhigt ihn, weil sie ihm neue Arbeit zusendet oder die vergangene unnütz macht; jede wichtige Neuerung schreckt ihn auf, denn sie zerbricht die alte Schulform, die er sich so mühsam zu eigen machte, sie setzt ihn in Gefahr, die ganze Arbeit seines vorigen Lebens zu verlieren. Wer hat über Reformatoren mehr geschrieen als der Haufe der Brotgelehrten? Wer hält den Fortgang nützlicher Revolutionen im Reich des Wissens mehr auf als eben diese? Jedes Licht, das durch ein glückliches Genie, in welcher Wissenschaft es sei, angezündet wird, macht ihre Dürftigkeit sichtbar; sie fechten mit Erbitterung, mit Heimtücke, mit Verzweiflung, weil sie bei dem Schulsystem, das sie verteidigen, zugleich für ihr ganzes Dasein fechten. Darum kein unversöhnlicherer Feind, kein neidischerer Amtsgehülfe, kein bereitwilligerer Ketzermacher als der Brotgelehrte. Je weniger seine Kenntnisse *durch sich selbst* ihn belohnen, desto größere Vergeltung heischt er von außen; für das Verdienst der Handarbeiter und das Verdienst der Geister hat er nur *einen* Maßstab, die *Mühe.* Darum hört man niemand über Undank mehr klagen als den Brotgelehrten; nicht bei seinen Gedankenschätzen sucht er seinen Lohn, seinen Lohn erwartet er von fremder Anerkennung, von Ehrenstellen, von Versorgung. Schlägt ihm dieses fehl, wer ist unglücklicher als der Brotgelehrte? Er hat umsonst gelebt, gewacht, gearbeitet; er hat umsonst nach Wahrheit geforscht, wenn sich Wahrheit für ihn nicht in Gold, in Zeitungslob, in Fürstengunst verwandelt.

Beklagenswerter Mensch, der mit dem edelsten aller Werkzeuge, mit Wissenschaft und Kunst, nichts Höheres will und ausrichtet als der Taglöhner mit dem schlechtesten! der im Reiche der vollkommensten Freiheit eine Sklavenseele mit sich herumträgt! – Noch beklagenswerter aber ist der junge Mann von Genie, dessen natürlich schöner Gang durch schädliche Lehren und Muster auf diesen traurigen Abweg verlenkt wird, der sich überreden ließ, für seinen künftigen Beruf mit dieser kümmerlichen Genauigkeit zu sammeln. Bald wird seine Berufswissenschaft als ein Stückwerk ihn anekeln; Wünsche werden in ihm aufwachen, die sie nicht zu befriedigen vermag, sein Genie wird sich gegen seine Bestimmung auflehnen. Als Bruchstück erscheint ihm jetzt alles, was er tut, er sieht keinen Zweck seines Wirkens, und doch kann er Zwecklosigkeit nicht ertragen. Das Mühselige, das Geringfügige in seinen Berufsgeschäften drückt ihn zu Boden, weil er ihm den frohen Mut nicht entgegensetzen kann, der nur die helle Einsicht, nur die geahndete Vollendung begleitet. Er fühlt sich abgeschnitten, herausgerissen aus dem Zusammenhang der Dinge, weil er unterlassen hat, seine Tätigkeit an das große Ganze der Welt anzuschließen. Dem Rechtsgelehrten entleidet seine Rechtswissenschaft, sobald der Schimmer besserer Kultur ihre Blößen ihm beleuchtet, anstatt daß er jetzt streben sollte, ein neuer Schöpfer derselben zu sein und den entdeckten Mangel aus innerer Fülle zu verbessern. Der Arzt entzweiet sich mit seinem Beruf, sobald ihm wichtige Fehlschläge die Unzuverlässigkeit seiner Systeme zeigen; der Theolog verliert die Achtung für den seinigen, sobald sein Glaube an die Unfehlbarkeit seines Lehrgebäudes wankt.

Wie ganz anders verhält sich der philosophische Kopf! Ebenso sorgfältig, als der Brotgelehrte seine Wissenschaft von allen übrigen absondert, bestrebt sich jener, ihr Gebiet zu erweitern und ihren Bund mit den übrigen wiederherzustellen – *herzustellen* sage ich, denn nur der abstrahierende Verstand hat jene Grenzen gemacht, hat jene Wissenschaften voneinander geschieden. Wo der Brotgelehrte trennt, vereinigt der philosophische Geist. Frühe hat er sich überzeugt, daß im Gebiete des Verstandes, wie in der Sinnenwelt, alles ineinander greife, und sein reger Trieb nach Übereinstimmung kann sich mit Bruchstücken nicht begnügen. Alle seine Bestrebungen sind auf Vollendung seines Wissens gerichtet; seine edle Ungeduld kann nicht ruhen, bis alle seine Begriffe zu einem harmonischen Ganzen sich geordnet haben, bis er im Mittelpunkt seiner Kunst, seiner Wissenschaft steht und von hier aus ihr Gebiet mit befriedigtem Blick überschauet. Neue Entdeckungen im Kreise seiner Tätigkeit, die den *Brotgelehrten* niederschlagen, entzücken den philosophischen Geist. Vielleicht füllen sie eine Lücke, die das werdende Ganze seiner Begriffe noch verunstaltet hatte, oder setzen den letzten noch fehlenden Stein an sein Ideengebäude, der es vollendet. Sollten sie es aber auch zertrümmern, sollte eine neue Gedankenreihe, eine neue Naturerscheinung, ein neu entdecktes Gesetz in der Körperwelt den ganzen Bau seiner Wissenschaft umstürzen: so hat er *die Wahrheit immer mehr geliebt als sein System,* und gerne wird er die alte mangelhafte Form mit einer neuern und schönern vertauschen. Ja, wenn kein Streich von außen sein Ideengebäude erschüttert, so ist er selbst, von einem ewig wirksamen Trieb nach Verbesserung gezwungen, er selbst ist der erste, der es unbefriedigt auseinanderlegt, um es vollkommener wiederherzustellen. Durch immer neue und immer schönere Gedankenformen schreitet der philosophische Geist zu höherer Vortrefflichkeit fort, wenn der Brotgelehrte in ewigem Geistesstillstand das unfruchtbare Einerlei seiner Schulbegriffe hütet.

Kein gerechterer Beurteiler fremden Verdiensts als der philosophische Kopf. Scharfsichtig und erfinderisch genug, um jede Tätigkeit zu nutzen, ist er auch billig genug, den Urheber auch der kleinsten zu ehren. Für ihn arbeiten alle Köpfe – alle Köpfe arbeiten gegen den Brotgelehrten. Jener weiß alles, was um ihn geschieht und gedacht wird, in sein Eigentum zu verwandeln – zwischen denkenden Köpfen gilt eine innige Gemeinschaft aller Güter des Geistes; was einer im Reiche der Wahrheit erwirbt, hat er allen erworben. – Der Brotgelehrte verzäunet sich gegen alle seine Nachbarn, denen er neidisch Licht und Sonne mißgönnt, und bewacht mit Sorge die baufällige Schranke, die ihn nur schwach gegen die siegende Vernunft verteidigt. Zu allem, was der Brotgelehrte unternimmt, muß er Reiz und Aufmunterung von außen her borgen: der philosophische Geist findet in seinem Gegenstand, in seinem Fleiße selbst Reiz und Belohnung. Wieviel begeisterter kann er sein Werk angreifen, wieviel lebendiger wird sein Eifer, wieviel ausdauernder sein Mut und seine Tätigkeit sein, da bei ihm die Arbeit sich durch die Arbeit verjünget. Das Kleine selbst gewinnt Größe unter seiner schöpferischen Hand, da er dabei immer das Große im Auge hat, dem es dienet, wenn der Brotgelehrte in dem Großen selbst nur das Kleine sieht. Nicht *was* er treibt, sondern *wie* er das, was er treibt, behandelt, unterscheidet den philosophischen Geist. Wo er auch stehe und wirke, er steht immer im Mittelpunkt des Ganzen; und so weit ihn auch das Objekt seines Wirkens von seinen übrigen Brüdern entferne, er ist ihnen verwandt und *nahe* durch einen harmonisch wirkenden Verstand, er begegnet ihnen, wo alle hellen Köpfe einander finden.

Soll ich diese Schilderung noch weiter fortführen oder darf ich hoffen, daß es bereits bei Ihnen entschieden sei, welches von den beiden Gemälden, die ich Ihnen hier vorgehalten habe, Sie sich zum Muster nehmen wollen? Von der Wahl, die Sie zwischen beiden getroffen haben, hängt es ab, ob Ihnen das Studium der Universalgeschichte empfohlen oder erlassen werden kann. Mit dem *zweiten* allein habe ich es zu tun; denn bei dem Bestreben, sich dem *ersten* nützlich zu machen, möchte sich die Wissenschaft selbst allzuweit von ihrem höhern Endzweck entfernen und einen kleinen Gewinn mit einem zu großen Opfer erkaufen.

Über den Gesichtspunkt mit Ihnen einig, aus welchem der Wert einer Wissenschaft zu bestimmen ist, kann ich mich dem Begriff der Universalgeschichte selbst, dem Gegenstand der heutigen Vorlesung, nähern.

Die Entdeckungen, welche unsere europäischen Seefahrer in fernen Meeren und auf entlegenen Küsten gemacht haben, geben uns ein ebenso lehrreiches als unterhaltendes Schauspiel. Sie zeigen uns Völkerschaften, die auf den mannigfaltigsten Stufen der Bildung um uns herum gelagert sind, wie Kinder verschiedenen Alters um einen Erwachsenen herumstehen und durch ihr Beispiel ihm in Erinnerung bringen, was er selbst vormals gewesen und wovon er ausgegangen ist. Eine weise Hand scheint uns diese rohen Völkerstämme bis auf den Zeitpunkt aufgespart zu haben, wo wir in unsrer eignen Kultur weit genug würden fortgeschritten sein, um von dieser Entdeckung eine nützliche Anwendung auf uns selbst zu machen und den verlornen Anfang unsers Geschlechts aus diesem Spiegel wiederherzustellen. Wie beschämend und traurig aber ist das Bild, das uns diese Völker von unserer Kindheit geben! und doch ist es nicht einmal die erste Stufe mehr, auf der wir sie erblicken. Der Mensch fing noch verächtlicher an. Wir finden jene doch schon als Völker, als politische Körper: aber der Mensch mußte sich erst durch eine außerordentliche Anstrengung zur politischen Gesellschaft erheben.

Was erzählen uns die Reisebeschreiber nun von diesen Wilden? Manche fanden sie ohne Bekanntschaft mit den unentbehrlichsten Künsten, ohne das Eisen, ohne den Pflug, einige sogar ohne den Besitz des Feuers. Manche rangen noch mit wilden Tieren um Speise und Wohnung, bei vielen hatte sich die Sprache noch kaum von tierischen Tönen zu verständlichen Zeichen erhoben. Hier war nicht einmal das so einfache Band der *Ehe,* dort noch keine Kenntnis des *Eigentums;* hier konnte die schlaffe Seele noch nicht einmal eine Erfahrung festhalten, die sie doch täglich wiederholte; sorglos sah man den Wilden das Lager hingeben, worauf er heute schlief, weil ihm nicht einfiel, daß er morgen wieder schlafen würde. Krieg hingegen war bei allen, und das Fleisch des überwundenen Feindes nicht selten der Preis des Sieges. Bei andern, die, mit mehrern Gemächlichkeiten des Lebens vertraut, schon eine höhere Stufe der Bildung erstiegen hatten, zeigten Knechtschaft und Despotismus ein schauderhaftes Bild. Dort sah man einen Despoten Afrikas seine Untertanen für einen Schluck Branntwein verhandeln: – hier wurden sie auf seinem Grab abgeschlachtet, ihm in der Unterwelt zu dienen. Dort wirft sich die fromme Einfalt vor einem lächerlichen Fetisch und hier vor einem grausenvollen Scheusal nieder; in seinen Göttern malt sich der Mensch. So tief ihn dort Sklaverei, Dummheit und Aberglauben niederbeugen, so elend ist er hier durch das andre Extrem gesetzloser Freiheit. Immer zum Angriff und zur Verteidigung gerüstet, von jedem Geräusch aufgescheucht, reckt der Wilde sein scheues Ohr in die Wüste; *Feind* heißt ihm alles, was neu ist, und wehe dem Fremdling, den das Ungewitter an seine Küste schleudert! Kein wirtlicher Herd wird ihm rauchen, kein süßes Gastrecht ihn erfreuen. Aber selbst da, wo sich der Mensch von einer feindseligen Einsamkeit zur Gesellschaft, von der Not zum Wohlleben, von der Furcht zu der Freude erhebt – wie abenteuerlich und ungeheuer zeigt er sich unsern Augen! Sein roher Geschmack sucht Fröhlichkeit in der Betäubung, Schönheit in der Verzerrung, Ruhm in der Übertreibung; Entsetzen erweckt uns selbst seine Tugend, und das, was er seine Glückseligkeit nennt, kann uns nur Ekel oder Mitleid erregen.

So waren *wir.* Nicht viel besser fanden uns Cäsar und Tacitus vor achtzehnhundert Jahren.

Was sind wir jetzt? – Lassen Sie mich einen Augenblick bei dem Zeitalter stillestehen, worin wir leben, bei der gegenwärtigen Gestalt der Welt, die wir bewohnen.

Der menschliche Fleiß hat sie angebaut und den widerstrebenden Boden durch sein Beharren und seine Geschicklichkeit überwunden. Dort hat er dem Meere Land abgewonnen, hier dem dürren Lande Ströme gegeben. Zonen und Jahreszeiten hat der Mensch durcheinander gemengt und die weichlichen Gewächse des Orients zu seinem rauheren Himmel abgehärtet. Wie er Europa nach Westindien und dem Südmeere trug, hat er Asien in Europa auferstehen lassen. Ein heiterer Himmel lacht jetzt über Germaniens Wäldern, welche die starke Menschenhand zerriß und dem Sonnenstrahl auftat, und in den Wellen des Rheins spiegeln sich Asiens Reben. An seinen Ufern erheben sich volkreiche Städte, die Genuß und Arbeit in munterm Leben durchschwärmen. Hier finden wir den Menschen in seines Erwerbes friedlichem Besitz sicher unter einer Million, ihn, dem sonst ein einziger Nachbar den Schlummer raubte. Die Gleichheit, die er durch seinen Eintritt in die Gesellschaft verlor, hat er wiedergewonnen durch weise Gesetze. Von dem blinden

Zwange des Zufalls und der Not hat er sich unter die sanftere Herrschaft der Verträge geflüchtet und die Freiheit des Raubtiers hingegeben, um die edlere Freiheit des Menschen zu retten. Wohltätig haben sich seine Sorgen getrennt, seine Tätigkeiten verteilt. Jetzt nötigt ihn das gebieterische Bedürfnis nicht mehr an die Pflugschar, jetzt fordert ihn kein Feind mehr von dem Pflug auf das Schlachtfeld, Vaterland und Herd zu verteidigen. Mit dem Arme des Landmanns füllt er seine Scheunen, mit den Waffen des Kriegers schützt er sein Gebiet. Das Gesetz wacht über sein Eigentum – und ihm bleibt das unschätzbare Recht, sich selbst seine Pflicht auszulesen.

Wie viele Schöpfungen der Kunst, wie viele Wunder des Fleißes, welches Licht in allen Feldern des Wissens, seitdem der Mensch in der traurigen Selbstverteidigung seine Kräfte nicht mehr unnütz verzehrt, seitdem es in seine Willkür gestellt worden, sich mit der Not abzufinden, der er nie ganz entfliehen soll; seitdem er das kostbare Vorrecht errungen hat, über seine Fähigkeit frei zu gebieten und dem Ruf seines Genius zu folgen! Welche rege Tätigkeit überall, seitdem die vervielfältigten Begierden dem Erfindungsgeist neue Flügel gaben und dem Fleiß neue Räume auftaten! – Die Schranken sind durchbrochen, welche Staaten und Nationen in feindseligem Egoismus absonderten. Alle denkenden Köpfe verknüpft jetzt ein weltbürgerliches Band, und alles Licht seines Jahrhunderts kann nunmehr den Geist eines neuern Galilei und Erasmus bescheinen.

Seitdem die Gesetze zu der Schwäche des Menschen herunterstiegen, kam der Mensch auch den Gesetzen entgegen. Mit ihnen ist er sanfter geworden, wie er mit ihnen verwilderte; ihren barbarischen Strafen folgen die barbarischen Verbrechen allmählich in die Vergessenheit nach. Ein großer Schritt zur Veredlung ist geschehen, daß die Gesetze tugendhaft sind, wenn auch gleich noch nicht die Menschen. Wo die Zwangspflichten von dem Menschen ablassen, übernehmen ihn die Sitten. Den keine Strafe schreckt und kein Gewissen zügelt, halten jetzt die Gesetze des Anstands und der Ehre in Schranken.

Wahr ist es, auch in unser Zeitalter haben sich noch manche barbarische Überreste aus den vorigen eingedrungen, Geburten des Zufalls und der Gewalt, die das Zeitalter der Vernunft nicht verewigen sollte. Aber wieviel Zweckmäßigkeit hat der Verstand des Menschen auch diesem barbarischen Nachlaß der ältern und mittlern Jahrhunderte gegeben! Wie unschädlich, ja wie nützlich hat er oft gemacht, was er umzustürzen noch nicht wagen konnte! Auf dem rohen Grunde der Lehenanarchie führte Teutschland das System seiner politischen und kirchlichen Freiheit auf. Das Schattenbild des römischen Imperators, das sich diesseits der Apenninen erhalten, leistet der Welt jetzt unendlich mehr Gutes als sein schreckhaftes Urbild im alten Rom – denn es hält ein nützliches Staatssystem durch *Eintracht* zusammen: jenes drückte die tätigsten Kräfte der Menschheit in einer sklavischen *Einförmigkeit* darnieder. Selbst unsre Religion – so sehr entstellt durch die untreuen Hände, durch welche sie uns überliefert worden – wer kann in ihr den veredelnden Einfluß der bessern Philosophie verkennen? Unsre Leibnize und Locke machten sich um das *Dogma* und um die *Moral* des Christentums ebenso verdient als – der Pinsel eines Raphael und Correggio um die heilige Geschichte.

Endlich unsre Staaten – mit welcher Innigkeit, mit welcher Kunst sind sie ineinander verschlungen! wieviel dauerhafter durch den wohltätigen Zwang der Not als vormals durch die feierlichsten Verträge verbrüdert! Den Frieden hütet jetzt ein ewig geharnischter Krieg, und die Selbstliebe eines Staats setzt ihn zum Wächter über den Wohlstand des andern. Die europäische Staatengesellschaft scheint in eine große Familie verwandelt. Die Hausgenossen können einander anfeinden, aber hoffentlich nicht mehr zerfleischen.

Welche entgegengesetzte Gemälde! Wer sollte in dem verfeinerten Europäer des achtzehnten Jahrhunderts nur einen fortgeschrittnen Bruder des neuern Kanadiers, des alten Celten vermuten? Alle diese Fertigkeiten, Kunsttriebe, Erfahrungen, alle diese Schöpfungen der Vernunft sind im Raume von wenigen

Jahrtausenden in dem Menschen angepflanzt und entwickelt worden; alle diese Wunder der Kunst, diese Riesenwerke des Fleißes sind aus ihm herausgerufen worden. Was weckte jene zum Leben, was lockte diese heraus? Welche Zustände durchwanderte der Mensch, bis er *von jenem* Äußersten zu *diesem* Äußersten, vom ungeselligen Höhlenbewohner zum geistreichen Denker, zum gebildeten Weltmann hinaufstieg? – Die allgemeine Weltgeschichte gibt Antwort auf diese Frage.

So unermeßlich ungleich zeigt sich uns das nämliche Volk auf dem nämlichen Landstriche, wenn wir es in verschiedenen Zeiträumen anschauen! Nicht weniger auffallend ist der Unterschied, den uns das gleichzeitige Geschlecht, aber in verschiedenen Ländern darbietet. Welche Mannigfaltigkeit in Gebräuchen, Verfassungen und Sitten! Welcher rasche Wechsel von Finsternis und Licht, von Anarchie und Ordnung, von Glückseligkeit und Elend, wenn wir den Menschen auch nur in dem kleinen Weltteil Europa aufsuchen! Frei an der Themse, und für diese Freiheit sein eigener Schuldner; hier unbezwingbar zwischen seinen Alpen, dort zwischen seinen Kunstflüssen und Sümpfen unüberwunden. An der Weichsel kraftlos und elend durch seine Zwietracht; jenseits der Pyrenäen durch seine Ruhe kraftlos und elend. Wohlhabend und gesegnet in Amsterdam ohne Ernte; dürftig und unglücklich an des Ebro unbenutztem Paradiese. Hier zwei entlegene Völker durch ein Weltmeer getrennt und zu Nachbarn gemacht durch Bedürfnis, Kunstfleiß und politische Bande; dort die Anwohner *eines* Stromes durch eine andere Liturgie unermeßlich geschieden! Was führte Spaniens Macht über den Atlantischen Ozean in das Herz von Amerika, und nicht einmal über den Tajo und Guadiana hinüber? Was erhielt in Italien und Teutschland so viele Thronen und ließ in Frankreich alle, bis auf *einen,* verschwinden? – Die Universalgeschichte löst diese Frage.

Selbst daß *wir* uns in diesem Augenblick hier zusammenfanden, uns mit diesem Grade von Nationalkultur, mit dieser Sprache, diesen Sitten, diesen bürgerlichen Vorteilen, diesem Maß von Gewissensfreiheit zusammenfanden, ist das Resultat vielleicht aller vorhergegangenen Weltbegebenheiten: die *ganze* Weltgeschichte würde wenigstens nötig sein, dieses einzige Moment zu erklären. Daß wir uns als Christen zusammenfanden, mußte diese Religion, durch unzählige Revolutionen vorbereitet, aus dem Judentum hervorgehen, mußte sie den römischen Staat genau *so* finden, als sie ihn fand, um sich mit schnellem, siegendem Lauf über die Welt zu verbreiten und den Thron der Cäsarn endlich selbst zu besteigen. Unsre rauhen Vorfahren in den thüringischen Wäldern mußten der Übermacht der Franken unterliegen, um ihren Glauben anzunehmen. Durch seine wachsenden Reichtümer, durch die Unwissenheit der Völker und durch die Schwäche ihrer Beherrscher mußte der Klerus verführt und begünstigt werden, sein Ansehen zu mißbrauchen und seine stille *Gewissensmacht* in ein weltliches Schwert umzuwandeln. Die Hierarchie mußte in einem Gregor und Innozenz alle ihre Greuel auf das Menschengeschlecht ausleeren, damit das überhandnehmende Sittenverderbnis und des geistlichen Despotismus schreiendes Skandal einen unerschrockenen Augustinermönch auffordern konnte, das Zeichen zum Abfall zu geben und dem römischen Hierarchen eine Hälfte Europens zu entreißen – wenn wir uns als protestantische Christen hier versammeln sollten. Wenn dies geschehen sollte, so mußten die Waffen unsrer Fürsten Karin V. einen Religionsfrieden abnötigen; ein Gustav Adolf mußte den Bruch dieses Friedens rächen, ein neuer allgemeiner Friede ihn auf Jahrhunderte begründen. Städte mußten sich in Italien und Teutschland erheben, dem Fleiß ihre Tore öffnen, die Ketten der Leibeigenschaft zerbrechen, unwissenden Tyrannen den Richterstab aus den Händen ringen und durch eine kriegerische Hansa sich in Achtung setzen, wenn Gewerbe und Handel blühen und der Überfluß den Künsten der Freude rufen, wenn der Staat den nützlichen Landmann ehren und in dem wohltätigen *Mittelstande,* dem Schöpfer unsrer ganzen Kultur, ein dauerhaftes Glück für die Menschheit heranreifen sollte. Teutschlands Kaiser mußten sich in jahrhundertlangen Kämpfen mit den Päpsten, mit ihren Vasallen, mit eifersüchtigen Nachbarn entkräften – Europa sich seines gefährlichen Überflusses in Asiens Gräbern entladen und der trotzige Lehenadel in einem mörderischen Faustrecht, Römerzügen und heiligen Fahrten seinen Empörungsgeist ausbluten – wenn das verworrene Chaos sich sondern und die streitenden Mächte des Staats in dem gesegneten Gleichgewichte ruhen sollten, wovon unsre jetzige Muße der Preis ist. Wenn sich unser Geist aus der Unwissenheit herausringen sollte, worin geistlicher und weltlicher Zwang ihn gefesselt hielt, so mußte der lang erstickte Keim der Gelehrsamkeit unter ihren wütendsten Verfolgern aufs neue hervorbrechen, und ein Al Mamun den Wissenschaften den Raub vergüten, den ein Omar an ihnen verübt hatte. Das unerträgliche Elend der Barbarei mußte unsre Vorfahren von den blutigen *Urteilen Gottes* zu menschlichen Richterstühlen treiben, verheerende Seuchen die verirrte Heilkunst zur Betrachtung der Natur zurückrufen, der Müßiggang der Mönche mußte für das Böse, das ihre Werktätigkeit schuf, von ferne einen Ersatz zubereiten und der profane Fleiß in den Klöstern die zerrütteten Reste des Augustischen Weltalters bis zu den Zeiten der Buchdruckerkunst hinhalten. An griechischen und römischen Mustern mußte der niedergedrückte Geist nordischer Barbaren sich aufrichten und die Gelehrsamkeit einen Bund mit den Musen und Grazien schließen, wann sie einen Weg zu dem Herzen finden und den Namen einer Menschenbilderin sich verdienen sollte. – Aber hätte Griechenland wohl einen Thukydides, einen Plato, einen Aristoteles, hätte Rom einen Horaz, einen Cicero, einen Virgil und Livius geboren, wenn diese beiden Staaten nicht zu derjenigen Höhe des politischen Wohlstands emporgedrungen wären, welche sie wirklich erstiegen haben? Mit einem Wort – wenn nicht ihre *ganze* Geschichte vorhergegangen wäre? Wie viele Erfindungen, Entdeckungen, Staats- und Kirchenrevolutionen mußten *zusammentreffen,* diesen neuen, noch zarten Keimen von Wissenschaft und Kunst Wachstum und Ausbreitung zu geben! Wie viele Kriege mußten geführt, wie viele Bündnisse geknüpft, zerrissen und aufs neue geknüpft werden, um endlich Europa zu dem Friedensgrundsatz zu bringen, welcher allein den Staaten wie den Bürgern vergönnt, ihre Aufmerksamkeit auf sich selbst zu richten und ihre Kräfte zu einem verständigen Zwecke zu versammeln!

Selbst in den alltäglichsten Verrichtungen des bürgerlichen Lebens können wir es nicht vermeiden, die Schuldner vergangener Jahrhunderte zu werden; die ungleichartigsten Perioden der Menschheit steuern zu unsrer Kultur, wie die entlegensten Weltteile zu unsrem Luxus. Die Kleider, die wir tragen, die Würze an unsern Speisen und der Preis, um den wir sie kaufen, viele unsrer kräftigsten Heilmittel und ebenso viele neue Werkzeuge unsers Verderbens – setzen sie nicht einen Columbus voraus, der Amerika entdeckte, einen Vasco de Gama, der die Spitze von Afrika umschiffte?

Es zieht sich also eine lange Kette von Begebenheiten von dem gegenwärtigen Augenblicke bis zum Anfange des Menschengeschlechts hinauf, die wie Ursache und Wirkung ineinander greifen. *Ganz* und *vollzählig* überschauen kann sie nur der unendliche Verstand; dem Menschen sind engere Grenzen gesetzt. I. Unzählig viele dieser Ereignisse haben entweder keinen menschlichen Zeugen und Beobachter gefunden, oder sie sind durch kein Zeichen festgehalten worden. Dahin gehören alle, die dem Menschengeschlechte selbst und der Erfindung der Zeichen vorhergegangen sind. Die Quelle aller Geschichte ist Tradition, und das Organ der Tradition ist die Sprache. Die ganze Epoche *vor der Sprache,* so folgenreich sie auch für die *Welt* gewesen, ist für die *Weltgeschichte* verloren. II. Nachdem aber auch die Sprache erfunden und durch sie die Möglichkeit vorhanden war, geschehene Dinge auszudrücken und weiter mitzuteilen, so geschah diese Mitteilung anfangs durch den unsichern und wandelbaren Weg der *Sagen.* Von Munde zu Munde pflanzte sich eine solche Begebenheit durch eine lange Folge von Geschlechtern fort, und da sie durch Media ging, die verändert werden und verändern, so mußte sie diese Veränderungen mit erleiden. Die lebendige Tradition oder die mündliche Sage ist daher eine sehr unzuverlässige Quelle für die Geschichte; daher sind alle Begebenheiten *vor dem Gebrauche der Schrift* für die Weltgeschichte so gut als verloren. III. Die Schrift ist aber selbst nicht unvergänglich; unzählig viele Denkmäler des Altertums haben Zeit und Zufälle zerstört, und nur wenige Trümmer haben sich aus der Vorwelt in die Zeiten der Buchdruckerkunst gerettet. Bei weitem der größre Teil ist mit den Aufschlüssen, die er uns geben sollte, für die Weltgeschichte verloren. IV. Unter den wenigen endlich, welche die Zeit verschonte, ist die größere Anzahl durch die *Leidenschaft,* durch den *Unverstand* und oft selbst durch das *Genie* ihrer Beschreiber verunstaltet und unkennbar gemacht. Das Mißtrauen erwacht bei dem ältesten historischen Denkmal, und es verläßt uns nicht einmal bei einer Chronik des heutigen Tages. Wenn wir über eine Begebenheit, die sich heute erst und unter Menschen, mit denen wir leben, und in der Stadt, die wir bewohnen, ereignet, die Zeugen abhören und aus ihren widersprechenden Berichten Mühe haben die Wahrheit zu enträtseln: welchen Mut können wir zu Nationen und Zeiten mitbringen, die durch Fremdartigkeit der Sitten weiter als durch ihre Jahrtausende von uns entlegen sind? – Die kleine Summe von Begebenheiten, die nach allen bisher geschehenen Abzügen zurückbleibt, ist der Stoff der Geschichte in ihrem weitesten Verstande. *Was* und *wieviel* von diesem historischen Stoff gehört nun der *Universalgeschichte?*

Aus der ganzen Summe dieser Begebenheiten hebt der Universalhistoriker diejenigen heraus, welche auf die *heutige* Gestalt der Welt und den Zustand der jetzt lebenden Generation einen wesentlichen, unwidersprechlichen und leicht zu verfolgenden Einfluß gehabt haben. Das Verhältnis eines historischen Datums zu der *heutigen* Weltverfassung ist es also, worauf gesehen werden muß, um Materialien für die Weltgeschichte zu sammeln. Die Weltgeschichte geht also von einem Prinzip aus, das dem Anfang der Welt gerade entgegenstehet. Die wirkliche Folge der Begebenheiten steigt von dem Ursprung der Dinge zu ihrer neuesten Ordnung herab, der Universalhistoriker rückt von der neuesten Weltlage aufwärts dem Ursprung der Dinge entgegen. Wenn er von dem laufenden Jahr und Jahrhundert zu dem nächstvorhergegangenen in Gedanken hinaufsteigt und unter den Begebenheiten, die das letztere ihm darbietet, diejenigen sich merkt, welche den Aufschluß über die nächstfolgenden enthalten – wenn er diesen Gang schrittweise fortgesetzt hat bis zum Anfang – nicht der Welt, denn dahin führt ihn kein Wegweiser – bis zum Anfang der Denkmäler, dann steht es bei ihm, auf dem gemachten Weg umzukehren und an dem Leitfaden dieser bezeichneten Fakten, ungehindert und leicht, vom Anfang der Denkmäler bis zu dem neuesten Zeitalter herunterzusteigen. Dies ist die Weltgeschichte, die wir haben und die Ihnen wird vorgetragen werden.

Weil die Weltgeschichte von dem Reichtum und der Armut an Quellen abhängig ist, so müssen ebenso viele Lücken in der Weltgeschichte entstehen, als es leere Strecken in der Überlieferung gibt. So gleichförmig, notwendig und bestimmt sich die Weltveränderungen auseinander entwickeln, so unterbrochen und zufällig werden sie in der Geschichte ineinander gefügt sein. Es ist daher zwischen dem Gange der *Welt* und dem Gange der *Weltgeschichte* ein merkliches Mißverhältnis sichtbar. Jenen möchte man mit einem ununterbrochen fortfließenden Strom vergleichen, wovon aber in der Weltgeschichte nur hie und da eine Welle beleuchtet wird. Da es ferner leicht geschehen kann, daß der Zusammenhang einer entfernten Weltbegebenheit mit dem Zustand des laufenden Jahres früher in die Augen fällt als die Verbindung, worin sie mit Ereignissen stehet, die ihr vorhergingen oder gleichzeitig waren: so ist es ebenfalls unvermeidlich, daß Begebenheiten, die sich mit dem neuesten Zeitalter aufs genaueste binden, in dem Zeitalter, dem sie eigentlich angehören, nicht selten *isoliert* erscheinen. Ein Faktum dieser Art wäre z.B. der Ursprung des Christentums und besonders der christlichen Sittenlehre. Die christliche Religion hat an der gegenwärtigen Gestalt der Welt einen so vielfältigen Anteil, daß ihre Erscheinung das wichtigste Faktum für die Weltgeschichte wird: aber weder in der Zeit, wo sie sich zeigte, noch in dem Volke, bei dem sie aufkam, liegt (aus Mangel der Quellen) ein befriedigender Erklärungsgrund ihrer Erscheinung.

So würde denn unsre Weltgeschichte nie etwas anders als ein Aggregat von Bruchstücken werden und nie den Namen einer Wissenschaft verdienen. Jetzt also kommt ihr der philosophische Verstand zu Hülfe, und indem er diese Bruchstücke durch künstliche Bindungsglieder verkettet, erhebt er das Aggregat zum System, zu einem vernunftmäßig zusammenhängenden Ganzen. Seine Beglaubigung dazu liegt in der Gleichförmigkeit und unveränderlichen Einheit der Naturgesetze und des menschlichen Gemüts, welche Einheit Ursache ist, daß die Ereignisse des entferntesten Altertums, unter dem Zusammenfluß ähnlicher Umstände von außen, in den neuesten Zeitläuften wiederkehren; daß also von den neuesten Erscheinungen, die im Kreis unsrer Beobachtung liegen, auf diejenigen, welche sich in geschichtlosen Zeiten verlieren, rückwärts ein Schluß gezogen und einiges Licht verbreitet werden kann. Die Methode, nach der Analogie zu schließen, ist, wie überall, so auch in der Geschichte ein mächtiges Hülfsmittel; aber sie muß durch einen erheblichen Zweck gerechtfertigt und mit ebenso viel Vorsicht als Beurteilung in Ausübung gebracht werden.

Nicht lange kann sich der philosophische Geist bei dem Stoffe der Weltgeschichte verweilen, so wird ein neuer Trieb in ihm geschäftig werden, der nach Übereinstimmung strebt – der ihn unwiderstehlich reizt, alles um sich herum seiner eigenen vernünftigen Natur zu assimilieren und jede ihm vorkommende Erscheinung zu der höchsten Wirkung, die er erkannt, zum *Gedanken* zu erheben. Je öfter also und mit je glücklicherm Erfolge er den Versuch erneuert, das Vergangene mit dem Gegenwärtigen zu verknüpfen, desto mehr wird er geneigt, was er als *Ursache* und *Wirkung* ineinander greifen sieht, als *Mittel* und *Absicht* zu verbinden. Eine Erscheinung nach der andern fängt an, sich dem blinden Ohngefähr, der gesetzlosen Freiheit zu entziehen und sich einem übereinstimmenden Ganzen (das freilich nur in seiner Vorstellung vorhanden ist) als ein passendes Glied anzureihen. Bald fällt es ihm schwer, sich zu überreden, daß diese Folge von Erscheinungen, die in seiner Vorstellung so viel Regelmäßigkeit und Absicht annahm, diese Eigenschaften in der Wirklichkeit verleugne; es fällt ihm schwer, wieder unter die blinde Herrschaft der Notwendigkeit zu geben, was unter dem geliehenen Lichte des Verstandes angefangen hatte, eine so heitre Gestalt zu gewinnen. Er nimmt also diese Harmonie aus sich selbst heraus und verpflanzt sie außer sich in die Ordnung der Dinge, d.i. er bringt einen vernünftigen Zweck in den Gang der Welt und ein teleologisches Prinzip in die *Weltgeschichte.* Mit diesem durchwandert er sie noch einmal und hält es prüfend gegen jede Erscheinung, welche dieser große Schauplatz ihm darbietet. Er sieht es durch tausend beistimmende Fakta *bestätigt* und durch ebenso viele andre *widerlegt;* aber solange in der Reihe der Weltveränderungen noch wichtige Bindungsglieder fehlen, solange das Schicksal über so viele Begebenheiten den letzten Aufschluß noch zurückhält, erklärt er die Frage für *unentschieden,* und diejenige Meinung siegt, welche dem Verstande die höhere Befriedigung und dem Herzen die größre Glückseligkeit anzubieten hat.

Es bedarf wohl keiner Erinnerung, daß eine Weltgeschichte nach letzterm Plane in den spätesten Zeiten erst zu erwarten steht. Eine vorschnelle Anwendung dieses großen Maßes könnte den Geschichtsforscher leicht in Versuchung führen, den Begebenheiten Gewalt anzutun und diese glückliche Epoche für die Weltgeschichte immer weiter zu entfernen, indem er sie beschleunigen will. Aber nicht zu frühe kann die Aufmerksamkeit auf diese lichtvolle und doch so sehr vernachlässigte Seite der Weltgeschichte gezogen werden, wodurch sie sich an den höchsten Gegenstand aller menschlichen Bestrebungen anschließt. Schon der stille Hinblick auf dieses, wenn auch nur mögliche Ziel muß dem Fleiß des Forschers einen belebenden Sporn und eine süße Erholung geben. Wichtig wird ihm auch die kleinste Bemühung sein, wenn er sich auf dem Wege sieht oder auch nur einen späten Nachfolger darauf leitet, das Problem der Weltordnung aufzulösen und dem höchsten Geist in seiner schönsten Wirkung zu begegnen.

Und auf solche Art behandelt, m. H. H., wird Ihnen das Studium der Weltgeschichte eine ebenso anziehende als nützliche Beschäftigung gewähren. Licht wird sie in Ihrem Verstande und eine wohltätige Begeisterung in Ihrem Herzen entzünden. Sie wird Ihren Geist von der gemeinen und kleinlichen Ansicht moralischer Dinge entwöhnen, und indem sie vor Ihren Augen das große Gemälde der Zeiten und Völker auseinander breitet, wird sie die vorschnellen Entscheidungen des Augenblicks und die beschränkten Urteile der Selbstsucht verbessern. Indem sie den Menschen gewöhnt, sich mit der ganzen Vergangenheit zusammenzufassen und mit seinen Schlüssen in die ferne Zukunft vorauszueilen: so verbirgt sie die Grenzen von Geburt und Tod, die das Leben des Menschen so eng und so drückend umschließen, so breitet sie optisch täuschend sein kurzes Dasein in einen unendlichen Raum aus und führt das Individuum unvermerkt in die Gattung hinüber.

Der Mensch verwandelt sich und flieht von der Bühne; seine Meinungen fliehen und verwandeln sich mit ihm: die Geschichte allein bleibt unausgesetzt auf dem Schauplatz, eine unsterbliche Bürgerin aller Nationen und Zeiten. Wie der homerische Zeus sieht sie mit gleich heiterm Blicke auf die blutigen Arbeiten des Kriegs und auf die friedlichen Völker herab, die sich von der Milch ihrer Herden schuldlos ernähren. Wie regellos auch die Freiheit des Menschen mit dem Weltlauf zu schalten scheine, ruhig sieht sie dem verworrenen Spiele zu: denn ihr weitreichender Blick entdeckt schon von ferne, wo diese regellos schweifende Freiheit am Bande der Notwendigkeit geleitet wird. Was sie dem strafenden Gewissen eines Gregors und Cromwells geheim hält, eilt sie der Menschheit zu offenbaren: »daß der selbstsüchtige Mensch niedrige Zwecke zwar verfolgen kann, aber unbewußt vortreffliche befördert«.

Kein falscher Schimmer wird sie blenden, kein Vorurteil der

Zeit sie dahinreißen, denn sie erlebt das letzte Schicksal aller Dinge. Alles, was *aufhört*, hat für sie gleich kurz gedauert: sie hält den verdienten Olivenkranz frisch und zerbricht den Obelisken, den die Eitelkeit türmte. Indem sie das feine Getriebe auseinander legt, wodurch die stille Hand der Natur schon seit dem Anfang der Welt die Kräfte des Menschen planvoll entwickelt und mit Genauigkeit andeutet, was in jedem Zeitraume für diesen großen Naturplan gewonnen worden ist: so stellt sie den wahren Maßstab für Glückseligkeit und Verdienst wieder her, den der herrschende Wahn in jedem Jahrhundert anders verfälschte. Sie heilt uns von der übertriebenen Bewunderung des Altertums und von der kindischen Sehnsucht nach vergangenen Zeiten; und indem sie uns auf unsre eigenen Besitzungen aufmerksam macht, läßt sie uns die gepriesenen goldnen Zeiten Alexanders und Augusts nicht zurückwünschen.

Unser *menschliches* Jahrhundert herbeizuführen, haben sich – ohne es zu wissen oder zu erzielen – alle vorhergehenden Zeitalter angestrengt. Unser sind alle Schätze, welche Fleiß und Genie, Vernunft und Erfahrung im langen Alter der Welt endlich heimgebracht haben. Aus der Geschichte erst werden *Sie* lernen, einen Wert auf die Güter zu legen, denen Gewohnheit und unangefochtener Besitz so gern unsre Dankbarkeit rauben: kostbare teure Güter, an denen das Blut der Besten und Edelsten klebt, die durch die schwere Arbeit so vieler Generationen haben errungen werden müssen! Und welcher unter Ihnen, bei dem sich ein heller Geist mit einem empfindenden Herzen gattet, könnte dieser hohen Verpflichtung eingedenk sein, ohne daß sich ein stiller Wunsch in ihm regte, an das *kommende* Geschlecht die Schuld zu entrichten, die er dem vergangenen nicht mehr abtragen kann? Ein edles Verlangen muß in uns entglühen, zu dem reichen Vermächtnis von Wahrheit, Sittlichkeit und Freiheit, das wir von der Vorwelt überkamen und reich vermehrt an die Folgewelt wieder abgeben müssen, auch aus *unsern* Mitteln einen Beitrag zu legen und an dieser unvergänglichen Kette, die durch alle Menschengeschlechter sich windet, unser fliehendes Dasein zu befestigen. Wie verschieden auch die Bestimmung sei, die in der bürgerlichen Gesellschaft Sie erwartet – etwas dazusteuern können Sie alle! Jedem Verdienst ist eine Bahn zur Unsterblichkeit aufgetan, zu der wahren Unsterblichkeit, meine ich, wo die Tat lebt und weiter eilt, wenn auch der Name ihres Urhebers hinter ihr zurückbleiben sollte.

Einleitung zur Geschichte des Malteserordens nach Vertot

Der Tempelorden glänzte und verschwand wie ein Meteor in der Weltgeschichte; der Orden der Johanniter lebt schon sein siebentes Jahrhundert, und obgleich der politischen Schaubühne beinahe verschwunden, steht er für den Philosophen der Menschheit für ewige Zeiten als eine merkwürdige Erscheinung da. Zwar droht der Grund einzusinken, auf dem er errichtet worden, und wir blicken jetzt mit mitleidigem Lächeln auf seinen Ursprung hin, der für sein Zeitalter so heilig, so feierlich gewesen. Er selbst aber steht noch, als eine ehrwürdige Ruine, auf seinem nie erstiegenen Fels, und verloren in Bewunderung einer Heldengröße, die nicht mehr ist, bleiben wir wie vor einem umgestürzten Obelisken oder einem Trajanischen Triumphbogen vor ihm stehen.

Zwar wünschen wir uns nicht mit Unrecht dazu Glück, in einem Zeitalter zu leben, wo kein Verdienst wie jenes mehr zu erwerben, wo ein Kraftaufwand, ein Heroismus, wie er in jenem Orden sich äußert, ebenso überflüssig als unmöglich ist; aber man muß gestehen, daß wir die Überlegenheit *unsrer* Zeiten nicht immer mit Bescheidenheit, mit Gerechtigkeit gegen die *vergangenen* geltend machen. Der verachtende Blick, den wir gewohnt sind auf jene Periode des Aberglaubens, des Fanatismus, der Gedankenknechtschaft zu werfen, verrät weniger den rühmlichen Stolz der sich fühlenden *Stärke* als den kleinlichen Triumph der *Schwäche,* die durch einen ohnmächtigen Spott die Beschämung rächt, die das höhere Verdienst ihr abnötigte. Was wir auch vor jenen fistern Jahrhunderten voraus haben mögen, so ist es doch höchstens nur ein vorteilhafter *Tausch,* auf den wir allenfalls ein Recht haben könnten stolz zu sein. Der Vorzug hellerer Begriffe, besiegter Vorurteile, gemäßigterer Leidenschaften, freierer Gesinnungen – wenn wir ihn wirklich zu erweisen imstande sind – kostet uns das wichtige Opfer *praktischer Tugend,* ohne die wir doch unser besseres Wissen kaum für einen Gewinn rechnen können. Dieselbe Kultur, welche in unserm Gehirn das Feuer eines fanatischen Eifers auslöschte, hat zugleich die Glut der Begeisterung in unseren Herzen erstickt, den Schwung der Gesinnungen gelähmt, die tatenreifende Energie des Charakters vernichtet. Die *Heroen* des Mittelalters setzten an einen Wahn, den sie mit Weisheit verwechselten und eben weil er ihnen Weisheit war, Blut, Leben und Eigentum; so schlecht ihre Vernunft belehrt war, so heldenmäßig gehorchten sie ihren höchsten Gesetzen – und können *wir,* ihre verfeinerten Enkel, uns wohl rühmen, daß wir an unsre Weisheit nur halb so viel, als sie an ihre Torheit, wagen?

Was der Verfasser der Einleitung zu nachstehender Geschichte jenem Zeitalter als einen wichtigen Vorzug anrechnet – jene praktische Stärke des Gemüts nämlich, das Teuerste an das Edelste zu setzen und einem bloß idealischen Gut alle Güter der Sinnlichkeit zum Opfer zu bringen, bin ich sehr bereit zu unterschreiben. Derselbe exzentrische Zug der Einbildungskraft, der den Geschichtschreiber, den kalten Politiker an jenem Zeitalter irre macht, findet an dem Moralphilosophen einen weit billigern Richter, ja nicht selten vielleicht einen Bewunderer. Mitten unter allen Greueln, welche ein verfinsterter Glaubenseifer begünstigt und heiligt, unter den abgeschmackten Verirrungen der Superstition, entzückt *ihn* das erhabene Schauspiel einer über alle Sinnenreize siegenden Überzeugung, einer feurig beherzigten *Vernunftidee,* welche über jedes noch so mächtige Gefühl ihre Herrschaft behauptet. Waren gleich die Zeiten der Kreuzzüge ein langer, trauriger Stillstand in der *Kultur,* waren sie sogar ein Rückfall der Europäer in die vorige Wildheit, so war die Menschheit doch offenbar ihrer höchsten Würde nie vorher so nahe gewesen, als sie es damals war – wenn es anders entschieden ist, daß nur die *Herrschaft seiner Ideen über seine Gefühle* dem Menschen Würde verleiht. Die Willigkeit des Gemüts, sich von übersinnlichen Triebfedern leiten zu lassen, diese notwendige

Bedingung unsrer *sittlichen Kultur*, mußte sich, wie es schien, erst an einem schlechteren Stoffe üben und zur Fertigkeit ausbilden, bis dem *guten Willen* ein hellerer Verstand zu Hülfe kommen konnte. Aber daß es gerade dieses edelste aller menschlichen Vermögen ist, welches sich bei jenen wilden Unternehmungen äußert und ausbildet, söhnt den philosophischen Beurteiler mit allen rohen Geburten eines unmündigen Verstandes, einer gesetzlosen Sinnlichkeit aus, und um der nahen Beziehung willen, welche der *bloße Entschluß*, unter der Fahne des Kreuzes zu streiten, zu der höchsten sittlichen Würde des Menschen hat, verzeiht er ihm gern seine abenteuerlichen Mittel und seinen chimärischen Gegenstand.

Von dieser Art sind nun die Glaubenshelden, mit denen uns die nachfolgende Geschichte bekannt macht; ihre Schwachheiten, von glänzenden Tugenden geführt, dürfen sich einer weiseren Nachwelt kühn unter das Angesicht wagen. Unter dem Panier des Kreuzes sehen wir sie der Menschheit schwerste und heiligste Pflichten üben und, indem sie nur einem *Kirchengesetze* zu dienen glauben, unwissend die höhern Gebote der *Sittlichkeit* befolgen. Suchte doch der Mensch schon seit Jahrtausenden den Gesetzgeber über den Sternen, der in seinem eigenen Busen wohnt – warum diesen Helden es verargen, daß sie die Sanktion einer Menschenpflicht von einem Apostel entlehnen und die allgemeine Verbindlichkeit zur Tugend sowie den Anspruch auf ihre Würde, an ein Ordenskleid heften? Fühle man noch so sehr das Widersinnige eines Glaubens, der für die Scheingüter einer schwärmenden Einbildungskraft, für leblose Heiligtümer zu bluten befiehlt – wer kann der heroischen Treue, womit diesem Wahnglauben von den geistlichen Rittern Gehorsam geleistet wird, seine Achtung versagen? Wenn nach vollbrachten Wundern der Tapferkeit, ermattet vom Gefecht mit den Ungläubigen, erschöpft von den Arbeiten eines blutigen Tages, diese Heldenschar heimkehrt und, anstatt sich die siegreiche Stirne mit dem verdienten Lorbeer zu krönen, ihre ritterlichen Verrichtungen ohne Murren mit dem niedrigen Dienst eines *Wär-*

ters vertauscht – wenn diese Löwen im Gefechte hier an den Krankenbetten eine Geduld, eine Selbstverleugnung, eine Barmherzigkeit üben, die selbst das glänzendste Heldenverdienst verdunkelt – wenn eben die Hand, welche wenige Stunden zuvor das furchtbare Schwert für die Christenheit führte und den zagenden Pilger durch die Säbel der Feinde geleitete, einem ekelhaften Kranken *um Gottes willen* die Speise reicht und sich keinem der verächtlichen Dienste entzieht, die unsre verzärtelten Sinne empören – wer, der die Ritter des Spitals zu Jerusalem in dieser Gestalt erblickt, bei diesen Geschäften überrascht, kann sich einer innigen Rührung erwehren? wer ohne Staunen die beharrliche Tapferkeit sehen, mit der sich der kleine Heldenhaufe in Ptolemais, in Rhodus, und späterhin auf Malta gegen einen überlegenen Feind verteidigt? die unerschütterliche Festigkeit seiner beiden Großmeister Isle Adam und La Valette, die gleich bewundernswürdige Willigkeit der Ritter selbst, sich dem Tode zu opfern? Wer liest ohne Erhebung des Gemüts den freiwilligen Untergang jener *vierzig Helden* im Fort St. Elmo, ein Beispiel des Gehorsams, das von der gepriesenen Selbstaufopferung der Spartaner bei Thermopylä nur durch die größere Wichtigkeit des Zwecks übertroffen wird! Es ist der christlichen Religion von berühmten Schriftstellern der Vorwurf gemacht worden, daß sie den kriegerischen Mut ihrer Bekenner erstickt und das Feuer der Begeisterung ausgelöscht habe. Dieser Vorwurf – wie glänzend wird er durch das Beispiel der Kreuzheere, durch die glorreichen Taten des Johanniter- und Tempelordens widerlegt! Der Grieche, der Römer kämpfte für seine Existenz, für zeitliche Güter, für das begeisternde Phantom der Weltherrschaft und der Ehre, kämpfte vor den Augen eines dankbaren Vaterlands, das ihm den Lorbeer für sein Verdienst schon von ferne zeigte. – Der Mut jener christlichen Helden entbehrte diese Hülfe und hatte keine andre Nahrung als sein eigenes unerschöpfliches Feuer.

Aber es ist noch eine andre Rücksicht, aus welcher mir eine Darstellung der äußern und innern Schicksale dieses geistlichen

Ritterordens Aufmerksamkeit zu verdienen schien. Dieser Orden nämlich ist zugleich ein politischer Körper, gegründet zu einem eigentümlichen Zweck, durch besondre Gesetze unterstützt, durch eigentümliche Bande zusammengehalten. Er entsteht, er bildet sich, er blüht und verblüht, kurz, er eröffnet und beschließt sein ganzes politisches Leben vor unsern Augen. Der Gesichtspunkt, aus welchem der philosophische Beurteiler jede politische Gesellschaft betrachtet, kann auch auf diesen *mönchisch-ritterlichen* Staat mit Recht angewendet werden. Die verschiedenen Formen nämlich, in welchen politische Gesellschaften zusammentreten, erscheinen demselben als ebenso viele von der Menschheit (wenngleich nicht absichtlich) angestellte Versuche, die Wirksamkeit gewisser Bedingungen entweder für einen eigentümlichen Zweck oder für den gemeinschaftlichen Zweck aller Verbindungen überhaupt zu erproben. Was kann aber unserer Aufmerksamkeit würdiger sein, als den Erfolg dieser Versuche zu erfahren, als die Statthaftigkeit oder Unstatthaftigkeit jener Bedingungen für ihre Zwecke an einem belebenden Beispiele dargetan zu sehen? So hat das menschliche Geschlecht in der Folge der Zeiten beinahe alle nur denkbaren Bedingungen der gesellschaftlichen Glückseligkeit – wenngleich nicht in dieser Absicht – durch eigene Erfahrung geprüft, es hat sich, um endlich die zweckmäßigste zu erhaschen, in allen Formen der politischen Gemeinschaft versucht. Für alle diese Staatsorganisationen wird die Welthistorie gleichsam zu einer pragmatischen *Naturgeschichte,* welche mit Genauigkeit aufzählt, wieviel oder wiewenig durch diese verschiedenen Prinzipien der Verbindung für das letzte Ziel des gemeinschaftlichen Strebens gewonnen worden ist. Aus einem ähnlichen Gesichtspunkt lassen sich nun auch die souveränen geistlichen Ritterorden betrachten, denen der Religionsfanatismus in den Zeiten der Kreuzzüge die Entstehung gegeben hat. Antriebe, welche sich nie zuvor in *dieser* Verknüpfung und zu *diesem* Zwecke wirksam gezeigt, werden hier zum erstenmal zur Grundlage eines politischen Körpers genommen, und das Resultat davon ist, was die nachstehende

Geschichte dem Leser vor Augen legt. Ein feuriger Rittergeist verbindet sich mit zwangvollen Ordensregeln, Kriegszucht mit Mönchsdisziplin, die strenge Selbstverleugnung, welche das Christentum fordert, mit kühnem Soldatentrotz, um gegen den äußern Feind der Religion einen undurchdringlichen Phalanx zu bilden und mit gleichem Heroismus ihrem mächtigen Gegner von innen, dem Stolz und der Üppigkeit, einen ewigen Krieg zu schwören.

Rührende erhabne Einfalt bezeichnet die Kindheit des Ordens, Glanz und Ehre krönt seine Jugend, aber bald unterliegt auch *er* dem gemeinen Schicksal der Menschheit. Wohlstand und Macht, natürliche Gefährten der Tapferkeit und Enthaltsamkeit, führen ihn mit beschleunigten Schritten der Verderbnis entgegen. Nicht ohne Wehmut sieht der Weltbürger die herrlichen Hoffnungen getäuscht, zu denen ein so schöner Anfang berechtigte – aber dieses Beispiel bekräftigt ihm nur die unumstößliche Wahrheit, daß nichts Bestand hat, was Wahn und Leidenschaft gründete, daß nur die Vernunft für die Ewigkeit baut.

Nach dem, was ich hier von Vorzügen dieses Ordens habe berühren können, glaube ich keine weitere Rechtfertigung der Gründe nötig zu haben, aus denen ich veranlaßt worden bin, das Vertotische Werk nach einer neuen Bearbeitung zum Druck zu befördern. Ob dasselbe auch der Absicht vollkommen entspricht, welche mir bei Anempfehlung desselben vor Augen schwebte, wage ich nicht zu behaupten; doch ist es das einzige Werk dieses Inhalts, was einen würdigen Begriff von dem Orden geben und die Aufmerksamkeit des Lesers daran fesseln kann. Der Übersetzer hat sich, soviel immer möglich, bestrebt, der Erzählung, welche im Original sehr ins Weitschweifige fällt, einen raschern Gang und ein lebhafteres Interesse zu geben, und auch da, wo man an dem Verfasser die Unbefangenheit des Urteils vermißt, wird man die verbessernde Hand des teutschen Bearbeiters nicht verkennen. Daß dieses Buch nicht für den Gelehrten und ebensowenig für die studierende Jugend, sondern für das lesende Publikum, welches sich nicht an der Quelle selbst unterrichten kann, bestimmt ist, braucht wohl nicht gesagt zu werden; und bei dem letztern hofft man durch Herausgabe desselben Dank zu verdienen. Die Geschichte selbst wird schon mit dem zweiten Bande beschlossen sein, da der Orden mit dem Ablauf des sechzehnten Jahrhunderts die Fülle seines Ruhms erreicht hat und von da an mit schnellen Schritten in eine politische Vergessenheit sinkt.

Der Spaziergang

Sei mir gegrüßt, mein Berg mit dem rötlich strahlenden Gipfel!
 Sei mir, Sonne, gegrüßt, die ihn so lieblich bescheint,
Dich auch grüß ich, belebte Flur, euch, säuselnde Linden,
 Und den fröhlichen Chor, der auf den Ästen sich wiegt,
Ruhige Bläue, dich auch, die unermeßlich sich ausgießt
 Um das braune Gebirg, über den grünenden Wald,
Auch um mich, der, endlich entflohn des Zimmers Gefängnis
 Und dem engen Gespräch, freudig sich rettet zu dir,
Deiner Lüfte balsamischer Strom durchrinnt mich erquickend,
 Und den durstigen Blick labt das energische Licht.
Kräftig auf blühender Au erglänzen die wechselnden Farben,
 Aber der reizende Streit löset in Anmut sich auf,
Frei empfängt mich die Wiese mit weithin verbreitetem Teppich,
 Durch ihr freundliches Grün schlingt sich der ländliche Pfad,
Um mich summt die geschäftige Bien, mit zweifelndem Flügel
 Wiegt der Schmetterling sich über dem rötlichten Klee,
Glühend trifft mich der Sonne Pfeil, still liegen die Weste,
 Nur der Lerche Gesang wirbelt in heiterer Luft.
Doch jetzt brausts aus dem nahen Gebüsch, tief neigen der Erlen
 Kronen sich, und im Wind wogt das versilberte Gras,
Mich umfängt ambrosische Nacht; in duftende Kühlung
 Nimmt ein prächtiges Dach schattender Buchen mich ein,
In des Waldes Geheimnis entflieht mir auf einmal die Landschaft,
 Und ein schlängelnder Pfad leitet mich steigend empor.
Nur verstohlen durchdringt der Zweige laubigtes Gitter
 Sparsames Licht, und es blickt lachend das Blaue herein.
Aber plötzlich zerreißt der Flor. Der geöffnete Wald gibt
 Überraschend des Tags blendendem Glanz mich zurück.

Unabsehbar ergießt sich vor meinen Blicken die Ferne,
Und ein blaues Gebirg endigt im Dufte die Welt.
Tief an des Berges Fuß, der gählings unter mir abstürzt,
Wallet des grünlichten Stroms fließender Spiegel vorbei.
Endlos unter mir seh ich den Äther, über mir endlos,
Blicke mit Schwindeln hinauf, blicke mit Schaudern hinab.
Aber zwischen der ewigen Höh und der ewigen Tiefe
Trägt ein geländerter Steig sicher den Wandrer dahin.
Lachend fliehen an mir die reichen Ufer vorüber,
Und den fröhlichen Fleiß rühmet das prangende Tal.
Jene Linien, sieh! die des Landmanns Eigentum scheiden,
In den Teppich der Flur hat sie Demeter gewirkt.
Freundliche Schrift des Gesetzes, des menschenerhaltenden Gottes,
Seit aus der ehernen Welt fliehend die Liebe verschwand,
Aber in freieren Schlangen durchkreuzt die geregelten Felder,
Jetzt verschlungen vom Wald, jetzt an den Bergen hinauf
Klimmend, ein schimmernder Streif, die Länder verknüpfende Straße;
Auf dem ebenen Strom gleiten die Flöße dahin,
Vielfach ertönt der Herden Geläut im belebten Gefilde,
Und den Widerhall weckt einsam des Hirten Gesang.
Muntre Dörfer begrenzen den Strom, in Gebüschen verschwinden
Andre, vom Rücken des Bergs stürzen sie gäh dort herab.
Nachbarlich wohnet der Mensch noch mit dem Acker zusammen,
Seine Felder umruhn friedlich sein ländliches Dach;
Traulich rankt sich die Reb empor an dem niedrigen Fenster,
Einen umarmenden Zweig schlingt um die Hütte der Baum.
Glückliches Volk der Gefilde! noch nicht zur Freiheit erwachet,
Teilst du mit deiner Flur fröhlich das enge Gesetz.
Deine Wünsche beschränkt der Ernten ruhiger Kreislauf,
Wie dein Tagewerk, gleich, windet dein Leben sich ab!

Aber wer raubt mir auf einmal den lieblichen Anblick? Ein fremder
Geist verbreitet sich schnell über die fremdere Flur!
Spröde sondert sich ab, was kaum noch liebend sich mischte,
Und das Gleiche nur ists, was an das Gleiche sich reiht:
Stände seh ich gebildet, der Pappeln stolze Geschlechter
Ziehn in geordnetem Pomp vornehm und prächtig daher.
Regel wird alles, und alles wird Wahl und alles Bedeutung;
Dieses Dienergefolg meldet den Herrscher mir an.
Prangend verkündigen ihn von fern die beleuchteten Kuppeln,
Aus dem felsigten Kern hebt sich die türmende *Stadt*.
In die Wildnis hinaus sind des Waldes Faunen verstoßen,
Aber die Andacht leiht höheres Leben dem Stein.
Näher gerückt ist der Mensch an den Menschen. Enger wird um ihn,
Reger erwacht, es umwälzt rascher sich in ihm die Welt.
Sieh, da entbrennen in feurigem Kampf die eifernden Kräfte,
Großes wirket ihr Streit, Größeres wirket ihr Bund.
Tausend Hände belebt *ein* Geist, hoch schläget in tausend
Brüsten, von einem Gefühl glühend, ein einziges Herz,
Schlägt für das Vaterland und glüht für der Ahnen Gesetze,
Hier auf dem teuren Grund ruht ihr verehrtes Gebein.
Nieder steigen vom Himmel die seligen Götter und nehmen
In dem geweihten Bezirk festliche Wohnungen ein,
Herrliche Gaben bescherend erscheinen sie; Ceres vor allen
Bringet des Pfluges Geschenk, Hermes den Anker herbei,
Bacchus die Traube, Minerva des Ölbaums grünende Reiser,
Auch das kriegrische Roß führet Poseidon heran,
Mutter Cybele spannt an des Wagens Deichsel die Löwen,
In das gastliche Tor zieht sie als Bürgerin ein.
Heilige Steine! Aus euch ergossen sich Pflanzen der Menschheit,
Fernen Inseln des Meers sandtet ihr Sitten und Kunst,
Weise sprachen das Recht an diesen geselligen Toren;
Helden stürzten zum Kampf für die Penaten heraus.

Auf den Mauern erschienen, den Säugling im Arme, die Mütter,
Blickten dem Heerzug nach, bis ihn die Ferne verschlang.
Betend stürzten sie dann vor der Götter Altären sich nieder,
Flehten um Ruhm und Sieg, flehten um Rückkehr für euch.
Ehre ward euch und Sieg, doch der Ruhm nur kehrte zurücke;
Eurer Taten Verdienst meldet der rührende Stein:
»Wanderer, kommst du nach Sparta, verkündige dorten, du habest
Uns hier liegen gesehn, wie das Gesetz es befahl.«
Ruhet sanft, ihr Geliebten! Von eurem Blute begossen,
Grünet der Ölbaum, es keimt lustig die köstliche Saat.
Munter entbrennt, des Eigentums froh, das freie Gewerbe,
Aus dem Schilfe des Stroms winkt der bläulichte Gott.
Zischend fliegt in den Baum die Axt, es erseufzt die Dryade,
Hoch von des Berges Haupt stürzt sich die donnernde Last.
Aus dem Felsbruch wiegt sich der Stein, vom Hebel beflügelt,
In der Gebirge Schlucht taucht sich der Bergmann hinab.
Mulcibers Amboß tönt von dem Takt geschwungener Hämmer,
Unter der nervigten Faust sprützen die Funken des Stahls.
Glänzend umwindet der goldene Lein die tanzende Spindel,
Durch die Saiten des Garns sauset das webende Schiff,
Fern auf der Reede ruft der Pilot, es warten die Flotten,
Die in der Fremdlinge Land tragen den heimischen Fleiß,
Andre ziehn frohlockend dort ein, mit den Gaben der Ferne,
Hoch von dem ragenden Mast wehet der festliche Kranz.
Siehe, da wimmeln die Märkte, der Kran von fröhlichem Leben,
Seltsamer Sprachen Gewirr braust in das wundernde Ohr.
Auf den Stapel schüttet die Ernten der Erde der Kaufmann,
Was dem glühenden Strahl Afrikas Boden gebiert,
Was Arabien kocht, was die äußerste Thule bereitet,
Hoch mit erfreuendem Gut füllt Amalthea das Horn.
Da gebieret das Glück dem Talente die göttlichen Kinder,
Von der Freiheit gesäugt, wachsen die Künste der Lust.
Mit nachahmendem Leben erfreuet der Bildner die Augen,
Und vom Meißel beseelt, redet der fühlende Stein,

Künstliche Himmel ruhn auf schlanken ionischen Säulen,
Und den ganzen Olymp schließet ein Pantheon ein,
Leicht wie der Iris Sprung durch die Luft, wie der Pfeil von der Senne,
Hüpfet der Brücke Joch über den brausenden Strom.
Aber im stillen Gemach entwirft bedeutende Zirkel
Sinnend der Weise, beschleicht forschend den schaffenden Geist,
Prüft der Stoffe Gewalt, der Magnete Hassen und Lieben,
Folgt durch die Lüfte dem Klang, folgt durch den Äther dem Strahl,
Sucht das vertraute Gesetz in des Zufalls grausenden Wundern,
Sucht den ruhenden Pol in der Erscheinungen Flucht.
Körper und Stimme leiht die Schrift den stummen Gedanken,
Durch der Jahrhunderte Strom trägt ihn das redende Blatt.
Da zerrinnt vor dem wundernden Blick der Nebel des Wahnes,
Und die Gebilde der Nacht weichen dem tagenden Licht.
Seine Fesseln zerbricht der Mensch. Der Beglückte! Zerriß er
Mit den Fesseln der Furcht nur nicht den Zügel der Scham!
Freiheit ruft die Vernunft, Freiheit die wilde Begierde,
Von der heilgen Natur ringen sie lüstern sich los.
Ach, da reißen im Sturm die Anker, die an dem Ufer
Warnend ihn hielten, ihn faßt mächtig der flutende Strom,
Ins Unendliche reißt er ihn hin, die Küste verschwindet,
Hoch auf der Fluten Gebirg wiegt sich entmastet der Kahn,
Hinter Wolken erlöschen des Wagens beharrliche Sterne,
Bleibend ist nichts mehr, es irrt selbst in dem Busen der Gott.
Aus dem Gespräche verschwindet die Wahrheit, Glauben und Treue
Aus dem Leben, es lügt selbst auf der Lippe der Schwur.
In der Herzen vertraulichsten Bund, in der Liebe Geheimnis
Drängt sich der Sykophant, reißt von dem Freunde den Freund.
Auf die Unschuld schielt der Verrat mit verschlingendem Blicke,
Mit vergiftetem Biß tötet des Lästerers Zahn.

Feil ist in der geschändeten Brust der Gedanke, die Liebe
Wirft des freien Gefühls göttlichen Adel hinweg.
Deiner heiligen Zeichen, o Wahrheit, hat der Betrug sich
Angemaßt, der Natur köstlichste Stimmen entweiht,
Die das bedürftige Herz in der Freude Drang sich erfindet,
Kaum gibt wahres Gefühl noch durch Verstummen sich kund.
Auf der Tribüne prahlet das Recht, in der Hütte die Eintracht,
Des Gesetzes Gespenst steht an der Könige Thron,
Jahrelang mag, jahrhundertelang die Mumie dauern,
Mag das trügende Bild lebender Fülle bestehn,
Bis die Natur erwacht, und mit schweren ehernen Händen
An das hohle Gebäu rühret die Not und die Zeit,
Einer Tigerin gleich, die das eiserne Gitter durchbrochen
Und des numidischen Walds plötzlich und schrecklich gedenkt,
Aufsteht mit des Verbrechens Wut und des Elends die Menschheit
Und in der Asche der Stadt sucht die verlorne Natur.
O, so öffnet euch, Mauren, und gebt den Gefangenen ledig!
Zu der verlassenen Flur kehr er gerettet zurück!
Aber wo bin ich? Es birgt sich der Pfad. Abschüssige Gründe
Hemmen mit gähnender Kluft hinter mir, vor mir den Schritt.
Hinter mir blieb der Gärten, der Hecken vertraute Begleitung,
Hinter mir jegliche Spur menschlicher Hände zurück.
Nur die Stoffe seh ich getürmt, aus welchen das Leben
Keimet, der rohe Basalt hofft auf die bildende Hand.
Brausend stürzt der Gießbach herab durch die Rinne des Felsen,
Unter den Wurzeln des Baums bricht er entrüstet sich Bahn.
Wild ist es hier und schauerlich öd. Im einsamen Luftraum
Hängt nur der Adler und knüpft an das Gewölke die Welt.
Hoch herauf bis zu mir trägt keines Windes Gefieder
Den verlorenen Schall menschlicher Mühen und Lust.
Bin ich wirklich allein? In deinen Armen, an deinem
Herzen wieder, Natur, ach! und es war nur ein Traum,

Der mich schaudernd ergriff mit des Lebens furchtbarem Bilde,
  Mit dem stürzenden Tal stürzte der finstre hinab.
Reiner nehm ich mein Leben von deinem reinen Altare,
  Nehme den fröhlichen Mut hoffender Jugend zurück!
Ewig wechselt der Wille den Zweck und die Regel, in ewig
  Wiederholter Gestalt wälzen die Taten sich um.
Aber jugendlich immer, in immer veränderter Schöne
  Ehrst du, fromme Natur, züchtig das alte Gesetz,
Immer dieselbe, bewahrst du in treuen Händen dem Manne,
  Was dir das gaukelnde Kind, was dir der Jüngling vertraut,
Nährest an gleicher Brust die vielfach wechselnden Alter;
  Unter demselben Blau, über dem nämlichen Grün
Wandeln die nahen und wandeln vereint die fernen Geschlechter,
  Und die Sonne Homers, siehe! sie lächelt auch uns.

Friedrich Schiller
Gedichte
Band 90125

»Nichts mehr davon, ich bitt euch. Zu essen gebt ihm, zu wohnen, / Habt ihr die Blöße bedeckt, gibt sich die Würde von selbst.« Diese Verse sind nicht etwa von Bertolt Brecht, sondern von Friedrich Schiller, an dem schon Thomas Mann den rebellischen Materialismus und die wunderbare »Lust am höheren Indianerspiel« gerühmt hat. Natürlich sind Schillers Gedichte auch hervorragende Vorlagen zum Parodieren und Rappen. Aber schon eine ruhige Entdeckungsreise durch diesen Band mit den schönsten und wichtigsten Gedichten zeigt, wie lebendig Schillers Lyrik gerade heute wieder ist.

Fischer Taschenbuch Verlag

fi 90125 / 1

Friedrich Schiller

Der Verbrecher aus verlorener Ehre und andere Erzählungen

Band 90165

Verbrecher sind auch Menschen. In seiner Erzählung ›Der Verbrecher aus verlorener Ehre‹ greift Schiller ein Rechtssystem an, dessen Gnadenlosigkeit keine Möglichkeit der Resozialisierung offen lässt. Von Armut getrieben, wird Christian Wolf zum Wilddieb, aus Eifersucht wird er angeschwärzt. Der Sog der Ausgrenzung zieht ihn hinab in eine Spirale der Gewalt. Als er mit letzter Kraft den Sprung in ein ehrenhaftes Leben wagt, zeigt das Recht sein unmenschliches Gesicht.

Fischer Taschenbuch Verlag

fi 90165 / 1

Friedrich Schiller

Die Räuber

Kabale und Liebe

Band 90032

Die Wucht Schiller'scher Emotionen erschütterte und begeisterte schon das Theaterpublikum seiner Zeit. Ein junger Mann liebt eine junge Frau, und beide sind sie glücklich. Auch Luises Mutter ist, schon wegen der Geschenke, mit dem Adelsspross ganz zufrieden. Doch die Väter haben ihre eigenen Pläne. Die Einmischung hat fatale Folgen: Mord und Selbstmord. Leander Haußmann hat »Kabale und Liebe« 2005 für das Fernsehen verfilmt; die Erstausstrahlung erreichte mehr Zuschauer als alle bisherigen Theateradaptionen.

Das gesamte Programm von Fischer Klassik finden Sie unter:
www.fischer-klassik.de

Fischer Taschenbuch Verlag

fi 90032 / 1

Friedrich Schiller

Don Carlos

Wilhelm Tell

Band 90159

Die spanische Schreckensherrschaft über die reformierten Niederlande im 16. Jahrhundert. Was Frieden heißt, gleicht der Ruhe eines Friedhofs. Kronprinz Don Carlos und sein Freund Marquis von Posa unterwerfen sich nicht widerspruchslos. Für ihre revolutionären Ideen müssen sie jedoch ihr eigenes Leben aufs Spiel setzen ... Durch ein Minenfeld aus Intrigen bahnt sich die Vision von der »Gedankenfreiheit« ihren Weg, aber sie hat einen gewaltigen Gegner: den zynischen Pragmatismus der Macht. ›Don Carlos‹, wie ›Wilhelm Tell‹ eines der großen historischen Dramen, zählt zu den Initialtexten der Weimarer Klassik.

Fischer Taschenbuch Verlag

fi 90159 / 1

Friedrich Schiller
Wallenstein
Band 90096

»Wie sehr ist das Neue alt und das Alte neu, was ist geschichtliche Notwendigkeit und individuelles Versagen, wie ist der Verlauf der Geschichte beeinflussbar, kann man ein allgemein anerkanntes politisches und ökonomisches System überhaupt verändern? Schillers ›Wallenstein‹ ist eine gültige Beschreibung von politischer Wurstelei. Es passt auf jede Situation, besonders heute.« *Peter Stein*

Fischer Taschenbuch Verlag

fi 90096 / 1

Friedrich Schiller

Maria Stuart

Die Jungfrau von Orleans

Band 90148

Als Dramatiker hat Friedrich Schiller immer wieder große Gefühle und tiefe Überzeugungen in Szene gesetzt – genau das also, was in unserem fremdbestimmten Alltag oft zu kurz kommt. Maria Stuart zum Beispiel erkennt, dass das Gefühl für die eigene Würde höher steht als alles Taktieren. Wie leicht andererseits die großen Gefühle in gefährlichen Wahn und politischen Fanatismus umschlagen können, zeigt das zweite Drama dieses Bandes, das dem Schicksal der französischen Freiheitsheldin Jeanne d'Arc gewidmet ist.

Das gesamte Programm von Fischer Klassik
finden Sie unter:
www.fischer-klassik.de

Fischer Taschenbuch Verlag

fi 90148 / 1